천상에서
심연을
보다

지은이 **홍석표(洪昔杓)**

서울대학교 인문대학 중어중문학과를 졸업하고,
같은 대학 대학원에서 석사 및 박사학위를 받았다.
강릉대학교 중어중문학과 부교수를 거쳐
현재 이화여자대학교 중어중문학과 부교수로 있다.

저 · 역서

『현대중국, 단절과 연속』(선학사, 2005)

『신적시선』(문이재, 2005)

『무덤(루쉰 잡문집)』(선학사, 2001, 역서)

『中國의 近代的 文學意識 形成에 관한 硏究』(중국도서문화중심, 2000)

『중국당대신시사』(신아사, 2000, 역서)

『무덤(루쉰선집1)』(선학사, 2003, 역서)

『한문학사강요 · 고적서발집(루쉰선집2)』(선학사, 2003, 역서)

『아Q정전(루쉰선집3)』(선학사, 2003, 역서)

『화개집 · 화개집속편(루쉰선집4)』(선학사, 2005, 역서)

『中國現當代散文 읽기』(선학사, 2002, 2인공저)

천상에서 심연을 보다
루쉰의 문학과 정신

2005년 10월 25일 초판인쇄
2005년 10월 30일 초판발행

지은이 홍석표
펴낸이 이찬규
펴낸곳 선학사
등 록 제10-1519호
주 소 서울시 마포구 공덕동 173-51번지
전 화 02-704-7840
팩 스 02-704-7848
이메일 sunhaksa@korea.com
홈페이지 www.ibookorea.com

값 12,000원
ISBN 89-8072-189-7 93820

△중국현대문학관에 있는 루쉰의 동상

△루쉰의 고향 샤오싱(紹興)

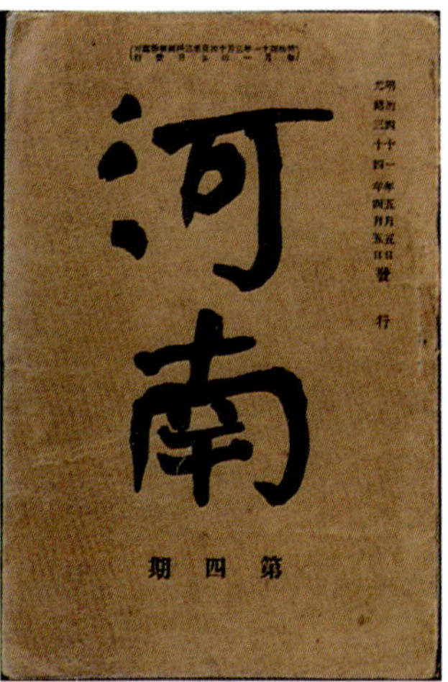

◁루쉰이 일본 유학시기에 투고했던 잡지 『절강조(浙江潮)』 및 『하남(河南)』

△일본 센다이(仙臺) 의학전문학교 및 급우들과 함께(가운데 줄 오른쪽에서 3번째가 루쉰)

△1909년 도쿄(東京)에서 쉬서우창(許壽裳), 쟝이즈(蔣抑卮)와 함께

△베이징 시절 루쉰의 옛집 및 그 내부

△1923년 러시아 맹인 시인 예로센코와 함께

△1932년 베이징사범대학에서 강연하는 루쉰

惯于长夜过春时，挈妇将雏鬓有丝。
梦里依稀慈母泪，城头变幻大王旗。
忍看朋辈成新鬼，怒向刀丛觅小诗。
吟罢低眉无写处，月光如水照缁衣。

辛未春作录呈
柔石兄教正
鲁迅

△1931년 "좌련(左聯)" 5열사의 죽음에 대한 비통한 심정이 담겨 있는 루쉰의 시

△루쉰의 장례식 장면(1936년 10월 22일)

△상하이 시절 루쉰의 침실 겸 작업실(루쉰이 사망한 1936년 10월 19일에 찍음)

◁루쉰이 항상 사용하던 붓,
금불환(金不換)

△1903년 번역한 과학소설 『달나라여행』 및 『지저여행』

△1909년 도쿄에서 출판한
『역외소설집』

△첫번째 소설집 『납함』(1923년)

△두번째 소설집 『방황』(1926년)

△산문시집 『야초』(1927년)

△역사소설집 『고사신편』(1936년)

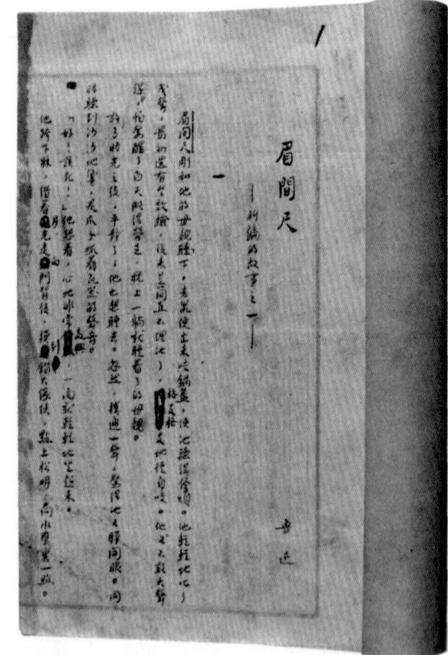

▷『고사신편』 중 「주검(鑄劍)」(원제는
「미간척(眉間尺)」)의 수고

루쉰(魯迅)의 문학과 정신

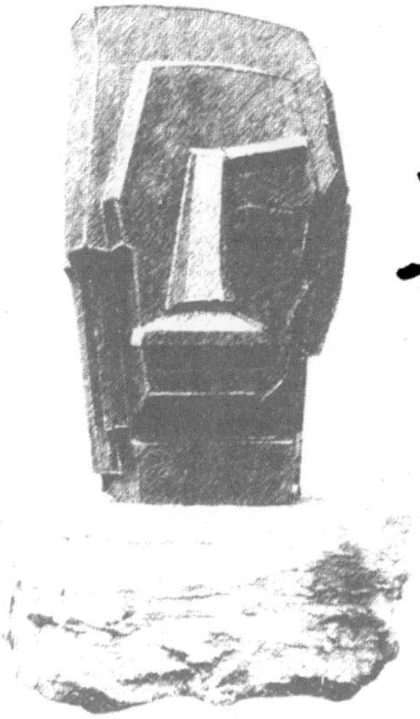

천상에서 심연을 보다

홍석표 지음

| 머리말 |

그 동안 인문학의 위기라는 말이 자주 거론되었다. 어느 시대, 어느 분야이건 위기라는 말은 늘 있어 왔다. 그런 만큼 위기란 무엇의 파멸이나 끝을 의미하지 않는다. 그것은 오히려 위기상황에 놓인 대상이 난관에 봉착해 있으며 새로운 변화를 시도해야 할 시점에 와 있음을 지시해 주는 말이다. 그러므로 인문학의 위기란 인문학의 파멸이나 끝을 뜻하지 않고, 그것이 난관에 봉착하여 새로운 변화를 모색하지 않을 수 없는 단계에 와 있음을 가리킨다. 인문학의 위기를 단순히 심리적인 허무감으로 받아들일 것이 아니라, 창조와 변화의 계기로 받아들이는 자세가 필요하다. 그 동안 제기된 인문학 위기의 원인을 따져볼 때, 그것은 인문학이 사회변화에 적절하게 대응하지 못했거나, 사회변화를 적극적으로 이끌지 못했기 때문이다. 이러한 상황에서 현대중국의 문호 루쉰의 삶과 그가 이룩해 놓은 문학과 정신의 깊이는 우리에게 특별하게 다가온다.

루쉰의 절친한 친구였던 쉬서우창(許壽裳)은 루쉰 사후에 쓴 「루쉰의 정신」이라는 짧은 글에서 "끝까지의 항전(抗戰)이 루쉰의 일생의 정신이었다"라는 말로 첫머리를 시작하고 있다. 루쉰은 주체의 '진정성'을 바탕으로 중국의 역사와 현실 전체를 겨냥하여 적층된 억압기제와 끊임없이 항전하면서 지속적으로 자기 반성을 수행해 나간 중국의 대표적인 문인이다. 루쉰은 현대중국의 문인 중에서 누구보다도 가장 심각하게 인문정신을 고민했고, 창작과 실천을 통해 가장 치열하게 인문정신을 실현해 나갔다고 할 수 있다. 이른바 루쉰의 문학과 정신은 바로 그 과정의 흔적이요, 산물이다. 루쉰의 문학과 정신이 오늘날 우리에게 어떤 정신적 자양분이 되기에 충분하다면, 인문학을 다시 점검하고 그 방향을 새롭게 모색하는 데 더 없이 좋은 참고가 될 것이다.

중국 베이징(北京)에는 중국현대문학관이라는 곳이 있다. 이 곳에는 근대 이후 최근까지 중국의 작가를 소개하기 위해 작가와 관련된 사진, 도서, 유품 등이 설명과 함께 전시되어 있다. 특히 1층 전시관에는 중국 현대문학의 주요 작가인 루쉰, 마오뚠(茅盾), 궈머뤄(郭沫若), 빠진(巴金), 라오서(老舍), 차오위(曹禺), 빙신(氷心) 등에게 일정한 공간을 할애하여, 그 작가만의 독특한 분위기를 전달할 수 있는 형식으로 꾸며져 있다. 전시관에 들어서면 정면의 한가운데에 방처럼 꾸며진 공간이 먼저 눈에 들어오고, 그 창문 너머로 실제 살아 있는 듯한 루쉰의 모습이 사람을 놀라게 한다. 창문에는 유리가 끼워져 있지 않아 고개를 내밀고 방 안을 들여다 볼 수 있으며, 루쉰이 베이징 시절 글을 쓰던 공간을 유품으로 그대로 재현해 놓은 곳이다. 아담한 크기의 방에 크지 않은 나무책상이 한쪽 벽에 붙어 있고, 그 옆쪽 벽으로 자그마한 침상이 놓여 있다. 책상을 마주한 딱딱한 나무의자에는, 말을 건네면 누구라도 금방 악수를 청할 듯한 생생한 모습으로 무언가를 응시하며 사색에 잠겨 있는 루쉰이 앉아 있다. 그리고 책상 위로는 창문 쪽에 고정시키고 팔을 내민 전등이 하나 드리워져 있다. 루쉰은 바로 이런 공간에서, 이 전등 불빛 아래서 중국의 역사와 현실 및 진정한 인간의 존재방식에 대해 끊임없이 사색하고 글을 썼던 것이다.

상하이(上海)의 루쉰박물관에도 역시 살아 있는 듯한 생생한 모습으로 젊은이들과 대화를 나누는 루쉰을 재현해 놓고 있다. 왜 중국인은 현대 중국의 작가 중에서 유독 루쉰만은 이렇게 살아 있는 듯한 생생한 모습으로 재현해 놓았을까? 그것은 물을 것도 없이 루쉰의 의미가 여전히 현재적이기 때문이다. 다시 말하면 루쉰의 문학과 정신은 여전히 살아 있고, 살아 있어야 한다는 중국인 나름의 생각이 반영되어 있는 것이리라.

우리는 문학텍스트를 읽으면 미적 감동을 받는다. 내면에서 어떤 울림이 일어나고 그것이 일상적으로 접하는 의미와 다른 것으로 다가올 때 우리는 진한 미적 감동을 받는다. 루쉰의 글을 읽을 때도 이러한 진한 미적 감동을 받게 된다. 루쉰의 글은 텍스트의 표면적인 의미에서뿐만 아니라, 그보다 더 깊은 차원에서 내면의 울림을 가져다 주는데, 그것은 그의 정신 또는 정신구조와 밀접하게 관련되어 있다. 말하자면 루쉰이 도달한 정신의 깊이로 인하여 루쉰의 텍스트는 더욱 진한 미적 감동을 불러일으키는 것이다. "호가열광(浩歌熱狂)인 때에 중한(中寒)이 들고, 천상에서 심연(深淵)을 본다. 일체의 눈에서 무소유(無所有)를 보고, 희망이 없는 데서 구원을 얻는다."(「야초·묘갈문」) 이는 다름 아닌, 냉철한 현실인식을 통해 천상에서 심연을 볼 수 있는 통찰에 이르고, 그 결과 '무소유'의 사상을 획득함으로써 희망이 없는 데서 구원을 얻는, 루쉰이 도달한 정신의 경지이다.

최근 중국의 일부 학자는 루쉰의 출현을 '중국 역사의 하나의 기적'으로 평가하면서 그가 너무 멀리까지 나아갔고 풀어야 할 수수께끼도 너무 많아서 사람들은 '루쉰은 누구인가'라는 물음을 끊임없이 제기하고 여러 가지 서로 다른 해석을 부여하고 있다고 한다. 또 루쉰은 문학창작을 위주로 한 문학가이지만, 사상가로서의 지위에 비중을 두어 그의 사상이 지니는 모순구조와 위대성을 이렇게 지적하기도 한다. "그 모순 구조에는 중국 역사의 교차하는 사상문화적 갈등이 집중적으로 체현되어 있다. 그는 독특한 기호체계와 인격적 실천을 통해 이러한 갈등에 응답한바, 중국에는 지금까지 그에 비견할 만한 사람이 없다. 의심의 여지없이 그는 20세기 중국의 가장 위대한 사상가이다." 루쉰은 체계적인 저술로 자신의 사상을 개진한 적은 없지만 위대한 사상가로 받아들여지고 있는 것은 전통과 근대가 착종된 당시의 현실 속에서 소설, 잡문(비평적 에세이), 산문시 등 다양한 글쓰기를 통해 보여 주고 있는 그의 문학과 정신의 깊이 때문이다.

저자는 꽤 오랫동안 루쉰을 가까이하며 지내왔다. 루쉰 작품의 번역서도 여러 권 내놓았다. 그 과정에서 루쉰의 글은 읽을수록 더욱 깊은 맛을 더한다는 사실을 깨닫곤 했다. 물론 난해한 부분도 많았지만 나름대로 이해하고 해석하려고 무척이나 애썼던 기억도 생생하다. 내 나름의 이해와 해석을 바탕으로 틈틈이 글을 써왔는데, 그 결과가 바로 이 책이다. 제1부에 실린 글은 청년 루쉰에 관한 것이다. 제2부에 실린 글은 루쉰의 소설집 『납함』·『방황』 및 역사소설집 『고사신편』에 관한 것이다. 제3부에 실린 글은 루쉰의 산문시집 『야초』와 그의 생명의식에 관한 것이다. 제4부는 루쉰의 사상과 정신구조에 관한 것이다. 아직도 공부하는 과정에 있으므로 설익은 부분이 없지 않을 것이다. 더욱이 제1부는 처음 씌어진 글임에랴. 그렇지만 전체적으로 볼 때, 그 동안 루쉰과 씨름해온 저자 나름의 관점과 진지한 사색이 담겨 있음은 부정할 수 없다. 이 책은 복잡하고 다층적인 루쉰의 문학과 정신을 전면적으로 논하였다고 할 수는 없지만, 중요한 측면은 충분히 논했다고 생각하며, 루쉰의 문학과 정신의 정수에 이르는 과정의 일면으로 보아 무방할 것이다. 그러기에 이 책을 통해 루쉰의 문학과 정신이 좀더 우리 곁에 가까이 다가오기 바란다. 다만 루쉰 소설의 개별 작품에 대한 좀더 세밀한 분석과 그의 근대적 문학의식을 보려면 저자의 『중국의 근대적 문학의식 탄생』이라는 책을 참고하면 좋을 것이다.

끝으로 루쉰을 아낀다는 이유만으로 언제나 기꺼이 저자의 원고를 멋진 책으로 펴내 주시는 선학사 이찬규 사장님에게 감사드린다.

2005년 6월 20일

저자 씀

| 차례 |

제1부

팔을 휘두르며 크게 외치다

과학계몽과 정신의 발견

낭만주의 정신의 추구와 정신계의 전사

靈臺無計逃神矢，風雨如磐闇故園。寄意寒星荃不察，我以我血薦軒轅。

二十一歲時作五十一歲時寫也時辛未九月十五日也　魯迅

루쉰이 변발을 자른 뒤 찍은 사진을 친구 쉬서우창에게 보내면서 뒷면에 적은 자신의 시 「자제소상」(自題小像)

과학계몽과 정신의 발견

"옛 근원을 잘 아는 자는 마침내 미래의 샘물과 새 근원을 찾게 될 것이다. 오, 내 형제들이여, 새로운 생명이 탄생하고, 새로운 샘물이 심연에서 솟아 오를 때가 머지 않았도다. — 니체"[1]

과학계몽과 의학의 선택

루쉰은 1881년 9월 25일 저장성(浙江省) 샤오싱부(紹興府) 콰이지현 (會稽縣)의 저우(周)씨 집안에서 장남으로 태어났다. 루쉰이 태어난 19 세기 후반의 중국은 서양열강의 침탈을 받으며 국가존망의 위기에 직 면했고, 국가적 위기와 사회적 혼란을 극복하기 위해 새로운 개혁운동 이 크게 일어났다. 개혁을 바라던 많은 지식인이 서양문화를 받아들여 오랜 전통을 가진 중국문화를 새롭게 바꾸고자 노력하던 때도 이 무렵 이었다. 서양의 실용적인 과학기술을 도입하여 중흥을 꾀하려 했던 양

---

1) 「摩羅詩力說」, 『墳』, 『魯迅全集(1)』(人民文學出版社, 1981), p.63. 이것은 루쉰이 「마라 시력설(摩羅詩力說)」의 첫머리에 주제처럼 제시한 니체의 말이다.

무운동(洋務運動)이나, 서양의 정치제도를 본받아 입헌군주제를 실현하고자 했던 유신변법운동(維新變法運動)은 바로 그러한 노력의 일환이었다.

전통교육을 받으며 유년시절을 샤오싱에서 보낸 루쉰은 1898년 5월 18세의 나이로 신학문을 배우기 위해 고향을 떠나 난징(南京)으로 간다. 난징에 도착한 루쉰은 먼저 장난수사학당(江南水師學堂)에 입학하고, 반년만에 학교를 옮겨 장난육사학당(江南陸師學堂) 부설의 광무철로학당(礦務鐵路學堂)에 입학함으로써 체계적으로 신식교육을 받는다. 1902년 1월 광무철로학당을 졸업한 루쉰은 일본 유학 신청서를 제출하고 장난독련공소(江南督練公所)로부터 비준을 받아 국비유학생으로 선발된다. 동년 3월 루쉰은 일본 유학길에 올라 도쿄(東京)에 도착하고, 우선 중국인 유학생을 대상으로 유학에 필요한 일본어 및 기초지식을 교육하던 홍문학원(弘文學院)에 입학한다. 당시 중국 유학생들은 홍문학원의 졸업과 동시에 자신의 진로를 선택해야 했는데, 루쉰은 1904년 4월 홍문학원을 졸업한 뒤 의학을 전공하기로 결정하고 그 해 9월 도쿄에서 멀리 떨어진 센다이(仙臺)로 가서 센다이의학전문학교(仙臺醫學專門學校)에 입학한다.

청년 루쉰을 이해하려면 먼저 그가 의학을 전공하기 위해 센다이의전을 선택한 데 주목할 필요가 있다. 센다이의전의 선택은 신학문을 배우기 위해 난징의 수사학당이나 광무철로학당에 입학한 것과는 의미의 차이가 있기 때문이다. 루쉰이 난징의 학당에 입학한 것은 새로운 것을 배우고자 하는 욕망에서 비롯되었지만, 이는 주체적인 선택이라고 보기는 어렵다. 당시 신학문인 서학(西學)을 가르치는 '서원(書院)'이 난징이나 항저우(杭州)에 이미 설립되어 있었으나, 학비를 내야 했으므로 가난한 사람들은 들어갈 수 없었다. 다만 수사학당이나 육사학당은 모두 군사학교로서 당시에는 지원자가 많지 않아 학비가 무료이고, 생활비까지 지급하였으므로 루쉰은 지원할 수 있었던 것이다. 말하자면 루쉰이 학당에 들어간 것은 "해·육군의 군인이 되려고 희망했기 때문이 아니라 실은 무료로 공부할 수 있었기 때문이었다."[2] 그러나 센다이의전의 입학은 루쉰이 최초로 스스로 판단하여 결정을 내린 주체적인 선택이라는 점에서 나름대로 의의를 갖는다. 센다이의전의 선택은 주체적이었다는 점뿐만 아니라 센다이의전을 중퇴하고 문학으로 방향전환을 시도하는 그 시점과 결부하여 루쉰은 왜 하필 중도에 포기할 의학을 선택하게 되었는가 하는 의문을 자아낸다는 점에서 그 의미를 따져보아야 한다.

린시엔즈(林賢治)의 설명에 따르면, 처음 루쉰 등 난징의 학생들이 유학생으로 파견될 때 홍문학원의 졸업과 동시에 도쿄제국대학 공과(工科) 소속의 채광야금과(采礦冶金科)에 진학할 것이 규정되어 있었다고 한다. 그런데 도쿄제국대학의 입학은 쉬운 일이 아니었으므로 경쟁에서 실패할 수도 있기에 홍문학원의 일본어교사인 에구치(江口) 선생은 일본의 의학이 세계에서 가장 선진적인 독일의 수준에 이르렀다고 하여 루쉰 등에게 의학을 선택할 것을 권했으며, 결국 루쉰은 의학을 선택하게 되었다는 것이다.[3] 이어 린시엔즈는 "그(루쉰―인용자)는 자신의 선택을 기쁘게 생각했는데, 왜냐하면 그는 의학의 길을 통해 국민의 미신사상을 타파할 수 있고, 과학에 대한 그들의 신앙을 증진시킬 수 있다고 확신하고 있었기 때문이었다"[4]라고 하여 루쉰의 의학선택을

---

2) 周作人, 「魯迅在南京學堂」, 止庵 編, 『關于魯迅』(新疆人民出版社, 1997), p.476.
3) 林賢治, 『人間魯迅』(安徽教育出版社, 2004), p.104 참조.

과학계몽의 입장에서 해석했다.

루쉰은 난징의 수사학당에 입학하고, 반년만에 학교를 옮겨 광무철로학당에 들어감으로써 비교적 체계적으로 서양의 근대 과학기술을 접하기 시작한다. 루쉰은 이 곳에서 수학, 물리, 화학, 기계, 지질, 광물 등을 배웠는데,[5] 이 때의 상황을 "나는 비로소 세상에는 이른바 물리라든가 수학, 지리, 역사, 미술 및 체육이 있다는 것을 알았다"[6]라고 하여 새로운 지식을 접한 데 대한 신선한 충격을 전하고 있다. 난징시절부터 시작된 자연과학지식의 학습은 일본 유학시기에도 이어져 루쉰은 홍문학원에서도 '보통기초자연과학'을 학습했다.[7] 난징시절부터 시작된 과학에 대한 그의 관심[8]은 홍문학원 재학 당시 과학논문의 발표 및 과학소설의 번역으로 표출된다.

1903년 루쉰은 「라듐에 대하여」라는 글을 써서 과학적 발견의 중요성을 역설했다. 이 글에서 그는 새로운 원소 하나의 발견이 "새로운 세기의 서광을 열었고, 구학자들의 미몽을 깨뜨렸다"[9]라고 하여 과학적 발견이 '사상계의 대혁명'을 가져올 수 있다고 보았다. 루쉰은 또 중국

---

4) 林賢治, 앞의 책, p.105.

5) 저우쭤런(周作人)은 루쉰의 난징시절의 수업과 관련하여 이렇게 회고했다. "루쉰의 난징 시기의 수업이 그에게 끼친 영향은 확실히 작다고 할 수 없다. 문사(文史)방면의 학문인 경우, 이 부분의 기초는 그가 집에 있을 시기에 다졌던 것이다. 그러나 일반적인 과학지식은 완전히 수업을 통해 배우게 되었다."(「魯迅在南京學堂」, 周作人 著·止庵 編, 『關于魯迅』, 新疆人民出版社, 1997, p.476)

6) 「自序」, 『吶喊』, 『魯迅全集(1)』, p.416.

7) 張琢, 『魯迅哲學思想研究』(湖北人民出版社, 1981), p.13 참조.

8) 장쭤(張琢)는 루쉰의 과학에 대한 관심을 루쉰의 어린 시절까지 거슬러 올라가 설명하고 있다. 루쉰은 어려서부터 생물학 지식의 고서를 접하게 되었는데, 예를 들어 『석초소기(釋草小記)』, 『석충소기(釋蟲小記)』, 『남방초목상(南方草木狀)』, 『광군방보(廣群芳譜)』, 『모시초목조수충어소(毛詩草木鳥獸蟲魚疏)』, 『화경(花鏡)』 등이라는 것이다.(앞의 책, p.13 참조) 이는 일관성 있게 루쉰을 설명하려는 데서 비롯된 지나친 해석이라 할 수 있다.

9) 「說鈤」, 『集外集』, 『魯迅全集(7)』, p.20.

의 지질의 분포와 광산자원을 소개한 「중국지질략론(中國地質略論)」이라는 논문에서 "미신으로 인해 나라를 허약하게 만들고, 자신의 개인적인 이익을 추구하여 전체를 해치는"10) 당시의 중국적 상황에서 외세로부터 광산자원을 침탈당하고 있는 것은 지질학이 발달하지 못한 것이 그 이유 중의 하나라고 지적하고, "우리는 진실로 중국의 주인이므로 모두 일치 단결하여 산업을 부흥시켜야 한다"11)라고 역설했다. 난징시절부터 형성된 과학의 관심은 일본 유학 초기에도 여전히 지속되고 있었고, 전진하여 과학계몽의 차원으로 발전하고 있었던 것이다.

루쉰은 일본 유학 초기인 1903년 가을부터 광복회(光復會) 결성을 위한 기획에 참가하는 등 정치적 활동에 참가했던 것은 사실이나, 그에게 정치는 자신의 절박한 문제로 다가오지 않았던 것 같다. 여기서 정치란 '조직활동'과 같은 구체적인 행동으로서의 실천운동을 가리키는데, '조직활동'으로서의 실천운동에 흥미를 갖지 못했던 루쉰은 그의 절친한 친구인 쉬서우창(許壽裳)이 지적한 바 있듯이, 그 무렵 고독을 느끼고 있었다. 그런데 이러한 고독을 군이 혁명에 대한 좌절로 이해할 필요는 없을 것 같다. 당시 혁명운동이 일관성 있게 통괄된 것이 못되고 각 개인의 개성 및 기질에 따른 갖가지 행동이 타(他)를 배제하지 않은 채 공존하고 있었던 시대상황에서12) 루쉰이 센다이행을 결행한 동인을, '고독'을 매개로 혁명에의 좌절에서 찾는 것은 경솔한 접근방식이다.

쉬서우창은 루쉰이 죽은 뒤 19일째 되는 날(1936년 11월 8일)에 쓴

---

10) 「中國地質略論」, 『集外集拾遺補編』, 『魯迅全集(8)』, p.4.
11) 앞의 글, 앞의 책, p.17.
12) 丸山昇 지음·韓武熙 옮김, 『魯迅評傳』(일월서각, 1982), p.62 참조.

「망우(亡友) 루쉰을 그리워하며」라는 글에서 루쉰이 과학계몽을 위해 의학을 선택하게 되었음을 이렇게 술회했다. "루쉰은 홍문학원 시절에 수업이 끝나면 철학·문학의 책을 즐겨 읽었다. 그는 나에게 늘 세 가지 상관된 문제를 이야기하였다. 이상적인 인성이란 무엇인가? 중국 국민성 중에 가장 결핍된 것은 무엇인가? 그 병근(病根)은 어디에 있는가? 이것으로 당시 그의 사상이 이미 보통사람들을 초월하고 있었음을 알 수 있다. 후에 그는 의학을 지원했다고 말했다. 과학으로 시작해서 이 세 가지 문제를 해결하는 경계(境界)에 도달하려는 것이었다."[13] 당시 신학문을 추구하던 사람들은 대부분 학문을 목적으로 여기지 않고 수단으로 삼았는데, 그래서 학문하려는 학생 중에 십중팔구는 동기가 순결하지 못하여 '입신출세의 수단'으로 삼고 시간이 지나면 포기해버렸으며, 열등한 자들은 논할 필요도 없이 우수한 인재들도 '치용(致用)'을 신조로 삼아 배운 것은 반드시 사용되어야 한다고 여겼다.[14] 당시 유학생에게 만연되어 있던 진로선택의 경향성, 즉 실용적인 학문을 선호하던 시대분위기와 무관하지 않겠지만,[15] 센다이의전을 선택하기 이전까지 루쉰의 개인적 측면에서 과학이 차지하는 비중은 매우 컸고 과학의 한쪽 가지로서 의학의 선택은 그에게 자연스러운

---

13) 許壽裳, 『我所認識的魯迅』(人民文學出版社, 1952年 初版, 1978年 第8次印刷), pp.6~7.
14) 梁啓超, 『淸代學術槪論』(東方出版社, 1996), pp.89~90 참조.
15) 쉬서우창은 1902년 여름 일본 유학생의 수가 200~300명에 지나지 않았으나 점차 늘어 2만 명이나 되었으며, 그들이 배운 과목은 법정, 경찰, 농업, 공업, 상업, 의학, 육군, 교육밖에 없었고 문예를 배우는 사람은 전혀 없었다고 했다.(魯迅硏究室編, 『魯迅硏究資料(1)』, p.176~177 참조) 루쉰은 「어찌하여 나는 소설을 쓰게 되었는가」라는 글에서 "내가 문학에 관심을 품었을 무렵은 지금과 사정이 판이했었다고 하는 것이다. 즉 중국에서는 소설이 문학으로 간주되지 않았고, 소설쟁이도 문학자라고는 불리지 않았었다. 따라서 이 길로 출세하려고 생각하는 자는 한 사람도 없었던 시대였다. 나로서는 소설을 '문단'에 짜 넣으려고 생각한 것은 아니었다. 그저 그 힘을 이용하여 사회를 개량하려고 생각했을 뿐이었다"라고 했다.

일인지도 모른다. 따라서 루쉰의 센다이의전의 선택은 과학계몽의 차원에서 이루어진 것으로 보아야 한다. 과학계몽의 사명감을 주축으로 아버지의 병에 대한 기억, 일본의 메이지유신의 배경자각[16] 등이 어우러지면서 루쉰은 '조직활동'으로서 실천운동에 흥미를 잃고 있던 상황에서 일본의 한 궁벽한 시골 의학전문학교를 선택하게 된 것이다.

문학으로의 방향전환

루쉰은 의학을 전공하기 위해 센다이의전에 입학했지만, 1906년 초를 고비로 결국 의학을 포기하고 만다. 루쉰이 의학을 중도에 포기한 것은 문학을 선택하기 위한 것이었으니, 문학의 선택은 루쉰의 깊은 고민이 반영되어 있다는 점에서 매우 의미심장하다. 난징행이 "다른 길을 걷고 다른 지방에 가서 다른 종류의 사람을 만나보려고 했던"[17] 막연한 동경에서 비롯되었으므로 과학의 관심 또한 그 연장선상에 놓여 있었다고 할 수 있다. 과학계몽을 위한 의학의 선택은 스스로의 선택이라는 점에서 주체적이라 할 수 있지만, 그 의미는 난징행의 연속으로 보아도 무방할 것이다. 그러나 의학의 포기와 문학으로의 방향전환은 어쩌면 루쉰에게 가장 근원적인 의미에서 주체적인 선택이라 할 수 있다. 근대중국의 많은 지식인이 서양의 근대 자연과학지식을 끌어들여 자기

---

16) 량치차오(梁啓超)가 일본의 메이지유신(明治維新)본받아 중국을 개혁하려 했던 것과 마찬가지로 루쉰도 일본의 메이지유신을 중국 개혁의 본보기로 생각했다. 량치차오가 메이지유신 시기에 유행한 정치소설의 효용성을 깨닫고 신소설을 제창한 것처럼 루쉰도 메이지유신에 중요한 역할을 한 의학의 필요성을 깨닫고 의학을 선택한 측면이 있다.

17) 「自序」, 『吶喊』, 『魯迅全集(1)』, p.415.

사상의 기초를 세우려 했고, 자기 학설의 내용을 충실히 하려 했던 당시의 보편적인 추세에서 루쉰도 예외가 아니었지만, 루쉰이 의학을 포기하고 문학을 선택한 것은 당시로서는 루쉰만의 독특한 방향전환이었다. 말하자면 문학의 선택은 루쉰의 특수성으로서 가장 주체적인 선택이었다.

잘 알려져 있는 바와 같이, 루쉰은 센다이의전의 미생물학 수업시간에 우연히 러·일전쟁(1905년)의 슬라이드 상영에서 한 중국인이 러시아군의 스파이 노릇을 했다는 죄목으로 일본군에 체포되어 중국 땅에서 중국인들이 보는 앞에서 처형되는 장면을 목도한다.

> 어느 날 나는 화면에서 갑자기 오랫동안 헤어진 많은 중국인을 만나게 되었다. 한 사람이 가운데에 묶여 있고, 많은 사람이 주위에 서 있었는데, 한결같이 건장한 체격이었으나 무표정한 얼굴을 짓고 있었다. 해설에 따르면, 묶인 사람이 러시아를 위해 군사상 스파이 노릇을 해서 본보기로 일본군이 목을 치려는 참이었고, 에워싸고 있는 사람은 그것을 구경하러 온 무리라는 것이었다.[18]

이 때 루쉰은 "무릇 어리석은 국민은 체격이 제아무리 건장하고 튼튼하다 하더라도 전혀 의미 없는 본보기의 재료나 구경꾼밖에는 될 수 없다"는 심각한 자각에 이르고, 마침내 의학을 포기하고 문학을 선택하기로 결심했다는 것이다. 왜냐하면 "첫 번째로 해야 할 일은 그들의 정신을 뜯어고치는 것이었고, 정신을 뜯어고치는 데 가장 좋은 것은 당시에

---

18) 앞의 글, 앞의 책, p.416.

는 당연히 문예를 들어야 한다고 생각했기"19) 때문이었다. 유명한 '환등사건'이다.20)

야마다 게이조(山田敬三)는 루쉰이 의학에서 문학으로 전향한 동인을 센다이의전에서 경험한 '약소민족으로서의 비애와 굴욕'에서 찾았다. "센다이 이전에 루쉰은 계몽활동의 일환으로 민족의 광복을 도모하기 위해 젊은이의 열정으로 「중국지질략론」 이하의 작품을 발표한다.…… 센다이에로의 고독한 수학행(修學行)은 그러한 문필활동 또는 실천활동에의 회의를 내포한 것이었다. 그러나 센다이의전도 루쉰에게는 안주할 수 있는 장소가 못되었다. 일상생활 모두가 약소민족으로서 비애와 굴욕을 가져다 주었다. 노트사건과 시험 그리고 환등사건으로 루쉰은 문학으로 전향하게 된다."21) 야마다는 우선 루쉰의 센다이의전의 선택을 정치에의 좌절과 연관시켜 살피고 있는데, '문필활동 또는 실천활동에의 회의'라는 표현이 그러한 의미를 담고 있다. 나아가 야마다는 루쉰이 의학에서 문학으로 전향한 것은 센다이의전의 생활이 그에게 약소민족으로서 비애와 굴욕을 가져다 주어 센다이가 안주할 곳이 못되었기 때문이라 하고, 그 계기로서 노트사건과 시험 그리고 환등사건

---

19) 앞의 글, 앞의 책, p.417.

20) 쉬서우창은 루쉰이 센다이의전을 중퇴하고 도쿄로 돌아온 뒤 자신과 나눈 대화를 이렇게 기록했다. "'나는 퇴학했어.' 그(루쉰)가 나에게 말했다. '무엇 때문에?' 나는 그 말을 듣고 놀라며, 속으로 그의 의지가 굳지 못한 게 아닌가 의심이 들어서 물었다. '자네는 흥미를 가지고 배우고 있던 참이 아니던가? 무엇 때문에 중도에 그만두려는가……' '그래' 그는 머뭇거리더니 마침내 이렇게 말했다. '나는 문예를 배우려고 결심했어. 중국의 바보들, 진짜 바보들을 어찌 의학으로 치료할 수 있겠는가?'(許壽裳, 『我所認識的魯迅』, 人民文學出版社, 1952年初版, 1978年 第8次印刷, p.7.) 쉬서우창은 이어 루쉰은 "문예운동에—국민성의 약점을 연구하고 들추어내고 공격하고 일소하는 데 30년을 한결같이 꾸준히 매진하였다"라고 하여 환등사건을 계기로 중국인의 국민성을 개조하기 위해 루쉰은 의학에서 문학으로 전향하게 되었음을 밝히고 있다.

21) 山田敬三, 「魯迅の留學時代(上)—その文學と英雄の系譜」, 『野草』1970 秋 創刊號, p.21.

을 들었던 것이다.

마루야마 노보루(丸山昇)는 논의를 좀더 진전시켜 루쉰의 의학에서 문학으로의 방향전환을 '중국인의 인간다운 생존 그 자체에 대한' 고민과 연결시키고 있다. "노트사건이든 환등사건이든 간에 그 모든 것이, 루쉰이 이전부터 가지고 있었던 중국 민족의 인간다운 생존자체에 대한 불안에 의해 고조되었고, 또 반대로 그런 사건들이 그 불안을 더욱 부채질했다는 연관성을 가지게 되었던 것이다. 중국 사람은 인간이 되기 위한 중요한 요소 중의 무엇인가를 결여하고 있는 것은 아닌가? 인간이 될 만큼 진화되고 있지도 못한 게 아닌가? 그는 이 의심, 불안을 의학으로는 풀 수 없었다. 그의 최대의 관심사가 중국인의 인간다운 생존 그 자체에 있는 이상 그의 뜻이 결국 문학으로 향한 것은 극히 자연스러운 일이다."[22] 마루야마는 노트사건이나 환등사건이 촉발작용을 했다는 점을 인정하면서도 그것이 본질적인 문제가 아님을 지적하고 있다. 진화론적 관점을 받아들인 당시 루쉰은 서양열강과 중국 민족의 관계가 단순히 생존경쟁에서 승리하는 자와 패하여 멸망하는 자의 대립관계뿐만이 아닌, 보다 진화된 생물과 진화가 늦어진 생물의 대립이 아닌가, 중국 민족은 인간으로서 뭔가 중대한 결함이 있는 게 아닌가 하고 우려하고 있었다고 본다. 중국 민족은 중대한 결함을 가지고 있다는 인식이 루쉰에게 불안을 낳고, 센다이의전에서의 몇 가지 사건이 그 불안을 더욱 고조시킴으로써 마침내 루쉰은 의학에서 문학으로 전향하게 되었다는 것이다. 마루야마의 설명은 표면적인 몇 가지 사건에 한정하지 않고 좀더 근원적인 부분까지 추적하고 있어 논의를 진전시켰다

---

22) 丸山昇 지음·韓武熙 옮김, 『魯迅評傳』, pp.70~71.

고 할 수 있다. 마루야마가 중국 민족의 중대한 결함에 대한 루쉰의 인식을 거론할 수 있었던 것은 아마 루쉰과 쉬서우창의 토론에서 나온 "이상적인 인성이란 무엇인가? 중국 국민성 중에 가장 결핍된 것은 무엇인가? 그 병근은 어디에 있는가?"라는 말에서 시사를 받았을 것이다. 이러한 관점은 일반적으로 받아들여지고 있는데, 다만 또 다른 측면을 고려해야 한다. 루쉰이 의학을 중도에 포기하고 문학을 선택하게 되는 계기는 '개성과 기질'의 측면에서 그리고 '시대'라는 더 큰 범주 속에서 따져볼 때 더욱 명료해질 것이다.

1904년 10월 8일 루쉰은 친구인 장이즈(蔣抑卮)에게 편지를 보낸다. 루쉰이 센다이의전에 입학한 것이 1904년 9월이니까 이 편지는 입학한 지 1개월이 지난 시점에 씌어졌다.

학교공부는 너무 바빠서 매일 쉴 수가 없다. 7시에 시작해서 오후 2시에 비로소 끝난다. 나는 아침에 늦게 일어나니 이런 상황과는 전혀 맞지가 않다. 물리, 화학, 해부, 조직, 독일어 등의 과목을 가르치는데, 받아들일 틈도 없이 모두 너무나 빨리 진행되고 있다. 조직과 해부 두 과목은 용어가 모두 라틴어와 독일어를 함께 사용하고 매일 암기해야 하므로 머리(사고력)가 피폐해진다.……센다이에는 오랫동안 비가 내리더니 오늘에야 맑아졌다. 고향생각이 절로 나고 생각은 오랫동안 가을처럼 쓸쓸하다. 학교공부는 오로지 외어야만 하고 사색이 필요치 않으니 이렇게 배우다가는 오래지 않아 머리(사고력)가 완전히 굳어질 것이다. 4년이 지나면 아마 목석이 될 것이다.[23]

---

23) 「致蔣抑卮」, 『書信』, 『魯迅全集(11)』, p.322.

학교 근처에서 하숙하고 있던 루쉰은 위 인용문의 내용에 앞서 그 곳의 하숙상황과 같은 신변의 자질구레한 일까지 토로하고 있어 앞의 편지에는 루쉰의 솔직한 심경이 잘 드러나 있다. 루쉰은 센다이의전에 입학한 뒤 얼마 지나지 않아 센다이의전의 생활에 다소 회의를 느끼고 있었던 것 같다. 의학이 자신의 기질에 맞지 않음을 깨달은 듯하다. 외어야만 하는 의학은 사색할 기회를 주지 않는다는 점에서 루쉰에게 전공으로서 만족감을 충분히 주지 못하고 있었다. 그러다가는 머리가 완전히 굳어지지나 않을까 하는 조바심이 루쉰의 마음을 사로잡고 있었다. 외국유학생으로서 학교성적은 나쁘지 않았으나,[24] 이른 아침부터 시작하는 수업 등, 규정된 틀에 따라 움직이는 정규수업이 개인의 생활리듬에 맞지 않은 것도 루쉰에게 센다이의전의 생활에 회의를 느끼게 하는 데 한몫 한 것 같다.[25] 마루야마는 1학년을 마칠 무렵부터 루쉰이 의학에 흥미를 잃고 있었다고 언급했지만, 실제로 루쉰은 처음부터 의학에 크게 흥미를 느끼지 못하고 있었다. 과학계몽의 차원에서 그리고

---

24) 루쉰의 센다이의전 1학년 성적을 보면, 해부학(丁), 조직학(丙), 생리학(丙), 윤리학(乙), 독일학(丙), 화학(丙) 과목에서 평균 65.5점을 받아 전체 142명 중 68등의 석차를 차지했다. 외국인으로서 이 정도의 성적을 거두기는 쉽지 않았을 것이다. 각 과목의 성적은 갑(甲), 을(乙), 병(丙), 정(丁), 무(戊)로 구분되었는데, 루쉰은 수강과목 중 윤리학에서 가장 높은 점수인 '을(乙)'의 성적을 받았다(薛綏之 主編, 『魯迅生平史料匯編(第二輯)』, 天津人民出版社, 1982年, p.97 참조). 이 점에서 루쉰은 의학보다 인문학에 더 특장이 있었다고 볼 수도 있다.

25) 도쿄에서 함께 생활했던 저우쭤런도 루쉰이 센다이의전을 중퇴하고 도쿄로 돌아온 뒤의 생활을 회고하면서 늦게 자고 늦게 일어나는, 자유롭고 구속을 싫어하는 그의 습관을 언급했다. "루쉰의 도쿄의 일상생활을 이야기하자면, 좀 특별한 데가 있었던 것 같다. 왜냐하면 그는 유학을 하며 학적을 독일어학회의 독일어학교에 두고 있었다고 하지만 실제로 그는 그 곳의 학생이 아니었으며, 오히려 일생의 문학사업을 준비하고 있었기 때문이다. 이 시기를 전기(前期)라고 할 수 있다면, 후기(後期)는 민국 초 베이징 교육부에 있던 5,6년 동안이다. 그는 아침에 아주 늦게 일어났으며, 특히 중월관(中越館) 시기에 그러하였고, 그 때가 가장 자유롭고 구속이 없었다"(周作人, 「魯迅在東京」, 『關于魯迅』, 新疆人民出版社, 1997, p.156).

몇 가지 이유에서 의학을 선택했지만, 그것은 자신의 기질에 맞지 않았던 것이다.

루쉰이 의학에 흥미를 잃고 있었던 것은 이전부터 지니고 있던 개인적 관심이나 기호와 깊은 연관이 있는 것 같다. 어린 시절 루쉰은『산해경(山海經)』을 좋아했다.『산해경』을 선물로 받았을 때의 느낌을 이렇게 술회한 적이 있다. "나는 벼락에 감전이라도 된 듯이 전신이 떨렸다. 서둘러 받아들고 꾸러미를 펴 보니, 소형의 책 네 권이었다. 책장을 얼른얼른 넘겨 보니 사람 얼굴의 짐승, 머리 아홉 달린 뱀…… 과연 모두 다 있었다."26) 이 무렵 루쉰은 여러 가지 그림이 그려져 있는『화경(花鏡)』도 대단히 좋아했다. 그림을 좋아했던 루쉰은『산해경』을 갖게 된 이후 그림이 그려진 책의 수집에 열을 올려『이아음도(爾雅音圖)』,『모시품물도교(毛詩品物圖巧)』,『점석재총화(點石齋叢畵)』등을 입수했다. 그림의 관심은 신해혁명 이후 루쉰이 교육부 직원으로 재직할 당시에도 지속적으로 나타나고 그 후로도 이어지는데, 그림의 관심은 문학과 무관하지 않을 것이다. 또 12살 때 루쉰은 사숙(私塾)인 삼미서옥(三味書屋)에서 전통교육을 받으면서 중국의 전통소설에도 관심을 보였다. 그는 사서오경을 익히는 가운데 몰래 그림을 베끼거나『서유기』를 읽었다.27) "읽은 책은 수효가 많아짐에 따라 베껴 그린 그림 수도 늘어갔다. 읽기는 잘 숙달되지 않았으나 그림솜씨는 늘었다.『탕구지(蕩寇志)』와 『서유기』의 삽화는 다 베꼈으므로 모두 두꺼운 책이 되었다."28)

---

26)「阿長與,『山海經』」,『朝花夕拾』,『魯迅全集(2)』, p.247.

27) 루쉰의 조부는『서유기』를 좋아했기 때문에 사람들에게 자주 그 구절을 들려주었고, 아이들은 소설을 읽어야 하며, 소설을 읽어 문장의 법칙을 안 다음에 경서를 읽으면 이해가 빠르다고 주장했다고 한다.

28)「從百草園到三味書屋」,『朝花夕拾』,『魯迅全集(2)』, p.282.

루쉰의 소설에 대한 관심은 일시적으로 후퇴하거나 숨어 있을 수 있어도 완전히 소멸한 것은 아니었다. 루쉰은 신학문을 배우기 위해 난징으로 떠나 그 곳에서 실용적인 자연과학적 지식을 배웠지만, 여전히 소설의 흥미를 잃지 않았다. 난징의 광무철로학당에서 루쉰과 함께 공부하였고 일본유학을 함께 떠났으며, 귀국하여 항저우의 저장양급사범학당(浙江兩給師范學堂)에서 함께 가르쳤고, 신해혁명 이후에는 베이징의 교육부에서도 함께 일했던 친구 장시에허(張協和)는 광무철로학당 시절 루쉰의 생활을 이렇게 술회했다. "루쉰은 수업이 끝나면 복습을 하지 않고 종일토록 소설(필기소설, 서상기 등)을 읽었으며, 한번 보면 잊지 않아 『홍루몽』에 대해서는 거의 암송할 수 있었다."29) 소설에 대한 루쉰의 지대한 관심을 엿볼 수 있는 대목이다.

루쉰의 소설에 대한 관심은 일본 유학 초기에 이르러 좀더 직접으로 표출된다. 그 실례로 프랑스 과학소설가 쥘 베른(Jules Verne)의 『달나라여행(月界旅行)』과 『지저여행(地低旅行)』의 번역을 들 수 있다. 루쉰의 소설번역은 당시 소설계혁명(小說界革命)을 주창한 량치차오(梁啓超)의 영향을 받아 전반적으로 소설의 관심이 고조되었던 시대분위기와 무관하지 않겠지만, 아무래도 잠재되어 있던 소설의 개인적인 관심의 새로운 표출로 이해해야 옳을 것이다. 그것이 과학계몽의 필요성과 결합되면서 루쉰은 과학소설의 중요성을 깨닫고 직접 과학소설을 번역하였던 것이다.

---

29) 張協和, 「憶魯迅在南京礦路學堂」(1956年), 薛綏之 主編, 『魯迅生平史料匯編(第一輯)』(天津人民出版社, 1981), p.400. 장시에허는 이어서 루쉰은 대단히 똑똑하여 시험 때 가장 먼저 답안지를 제출하고 나갔으며, 시험성적 또한 선두에 있었다고 했다.

학리(學理)를 취하면서 엄숙함을 제거하고 부드럽게 해서 독자들에게 눈으로 보아 마음으로 깨닫도록 하고 애써 사색하지 않아도 되게 한다면, 반드시 부지불식간에 한줄기 지식을 획득할 것이며 유전(遺傳)되는 미신을 타파하고 사상을 개량하여 문명에 도움이 될 것이니, 그 힘의 위대함은 이와 같도다! 우리나라의 소설 중에 인정(人情), 고사(談故), 풍자(刺時), 괴기(志怪) 등을 내용으로 하는 것은, 놓아두면 대들보까지 가득 차고, 운반하면 소가 땀을 흘릴 정도로 많지만 오직 과학소설은 기린의 뿔과 같이 희귀하다. 지식이 황폐하고 협소한 것은 이것이 실로 한 이유일 것이다. 따라서 오늘날 번역계(飜譯界)의 결점을 제거하고 중국인들을 인도하여 앞으로 나아가게 하려면 반드시 과학소설로부터 시작해야 한다.30)

1903년 10~12월에 루쉰은 「라듐에 대하여」, 「중국지질약론」 등 과학지식과 관련된 글을 발표하고 『달나라여행』과 『지저여행』을 번역하였는데, 이들은 모두 과학계몽의 차원에서 이루어진 일련의 활동이었다. 특히 『달나라여행』과 『지저여행』의 번역은 과학과 소설, 즉 과학과 문학에 대한 루쉰의 관심이 결합되어 이루어진 것으로 볼 수 있다. 루쉰의 과학소설의 번역은 과학계몽을 목적으로 하고 있었지만, 그것은 문학의 개인적 관심에서 출발하여 량치차오의 소설이론의 영향을 받아 구체화된 것이다. 쉬서우창이 홍문학원 시절의 루쉰을 회고하면서 "수업이 끝나면 철학·문학의 책을 즐겨 읽었다"고 언급한 것도 루쉰의 문학관심을 엿볼 수 있는 대목이다. 따라서 루쉰이 의학을 포기하고 문학을 선택하게 되는 것은 약소민족으로서의 비애와 굴욕이나 환등사건과

---

30) 「『月界旅行』辨言」, 『譯文序跋集』, 『魯迅全集(10)』, p.151.

같은 외부의 일회적인 충격 때문만이 아니라 좀더 내밀한 개인적인 계기가 크게 작용하였음이 분명하다.[31]

정신의 발견

　루쉰의 문학으로의 방향전환은 개인적인 계기와 밀접하게 관련되어 있었을 뿐만 아니라, 당시의 시대상황과도 밀접하게 관련되어 있었다. 1905년 7월 쑨원(孫文)은 유럽망명에서 돌아와 일본에 들러 흥중회(興中會), 화흥회(華興會), 광복회(光復會) 등을 통합하고 삼민주의이론을 이념으로 삼아 중국혁명동맹회를 창설한다. 이 때 혁명파는『민보(民報)』를 기관지로 삼아 혁명사상을 고취하는 한편,『신민총보(新民叢報)』를 통해 입헌군주제를 선전하고 있던 개량파의 량치차오에 대항하여 배만공화제(排滿共和制)를 주장하며 격렬한 논전을 벌였다. 이 논전에서 혁명파가 승리함으로써 혁명파의 민주공화사상은 사람들에게 널리 전파되었고 개량파의 입지는 더욱 좁아졌다. 스파르타의 상무정신

---

31) 쉬서우창도 이렇게 술회했다. "『납함』의 서문에 기록되어 있는 바와 같이 (루쉰은) 미생물 강의 시간의 슬라이드 필름에서 갑자기 우리 중국인이 목이 잘리는 모습을 보고서 곧 퇴학하여 문예운동을 제창하려고 결심하였는데, 이 슬라이드 필름은 하나의 자극에 지나지 않으며 결코 유일한 자극은 아니었다."(許壽裳,『我所認識的魯迅』, pp.21~22) 센다이의 전에서 루쉰과 동급생이었던 일본인 스즈키 잇타(鈴木逸太)는 이렇게 술회한 적이 있다. "슬라이드로 해설한 것은 〔나카가와 아이사키(中川愛咲) 교수가 세균학 강의에서 슬라이드로 수업을 진행한 사실을 가리킴—인용자〕 나카가와(中川) 교수가 직접 진행한 것이다. 아마 중국인이 일본군에 의해 살해되는 장면이 있었을 것이다. 상영된 슬라이드 중에는 만세를 외치는 장면이 있었던 것 같으며, 학생들은 대체로 조용히 보고 있었다. 이 사건이 저우수런(周樹人, 즉 루쉰)이 퇴학한 이유가 되었다는 것을 나중에 듣게 되었는데, 당시에 저우수런은 이 사건을 말하지 않았다"(薛綏之 主編,『魯迅生平史料匯編(第二輯)』, 天津人民出版社, 1982, p.103).

과 애국정신을 고양시키려는 의도에서 씌어진 「스파르타의 혼」(1903
년)32)이라는 글을 읽어볼 때, 루쉰은 이미 혁명파에 기울어 있었고
시대의 추이로 보건대, 루쉰이 혁명파의 사상을 받아들인 것은 자연스
런 일이다.

　1926년에 쓴 「중산(中山) 선생 서거 후 1주년」이라는 글에서 루쉰은
당시 혁명파를 이끌었던 쑨원을 "그는 전체(全體)로서 영원한 혁명자이
다. 어떤 일을 하더라도 모두 다 혁명이었다. 후세 사람들이 아무리 그
를 헐뜯고 냉대하여도 그는 끝내 전부가 다 혁명이었다."33)라고 했다.
또한 장타이옌(章太炎)과 관련하여, "나는 『민보』를 애독하였는데, 그
것은 선생의 고통스럽고도 난해하기 이를 데 없는 문장을 읽기 위해서
도 아니었고, 또 불교철학이나 '구분진화론(俱分進化論)'을 읽기 위해서
도 아니었으며, 오로지 량치차오의 보황론(保皇論)에 대한 공격 등……
닥치는 대로 쓰러뜨리는 통쾌하기 이를 데 없는 문장을 읽고 싶었기 때
문이었다. 일부러 강의를 들으러 갔었던 것도 그 무렵의 일이거니와 이
또한 그가 학자였기 때문이 아니라 학문이 있는 혁명가였기 때문이었
다."34)라고 했다. 루쉰은 혁명가로서 쑨원을 높이 평가하고 있으며,
장타이옌을 따르며 강의를 들었던 것도 그가 학문이 있는 혁명가이기
때문이었다.

---

32) 1903년 중국의 동삼성(東三省)을 판도에 넣으려는 러시아의 정책에 맞서 중국인 일본
　　유학생이 의용대를 조직하여 러시아에 저항하고자 했다. 이러한 상황에서 루쉰은 외세를
　　몰아내기 위해 스파르타의 상무정신을 제창하며, 「스파르타의 혼」을 써서 애국정신을 고양
　　시키고자 했다. "나는 지금 이 역사적 사건을 간추려서 우리 청년들에게 선물로 주려 한다.
　　오호라! 여자보다 못함을 달가와 하지 않는 남자가 세상에 있는가? 그런 남자라면 반드시
　　붓을 던지고 일어나야 한다"(「斯巴達之魂」, 『集外集』, 『魯迅全集(7)』, p.9).
33) 「中山先生逝去後一周年」, 『集外集拾遺』, 『魯迅全集(7)』, p.294.
34) 「關于太炎先生二三事」, 『且介亭雜文末編』, 『魯迅全集(6)』, p.546.

중국의 정치정세는 1905년을 고비로 개량파(입헌파)에서 혁명파로 그 무게중심이 옮겨지고 있었고, 루쉰은 이러한 정치정세를 센다이라는 궁벽한 시골에서 구경만 하고 있을 수 없었다. 루쉰이 센다이의전을 중퇴하고 쉬서우창 등과 함께 문예운동을 제창할 것을 상의한 것이 1906년 3월부터인데, 이 시기는 중국 정치정세 변화의 한가운데 위치한다. 따라서 루쉰의 의학에서 문학으로의 방향전환은 시대상황과 밀접하게 관련되어 있었다.

이 무렵 루쉰의 생각을 가늠하기 위해서는 문학으로 전향한 직후에 씌어진 일련의 논문을 살펴보아야 한다. 이들을 통해 우리는 당시 루쉰의 현실인식을 명확하게 파악할 수 있고, 문학으로의 방향전환의 의미도 좀더 분명하게 이해할 수 있다. 루쉰은 1907~1908년 「인간의 역사(人之歷史)」, 「과학사교편(科學史敎篇)」, 「마라시력설(摩羅詩力說)」(악마파 시의 힘), 「문화편지론(文化偏至論)」(문화편향론), 「파악성론(破惡聲論)」(악성을 깨뜨림) 등 일련의 논문을 집필한다. 이것은 모두 문학으로 전향한 직후에 씌어진 글로서 일본 유학시기의 루쉰을 이해하는 데 대단히 중요한 자료이며, 그 속에는 5·4신문학시기 루쉰의 원형이 담겨 있다.

루쉰은 「문화편지론」에서 당시의 중국 상황을 나름대로 분석한다. 유럽의 정신사와 중국의 상태를 분석한 뒤 중국이 나아가야 할 현실적 대안을 제시한다. 루쉰은 유럽 정신사의 흐름을 정리하면서 '물질'과 '다수'를 존중하는 흐름에 맞서는 새로운 사상적 흐름인 '개성을 존중하고 물질을 배척하는' 조류를 읽어낸다. 이러한 조류는 앞선 조류의 편향을 극복하는 것이며, 진화론적인 관점에서 이전 시대를 뛰어넘는 것이었다. 루쉰은 이러한 서양 근대의 새로운 사상적 조류를 읽어냄으로써 외세의 침탈에 시달리고 있던 중국을 구제하는 방법으로 유럽의 새로운 사상적 조류를 제창하게 된다. 당시 중국을 유린하던 서양열강은 바로 유럽의 정신사에서 새로운 조류, 즉 '개성을 존중하고 물질을 배척하는' 조류 이전의 시대에 해당하는, 다수를 존중하고 물질을 숭배하는 사상영역에 속하는 것으로 이해했다. 이렇게 서양열강의 현상(現狀)을 분석함으로써 루쉰은 외세를 배격하기 위해서는 유럽의 새로운 사상적 조류를 받아들여야 한다고 생각했다.

이러한 입장에서 루쉰은 양무파(洋務派)와 유신파(維新派, 개량파)의 허상을 드러내고 그것의 통렬한 비판을 시도한다. 양무파는 새로운 조류 이전의 '물질숭배'의 유럽을 따르려는 것이었고, 유신파는 새로운 조류 이전의 '다수'를 지향하는 유럽을 따르려는 것이었기 때문에 그들을 비판하고, '개성을 존중하고 물질을 배척하는' 새로운 조류를 받아들여야 한다고 역설했다.

서양에서 신생국들이 즐비하게 일어나서 특이한 기술을 중국에 들여와 한번 보여주며 선전하자, 사람들은 망연자실 기절하면서 그제야 큰일났다는 것을 알게 되었으며, 하찮은 재주와 지혜를 가진 무리들이 그리하여 다투어 군사를 운위하게 되었다. 그 후 이역에서 공부한 사람들은 가까이는 중국의 상황을 알지 못하고, 멀리는 구미(歐美)의 실정을 살피지 않은 채, 주워 모은 잡동사니를 사람들 앞에 늘어놓으며 날카로운 발톱과 이빨이야말로 국가가 가장 먼저 해야 할 일이라고 말한다. 또 문명(文明)용어를 끌어다가 스스로 분식하며 인도와 폴란드를 증거로 대면서 그것을 거울로 삼아야 한다고 말한다.35)

---

35)「文化偏至論」,『墳』,『魯迅全集(1)』, pp.44~45.

말단은 비록 일시적으로 찬란한 빛을 발할 수는 있지만 기초가 견실하지 않으면 금세 시들어 버리게 마련이니 처음부터 능력을 비축하여야 비로소 오래 가는 법이다. 다만 가볍게 볼 수 없는 것이 있으니 그것은 사회가 편향으로 기울어지는 것을 막아야 한다는 점이다. 나날이 한 극단으로 내달리면 정신은 점차 소실되고 곧 파멸이 뒤따를 것이다.[36]

양무파와 유신파는 말단을 붙잡고 근본을 놓치는 꼴로 이해했던 루쉰은 '개성을 존중하고 물질을 배척할 것'을 앞세워 정신의 문제가 근본임을 간파했다. 근본인 정신이 견실하지 않으면 모든 것이 사상누각에 지나지 않는다는 것이다.[37] 또 루쉰은 지식과 과학이 발전하는 데 '도덕력'과 '비과학적 이상(理想)'의 힘을 신뢰하였는데, 정신의 문제에 집착했던 루쉰에게는 당연한 귀결이다. "지식사업은 마땅히 도덕력과 구분하여야 한다고 말하는 사람이 있으나 그의 말은 옳지 않다. 가령 진정 도덕력에 의해 편달되지 않고 오로지 지식에만 의존한다면 이룩할 수 있는 것은 보잘것없는 것이 되고 말 것이다. 발견의 요인 가운데 도덕력이 그 중의 하나이다. 이제 더욱 전진하여 발견의 깊은 요인을 궁구해 본다면, 이 도덕력보다 더 큰 것이 있다. 대개 과학의 발견이란 항상 초과학(超科學)의 힘으로부터 영향을 받게 되는데, 이를 쉬운 말로 표현하면 비과학적 이상(理想)의 감동이라고 할 수 있을 것이다."[38] 지식은 말단이며 근본은 정신인바, 중국은 근본인 정신을 놓치는 편향으로 내달려 서양열강으로부터 침략을 받게 되었다는 것이 루쉰의 현

---

36) 「科學史敎篇」, 앞의 책, p.35.
37) '개성을 존중하고 물질을 배척하는' 정신의 문제는 강렬한 개성을 가진 근대적 주체의 확립을 요청하는 것이기도 하다.
38) 「科學史敎篇」, 『墳』, 『魯迅全集(1)』, p.29.

실진단이었다. 양무파와 유신파는 근본인 정신은 건드리지 않고 오로지 말단인 지식만을 추구함으로써 중국의 제 문제를 해결할 수 없고, 더욱이 서양열강의 침략을 막아낼 수 없다. 중국의 편향을 바로잡고 서양열강의 침략을 막아내기 위해서는 먼저 정신을 진작시켜야 하는데, 급선무인 정신을 진작시키는 일은 문학을 통해 추진할 수 있다고 루쉰은 인식했다.

루쉰의 이러한 인식은 문학으로 전향한 이후에 발표된 글에서 추출해낸 것이지만 그 인식의 틀은 일본 유학시기를 거치면서 서서히 형성되었다고 보는 것이 옳다. 센다이의전 시절에 형성된 루쉰 생각의 단초를 파악할 수 있는 자료가 많지 않아 인식의 변화과정을 추적하기는 쉽지 않다. 다만 장이즈에게 보낸 편지에서 루쉰이 '쓸쓸한' 기분을 느끼고 있었던 사실, '사색'을 허용치 않는 의학과목과 같은 말단의 지식이 루쉰에게 크게 흥미를 끌지 못했다는 사실 등을 고려한다면 인식의 변화과정을 어느 정도 짐작할 수 있을 것이다. 의학과목은 '사색', 즉 정신의 문제에 접근하는 길을 차단하는 것이었고, 그래서 루쉰은 스스로 목석이 되지 않을까 하는 조바심을 크게 가지고 있었던 것이다.

정신문제를 근본으로 파악한 루쉰은 그 해결의 구체적인 방법으로 문학을 제창하게 되는데, 주지하는 바와 같이 루쉰은 '정신을 뜯어고치는 데 가장 좋은 것은 당시에는 당연히 문예를 들어야 한다고 생각했기' 때문이다. 그렇다면 정신문제를 해결하는 데 문학은 어떻게 기능하는가? "이제 시로써 사람들의 성정(性情)을 움직여 성실, 위대, 강력, 과감의 영역으로 나아가도록 한다고 말하면 듣는 사람은 그것이 터무니없는 것이라 비웃을지 모르겠다. 그러나 일이란 형체가 없고, 효과란 금세 나타나지 않는다."39) 효과가 금세 나타나지는 않지만 시가 사람의 성정을 움직일 수 있으므로 문학을 통해 인간을 개조할 수 있다는 것이 당시 루쉰의 생각이었다. 1909년 동생 저우쭤런(周作人)과 함께 일본에서 출판한 『역외소설집(域外小說集)』을 1921년에 신판본으로 다시 펴낼 때 루쉰은 그 서문에서 "우리가 일본에서 유학할 때 막연한 희망이 하나 있었다. 문학은 성정을 변화시킬 수 있고, 사회를 개조할 수 있다고 생각했다."40)라고 하였다. 당시 루쉰은 문학을 통한 정신개조의 가능성을 명확하게 인식하고 있었던 것이다.

루쉰은 문학이 정신을 개조할 수 있음을 구체적인 역사의 실례를 통해 보여 준다. 나폴레옹이 프로이센을 침공하여 프로이센이 종속국이 되었을 때, 시인 아른트의 역할을 설명하면서 역사적 사실에 근거하여 문학의 역할을 증명하고 있다.

나폴레옹을 물리친 것은 국가도 아니요, 황제도 아니요, 무기도 아니요, 바로 국민이었던 것이다. 국민은 모두 시를 가지고 있었고 또 시인의 자질을 가지고 있었기 때문에 독일은 결국 망하지 않았다. 공리(功利)를 애써 지키고 시가(詩歌)를 배척하며, 다른 나라에서 못쓰게 된 무기를 가져다 자신들의 의식주를 지키려는 자들은 어찌 여기까지 생각이 미칠 수 있겠는가? 그렇지만 이 역시 시의 위력을 쌀이나 소금에 비유하여 다만 실리를 숭상하는 사람들을 일깨워 황금이나 흑철(黑鐵)이 국가를 부흥시키기에 부족하다는 것을 알게 하려는 것뿐이다.41)

<hr>

39) 「摩羅詩力說」, 앞의 책, p.69.
40) 「『域外小說集』序」, 『譯文序跋集』, 『魯迅全集(10)』, p.161.
41) 「摩羅詩力說」, 『墳』, 『魯迅全集(1)』, pp.70~71.

　역사적 실례가 보여주듯이 국민정신을 진작시킬 수 있는 시(문학)는 그 위력이 쌀이나 소금처럼 위대하여 국가를 부흥시키는 데 황금이나 흑철보다 더욱 절실하다. 그래서 루쉰은 위기의 중국을 구제하기 위해서는 먼저 국민정신을 진작시켜야 하는바, 그것은 문학을 통해 달성할 수 있다고 판단했다. 루쉰은 당시의 역사적인 조건 속에서 중국의 현실문제를 정신문제로 귀착시키고 정신문제를 해결하기 위해 문학의 길로 들어섰던 것이다.

　따라서 루쉰의 문학으로의 전향은 약소민족으로서의 비애와 굴욕이나 환등사건과 같은 일회적인 외부의 충격만으로는 설명될 수 없고, 좀 더 근원적인 계기와 함께 설명되어야 한다. 요컨대 루쉰의 의학에서 문학으로의 방향전환은 '개성과 기질'이라는 개인적인 계기에서 출발하여 '시대'라는 역사적 조건 속에서 당시 가장 절실하게 요청되었던 '정신문제'에 집착한 결과였다. 이 때 약소민족으로서의 비애와 굴욕이나 환등사건은 어떤 촉발작용의 의미를 갖는다.

낭만주의 정신의 추구와 정신계의 전사

　루쉰은 정신문제가 근본임을 깨닫고 이를 해결하기 위한 구체적인 방법으로 문예운동을 펼치기로 작정하였는데, 이 때부터 루쉰은 문예잡지(『신생(新生)』)의 발간을 기획하고, 비평적인 논문을 발표하고, 동유럽의 단편소설을 번역하여 출판하는 등 문예운동에 투신한다. 청년 루쉰을 좀더 깊이 있게 이해하기 위해서는 문학으로 전향한 뒤 전개한 그의 문학활동에 주목할 필요가 있다. 특히 일본 유학시기 루쉰의 문학활동은 5·4신문학시기 그의 문학활동의 원형을 형성한다는 점에서 매우 의미심장하다. 루쉰은 국가존망의 위기의식을 느끼며 애국주의적인 동기에서, 마비된 중국인의 정신을 개조하는 것이 가장 급선무라고 판단하고 국민정신을 진작시키기 위해 열정적으로 문학활동을 전개했다. 당시 루쉰의 문학활동 중에서 '반항에 뜻을 두고 행동에 목적을 둔' 악마파 시인의 낭만주의 정신을 선양하는 것이 가장 중요한 내용이었다. 따라서 일본 유학시기 청년 루쉰의 문학활동과 그의 정신은 그가 제창한 악마파 시인의 낭만주의 정신을 통해 해명될 수 있을 것이다.

낭만주의의 관심

　중국에 서양적인 의미의 낭만주의1)가 소개되기 시작한 것은 20세기 들어와서이다. 이 때 바이런, 셸리, 위고, 괴테, 니체의 작품이 소개되었을 뿐 아니라, 서양의 낭만주의 작가, 이른바 악마파 시인이라는 작가들이 루쉰의 글 「마라시력설」에서 체계적으로 소개되고 있기 때문이다. 서양의 문학사조 중에서 낭만주의는 비교적 일찍부터 중국에 소개되었으며, 바이런의 시는 이미 20세기 이전에 소개된 바 있다.2) 다만 이 때의 낭만주의 소개는 문학운동이나 독립적인 문학사조로 발전하지 못했는데, 낭만주의가 중국에 처음 소개될 당시 문학사조의 자각이 희박하여 낭만주의 시인의 단순한 소개에 그쳤고, 시대 또한 이들을 받아들일 만한 준비가 되어 있지 않았다.3) 메이지(明治) 30년대(1900년대

---

1) 여기서 '서구적인 의미의 낭만주의'란 선옌빙(沈雁氷, 茅盾)이 범주화했던 '구낭만주의'와 리쩌허우(李澤厚)가 이지(李贄)를 범주화하여 '낭만주의'라고 했던 것과 다르며, 특히 18세기 말에서 19세기 초반 사이에 서양에서 나타난 문학사조로서의 낭만주의를 뜻한다. 선옌빙은 중국의 전통문학은 '고전주의'와 '구낭만주의'의 범주에 속한다고 했다. 리쩌허우는 명대 중엽 이후의 낭만주의적 경향의 대표로서 이지를 들었다. 이지는 '진실성이 있는 인정세속의 현실문학'을 중시하면서 이론적으로 '동심(童心)'을 제창하여 '동심이란 진심이다(夫童心者, 眞心也)'라고 했다. 이지에게 '동심', 즉 '진심'은 그의 창작의 기초이자 방법인데, 리쩌허우는 이를 개성해방의 낭만문예로 전화되어 가는 기초로 보았다. 리쩌허우는, '동심'을 표준으로 하여 일체의 전통적인 관념의 속박을 반대한다는 점에서 이지의 문학을 낭만주의로 규정하였다(李澤厚, 『美的歷程』, 安徽文藝出版社, 1994, p.185 참조). 이지의 낭만적 경향은 선옌빙이 범주화했던 구낭만주의에 속한다고 하겠다.

2) 첸중수(錢鍾書)의 고증에 의하면, 1882년 『주행기략(舟行紀略)』에 바이런 시의 평론이 실렸다고 한다. 그러나 당시의 역사적 조건과 정신적 상황으로 말미암아 크게 영향력을 행사하지 못했다고 한다(民擇, 「五四文學與傳統文學之關係」, 『中國現代文學流派討論集』, 人民文學出版社, 1984, 참조).

3) 린페이(林非)는, 소설의 사회적 작용을 중시한 량치차오는 크게 호응을 얻었지만, 낭만주의를 제창한 루쉰은 공명을 얻지 못했다고 했다. 량치차오의 주장은 중국의 전통소설과 연관이 있어 사람들이 익숙했지만, 루쉰이 제창한 낭만주의는 생소한 것이었고, 중국사회의 깊은 곳까지 파고들어 문제를 해결하려고 시도했기 때문에 당시 수구파의 문화 속에서 공명을 일으킬 수 없었다는 것이다(林非, 『魯迅和中國文化』, 學苑出版社, 1990, p.113

초) 전반부터 다양하게 개화한 낭만주의 시대가 시작되는 일본과는 대조적이라 하겠다. 일본에서는 신체시(新體詩)라는 형태의 근대시가 성립되고 단카(短歌)와 하이쿠(俳句)가 새롭게 태어나 '시의 시대'가 시작되었던 것이다.4)

　5·4시기 신문학 제창자들은 유럽 문예사조의 흐름에 주목하고 진화론적 관점에서 당시 중국에 들여와야 할 문예사조는 무엇인가를 고민하고 있었는데, 이보다 10여 년 앞서 「마라시력설」을 발표할 당시 루쉰은 유럽 문예사조의 흐름을 자각적으로 주목하지는 못했다. 이 점이 5·4시기의 신문학 제창자와 일본 유학시기의 루쉰의 차이라고 하겠다. 루쉰은 5·4시기에 뜨거운 열정을 차가운 껍질 속에 감추고 있었다고 한다면, 「마라시력설」을 쓸 당시에는 열정을 감추지 못하고 그대로 노출시킨다. 이 시기에 루쉰의 뜨거운 열정은, 애국심이 가득 찬 격정을 시의 형식을 통해 표현하며 낭만주의의 길을 걸었던 5·4시기 궈모뤄(郭沫若)와 흡사하다고 할 수 있다. 당시 루쉰이 낭만주의를 제창한 것은, 5·4시기에 현실주의 문학사조의 수용이 맹목적인 것이 아니라, "그들의 절박한 목표는 고전주의를 반대하고 현존하는 퇴폐적인 악풍을 바로잡으려"5)는 것이었던 것처럼 당시의 병폐를 바로잡으려는, 애국주의적인 열정에서 비롯되었다. 루쉰의 낭만주의의 제창은 문학운동으로 발전하거나 신문학운동에 직접적으로 영향을 끼쳤다고 보기는 어렵지만, 루쉰의 소설창작의 한 원천이 되었고, 낭만주의 정신의 체계적인 소개라는 문학사적 의의를 지닌다고 할 수 있다. 이전까지는 단순

　참조).
4) 小田切秀雄, 『現代文學史(上卷)』(集英社, 1975), p.88.
5) 溫儒敏, 『新文學現實主義的流變』(北京大學出版社, 1988), p.11.

히 몇몇 작품을 소개하는 수준이었으나, 루쉰은 「마라시력설」에서 계보로서 낭만주의 시인을 체계적으로 소개·비평하고 있기 때문이다.

1933년 취추바이(瞿秋白)는 뜨거운 열정을 가진 낭만주의적 경향의 지식인을 "오히려 유럽의 세기말적 기질에 전염되었다. 이러한 신흥지식인은 그들의 '열의' 때문에 종종 제일 먼저 혁명의 대열에 뛰어들지만, 만약 확고하게 자신의 로맨틱함을 극복하지 못한다면 역시 제일 먼저 '도망' 또는 '퇴폐' 심지어는 '배신'까지도 할 수 있다."[6]라고 했다. 이는 문예이론가라기보다 혁명가로서 취추바이가 낭만주의적 경향의 지식인을 분석하고 비판한 것이다. 낭만주의적 경향을 지닌 지식인에 대한 취추바이의 분석과 비판은 문학사조로서의 낭만주의의 부정적인 평가로 이어짐은 당연하다. 초기 창조사(創造社)의 성원이었던 청팡우(成仿吾), 궈모뤄, 위다푸(郁達夫) 등은 낭만주의를 그 자체 독립된 것으로 인정하였지만, 그 뒤 1930년대에 이르면 저우양(周揚)에 의해 낭만주의는 사회주의리얼리즘의 한 구성요소로 인정하는 수준으로 떨어지고 만다. 1934년 11월에 발표된 저우양의 「현실적인 것과 낭만적인 것(現實的與浪漫的)」이라는 글에서 적극적 낭만주의 또는 사회주의적 낭만주의라는 개념으로 정립되는데, 전체적으로 볼 때 낭만주의는 중국 현대문학사에서 독립된 지위를 부여받지 못했으며, 그에 따라 낭만주의 소개와 이론적인 연구가 활발하게 진행되지 못했다.[7]

중국 현대문학사에서 낭만주의는 독립적 가치를 인정받지 못하고 기껏해야 적극적인 부분을 수용한다는 측면에서 긍정되었던만큼 1980년

---

6) 瞿秋伯,「魯迅雜感選集序言」,『文學運動史料選(第二冊)』(上海教育出版社, 1979), p.278.
7) 1936년 마쭝룽(馬宗融)은 「낭만주의의 기원과 그 시대배경(浪漫主義的起來和它的時代背景)」이라는 글을 발표하여 낭만주의가 고전주의에 반대하여 일어난 과정과 영국·프랑스·독일 낭만주의의 특징을 소개하였다.

대까지만 해도 중국에서 낭만주의 연구가 상대적으로 소홀히 다루어져
왔다. 톈원신(田文信)은 이 점을 이렇게 지적했다. "우리나라의 문예이
론계나 미학계에서 지금까지 낭만주의 창작방법 논술은 비교적 적었
다. '사인방'이 축출된 뒤 도식적인 관념의 '음모문학(陰謀文學)'을 비판
하게 되었고, 문예창작은 반드시 실제(實際)에서 출발해야 한다고 거듭
강조하면서 현실주의 전통을 선양하고 현실주의 이론연구를 중시했다.
하지만 낭만주의의 연구토론은 더욱 적어졌다."8) 톈원신은 낭만주의
를 부정하는 풍조를 비판하면서 "반드시 현실주의이론의 개척을 중시
해야 하며, 또한 낭만주의 이론도 연구와 토론을 추가해야 한다"라고
했다. 이것은 원루민(溫儒敏)이 5·4시기에 창작에서의 자아표현을 지
나치게 강조하여 문예의 현실재현기능을 부정했던 창조사(創造社) 성
원을 '일면적이다'라고 비판하면서도 '개성의 발휘'라는 측면에서 "문학
에 대한 그들의 이러한 이해는 당시의 현실주의자에게 이론 및 실천면
에서 일정한 계시를 줄 수 있었다"9)라고 긍정적인 평가를 내린 것과
맥락을 같이 한다. 황슈지(黃修己)도 "현실주의와 낭만주의라는 두 사
조와 방법이 동시에 신문학 창작 중에 발전하기 시작한 것은 각자가 시
대적 요구의 어떤 방면에 부합했기 때문이다"10)라고 하여 낭만주의를
긍정적으로 보았다. 황슈지는 낭만주의를 긍정하는 데 그치지 않고, 현
실주의와 동등한 하나의 중요한 흐름으로서 낭만주의의 독립적 가치를
인정했다.

　1905년을 고비로 중국에서는 쑨원의 삼민주의 이론을 이념으로 삼

---

8) 田文信, 『論浪漫主義』(文化藝術出版社, 1988), 「前言」 참조.
9) 溫儒敏, 『新文學現實主義的流變』, p.47.
10) 黃修己, 『中國現代文學發展史』(中國青年出版社, 1994), p.101.

아 배만공화제를 주창한 중국혁명동맹회가 민주주의혁명을 지향하는 전국적 운동의 통일적 중추역할을 하게 되면서 지식인들은 혁명을 고취하고, 애국주의정신을 선양하는 데 주력했다. 이러한 시대분위기 속에서 루쉰은 혁명파의 입장을 지지했으며, 애국주의적 동기에서 낭만주의 시인 중에서도 악마파 시인에 크게 주목하게 되었다. 그는 이민족의 통치를 받고 있고, 동시에 서양열강의 침탈로 인해 반식민지 국가로 전락하고 있는 중국을 구제하는 방법을 모색하는 과정에서 문학을 통한 국민계몽의 절실함을 깨달았다. 루쉰은 문학을 통한 국민계몽의 일환으로서 악마파 시인에 주목했고, 특히 그들의 정신을 선양하려고 노력했다.

사실 그 때 바이런이 중국인에게 비교적 잘 알려지게 된 것은 또 다른 원인이 있었다. 그것은 바로 그가 그리스 독립을 도왔기 때문이다. 때는 청조 말년인지라 일부 중국 청년의 마음 속에는 혁명사조가 크게 일어나고 있었고, 무릇 복수와 반항을 부르짖는 것이라면 쉽게 호응하게 되었다. 그 때 내가 기억하고 있는 사람으로는 또 폴란드의 복수시인 아담 미츠키에비츠(Adam MickieWicz), 헝가리의 애국시인 페퇴피 샨도르(Petifi Sándor), 필리핀의 문인이며 스페인 정부가 살해한 호세 리잘—그의 조부는 중국인이며, 중국에서도 그의 절명시(絶命詩)가 번역된 적이 있음—이 있었다.[11]

루쉰이 낭만주의 시인을 소개한 것은 일차적으로 애국주의에서 비롯

---

11) 「雜憶」, 『憤』, 『魯迅全集(1)』, pp.220~221.

되었으니, 애국주의와 낭만주의 시인의 소개는 불가분의 관계에 있었
다. 루쉰은 「제미정초고3(題未定草稿3)」이라는 글에서 "폴란드의 시인
을 소개한 것은 30년 전, 내가 쓴 「마라시력설」이 처음이다. 당시는
만청(滿淸)이 한민족을 지배하던 시대로서 중국의 경우가 폴란드와 흡
사하여 그 시가를 읽으면 마음과 마음이 상통하는 바가 있었다."12)라
고 했다. 혁명파의 입장을 지지했던 루쉰은 당시 중국이 처한 상황이
폴란드와 유사하다는 판단에서 폴란드의 시인에 주목했던 것이다. 폴
란드의 낭만주의 시인인 미츠키에비츠의 활동은 폴란드의 정치적 속
박과 시련의 시기와 때를 같이 한다. 미츠키에비츠는 1829년에 고대
전쟁을 배경으로 하여 신비적이고도 바이런적인 주인공을 등장시켜서
「Konrad Wallenrod」를 썼으며, 그의 시는 조국충성과 애국심을 고
취시키는 주제를 담고 있었다.13) 루쉰이 폴란드 시인에 공감했던 것
도 바로 이 점 때문이었다. 루쉰은 러시아의 폴란드 침공을, 무력으로
인류의 자유를 유린한 비인도적 행위로 보아 '수성(獸性)'에 비유하였
고 그 대안으로 '인성(人性)'을 강조했다.

루쉰이 낭만주의 시인, 특히 악마파 시인에 경도될 수 있었던 것은
진화론적 세계관에 서 있었기 때문이기도 하다. 진화론적 관점에서 악
마파 시인을 인간진화의 가장 발전된 형태로 보았던 루쉰은 악마파 시
인을 열렬하게 예찬할 수 있었다. 루쉰은 악마파 시인의 진화론적 위치
를 「마라시력설」에서 이렇게 서술했다.

불행히도 진화는 날아가는 화살과 같아서 떨어지지 않으면 멈추지 않고,

---

12) 「題未定草稿(三)」, 『且介亭雜文二集』, 『魯迅全集(6)』, p.355.
13) 시엔키에끼에비츠 외 지음·최진영 엮음, 『폴란드 문학의 세계』(소나무, 1988), p.25.

사물에 부딪히지 않으면 멈추지 않으니, 거꾸로 날아가 활시위로 되돌아가기를 바라더라도 이는 이치로 보아 있을 수 없는 일이다. 이것이 인간세상이 슬픈 까닭이며 '악마시파'가 지극히 위대한 이유이다. 인간이 그 힘을 얻는다면 왕성해지고 널리 퍼지고 전진할 것이며, 인간이 이를 수 있는 극점까지 도달할 것이다.14)

돌이킬 수 없으며 멈추지 않고 날아가는 화살방향이 진화방향이며, 이 방향의 끝점에 악마파 시인이 위치하고 있다. 끝점에 도달한 악마파 시인의 정신을 이어받는 것이 진화법칙에 합당하고, 또 현실적으로 중국에 요청되는 사안이다. 루쉰이 진화론적 관점에서 니체 사상을 가장 발전된 정신으로 보았던 것과 맥락을 같이 한다.

악마파 시인의 소개는 또한 자기성찰과도 관련되어 있다. 루쉰은 정확한 자기인식 없이 조국의 위대함만을 강조하는 것은 오히려 국가발전에 방해가 된다고 생각했고, 그래서 복고파(復古派)를 비판하면서 현실을 똑바로 볼 것(正視)을 역설했다. 자기를 성찰하고 남과 비교할 수 있어야 진정으로 조국의 앞날을 제시할 수 있다는 것이다. "진정 조국의 위대함을 떨치려면 먼저 자기를 성찰하고, 또한 반드시 남을 알아서 두루 비교하여야 자각이 생기는 법이다. 자각의 소리가 나타나면 그 울림은 언제나 사람의 마음에 공명을 일으키고, 맑고 밝아서 평범한 울림과는 다르다."15) 자기성찰은 남을 정확하게 알고 서로 비교함으로써 가능해지는데, 루쉰은 악마파 시인들을 소개함으로써 자기를 성찰하고 중국의 전통문화를 비판하여 국민정신을 진작시킬 수 있다고 생각했

---

14)「摩羅詩力說」,『墳』,『魯迅全集(1)』, p.67.
15) 앞의 글, 앞의 책, p.65.

다. "국민정신의 발양은 세계의 넓은 식견과 함께 한다"16)라고 강조한 사실을 상기한다면, 루쉰의 악마파 시인의 제창은 '국민정신의 발양'이라는 근본적인 목적을 위한 하나의 수단임을 알 수 있다. 말하자면 자기성찰을 통한 '국민정신의 발양'은 악마파 시인을 집중적으로 소개하고 있는 「마라시력설」 집필의 출발점이요, 동시에 귀착점이다.

'국민정신의 발양'은 무너진 정신을 일으켜 세움으로써 가능하다. 정신이 무너졌기 때문에 중국은 서양열강의 침략을 받게 되었으며, 세계사에서 낙오된 것이다. 따라서 루쉰의 악마파 시인 제창은 정신을 바로 세우는 역사적 사명과 동궤(同軌)에 놓여 있다. "정신이 무너져 새로운 힘에게 일격을 당하자 얼음이 깨어지듯 무너져 다시 일어나 저항하지 못하게 되었다. 게다가 낡은 습관이 깊이 뿌리박혀 관습의 눈빛으로 일체를 관찰하니 긍정적이든 부정적이든 잘못이 대부분이다. 이것이 유신을 부르짖은 지 20년이 지났지만, 새로운 소리가 아직 중국에 일어나지 않고 있는 이유이다. 이럴진대 정신계(精神界)의 전사(戰士)가 귀중한 것이다."17) 무너진 정신을 바로 세우는 일이 중국의 변혁을 위해 현실적으로 가장 시급한 과제이다. 양무운동과 유신변법운동을 통해 20여 년 유신을 부르짖었지만, 모두 실패하고 말았으므로 '새로운 소리(新聲)'를 내어 무너진 정신을 바로 세울 수 있는 정신계의 전사가 절실히 요청된다. 루쉰은 바로 정신계의 전사상(像)을 악마파 시인에서 발견했던 것이다.

---

16) 앞의 글, 앞의 책, p.65.
17) 앞의 글, 앞의 책, p.99.

바이런적 영웅과 정신계의 전사

1850년 후반에 텐(Hippolyte Taine)은 『영문학사』에서 바이런을 '가장 위대하고 가장 영국적인 예술가'라고 평가하였으며, 바이런은 19세기가 한참 지난 뒤에까지도 계속해서 가장 위대한 영국 시인 중의 한 사람이자 낭만주의 문학의 바로 그 전형으로 평가되었다.[18] 루쉰도 바이런을 악마파 시인의 종주(宗主)로 보고 같은 유파에 속하는 시인을 묶어서 하나의 계보를 형성하는 것으로 소개했다. 일본의 기타오카 마사코(北岡正子)의 고증에 따르면 루쉰은 기무라 다카타로(木村鷹太郞)의 『문예계의 대마왕(文藝界之大魔王)』이라는 책을 참고했다고 한다. 기무라는 당시 일본에 만연되어 있던 아첨과 허위와 위선, 정체와 부패 등에 맞서기 위해 바이런적인 반항정신을 제창했는데, 루쉰은 이러한 기무라의 의도를 더욱 밀고 나가, 중국을 변혁하기 위해 바이런의 반항정신을 제창했던 것이다.[19]

바이런의 반항정신은 이른바 '바이런적 영웅(Byronic hero)'이라는 말로 표현되는 자기 작품의 주인공에서 찾아진다. '바이런적 영웅'은 음울하고 열정적이며, 회한에 시달리면서도 참회하지 않는 방랑자 성격의 소유자이다. 바이런적 영웅의 대표격은 만프레드라 할 수 있으며, 루쉰이 「마라시력설」에서 인용한 만프레드의 말은 바로 바이런적 영웅을 웅변적으로 표현해 준다. "'너희는 결코 나를 유혹하여 멸망시킬 수 없다. (중략) 나는 스스로 무너진 자이다. 가거라, 마귀들이여! 죽음의 손은 진실로 나에게 달려 있지, 너희 손에 달려 있지 않다.' 이는, 스스로

---

18) M.H.에이브럼즈 外/김재환 옮김, 『노튼영문학 개관Ⅱ』(까치, 1987), pp.88~89 참조.
19) 陳元塏, 『二十世紀中國文學與世界』(陝西人民出版社, 1987), p.194.

가 선과 악을 만들었다면 그 포폄과 상벌 역시 모두 스스로에 달려 있으니, 신이나 마귀도 굴복시킬 수 없으며, 하물며 다른 것이야 더 말할 필요가 있겠는가 하는 뜻이다. 만프레드의 의지력은 이처럼 강하였고, 바이런 역시 그러하였다."[20] 만프레드는 동떨어져 보이고 불가사의하며 우울한 기질의 소유자로서 그 정열과 힘에서 그가 멸시의 눈으로 바라보는 보통 사람보다 훨씬 우월할 뿐 아니라 혼자 고립된 채 철두철미하게 자기 의존적인 태도를 취하며 인간적이거나 초자연적인 어떠한 반대도 무릅쓰면서 스스로 부과한 도덕률에 확고부동하게 자신만의 목적을 추구하는 그런 인물이다. 이러한 바이런적 영웅은 19세기의 철학에 스며들어 이른바 니체의 초인사상이 형성된다. 즉 선악의 일상적 기준의 관할 밖에 서 있는 위대한 영웅의 개념이 형성되는 데 도움을 준 하나의 관점과 감정방식을 확립했던 것이다. 루쉰이 악마파 시인에게 지대한 관심을 보이고 니체 사상에 경도되었던 것은 결코 우연이 아니다. 바로 유럽의 경우처럼 악마파 시인의 정신과 니체 사상은 루쉰에게 쉽게 결합될 수 있었다.

바이런적 영웅과 니체의 초인은 루쉰이 찾고자 했던, 중국의 변혁을 담당할 주체의 이상적 인물상으로서 '정신계의 전사'라는 말로 표현되어 루쉰의 글 속에 등장한다. 루쉰은 중국을 구제할 "정신계의 전사는 어디에 있는가"라고 물음을 던지고 무너진 정신을 바로 세우는 일, 즉 '인간을 확립하는 일(立人)'이 정신계의 전사가 담당해야 할 가장 중요한 과제라고 보았다. '정신계의 전사'는 '선각자' 또는 '천재'라는 말로 표현되기도 한다.

---

20) 「摩羅詩力說」, 『墳』, 『魯迅全集(1)』, p.77.

천지 사이에서 살아가면서 열강과 각축을 벌이려면 가장 중요한 것은 인간을 확립하는 일(立人)이다. 인간이 확립된 이후에는 어떤 일이라도 할 수 있다. 인간을 확립하기 위한 방법으로는 반드시 개성을 존중하고 정신을 발양해야 한다. 만약 그렇게 하지 않으면 나라가 망하는 데에는 한 세대도 걸리지 않을 것이다. 중국은 예로부터 물질을 숭상하고 천재를 멸시해 왔으므로 선왕(先王)의 은택은 나날이 없어지고 외부의 압력을 받게 되자 마침내 무기력해져서 자기조차 지킬 수 없게 되었다. 그런데 하찮은 재주를 가진 교활한 무리들이 크게 부르짖고 과장하면서 물질로써 말살하고 다수로써 구속하여 개인의 개성을 남김없이 박탈하고 있다. 과거에는 내부에서 자발적으로 생긴 반신불수였고, 지금은 왕래를 통해 전해진 새로운 질병을 얻게 되었으니, 이 두 가지 질병이 교대로 뽐내면서 중국의 침몰을 더욱 가속화하고 있다.21)

중국의 현실적 위기를 초래한 근원은 루쉰에게 두 가지로 나타난다. 중국의 고유한 병폐와 외국으로부터 전해진 새로운 질병이 바로 그것이다. 전통적으로 중국은 물질을 존중하고 천재를 경시해왔으며, 서양의 충격을 받은 근대 이후 새로운 문명으로 수입한 것도 여전히 물질을 존중하고 다수를 내세워 소수를 억압하는 것이었다. 이러한 두 가지 병폐는 인간의 주체적인 개성을 말살시키는 것으로서 '인간의 확립'에 위배된다. 서양열강의 침략을 받고 있는 중국이 서양열강과 경쟁하기 위해서는 인간을 확립하는 것이 가장 시급하고 절실한 과제이다. 먼저 인간이 확립되어야 날로 쇠망의 길로 내달리고 있는 중국을 구제할 수 있

---

21) 「文化偏至論」, 앞의 책, p.57.

다. 인간의 확립은 개성을 존중하고 정신을 발양함으로써 실현될 수 있는데, 루쉰은 문학을 통해 그것이 가능하다고 보았다.

루쉰이 동유럽 약소민족의 단편소설을 번역하여 『역외소설집』을 출판한 것은 그러한 목적을 달성하기 위한 구체적인 실천의 하나였다. "만약 뛰어난 지식인이라면 세속에 구애받지 말고 반드시 마음속으로 분명히 이해하고, 현재 조국의 시대적 상황에 근거해 작품을 읽어서 작품 속의 정신과 사상이 어디에 있는지를 깊이 헤아려야 한다. 이 책은 비록 큰 파도 가운데 미미한 거품에 지나지 않지만, 천재의 사유가 진실로 이곳에 깃들어 있다."22) 『역외소설집』에 실린 작품 중에서 루쉰이 번역한 것은 러시아의 작가 가르신과 안드레예프의 단편소설이다. 가르신은 러터전쟁(1877~1878)이 일어났을 때 '민중과 고통을 나눈다'는 마음으로 지원병으로 종군했고, 그 체험에서 얻은 전쟁의 인도주의적 항의로 가득 찬 「4일간」이라는 단편소설을 썼다.23) 그리고 안드레예프는 사회모순의 극복을 위해 인간 자체 특히 인간의 정신적 개혁을 추구했다.24) 루쉰은 이러한 작가들의 작품을 중국에 소개하여 '인간을 확립하기' 위한 천재의 사유를 전하고자 했던 것이다.

5·4시기에도 루쉰은 지속적으로 '정신계의 전사'에 집착하고 있었다. 물론 5·4시기에 루쉰이 그렸던 정신계의 전사상은 일본 유학시기의 그것과는 일정한 차이를 보인다. 5·4시기에 루쉰이 그렸던 정신계의 전사상은 좀더 구체적인 형상으로 등장한다는 점에서 그렇다. 루쉰은 정신계의 전사를 다음 세대의 청년에서 찾고자 했기 때문이다. "중

---

22) 「『域外小說集』序言」, 『譯文序跋集』, 『魯迅全集(10)』, p.155.
23) 마르스 슬로님 외, 『러시아문학과 사상』(대명사, 1983), p.157.
24) 앞의 책, p.178.

국 청년이 지고 있는 무거운 짐은 다른 나라 청년의 몇 배는 될 것이다. 왜냐하면 우리의 옛 사람은 마음과 힘을 대체로 허황되고 어렴풋하고 평온하고 원만한 데 써 버리고, 곤란하고 절실한 일은 뒷사람이 보충하여 하도록 남겨놓았기 때문이다.……지금 각오한 청년의 평균 연령이 20세라고 가정하고 또 중국인이 쉽게 늙는다는 것을 계산에 넣는다고 가정하면 적어도 30년은 함께 항거·개혁·분투할 수 있을 것이다.”25) 또 루쉰은 속임수와 감언이설의 문예를 생산하는 작금의 중국현실에서 날마다 변화하는 세계에 대응하면서 아주 새로운 문단을 형성하기 위해서 용감한 투사가 나타나야 한다고 했다.26) ‘용감한 투사’란 ‘각성한 청년’들이 지향해야 할 ‘정신계의 전사’ 상이다. 1926년까지도 역사적 ‘중간물’로 자신을 규정했던 루쉰은 청년들에게 희망을 걸고 그들 속에서 정신계의 전사를 찾고자 했다. 1925년 3월 31일 쉬광핑(許廣平)에게 보낸 편지에서 “나는 지금 여전히 새로운 역군과 더 많은 파괴론자를 찾고 있습니다”27)라고 했던 것도 자신의 처지와 청년들에 대한 기대에서 기인한다.

5·4신문화운동이 퇴조기로 접어든 이후 루쉰은 ‘기로(岐路)’에 서 있는 자신을 발견하고,28) 내면세계로 침잠하지만 여전히 ‘반역의 용사’를 갈망하고 있었다. 말하자면 중국의 변혁을 담당할 주체를 지속적으로 모색하고 있었던 것이다.

① 반역의 용사가 인간세상에 나타난다. 그는 우뚝 서서 과거와 현재의

---

25)「忽然想到10」,『華蓋集』,『魯迅全集(3)』, p.90.
26)「論睜了眼看」,『墳』,『魯迅全集(1)』 참조.
27)『兩地書』,『魯迅全集(11)』, p.33.
28)「北京通信」,『華蓋集』,『魯迅全集(3)』, p.51.

모든 폐허와 황폐한 무덤을 통찰하고, 광대하고도 영속적인 모든 고통을 기억하고, 층층이 침적된 모든 응혈(凝血)을 정시하고, 죽은 자, 갓 태어난 자, 태어나려는 자 및 태어나지 않은 자 전부를 꿰뚫어 본다. 그는 조물주의 놀음을 간파한다. 그는 일어서서 조물주의 어진 백성인 인류를 소생시키거나 아니면 인류를 전멸시킬 것이다.[29]

② 모두 강건하고 흔들리지 않고 성실과 진실을 유지해 나갔으며, 대중에게 아첨하며 구습을 따르는 일은 하지 않았고, 웅대한 목소리를 내어 자기 나라의 신생(新生)을 일깨우고, 자기 나라를 천하에 위대한 나라로 만들려고 했다.[30]

①의 글은 3·18사건 직후인 1926년 4월에 씌어진 것이고, ②의 글은 「마라시력설」에 나온다. ②의 글은 악마파 시인을 정리하면서 그들의 성격을 개괄한 것인데, 루쉰에게 악마파 시인은 정신계의 전사로 받아들여졌고, 이들의 모습이 ①의 글에서처럼 3·18사건이라는 역사적 계기로 인해 반역의 용사로 새롭게 태어난 것이다.

인간의 확립과 정신계의 전사의 출현을 강렬하게 희망했던 루쉰은 다수의 '우민(愚民)'을 부정한다. 이른바 바이런적 영웅과 니체적 초인에 대한 열망은 천재에 대립되는 대중을 '우민'으로 바라보게 함으로써 강한 계몽적 성격을 드러낸다.

니체와 같은 사람은 개인주의의 최고 영웅이었다. 그가 희망을 걸었던

---

29) 「淡淡的血痕中」, 『野草』, 『魯迅全集(2)』, pp.221~222.
30) 「摩羅詩力說」, 『墳』, 『魯迅全集(1)』, p.99.

것은 오로지 영웅과 천재였으며, 우민(愚民)을 본위로 하는 것에는 마치 뱀이나 전갈을 보듯 증오하였다. 그 의미인즉, 다수에게 맡겨 다스리게 하면 사회의 원기는 하루아침에 무너질 수 있으며, 그보다는 평범한 대중을 희생하여 한두 명의 천재의 출현을 기대하는 것이 더 나으며, 차츰 천재가 출현하게 되면 사회활동 역시 싹이 튼다는 것이다. 이것이 바로 이른바 초인설(超人說)인데, 일찍이 유럽의 사상계를 뒤흔들었던 것이다. 이로써 보건대, 저 다수를 노래부르며 신명(神明)처럼 받드는 사람은 대개 광명의 일단만 보고 두루 알지 못한 채 찬송까지 하고 있으니, 그들에게 암흑을 되돌아보게 한다면 당장에 그것이 그렇지 않음을 깨닫게 될 것이다.[31]

양무파와 유신파를 비판하기 위해, 또 중국의 국민정신을 진작시키기 위해 루쉰은 당시 유럽에서 새롭게 일고 있던 니체 사상에 주목한 것인데, 니체 사상은 루쉰에게 '우민'으로서의 대중에 지속적으로 회의하도록 이끈다. 니체적 초인은 루쉰의 문맥에서는 천재라는 말로 표현되고 있으며, 루쉰은 천재가 '우민'의 대중에 의해 살해되었던 사실을 역사적 실례에서 찾는다. 소크라테스를 독살시킨 것은 다수의 그리스인이었음과 그리스도를 십자가에 못박은 사람이 다수의 유태인이었음을 지적한다. "다수가 서로 붕당을 지으면 인의(仁義)의 방향이나 시비(是非)의 기준이 어지러워지고 혼란하게 되며, 오로지 상식적인 것만 이해하게 될 뿐, 심오한 이치에는 막연해진다."[32] 다수의 대중은 상식적인 것밖에 알 수 없으므로 이들을 계몽하기 위해서는 천재가 필요하다. 대중은 항상 피동적인 자세에 머물러 있으므로, 정치는 대중에게

---

31) 「文化偏至論」, 앞의 책, p.52.
32) 앞의 글, 앞의 책, p.52.

맡겨서는 안 되고 초인이나 지혜로운 사람, 즉 천재에게 맡겨져야 하며 이들이 대중을 구제해야 한다는 것이 루쉰의 생각이었다. 따라서 '우민'의 대중인식은 루쉰에게 국민정신을 진작시켜야 할 절박성을 더욱 각인시켜 주는 기능을 하고 있는 것이다.

초기에 형성된, '우민'의 대중에 대한 루쉰의 회의는 어쩌면 센다이의전에서 경험한 환등사건과 관련이 있을지도 모른다. 같은 민족이 이민족에게 살해되고 있는 장면을 목도하고도 무감각하게 구경만 하고 있는 중국인은 소크라테스를 독살시켰던 그리스인이나 예수를 죽음으로 몰아갔던 다수의 유태인이나 다를 바가 없다. 중국이 현재와 같이 낙후된 것은 천재 또는 정신계의 전사가 '우민'의 대중으로부터 죽임을 당했기 때문이며, 이것은 대중이 오로지 생계문제에만 몰두하고 정신을 중시하지 않았기 때문이다. 루쉰의 대중회의는 1920년대 중반에 씌어진 『야초(野草)』에서도 그대로 이어진다. 루쉰은 「복수 2」에서 예수를 죽인 유태인을 또 한번 저주한다. "신은 그를 버렸다. 그는 결국 '사람의 아들'에 지나지 않았다. 그러나 이스라엘 사람들은 '사람의 아들'까지 못박았다. '사람의 아들'을 못박은 사람들의 몸은 '신의 아들'을 못박은 자보다 더 피비린내가 났고 더럽혀져 있었다."[33]

정신계의 전사의 출현에 대한 루쉰의 강렬한 열망은 1906~1907년 당시 중국 혁명동맹회의 정치활동과 연계시킬 수도 있다. 동맹회의 투쟁형태는 대중운동과 완전히 분리된 무장봉기를 기본으로 하고 있었다. 이들은 광범위한 대중운동과 충분히 결합하지 못했기 때문에 청조(淸朝)에 큰 타격을 주지 못했고, 오히려 고립된 소수정예의 모험주의

---

33) 「復仇其二」, 『野草』, 『魯迅全集(2)』, p.175.

적인 무장봉기에 머물러 있었다. 동맹회의 무장봉기는 대중운동과 결합하지 못한 소수정예주의가 극에 달한 일종의 영웅주의였다고 할 수 있는데, 이 점에서 루쉰이 갈구한 정신계의 전사도 일종의 시대정신의 반영으로 볼 수 있다. 다만 루쉰은 구체적인 실천운동으로서의 모험주의적 무장봉기와 일정한 거리를 두고 있었음은 분명한 사실이다.

그렇다고 루쉰이 이른바 '낭만적 아이러니'에 빠진 것은 아니다. 낭만주의자들은 신을 주관화시켜 낭만적 주관이 그 스스로 이 세계를 우연의 법칙에 따라 생성 변혁시킨다고 한다. 이 세계는 또한 낭만적 주관이 기연하는 소재이자 그 촉매이며 공간이기도 하다. 그러나 현실에 있어서 개인이란 신이 될 수 없는 것이며 그 스스로 이 세계를 생성 변혁시킬 수도 없는 존재이다. 경험적 자아의 입장에서 볼 때 낭만적 주관이란 하나의 환상이며 꿈이라 할 수 있다. 이러한 주관과 객관 그리고 관념과 현실 사이의 모순을 낭만적 아이러니라고 부른다.[34] 낭만적 아이러니에 의해 바이런은 허위의 관념과 질서를 멸시한 낭만주의 시인이었으면서도 그의 개인영웅주의가 염세주의로 나아가게 되었고, 호반파의 사우디가 처음에는 열렬한 혁명가였으면서도 후에 일변하여 극단적인 보수파가 되었던 것이다.[35] 그러나 루쉰은 기무라 다카타로와 마찬가지로 염세주의적 경향을 회피했다. 이 점에서 루쉰은 바이런 및 니체와 다른 길을 걷게 된다. 즉 루쉰은 바이런과 니체의 길을 동일하게 반복하지 않고, 그들로부터 나름대로 적극적인 부분을 수용하였다고 할 수 있는데, 루쉰이 취한 바이런은 단순히 고민하는 바이런이 아니라 반항하는 바이런이었다. 루쉰에게서 생의 의미는 곡예사의 줄타기와

---

34) 吳世榮 編, 『文藝思潮』(고려원, 1991), p.111.
35) 馬宗融, 「浪漫主義的起來和'它'的時代背景」, 『中國現代文論選』(第二冊), p.614.

같은 위험에서 자기탈피를 반복해나가는 것이며 인간정신의 진화도정을 밟아 나가는 것이었다. 당시 루쉰은 이러한 것에서 민족회생의 계기를 발견하고 있었는데, 이러한 동적인 형태를 지탱해주고, 반역의 지속을 보증해 주는 것은 강인한 '의지의 힘'밖에 없다고 생각했다. 루쉰이 취한 바이런은 고뇌하는 바이런이 아니라 반항하는 바이런이었던 것이다.[36]

어떻게 평가할 것인가

낭만주의라는 말이 다양하게 사용되고 그 의미의 폭이 넓음은 주지의 사실이다.[37] 낭만주의의 다양한 함의 속에서 루쉰이 인식한 낭만주의의 범위를 검토하고 그 의미를 확정하는 것은 쉬운 일이 아니다. 전형준은 아놀드 하우저의 말을 인용하면서 낭만주의는 본질적으로 '시민계급적인 운동'이었으며 '개인과 그의 행복 사이에 있는 모든 방해 요소'를 반대하고 저항하였다는 점에서 그것은 낭만주의의 근대성을 충분히 긍정하는 것이라고 했다.[38] 이렇게 낭만주의를 근대성의 한 측면으로 파악하면서 1907년에 씌어진 루쉰의 「마라시력설」을 "근대문학 건설

---

36) 北岡正子, 「摩羅詩力說」, 材源考 ノート(その三), 『野草』, 1973 第11號, p.58 참조.

37) "문학사에서 '낭만적(romantic)' 또는 '낭만주의(romanticism)'라는 말은 다양한 의미로 쓰이고 있다. 이러한 개념상의 혼란성은 애초부터 이 용어가 문학사에 애매한 경로로 차용되었던 데서 비롯하는 것이지만, 이보다 이 운동에 가담했던 사람이나 이 운동을 연구해 온 비평사가들이 이 개념을 천차만별한 뜻으로 파악했던 데 그 원인이 있다"(吳世榮 編, 『文藝思潮』, p.63).

38) 전형준, 『新文學時期의 리얼리즘 理論에 대한 研究』(서울대학교 박사학위논문, 1991), p.35.

의 유력한 한 방향으로의 탐색"으로 이해하고 그것은 "낭만주의에 대한 정당한 탐색"이라고 평가했다.[39]

텐원신은 낭만주의의 함의가 복잡하다는 것을 인정하면서 낭만주의의 두 가지 경향으로서 '적극적 낭만주의'와 '소극적 낭만주의'를 구분했다.[40] 그는 "18~19세기 유럽 낭만주의 문학의 기본적인 상황을 보면, 소극적인 낭만주의가 앞서 출현했고 그것과 투쟁하는 가운데 적극적 낭만주의가 발전했다"[41]라고 하였다. 그의 인용에 의하면 빅토르 위고는 낭만주의를 두 가지 흐름으로, 즉 '찬미파'와 '저주파'(루쉰은 이것을 '악마시파'라 했음—인용자)의 두 가지 흐름으로 파악했다. 텐원신은 위고의 양분법에 동의하면서 곧바로 '적극적 낭만주의'와 '소극적 낭만주의'의 개념을 확정짓는데, 어느 것이 적극적인 낭만주의의 일단인지 명확하게 제시하고 있지는 않지만, 문맥으로 보아 '저주파'에 해당하는 바이런 쪽의 일단을 적극적 낭만주의 계열로 보고 있는 것 같다. 그러나 뒤에 가서는 18~19세기적 낭만주의를 구(舊)낭만주의라고 부르고 "구낭만주의의 원망(願望)은 어쨌든 일종의 원망이지만 본질상 그것은 협소하고 단편적・현실적이지 못하여 모호하고 분명하지 않다"라고 하여 부정적인 평가를 내리고 있다. 그래서 "대중을 멸시하는 태도는 바이런이 일으킨 낭만주의의 특징이며, 이것은 그 유파문학 구호의 하나이다"

---

39) 앞의 논문, pp.35~36 참조.

40) 텐원신은 낭만주의의 두 가지 경향에 대한 예술가나 문학이론가의 언급을 검토하고 나서 이렇게 결론을 내렸다. "낭만주의와 그것의 두 가지 경향은 지속적으로 문학가와 이론가들이 주목하였다. 이러한 두 가지 경향의 기본적인 구분은 분명하며 함의(含義) 또한 시대가 지남에 따라 더욱 명확해졌다. 그러나 20세기 초반에 낭만주의라는 이름이 확정된 이래로 100년 동안 '적극적'・'소극적' 낭만주의라는 명칭은 제기되지 않았다." 낭만주의의 두 가지 경향의 인식과 구분은 이루어졌으나 구체적인 명명이 이루어지지 않았기 때문에 낭만주의가 비판을 받게 되었다는 것이다(『論浪漫主義』, p.55).

41) 田文信, 『論浪漫主義』, p.48.

라는 고리키의 말을 인용하면서 "이러한 태도는 대체로 바이런에서만 비롯된 것은 아니며, 전체 구낭만주의의 병폐이다"라고 지적했다.[42] 톈원신은 낭만주의의 연구와 토론이 지속되어야 한다고 여기고 있으면서도, 18~19세기적 낭만주의는 회의적인 태도를 취하고 있고 바이런도 부정하고 있다. 이는 18~19세기적 낭만주의에 대해 '근대성'의 한 측면으로 파악하여 긍정적인 평가를 내리고 있는 전형준의 관점과는 상치된다고 하겠다. 18,9세기적 낭만주의를 구낭만주의라고 규정하여 부정적인 평가를 내리고 있는 톈원신은 결코 루쉰이 「마라시력설」에서 제창한 낭만주의도 높이 평가하지 못할 것이다. 중국의 낭만주의를 논하는 과정에서 루쉰을 언급하지 않은 것은 이를 방증한다.

루쉰의 낭만주의 제창은 그가 의학에서 문학으로 전향하면서 내걸었던 국민성개조라는 목표와 떼어서 생각할 수 없다. 낭만주의자에게 미적 범주는 생활의 반영으로서가 아니라 생활 자체의 구성력으로 설정되는 것이고 낭만주의자는 현실의 재료를 인식하고, 그 형식을 갖추는 주관의 적극성을 강조한다. 루쉰은 낭만주의에서 주관의 적극성을 빌려옴으로써 국민성개조라는 목표를 향해 달려갈 수 있었다. 주관의 적극성은 악마파 시인들과 그들의 작품에 등장하는 주인공, 이른바 바이런적 영웅의 주요한 특징이라 할 수 있는바, 주관의 적극성은 루쉰이 문학을 통해 선양하고자 했던 국민정신의 한 형태였다. 따라서 루쉰의 낭만주의의 제창은 국민정신을 진작시키려는 국민성개조와 연결하여 사고하지 않으면 안 된다. 서쩐빈(攝振斌)도 루쉰의 「마라시력설」을 국민성개조와 밀접하게 관련시켜서 살피고 있다. "「마라시력설」은 서양

---

42) 앞의 책, p.98 참조.

의 19세기 낭만주의의 중요한 시인 바이런, 셸리, 푸슈킨, 미츠키에비츠, 레르몬토프, 슬로바츠키, 페퇴피 등의 창작사상, 즉 '반항에 뜻을 두고 행동에 목적을 둔' 창작사상을 체계적으로 소개하였다.……'반항에 뜻을 두고 행동에 목적을 둔' 창작사상을 제창한 것은 그가 악마파 시인의 사회적 목적을 소개하고 그것을 고양시키고자 한 것이며, 그의 '인생을 위한 예술'의 취지를 말한 것이다."[43] 서쩐빈은 루쉰의 낭만주의 제창을 국민성개조라는 차원에서 해석하고 '인생을 위한 예술'의 취지로 요약함으로써 5·4시기에 창조사(創造社)가 '예술을 위한 예술'을 주장하면서 낭만주의를 표방했던 것과는 다른 것으로 이해했다. 그러면서도 "청년 루쉰은 서양미학과 문예사조의 영향을 받아 입지(立志)의 문예로써 낙후된 국민성을 개조하려 했던 것이며, 「마라시력설」은 그의 초기 미학사상을 집중적으로 반영하고 있어, 이 시기 중요한 미학논저 중의 하나로서 왕궈웨이(王國維)의 미학저술과 동일한 사조에 속한다"[44]라고 했다. 서쩐빈은 칸트—쇼펜하우어—왕궈웨이로 이어지는 낭만주의적 경향의 흐름이 루쉰에게도 동일하게 나타난다고 보았다.

　서양에서 낭만주의 문학은 18세기 말부터 19세기 초에 걸쳐 사회적 모순이 증대함에 따라 현실불만을 반영함으로써 생겨났다. 현실불만, 현실과 이상 사이의 부조화 의식은 언제나 현실타개와 현실도피라는 두 가지 경향으로 나타나게 되는데, 낭만주의 또한 이와 같은 두 가지 경향을 가지고 있었다.[45] 이러한 두 가지 경향 중에서 바이런은 현실타개 쪽으로 나아가는데, 낭만주의에서 바이런적 특징이라 할 만하다.

---

43) 攝陳斌, 『中國近代美學思想史』(中國社會科學出版社, 1991), p.242.
44) 앞의 책, p.15.
45) 마르스 슬로님 外, 『러시아문학과 사상』, p.86.

영국인의 성격구성 속에는 눈에 띄는 독립성이 포함되어 있고, 바로 이 것이 비순응적 기질을 조장해 온 것인바, 이러한 영국인의 특성에 낭만주의적 기풍이 결합되어 바이런과 같은 악마파 시인의 흐름이 생성되었다.46) 루쉰의 악마파 시인의 관심은 낭만주의의 '주관의 적극성'에 대한 공감에서 비롯되었으며, 낭만주의의 바이런적 특징과 밀접하게 관련되어 있었다. 루쉰은 바이런을 '반항과 복수정신'의 대표격으로 보았는데, 이 점이 다른 낭만파 시인과 구별되는 바이런적 특성이다. 루쉰은 「마라시력설」에서 "바이런에 이르러 옛 규범에서 벗어나 믿는 바를 직서(直抒)하였고, 그 문장은 강건, 저항, 파괴, 도전의 소리가 담겨 있지 않는 것이 없었다"47)라고 하여 바이런적 특징을 직접 언급하고 있다. 루쉰은 전체로서 낭만주의의 이해에 기초해서 바이런을 이해했다기보다 바이런적 특성에 대한 공감에서 출발하여 낭만주의 이해로 확장해 나갔던 것으로 보인다. 바이런적 특성 때문에 낭만주의에 공감했던 것은 루쉰이 당시 강렬한 애국주의적 열정에 사로잡혀 있었기 때문이다. 따라서 문학사조로서의 낭만주의에 대한 루쉰의 인식은 뚜렷하지 않았다고 해야 옳을 것이다. 루쉰의 「마라시력설」을 두고 "근대적 의미의 낭만주의는 신문학운동의 세대보다 한 세대 위에서 근대문학 건설의 유력한 한 방향으로 이미 탐색된 적이 있었다"48)라는 평가는 일면, 타당하면서도 좀더 세밀한 검토가 요청된다고 하겠다.

낭만주의 자체가 가지는 긍정성은 분명히 존재한다. 낭만주의야말로 낡은 기준이 붕괴된 후에 위대한 재건시대를 낳았으며, 보다 큰 신축성

---

46) Lilian R Furst, 『浪漫主義』(서울대학교출판부, 1987), p.65.
47) 「摩羅詩力說」, 『墳』, 『魯迅全集(1)』, p.73.
48) 전형준, 『新文學時期의 리얼리즘 理論에 대한 硏究』, p.35.

을 가진 형식이라든가, 자유로운 실험이라든가, 유기적이고 사상적인 우주관 등을 위한 선구자 노릇을 함으로써 가슴을 설레게 하는 새로운 전망과 가능성을 얼마든지 열어 주었다.49) 또한 낭만주의 운동의 추진은 미학에의 근본적인 방향재정립을 의미했고, 또 창작활동에서의 경이로운 갱신을 고취했다. 하지만 루쉰에게 낭만주의의 의미는 국민성 개조와 중국의 변혁이라는 애국주의적인 열정과 함수관계 속에서 파악해야 한다. 그렇지 않으면 지나친 논의로 나아갈 위험이 있다.

바이런 역시 그러하여, 스스로 반드시 사람 앞에 서서 무리 뒤에 서 있는 사람을 분개했다. 스스로 사람 앞에 서지 않으면 사람에게 무리 뒤로 떨어지지 말라고 할 수 없기 때문이다. 사람을 뒤에 버려 두고 자기만 앞서는 것 또한 사탄이 크게 부끄러워했기 때문이다. 그래서 바이런은 위력을 떠받들고 강자를 찬미했으며, 게다가 "나는 아메리카를 사랑한다. 이 곳은 자유의 땅이요, 신이 준 푸르름의 땅이요, 억압을 받지 않은 땅이다."라고 했다. 이것으로 보건대, 바이런은 나폴레옹이 세계를 파괴한 것을 좋아했고 워싱턴이 자유를 위해 싸운 것을 사랑했으며, 해적의 거침없는 행동을 충심으로 흠모했고, 홀로 그리스의 독립을 도왔으니, 한 사람이 억압과 반항을 겸하고 있었던 것이다. 그렇지만 자유가 여기에 있고 인도(人道) 역시 여기에 있다.50)

루쉰은 바이런을 자유를 위해 투쟁하고, 억압에 반항하고 독립을 위해 원조한 그 전형으로 파악하면서 그에게서 자유와 인도를 발견했다.

---

49) Lilian R. Furst, 『浪漫主義』, p.94 참조.
50) 「摩羅詩力說」, 『墳』, 『魯迅全集(1)』, pp.78~79.

바이런은, 당시 중국의 현실상황 속에서 루쉰이 찾고 있던 변혁의 주체상으로 다가왔던 것이다. 「마라시력설」에서 루쉰이 악마파 시인의 작품을 미학적으로 접근하기보다 악마파 시인의 성격과 정신 및 작품 속에 등장하는 이른바 바이런적 영웅들의 성격을 강조하고 있는 것을 보면 그의 낭만주의 제창의 의도를 가늠할 수 있을 것이다. 서쩐빈이 「마라시력설」을 두고 '인생을 위한 예술의 취지'라고 표현한 것도 충분히 받아들일 수 있다. 왜냐하면 루쉰이 악마파 시인의 정신을 제창한 것은 국민성개조를 위한 것이었고, 그것은 사회변혁을 위한 구체적인 실천방안의 하나였기 때문이다.

19세기 30~40년대에 유럽의 자본주의제도가 이미 확립되고 공고화하기 시작하면서 자본주의의 모순이 두드러지게 되었으며, 자연과학의 발전에 따라 사람들은 냉정한 눈으로 그들의 사회를 바라보지 않을 수 없게 되었다. 이리하여 낭만주의 문학과 사조는 쇠퇴하고, 비판적 현실주의가 점차 그것을 대신한다. 이러한 낭만주의의 쇠퇴와 비판적 현실주의로의 대체가 루쉰에게도 일정하게 나타난다. 「마라시력설」을 통해 바이런과 셸리 등 낭만주의 시인의 정신을 강렬하게 주창했으면서도, 5·4시기에 이르면 루쉰은 열정만을 앞세우지 않고 좀더 냉철하게 현실을 직시하고자 했다. 그래서 원루민은 5·4시기 루쉰의 소설창작을 두고 "일종의 심각한 이성적 품격을 추구했다"라고 하였고, "이성적 품격은 작가가 강대한 사상력(思想力)으로 중국의 역사와 현실을 사색하고 그러는 가운데 자기의 독특한 발견을 획득하는 데서 형성된 것인데, 그 독특한 발견은 생활의 진실한 묘사와 전형의 창조로 체현되었다"[51]

---

51) 溫儒敏, 『新文學現實主義的流變』, p.52.

라고 했던 것이다. 이는 루쉰의 현실인식이 한층 깊어졌다는 것을 의미하고 동시에 5·4시기의 루쉰을 낭만주의적 관점에서가 아니라, 현실주의적 관점에서 이해해야 함을 지적한 것으로 볼 수 있다.

1906년 의학에서 문학으로 전향한 이후 루쉰은 열정적으로 문학활동을 전개했지만 실패를 거듭한다. 1907년『신생』발간이 수포도 돌아갔고, 「마라시력설」, 「문화편지론」 등 일련의 비평적인 논문의 반응도 미미했고,『역외소설집』의 독자반응도 냉담하여 루쉰의 일본 유학시기의 문학활동은 사실상 실패로 끝나고 말았다. 이러한 개인적 실패와 더불어 아버지가 부재한 집안의 장남으로서의 책임이 가중되어 루쉰은 일본 유학을 정리하지 않을 수 없었다. 결국 1909년 8월 루쉰은 일본 유학을 청산하고 귀국길에 오른다.

제2부

호가열광(浩歌熱狂)인 때에 중한(中寒)이 들다

문학적 계몽과 계몽실패의 서사

이상적인 인성의 탐색과 차선으로서의 '익살'의 방법

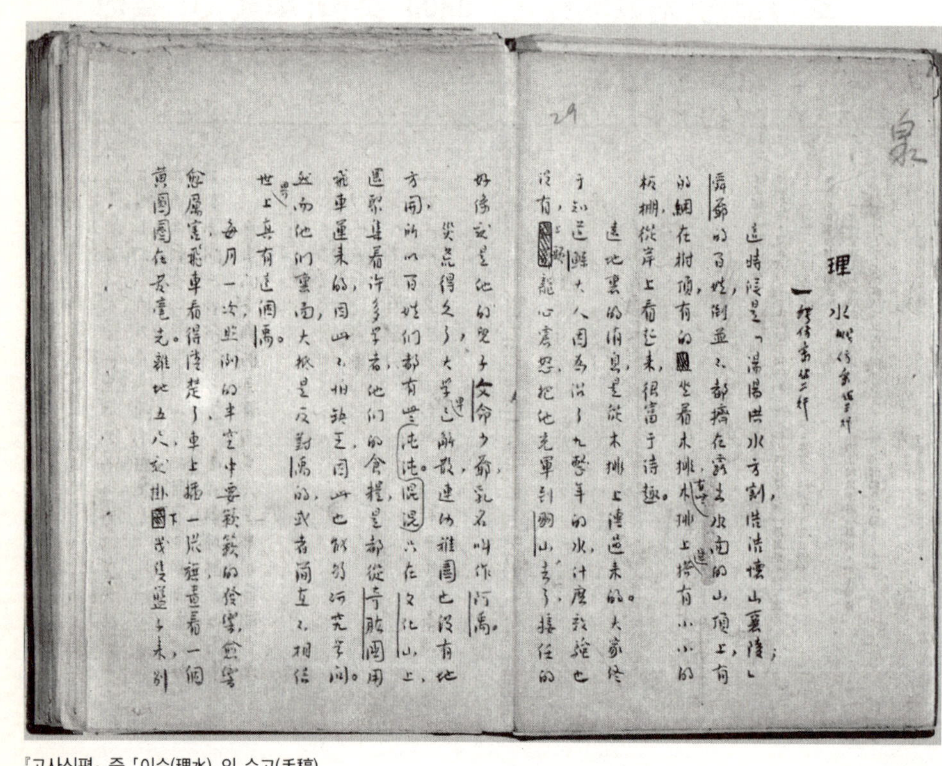

『고사신편』 중 「이수(理水)」의 수고(手稿)

문학적 계몽과 계몽실패의 서사

루쉰은 1909년 일본 유학을 청산하고 귀국한 뒤 항저우(杭州)의 저 장양급사범학당(浙江兩級師范學堂)의 교사로 부임하여 생물학과 화학을 가르쳤고, 이어 샤오싱(紹興)의 샤오싱부중학당(紹興府中學堂)의 교사 가 되어 생물학을 가르쳤다. 이 때 루쉰은 중국의 봉건왕조체제가 무너 지고 공화체제가 구축되는 계기가 된 신해혁명(辛亥革命, 1911년 10월) 을 맞이한다. 루쉰은 1912년 1월 3일 샤오싱에서 창간된 『월탁일보(越 鐸日報)』의 창간사를 썼으며,1) 이 글을 보면 충분히 알 수 있거니와 그 는 신해혁명에 열렬한 지지를 보냈고, 직접 이 운동에 참가하기도 했 다. 또 루쉰은 이 때의 경험을 기초로 자신의 최초의 창작소설이라 할 문언소설 「그리운 옛날(懷舊)」을 써서 신해혁명을 대하는 일반민중의

---

1) 루쉰은 이 글에서 격정적인 어조로 이렇게 썼다. "월지역 사람들은 이에 세 가지 큰 자유(쑨원이 말한 '인민의 집회의 자유, 출판의 자유, 사상의 자유'를 가리킴—인용자)를 얻어 월땅에서 다시 살아났고, 색로(索虜, 오랑캐라는 뜻으로 만주족을 가리킴—인용자)는 헤아릴 수 없는 죄악을 짊어지고 멸망에 이르게 되었다. 민기(民氣)가 팽창하고 하늘의 태양이 소리 높여 웃고 있어 누구나 이를 훌륭히 송축하고 있으니 아름답고 위대한 소리가 장차 우주에 충만할 것이다." "자유의 언론을 발설하고 개인의 천부인권을 다하고 공화제의 진행을 촉진하 고 정치의 득실을 평가하고 사회를 계몽하고 용맹한 정신을 진작시킬 것이다."(「『越鐸』出世 辭」, 『集外集拾遺補編』, 『魯迅全集(8)』, p.39, p.40)

마비된 정신을 풍자했다. 신해혁명이 일단 성공하여 중화민국이 성립된 뒤 루쉰은 당시 교육부 총장 차이위안페이(蔡元培)의 추천을 받아 1912년부터 교육부 직원이 되어 베이징(北京)에 상경하게 된다. 베이징에 상경한 루쉰은 동향사람을 위해 마련해 놓은 샤오싱회관(紹興會館)에 묵으며 교육부 직원으로 근무하면서 여가시간을 이용해, 일본에서 귀국한 이후 진행해 오던 중국 고소설(古小說)의 수집·집록을 지속하는 한편 비문의 탁본을 수집·연구하는 데 주력했다.

루쉰이 중국의 고소설이나 비문에 관심을 집중하고 있을 무렵 천두슈(陳獨秀)는 종합계몽지 『신청년(新靑年)』(1915년 9월)을 창간하여 사상혁명을 위한 신문화운동을 적극적으로 전개하고 있었다. 주지하다시피, 이 때 『신청년』 진영은 공화혁명의 결실이 봉건군벌 위안스카이(袁世凱)에게 넘어간 뒤 봉건왕조체제로의 복귀로 치닫고 있던 시대상황 속에서 혁명의 좌절을 목도하면서 공화체제의 내실을 기하기 위해 사상혁명운동을 전개하고 있었다. 구체적으로는 봉건왕조체제를 지탱해주는 견고한 이데올로기의 하나인 유가사상을 전면적으로 부정하면서 공화체제의 이념적 기반인 자유와 평등, 민주와 과학 등 근대 서양정신을 강력하게 주창했다. 이 와중에 그 동안 침묵하며 지내던 루쉰도 문학창작을 통해 신문화운동에 참여하게 되는데, 1918년 중국 최초의 근대적 단편소설 「광인일기(狂人日記)」를 『신청년』에 발표한 것이 그 계기가 되었다.

「광인일기」 발표 이후 루쉰은 「약(藥)」, 「고향(故鄕)」, 「아Q정전(阿Q正傳)」 등을 쓰면서 1926년까지 두 권의 소설집을 펴냈다. 하나는 「자서(自序)」를 제외하고 「광인일기」, 「약」, 「고향」, 「아Q정전」 등을 포함하는 14편의 작품이 실려 있는 『납함(吶喊)』이고, 하나는 1924년에 씌어진 첫 작품 「축복(祝福)」을 비롯한 「술집에서(在酒樓上)」, 「상서(傷逝)」, 「고독자(孤獨자)」 등을 포함하는 11편의 작품이 실려 있는 『방황(彷徨)』이다. 『납함』은 1923년 8월에 단행본으로 출판되었고 『방황』은 1926년 8월에 단행본으로 출판되었는데, 『납함』과 『방황』의 작품이 씌어진 시기는 루쉰이 가장 왕성한 창작활동을 펼치던 때이며, 전통중국이 현대중국으로 완전히 탈바꿈하는 전환기의 시대였다. 그러므로 루쉰은 소설창작을 통해 신문화운동에 참여하면서 계몽의 시대정신을 확립하는 데 크게 기여했다고 할 수 있다.

소설창작으로 신문화운동에 참여하며 기여한 루쉰의 계몽방법은 무엇일까? 루쉰의 계몽방법에 대한 고찰은 루쉰의 문학과 정신을 이해하는 데 매우 중요할 뿐만 아니라, 루쉰의 정체성을 확인하는 데도 유용한 근거를 제공해 줄 것이다. 먼저 루쉰의 계몽주의의 특징을 살펴보고, 이어 구체적인 작품분석을 통해 그것을 검증할 것이다. 구체적으로는 『납함』의 첫 작품이며, 루쉰 소설창작의 선언적인 의미를 담고 있는 「광인일기」와 『방황』 중에서 가장 대표적인 작품의 하나로 꼽히는 「고독자」를 분석의 대상으로 삼는다. 이의 분석을 통해 루쉰 소설의 특징과 루쉰의 계몽의 방법을 논증할 것이다. 그리고 이를 토대로 루쉰의 문학가로서의 정체성과 계몽가로서의 정체성을 논의할 것이다.

비관주의적 현실인식과 문학적 계몽

루쉰의 소설창작은 당시 문학혁명을 포함하는 사상혁명운동이 전개되고 있던 시대상황 속에서 계몽주의적 목적과 뗄 수 없는 관계에 놓여 있었다. 루쉰이 청년시절 의학에서 문학으로 방향전환하여 중국인의 국민성을 개조하기 위해 문예운동을 펼쳤던 사실은 그의 문학활동이 처음부터 계몽주의적 목적에서 비롯되었음을 시사한다. 루쉰은 『납함』을 펴내면서 쓴 「자서」(1922년 12월)에서 「광인일기」를 창작하게 된 경위를 상세히 설명하고 있거니와, 1933년에 쓴 「나는 어떻게 소설을 쓰기 시작하였는가」라는 글에서는 좀더 구체적으로 자신의 소설창작과 계몽주의의 연관성을 밝혔다. "물론 소설을 쓰기 시작하면서부터 나에게 이렇다 할 의견이 없었던 것은 아니다. 이를테면 '무엇 때문에' 소설을 쓰는가라는 것에 나는 이미 십수 년 전부터 계속 '계몽주의'를 마음에 품어왔었기 때문에 반드시 '인생을 위해서'가 아니면 안 된다, 더구나 이 인생을 개량하지 않으면 안 된다고 생각했다."[2] 루쉰이 보기에 "문예는 국민정신에서 발한 불빛이요, 동시에 국민정신의 전도(前途)를 인도하는 등불이기"[3]에 문예를 통한 정신개조의 가능성이 열려 있었다. 루쉰은 '인생을 개량하기' 위해 "중국의 병태사회(病態社會)의 불행한 사람에게서 제재를 찾아 그 병고(病苦)를 폭로함으로써 치료에 주의를 촉구하고자 하였던"[4] 것이다.

저우쭤런(周作人)은 당시 루쉰은 '문학혁명'보다 '사상혁명'의 차원에서 소설을 쓰게 되었다고 지적했다. "그가 소설을 쓰기로 작정한 것은 결코 백화문운동(문학혁명—인용자)을 촉진하기 위한 것이 아니라, 주요 목적은 봉건사회와 그 도덕을 뒤엎으려는 데 있었으니,……만일 사상혁명과 결합하지 않는다면 그다지 큰 의미가 없는 것이었다."[5] 루쉰은

---

2) 「我怎麼做起小說來」, 『南腔北調集』, 『魯迅全集(4)』, p.512.
3) 「論睜了眼看」, 『墳』, 『魯迅全集(1)』, p.240.
4) 「我怎麼做起小說來」, 『南腔北調集』, 『魯迅全集(4)』, p.512.
5) 周作人 著・止庵 編, 『關于魯迅』(新疆人民出版社, 1997), p.203.

부패한 사상은 고문(古文, 문어체)으로도 쓸 수 있고, 백화문(白話文, 구어체)으로도 쓸 수 있기 때문에 백화문의 전용(專用)을 앞세운 문학혁신(문학혁명—인용자)만으로는 불충분하다고 생각하였다.6) 따라서 루쉰의 소설창작은 사상혁명의 일환으로 파악해야 한다는 점에서 처음부터 매우 강렬한 계몽주의적 색채를 띠고 있었다.

　루쉰의 소설창작이 계몽주의적 색채를 띠고 있었다면 루쉰의 계몽주의 특징을 좀더 면밀하게 검토할 필요가 있다. 루쉰은 1932년 그 때까지 자신의 작품 중에서, 독자의 부담을 덜기 위해 서점의 부탁으로 한 권의 선집을 펴내기로 하고, 21편을 뽑아 『자선집(自選集)』을 출판하였는데, 그 서문에서 『납함』의 창작경위를 이렇게 설명했다.

　　직접적인 '문학혁명'에의 열정이 아니면 무엇 때문에 붓을 들었는가? 생각해 보니, 아무래도 열정들에 대한 공감이 주된 동기였던 것 같다. 이 전사(戰士)들은 적막 속에 있지만 생각은 틀리지 않았다. 그렇다면 큰 소리로 몇 마디 외쳐 도움을 주어도 좋지 않을까 하고 생각했다. 처음에는 그것뿐이었다. 물론 그러한 생각 속에는 낡은 사회의 병근(病根)을 폭로하여 어떠한 방법이든 치료법을 강구하도록 사람들의 주의를 환기하고 싶은 희망도 얼마간 섞여 있었던 것이다. 그러나 이 희망을 달성하기 위해서는 선구자들과 동일한 보조를 취해야만 했다. 그래서 나는 암흑(黑暗)을 좀 지워 버리고 즐거운 모양으로 다소나마 치장하여 작품에 얼마간 밝은 빛을 띠게 하였다. 그것이 바로 후에 책으로 묶여진 『납함』이며, 여기에는 도합 14편이 수록되었다.7)

---

6) 「無聲的中國」, 『三閑集』, 『魯迅全集(4)』, p.13 참조.
7) 「自選集自序」, 『南腔北調集』, 앞의 책, pp.455～456.

이 인용문은 초기 루쉰의 창작태도와 소설의 특징을 매우 집약적으로 표현해 주고 있다. 루쉰이 소설창작을 시작한 것은 '문학혁명'의 열정 때문이 아니라, 적막 속에 놓인 전사에게 몇 마디 큰 소리를 외쳐 도움을 주기 위한 것이었으며, 그 결과 선구자와 보조를 맞추기 위해 암흑을 다소 분식하여 약간은 밝은 빛을 띠게 하였다는 것이다. 여기서 암흑을 분식하여 밝은 빛을 띠게 하였다는 말은 그냥 지나쳐도 좋은 수사적인 표현이 아니라, 루쉰 자신의 가장 진솔한 표현으로 읽어야 한다. 루쉰은 일본 유학시기 문학활동의 실패와 귀국 이후 신해혁명의 실질적인 좌절 등을 거치면서 그로부터 파생되는 적막의 체험 속에서 열정과 희망만으로 외치는 계몽의 목소리는 현실적으로 크게 실효를 거둘 수 없으며, 오히려 실패하고 만다는 사실을 뼈저리게 경험했다. 이 인용문에 앞서 루쉰은 "그 때 나는 '문학혁명'에 사실은 이렇다 할 열정이 없었다. 신해혁명을 보았고, 2차 혁명을 보았고, 위안스카이의 칭제(稱帝)와 장쉰(張勳)의 복벽(復辟)을 보았으며, 이것저것 보다가 의심을 품게 되었고, 실망한 나머지 몹시 의기소침해져 있었다"[8]라고 했다. 소설을 처음 쓰기 시작할 당시 루쉰이 인식한 중국 사회는 '암흑'이 지배하는 현실이었으므로, 몇 마디 외침의 소리로 단숨에 문제를 해결할 수 있는 그런 상황은 아니었다.

이러한 사실은 『납함』의 「자서」에도 소상히 서술되어 있는데, 이른바 '창문도 하나 없고 절대로 부술 수 없는 쇠로 된 방(鐵屋子)'으로 비유한 중국현실에 대한 루쉰의 인식이 그것이다.

"가령 말일세, 창문도 하나 없고 절대로 부술 수 없는 쇠로 된 방이 하나

---

8) 앞의 글, 앞의 책, p.455.

있다고 하세. 그 안에 많은 사람이 깊이 잠들어 있어 오래지 않아 모두 숨이 막혀 죽을 거야. 그러나 혼수상태에서 사멸되어 가는 거니까 죽음의 비애 따위는 느끼지 못할 걸세. 지금 자네가 큰 소리를 질러 비교적 의식이 뚜렷한 몇 사람을 깨워 일으켜서, 그 소수의 불행한 이에게 벗어날 수 없는 임종의 고초를 겪게 한다면 자네는 그들에게 미안하지 않겠는가?"9)

이 대목은 루쉰이 샤오싱회관에 묵고 있을 때 진신이(金心異, 즉 錢玄同)가 찾아와『신청년』에 실을 글을 부탁한 데 루쉰이 한 대답이다. 루쉰은 '쇠로 된 방'으로 비유한 중국적 현실 속에서 사람들은 혼수 상태에서 죽음으로 빠져들고 있으므로, 그들을 더 이상 불러 깨울 필요가 없다고 생각했다. 몇몇이 깨어난다고 해도 오히려 그들에게 임종의 고통만을 더해 줄 뿐, 근본적인 치료책인 '쇠로 된 방'을 부수는 일은 불가능하다고 생각했다. 왜냐하면 루쉰이 보기에 중국은 개혁이 너무나 어려운 상황이기 때문이었다. "애석하게도 중국은 바꾸기가 너무 어렵습니다. 설령 탁자 하나를 옮기고 화로 하나를 고치려 해도 피를 흘려야 할 지경입니다. 게다가 설령 피를 흘렸다고 하더라도 반드시 옮길 수 있거나 고칠 수 있는 것도 아닙니다. 커다란 채찍이 등에 내려쳐지지 않으면 중국은 스스로 움직이려 하지 않습니다."10) 이는 당시 중국 현실에 대한 절망적 인식을 담고 있는 루쉰의 비관주의적 태도를 적나라하게 표현해 주고 있다. 앞서 인용한「『자선집』자서」에서 "의심을 가지게 되었다"는 말이나 "몹시 의기소침해져 있었다"는 말은 바로 이러한 비관주의적 태도에서 비롯된 것이다.

---

9)「自序」,『吶喊』,『魯迅全集(1)』, p.419.
10)「娜拉走後怎樣」,『墳』, 앞의 책, p.164.

그런데 중국 현실에 대한 절망적 인식을 담고 있는 루쉰의 비관주의적 태도를 액면 그대로 받아들일 필요는 없을 것 같다. 왜냐하면 이 인용문의 대답에 맞서 "그러나 몇 사람이라도 일어난다면 그 쇠로 된 방을 부술 희망이 전혀 없다고 말할 수는 없지 않은가?"라는 진신이의 대응에, 루쉰은 희망문제는 장래의 일이므로 현재로서는 그것을 부정할 수 없다고 생각하여 결국 「광인일기」를 창작하기 때문이다. 절망적 인식을 담고 있는 루쉰의 비관주의적 태도는 계몽주의적 사고와 일견 모순적인 것처럼 보이지만, 그것은 오히려 냉철한 현실인식에서 유래한다는 점에 주의할 필요가 있다. 루쉰의 비관주의적 태도는 자포자기를 유발하는 심리적 기제로 작용하는 것이 아니라 현실을 냉철하게 인식하도록 이끄는 인식론적 태도로 기능한다고 보아야 한다. 말하자면 그것은 개혁의 필요성이나 그 믿음과 같은 거시적 방향성에 대한 절망적 회의를 담고 있는 것이 아니라 구체적 · 미시적인 해결방법의 부재에 대한 깊은 우려를 반영하고 있는 것이다. 그러기에 루쉰의 비관주의적 태도는 '암흑'의 중국적 현실 속에서 현실변혁을 수행하기 위한 계몽방법에 대한 심각한 고민으로 연결될 수 있다.

비관주의적 태도를 견지하여 혼수상태에 빠져 있는 사람을 불러 깨울 필요가 없다고 생각한 루쉰이 '납함(외침)'이라는 제목에서 보듯 암흑을 분식하여 다소 밝은 빛을 띠게 하기 위해 '외침'의 주제를 부각시킨 것은 왜일까? 루쉰의 소설창작은 그 스스로 밝힌 바와 같이 "잠시나마 적막 속에서 내달리는 용사를 위로하여 그들에게로 거리낌없이 내달리도록 하기"11) 위한 측면지원의 성격을 강하게 띠고 있었다. 실제

---

11) 「自序」, 『呐喊』, 앞의 책, p.419.

로 루쉰은 당시 사상혁명을 적극적으로 선도하고 있던 천두슈의 권유
로 「광인일기」를 창작하게 되었음을 스스로 밝혔다. "『신청년』의 편집
자는 거듭 재촉하였고, 몇 번 재촉을 받고서야 나는 글 한편을 썼다.
여기서 나는 천두슈 선생을 기념하지 않을 수 없는데, 그는 내게 소설
을 쓰라고 가장 애써 재촉한 사람이었다."12) 루쉰은 「납함·자서」에서
자신의 소설창작이 첸쉬엔퉁(錢玄同, 즉 金心異)의 권유 때문이라고 했
지만 사실은 천두슈로부터 강력한 권유를 받고 있었던 것이다. 루쉰이
「납함·자서」에서 "주장의 명령(將令)을 들어야 했기 때문에 나는 종종
곡필(曲筆)을 사용하여 「약」의 주인공 유아(瑜兒)의 무덤에 이유 없이
화환을 바쳤고, 「내일(明天)」에서 선사(單四) 아주머니가 아들을 만나
는 꿈을 꾸지 않았다고 서술하지 않았던 것이다"13)라고 운운한 것은
자신의 소설창작이 천두슈의 권유와 깊은 연관이 있었음을 암시하기
위한 것이었다. 루쉰은 '주장의 명령을 들어', 즉 천두슈의 강력한 권유
로 소설을 창작하게 되었으니만큼 사상혁명을 선도하고 있던 천두슈의
입장을 받아들이지 않을 수 없었고, 그 결과 자신의 소설에서 일부 '곡
필'을 사용하여 외침의 주제를 부각시키는 계몽의 직접적 노출을 피할
수 없었던 것이다. 그렇다면 '곡필'을 사용하여 암흑을 다소 분식하고
얼마간 밝은 빛을 띠게 한 계몽의 직접적 노출(외침)은 창작태도의 본질
이라 보기는 어려우며 오히려 의도된 전략이라고 보아야 할 것이다.
　루쉰은 신문화운동 당시 청년들에게 뜨거운 열정보다 좀더 냉철한
이성을 강조했다. 대중적 분노를 불러일으키는 지나친 열정에 사로잡
히지 말고 좀더 견실한 일부터 착수해야 한다고 했다. "군중에게 그들

---

12) 「我怎麽做起小說來」, 『南腔北調集』, 『魯迅全集(4)』, p.512.
13) 「自序」, 『吶喊』, 『魯迅全集(1)』, p.419.

의 대중적 분노(公憤)만 불러일으키지 말고 깊이 있는 용기를 주입하려고 노력해야 하고, 그들의 감정을 고무시킬 때에 명백한 이성을 극력 계발하도록 해야 한다는 것이다.……이러한 소리는 물론 단연코 선전포고니 적의 섬멸이니 하고 크게 부르짖는 것만큼 요란하지는 않겠지만, 오히려 더욱 긴요하고 더욱 어렵고도 위대한 일이다."14) 왜냐하면 "만일 지혜도 없고 용기도 없으면서 오로지 이른바 '기(氣)'에만 의지한다면 이는 참으로 대단히 위험한 일이며, 지금은 더욱 전진하여 보다 견실한 일부터 착수해야 할 때이기"15) 때문이다. 그렇다면 '깊이 있는 용기'와 '명백한 이성'을 강조한 소설가로서 루쉰의 '견실한 일'이란 무엇인가? 루쉰은 계몽주의적 의도에서 소설창작을 시작했지만 그것은 '기'에 의지하거나 '크게 부르짖는' 계몽의 직접적 노출을 위한 것은 아니었다. 앞서 인용하였듯이 루쉰은 당시 사상혁명운동이 진행되고 있던 시대상황 속에서 열정가들을 측면지원하기 위해 창작을 시작했지만, 그 창작방법은 "낡은 사회의 병근(病根)을 폭로하여 어떠한 방법이든 치료법을 강구하도록 사람의 주의를 환기하기" 위한 것이었다. 루쉰의 소설창작의 목표는 낡은 사회의 병근을 폭로하는 일이었으며, 직접적인 치료책을 제시하는 일은 아니었다. 치료책을 강구하는 것은 오히려 독자들의 몫이다. 이 점을 이해할 때 루쉰의 계몽주의의 특징이 좀 더 분명해질 것이다.

　루쉰은 노르웨이의 작가 입센의 『인형의 집』에 나오는 주인공 노라는 집을 떠난 뒤 어떻게 되었는가 라는 물음을 제기하고, 그 해답을 작가가 직접 제시할 필요는 없다고 했다. "입센은 결코 해답을 주지 않았

---

14) 「雜憶」, 『墳』, 앞의 책, 『魯迅全集(1)』, p.225 참조.
15) 앞의 글, 앞의 책, p.226.

고, 그는 이미 죽었습니다. 설령 죽지 않았다고 하더라도 그는 해답을 줄 책임을 지지 않을 것입니다. 왜냐하면 입센의 목적은 시를 짓는 것이었지, 사회를 위해 문제를 제기하고 대신해서 해답을 주는 것이 아니었기 때문입니다."16) 루쉰이 보기에 작가의 책무는 암흑의 현실 또는 적막의 현실을 진실하게 묘사해 내는 일이며, 문제를 제기하고 그 해답을 직접 제시하는 일이 아니다. 소설가로서 루쉰은 문학이 문제를 제기하고, 해답을 제시하는 계몽의 직접적인 노출을 담고 있다면, 그것은 올바른 문학이 되지 않음을 자각하고 있었던 것이다.

야마카미 마사요시(山上正義)에 따르면, 루쉰이 1927년 혁명의 발원지인 광저우(廣州)에 도착했을 때 광저우의 상황과 관련하여 이렇게 진술한 바 있다고 한다. "광저우에는 비록 절규가 있고 노호가 있지만 사색이 없다. 비록 희열이 있고 흥분이 있지만 비애가 없다. 사색과 비애가 없는 곳에서는 문학도 있을 수 없다."17) 이는 문학에 대한 루쉰 자신의 입장을 매우 집약적으로 보여 주고 있는 대목인데, 루쉰에게 문학은 절규와 노호 또는 희열과 흥분의 표현이 아니다. 루쉰은 절규와 흥분을 표현한, 계몽의 외침이 직접적으로 드러나는 문학은 문학적으로 실패하고 만다는 사실을 절실하게 인식하고 있었다. 루쉰에게 문학은 사색과 비애를 가져다 주는 그런 것이 되어야 한다. 그러기에 암흑의 중국 현실에 대한 루쉰의 비관주의적 태도는 바로 사색과 비애를 담은 문학을 생산할 수 있는 내적 근거가 된다. 사색과 비애는 비극적 정화를 가져다 주는 주요한 요소라고 할 때, 루쉰의 문학은 비극적 정화를

---

16) 「娜拉走後怎樣」, 앞의 책, p.159.
17) 〔日〕山上正義, 「談魯迅」, 魯迅博物館 選編, 『魯迅回憶錄 散篇(下冊)』(北京出版社, 1999), p.1552.

지향한다. 따라서 루쉰의 계몽주의는 사색과 비애를 담은 문학을 통해
비극적 정화를 불러일으키는 문학적 계몽이라 해도 좋을 것이다.

　루쉰은 죽기 한 해 전인 1935년에 쓴, 도스토예프스키를 소개한 글
에서 의학자들은 종종 병태(病態)라는 말을 사용하여 도스토예프스키
의 작품을 해석하고 있지만, 그가 신경병자 또는 러시아 전제(專制)시
대의 신경병자라 하더라도 "차가움을 발할 정도로 뜨거운 열정(熱到發
冷的熱情)"을 가지고 있다는 점에서 그를 좋아하게 될 것이라고 했
다.18) 여기서 도스토예프스키의 특징으로 제시한 '차가움을 발할 정도
로 뜨거운 열정'이라는 말은 어쩌면 루쉰 자신이 걸어온 계몽의 방법을
연상시키는 표현으로 읽을 수 있을 것 같다. 청년시절 애독했던 도스토
예프스키의 작품은 루쉰에게 큰 영향을 끼쳤을 것이며, 루쉰이 도스토
예프스키의 작품을 애독한 것은 기질적으로 통하는 점이 많았기 때문
일 것이다. 다만 도스토예프스키는 '차가움을 발할 정도로 뜨거운 열정'
을 가지고 있었지만, 루쉰의 경우는 뒤집어서 '열을 발할 정도로 차가
운 냉철함'을 가지고 있었다고 해야 옳을 것이다. 달리 말하여 루쉰은
뜨거운 열정을 차가운 껍질 속에 감추고 있었으며, 그 결과 그의 계몽
주의는 비관주의적 현실인식에서 출발하여 사색과 비애를 가져다주는
문학적 계몽방법을 취택하고 있는 것이다.

---

18) 「陀思妥夫斯基的事」, 『且介亭雜文二集』, 『魯迅全集(6)』, p.412 참조.

'광인'의 '개심'의 부르짖음과 계몽실패의 서사

잘 알려져 있는 바와 같이, 「광인일기」는 피해망상증 환자인 '광인'의 목소리를 통해 '인의도덕(仁義道德)'이라는 봉건예교가 사람을 잡아먹는 이데올로기임을 고발한 작품이다. 「광인일기」는 문언(고문)으로 씌어진 서문에 해당하는 부분(이하 서문)과 백화문으로 씌어진 열세 단락의 '광인'의 일기로 구성되어 있다. 서문에는 화자인 '내(余)'가 옛 친구인 두 형제 중 한 사람이 병을 앓고 있다는 소식을 듣고 고향으로 돌아가는 길에 에돌아 그의 집에 들렀다가 형제 중에 형으로부터, 이제는 병이 나아 모 지방의 관리로 떠난 동생의 일기를 건네 받고, 일기 중에서 맥락을 갖춘 일부를 골라 엮어 의가(醫家)의 연구자료로 제공한다고 설명되어 있다. 그리고 열세 단락은 광인이 쓴 구체적인 일기의 내용이다.

저우쩌런은 「광인일기」의 서문에 관해 이렇게 말한 적이 있다. 부기(附記, 서문을 가리킴—인용자)에서 '의가(醫家)의 연구자료로 제공한다'라고 했는데, 일종의 유머러스한 말이다. 그 당시 신문지상에는 기이한 이야기(異聞), 즉 발이 세 개 달린 소, 머리가 두 개인 태아 등을 싣기를 좋아하였고, 끝에 가서는 반드시 '박물가(博物家)의 연구자료로 제공한다'라고 했다. 그래서 여기서도 이러한 구절을 썼던 것이다. 이 글에서는 비록 광인의 일기라고 했지만 사실은 사유가 명확하고 일관된 조리를 가지고 있으니 정신병자가 기록할 수 있는 것이 아니다. 여기서 피해망상증이라는 이름은 원래 설자에 지나지 않는다."19) 저우쩌런은 「

---

19) 周作人 著 · 止庵 編, 『關于魯迅』, p.205.

광인일기」의 서문을 설자(楔子)의 범주로 이해하고 있는데, 설자란 옛 소설에서 흔히 볼 수 있는, 이야기의 시작 부분으로서 본 이야기 앞에서 어떤 사건을 이끌어 내기 위해 따로 설명하는 절(節)을 가리킨다. 저 우쩌런의 말에 의거하면 서문은 작품 전체에서 어떤 의미를 구성하는 것이 아니며, 다만 이야기를 끌어내기 위한 전통적인 소설의 한 상투적인 수법을 빌려온 것에 지나지 않는다. 또한 백화문으로 씌어진 광인의 일기도 사유가 명확하고 일관된 조리를 갖추고 있어서 정신병자의 기록으로 보기 어렵다는 점에서 '기이한 이야기'라는 인식을 심어 주기 위해 일부러 피해망상증 환자인 광인을 설정한 것으로 해석하고 있다. 저 우쩌런은 계몽의 직접적인 외침이 강력히 요청되었던 당시 시대상황 속에서 서문을 제외한 열세 단락의 '광인'의 일기에만 크게 주목하였는데, 서문해석을 배제함으로써 루쉰의 계몽방법을 충분히 이해하지 못하였다고 할 수 있다. 이 서문의 올바른 해석은 「광인일기」의 의미와 루쉰의 계몽방법을 해독하는 데 매우 중요한 단서를 제공해 준다.

서문은 백화문으로 씌어진 '광인'의 일기와 구별되는 문언으로 씌어져 있다는 점 이외에 '광인'이 병이 나아 모 지방의 관리로 떠났다는 매우 중요한 정보를 제공해 주고 있다. '광인'이 병이 나아 모 지방의 관리로 떠났다는 것은 '광인'이 광인이기를 멈추고 정상인이 되어 계몽의 외침을 그치게 되었음을 뜻한다는 점에서 매우 의미심장하다. 그리고 '광인'의 일기가 백화문으로 씌어져 있다는 것은 백화문이 광인의 계몽적 외침이 현실화될 수 있는 언어적 도구임을 시사하고, '광인'이 병이 나아 모 지방의 관리로 떠났다는 사실은 문언으로 씌어져 있어 문언은 계몽적 외침이 현실화될 수 없는 언어적 도구임을 시사한다는 점도 지적해둘 필요가 있다.

먼저 루쉰은 봉건예교가 사람을 잡아먹는 이데올로기임을 고발하는 데 왜 광인의 목소리를 사용했는가, 즉 왜 광인을 주인공으로 설정하였는가 하는 점에 주목해 보자. 서문에서 화자인 '내'가 「광인일기」는 피해망상증이라는 정신병을 앓은 광인의 일기라고 밝혀 놓았지만, 저우쩌런도 지적하였듯이 일기에서 전개되고 있는 '광인'의 사유가 매우 논리적·체계적이라는 사실은 주인공인 '광인'을 일반적인 병리학적 의미의 광인으로 보기 어렵다는 점을 시사한다. '광인'의 사유의 논리성과 체계성을 감지할 수 있으면, '광인'은 병리학적 광인이 아니라 광인의 이름을 빌린 선각자(계몽가) 형상임을 어렵지 않게 파악할 수 있다. 그렇지만 루쉰은 독자들이 즉각적으로 '광인'을 선각자의 형상으로 이해하지 못하도록 하기 위해 작품의 제목을 '광인일기'라고 하여 처음부터 광인의 일기로 읽을 것을 제시했고, 또 서문에서 이 일기는 피해망상증 환자의 일기라는 사실을 아예 밝혀 놓았던 것이다.

그러면 루쉰은 왜 광인을 주인공으로 내세워 독자에게 자신의 작품을 '광인일기'로 읽어 주기를 희망했는가? 물론 광인이 아니고서는 암흑의 현실을 낳고 유지해 주는 감추어진 견고한 이데올로기를 발견하거나 고발할 수 없다는 나름의 전략이 깔려 있었을 것이다. 그렇다고 하나 또 다른 측면을 고려해야 한다. 루쉰은 「납함·자서」에서 일본 유학시기 문학활동의 실패와 그로 인한 적막의 체험을 통해 스스로 '팔을 휘두르며 크게 외치면 사람이 구름처럼 모여드는 그런 영웅은 아니라'는 사실을 깊이 자각하게 되었다고 했다.[20] 이러한 자각은 선각자의 직접적인 계몽의 외침은 크게 실효를 거둘 수 없으며, 외침을 통한 직

---

20) 「自序」, 『吶喊』, 『魯迅全集(1)』, p.417 참조.

접적인 '이상'의 제시는 허망함으로 귀결될 수 있다는 것을 의미한다. 선각자의 직접적인 외침이 무의미하고 '이상'이 허망하다는 자각이 섰을 때 그 과제는 유보되지 않을 수 없다. 그런데 루쉰은 당시 『신청년』이 전개하고 있던 사상혁명운동에 동조하고 있었으므로 어떤 식으로든 사상혁명을 지원하기 위한 참여의 가능성은 열려 있었다. 그 참여는 직접적인 개입방식이 아니라 간접적인 개입방식으로 진행될 수밖에 없다. 말하자면 루쉰은 중간항을 거쳐야 했던 것이다. 그 중간항이란 정상인의 목소리를 통한 외침이 아니라, 광인의 목소리를 통한 외침을 의미한다. 그래서 루쉰은 피해망상증에 걸린 광인의 목소리를 통해 사람을 잡아먹는 봉건예교의 이데올로기성을 고발하는 방식으로 사상혁명의 대열에 참여하게 되는 것이다. 이는 동시대 소설가 위다푸(郁達夫)가 「침윤(沉淪)」에서 주인공 '나'의 입을 통해 "조국이여, 어서 부유해져라! 강해져라!"21)라고 부르짖는, 정상인의 계몽의 목소리가 직접적으로 노출되는 것과 다른 차원에 놓여 있다.

이제 광인일기의 내용을 좀더 분석적으로 고찰해 보자. 30여 년만에 처음으로 밝은 달빛을 발견하는 것과 동시에 '광인'의 발광은 시작된다. 조귀(趙貴) 영감의 괴상한 눈빛, 만난 아이들의 눈초리, 길거리의 한 여인이 아이를 때리면서 한 말, 맞아 죽은 사람의 내장을 꺼내 먹었다는 낭자촌(狼子村)의 이야기 등을 통해 '광인'은 사람들이 자신을 잡아먹을지도 모른다고 느끼는 피해망상증의 병증이 더욱 가중된다. 이 때 밤늦도록 잠을 잘 수 없었던 '광인'은 원인규명을 위해 역사책을 펼쳐 보았고, 거기서 책 가득 씌어진 '인의도덕'이라는 글자를 발견하고 나아가

---

21) 郁達夫, 「沉淪」, 『中國現代短篇小說選(第一卷)』(人民文學出版社, 1980), p.220.

글자와 글자 사이에 감추어진 '식인(吃人)'이라는 두 글자를 발견한다. 역사를 통해 '식인'이라는 글자를 발견한 '광인'은 자신의 피해의식을 움직일 수 없는 사실로 확신하고, 그에 따라 병증이 더욱 심해져서 자신을 진료하러 온 하(何)선생을 향한 의심, 나아가 자기 형을 향한 의심으로까지 확대된다. 이러한 병증의 확대는 '광인'과 주위 정상인 사이의 적대관계가 지속적으로 확대됨을 의미한다. 적대관계가 극에 달하자 '광인'의 광기는 마침내 폭발하고, 그것은 "한 걸음만 방향을 바꾸면, 지금 곧 마음을 고쳐먹기만 하면 모두가 태평하게 된다"라는 '개심(改心)'의 부르짖음으로 나타난다. '광인'은 자신을 해치려는 공포로부터 벗어나기 위해 그 공포에 맞서는 광기를 폭발하지 않을 수 없었던 것이다. '개심'을 부르짖는 광기의 폭발은 병증의 심화와 발광의 증대가 진행되어 온 방향의 역순으로 진행된다. 즉 적대감의 표출은 먼저 형을 향한 '개심'의 부르짖음에서 시작하여 점차 바깥으로 향하게 된다.

그러나 광기의 폭발이 심화될수록 '광인'은 주위의 정상인으로부터 격리수용되어 광기의 폭발은 억압된다. 그 결과 '광인'은 내면으로 침잠하여 사색에 이르고, 내면으로의 침잠과 사색을 통해 어렸을 때 죽은 '누이동생'의 고기를 자기도 모르는 사이에 먹었을 수도 있다는, 즉 자신도 사람을 잡아먹은 사실로부터 자유롭지 못하다는 심각한 자각에 이른다. 이 심각한 자각은 '광인'과 주위 정상인의 적대관계를 해소시켜 줄 소지를 제공해 준다. 그래서 '4000년 동안 사람을 잡아 먹은 이력을 가진 나'를 자각한 '광인'은 이제 광인이기를 멈출 수밖에 없다. 왜냐하면 주위 정상인과의 적대관계가 스스로의 반성을 통해 해소되어 버렸기 때문이다. 이제 광기의 폭발, 즉 발광은 더 이상 진행되지 않는다. 서문에서 병이 나아 모 지방의 관리로 떠났다는 것은 당연한 귀결이다.

결국 서문을 포함한 작품 전체의 내용으로 볼 때, '개심'을 부르짖는 '광인'의 계몽적 외침은 실패하고 만 것이다. 따라서 「광인일기」는 '광인'의 발광시작과 병증확대, 정상인과의 적대관계 심화로 인한 광기폭발, 정상인으로부터의 격리수용, 내면의 자기반성을 통한 공모관계의 확인, 정상인과의 적대관계 해소, '광인'의 정상인으로의 복귀라는 내용으로 구성되어 있는 계몽실패의 서사를 보여 주고 있다.

그런데 루쉰은 「광인일기」의 마지막 단락에서 "사람을 먹은 일이 없는 아이들이 혹시 있을까? 아이들을 구하자"라고 하여 적대관계가 해소된 '광인'에게 마지막 계몽의 외침을 부르짖도록 한 것은 왜일까? 이는 '주장의 명령'을 따랐기 때문이기도 하겠지만, 「납함·자서」에 나오는 진신이와의 토론내용과 연결하여 살펴볼 필요가 있다. 루쉰은 진신이의 부탁을 받고 그와의 토론을 통해 「광인일기」를 창작하게 되었으니만큼 그 토론에서 드러난 루쉰의 현실인식이 「광인일기」에 그대로 반영되어 있을 것이기 때문이다. 당시 루쉰은 중국 현실을 '창문도 하나 없고 절대로 부술 수 없는 쇠로 된 방'으로 인식했고, 사람들은 그 속에서 임종의 고통을 모른 채 사멸해 가고 있다고 인식했다. 그래서 광인의 '개심'의 부르짖음은 바로 선각자가 깊이 잠든 사람을 불러 깨우는 행위와 동일하며, 그것은 깊이 잠든 사람들에게 오히려 임종의 고통만 더해 줄 뿐이다. 그 결과 '광인'의 '개심'의 부르짖음은 저지당하고 '광인'은 격리수용되지 않을 수 없었으며, 자기반성을 통해 식인역사와 공모관계에 놓인 자신을 발견한 순간 광인은 계몽의 실천을 지속할 수 없었다. 「광인일기」가 보여 주는 계몽실패의 서사는 당시 루쉰의 현실인식을 그대로 반영하고 있는 것이다. 그러나 희망은 장래의 일이라는 진신이의 대응에 그것을 부정할 힘이 없다고 생각한 루쉰은 결국 진신이의

요청을 받아들여 작품을 창작하게 되는데, 이 지점에서 "아이들을 구하자"라는 '광인'의 마지막 계몽적 외침은 가능하게 된다. "아이들을 구하자"라는 외침은 장래 희망의 문제와 관련되어 있는 것이다. 그러기에 "아이들을 구하자"라는 계몽의 외침은 '곡필'의 전략으로서 계몽실패의 서사에 일말의 열린 통로를 마련해 준다. 루쉰은 이 '곡필'의 전략을 통해 냉철한 현실인식에만 머무르지 않고 계몽주의적 참여를 시도하고 있는 것이다.

다만 루쉰은 '아이들'에게 희망을 걸고 있지만, 그 희망은 여전히 회의를 내포한 의문으로 표현되어 있다는 점에 주의할 필요가 있다. "사람을 먹은 일이 없는 아이들이 혹시 있을까?" 이러한 회의적인 표현은 장래의 희망이라 하더라도 그것은 매우 유보적임을 뜻한다. 그래서 "아이들을 구하자"라는 외침은 계몽실패의 서사에 일말의 열린 통로를 마련해 주고 있지만, 그 통로의 폭은 매우 제한적이다. 따라서 「광인일기」는 계몽실패의 서사와 희망의 유보적인 표현을 동시에 담고 있어서 루쉰의 첫 작품으로서 『납함』·『방황』의 작품 전체를 압축해 주는 서론으로 보아도 무방할 것이다. 루쉰은 「광인일기」 창작 이후 계몽실패의 서사(계몽이 실패할 수밖에 없는 근거로서의 암흑현실의 형상화를 포함하여)와 유보적인 희망을 표현한 작품을 창작해 나갔다고 할 수 있기 때문이다.

좀더 논의를 진전시켜 보자. 「광인일기」는 희망이 유보적으로 표현되어 있거니와 계몽실패의 서사를 다루고 있어 사색과 비애를 가져다주는데, 이것이 철저한 사상혁명의 의미를 띠기 위해서는 또 다른 설명 기제가 필요하다. 「광인일기」는 '광인'의 '개심'의 부르짖음이 무효화된 계몽실패의 서사를 다루고 있지만, 이 때 '개심'의 부르짖음이 이중적으로 진행된다는 점이 매우 의미심장하다. '광인'의 '개심'의 부르짖음은 외부로 향하는 것으로 그치지 않고, 내부로도 향하고 있어 '개심'의 절박성을 더욱 증폭시켜 준다. '광인'은 스스로 사람을 잡아 먹은 식인의 역사에 무의식적으로 참여하게 되었음을 자각하는 자기반성을 수행하고 있기에 '개심'의 외침은 안에서 밖으로 향하는 단선적인 방향으로만 진행되지 않고, 안에서 밖으로 향하면서 동시에 내부로도 향하는 이중적인 방향으로 진행된다. 식인역사와 공모관계에 있다는 '광인'의 자각은 「광인일기」가 계몽실패의 서사가 될 수밖에 없는 내적 근거이면서 또한 암흑의 현실을 좀더 심각하게 부각시켜 주어 독자들에게 그 비극성을 더욱 철저하게 환기시켜 준다. '광인'의 '개심'의 부르짖음이 이중적인 방향으로 진행되고 있다면, '광인'이 선각자로서 루쉰의 자아형상이라 할 때, 루쉰은 식인역사의 전통을 내면화하면서 그 내면화를 통해 전통을 비판하고 있는 셈이다. 말하자면 이데올로기화된 전통의 권력과 맞서 싸우기 위해 권력화된 자신의 내면 속의 이데올로기 전통과도 싸운다. 이는 단순히 참회의식의 발로이거나 원죄의식의 소산으로만 볼 수 없으며, 계몽을 수행하는 주체도 자기반성을 거쳐 끊임없이 '해체'되면서 새롭게 세워져야 함을 의미한다. 이 점이 「광인일기」가 철저한 사상혁명의 의미를 띠는 이유이다.

다른 측면에서, 루쉰이 처음 「광인일기」를 창작할 때 설정한 독자의 문제도 따져 보아야 한다. 루쉰은 일본 유학시기에 문학활동을 전개한 경험이 있었으므로 적어도 자기 작품에 독자를 나름대로 설정하고 창작에 임했을 것으로 추정할 수 있다. 루쉰이 「광인일기」의 서문을 문언(고문)으로 서술한 것은 원칙적으로 독자를 지식인범주로 설정하고 있었기 때문일 것이다. 「광인일기」 발표 직전에 문학혁명의 도화선이

된 후스(胡適)의 「문학개량추의(文學改良芻議)」와 천두슈의 「문학혁명론(文學革命論)」도 모두 문언으로 씌어졌는데, 이 역시 독자가 원칙적으로 지식인으로 설정되어 있었기 때문이다. 독자가 지식인으로 설정되어 있고, 또 당시 계몽운동의 주체 역시 지식인이라고 할 때, 「광인일기」는 '사람을 잡아먹는' 봉건예교의 이데올로기성을 폭로·고발하는 내용을 담고 있지만, 동시에 계몽운동의 주체에게 계몽의 방법에 심각한 고민을 이끌어내고 있다고 보아야 한다. 그것은 다름 아닌 전통이데올로기 비판은 전통이데올로기에 이미 노출되어 은연중에 내면화가 진행된 주체의 자기해체과정을 포함해야 한다는 점이다. 그러므로 「광인일기」는 봉건예교의 심각한 폐해를 고발하는 반봉건적인 성격을 지니면서, 동시에 계몽운동을 수행하는 주체의 계몽방법을 문제삼고 있는 것이다. 이 두 가지 측면이 「광인일기」가 담고 있는 사상혁명의 가치이다.

'고독자'의 타락과 계몽실패의 서사

1925년 10월에 씌어진, 다섯 절로 구성되어 있는 「고독자」는 「상서(傷逝)」와 더불어 『방황』의 작품 중에서 길이가 가장 긴 것에 속하며, 화자인 '나'의 시점에서 주인공 위연수(魏連殳)의 후반생을 다루고 있다. 「고독자」는 화자인 '내'가 위연수를 사귀게 된 별난 경위를 "장례(送殮)에서 시작해서 장례에서 끝났다"라는 말로 시작하고 있는데, 첫 번째 장례는 위연수의 할머니의 죽음이고, 두 번째 장례는 위연수 본인의 죽음이다.

저우쩌런은 주인공 위연수의 성격은 루쉰의 친구였던 판아이농(范愛農)과 비슷한 데가 있지만, 사건은 그의 것이 아니며, 또 제1절 위연수의 할머니 장례 이야기는 루쉰 자신의 일을 서술하고 있지만 위연수가 어떤 인물을 모델로 했는지 알 수 없다고 했다.[22] 그렇지만 작품에서 위연수의 묘사를 보면 루쉰의 실제 모습과 매우 비슷하다. "그는 몸집이 작고 야윈 사람이었으며 길고 네모난 얼굴에 그 절반 가량이 텁수룩한 머리털과 새까만 수염과 눈썹으로 덮여 있었고, 오직 두 눈만이 검은 빛깔 속에서 빛나고 있었다." 이러한 외모상의 닮은 점 이외에 즐겨 문장을 발표한 것이 원인이 되어 교장으로부터 해고당했다는 점〔실제로「고독자」를 쓰기 직전인 1925년 8월에 루쉰은 당시 교육총장 장스자오(章士釗)로부터 면직을 당한 경험이 있었음〕, 차가운 성격의 소유자로 그려지고 있다는 점 등을 고려할 때 위연수는 루쉰의 또 다른 자아 형상화로 보아도 무방할 것이다.[23] 이는「광인일기」에서, 서문에 '내'가 등장하지만 '광인' 역시 루쉰의 자아 형상화로 볼 수 있는 것과 동일하다.

「고독자」는 '내'가 S시에 있을 때 자주 들은 주인공 위연수의 '기이한' 인물됨의 이야기로부터 시작한다. 동물학을 공부했으면서도 중학당(中學堂)에서 역사선생 노릇을 하고, 거드름을 피우는 주제에 남의 일은 잘 돌봐주고, 가정 따위는 파괴해야 한다고 입버릇처럼 떠들면서도 월급을 타면 그 날로 제 할머니한테 송금을 하는 등 S시에서는 화젯거리의 인물이다. 또 위연수의 한 집안 사람조차도 그를 마치 외국인 취급

---

22) 周作人 著・止庵 編,『關于魯迅』, p.303 참조.
23) 실제로 루쉰은「고독자」에 대해 "사실 그것은 나 자신을 서술한 것이다"라고 하였다.(胡風,「魯迅先生」,『新文學史料』, 1993年 第1期 참조).

을 하고 "우리와 달라요" 하는 인물이다. 또한 할머니를 섬기며 임종까지 봐 준 하녀에게 남은 재산을 아낌없이 맡기고, 차가운 성격의 소유자임에도 불구하고 실의에 빠진 사람에게는 매우 부드럽게 대하고, 천진한 아이들을 몹시 좋아하는 인물이다. 그런데 위연수는 솔직하게 의견을 말하며 즐겨 문장을 발표한 것이 원인이 되어 갑자기 교장으로부터 해고당함으로써 실직으로 인한 경제적 어려움에 직면하게 된다. 궁핍이 극에 달하자 비굴할 정도로 궁색한 모습을 드러내던 위연수는 마침내 두(杜) 사단장의 비서가 되어 이전에 그 자신이 그토록 증오하고 반대했던 짓들을 서슴없이 하는 타락한 생활로 떨어지고, 결국 죽음을 맞이하게 된다. 이러한 내용의 「고독자」를 좀더 분석적으로 이해하기 위해 몇 가지 측면에서 검토할 필요가 있다.

먼저 할머니의 장례식 절차에 대한 위연수의 대응이다. 할머니의 장례에서 '사람들(문중 어른, 가까운 친척, 할머니의 친정식구들, 여가 있는 사람들)'은 '적손(嫡孫)'인 위연수가 '서양식 위주'의 '신당(新黨)'이어서 이제까지 해괴한 짓만 해 온 사람이므로 장례절차를 전부 신식으로 고쳐 버릴 것이라 짐작하고 미리부터 세 가지 조건을 강요하고자 했다. 그런데 위연수는 그들의 공박을 모두 듣고 나서는 "천만 뜻밖에도" "그게 좋겠습니다"라고 대답하며 전혀 이의를 제기하지 않았다. 여기서 위연수가 전혀 이의를 제기하지 않은 이유는 무엇일까? 우선 그것은 '사람들'로 구성되어 단단히 짜여 있는 거대한 사회구조 앞에서 위연수가 자신의 의지를 관철할 수 없다는 사실을 깨달았기 때문이다. 이는 위연수가 '고독자'가 될 수밖에 없는 현실적 근거이기도 하다. 또한 위연수는 한 개인의 일회적인 계몽의지의 관철은 암흑의 현실 속에서는 그다지 큰 의미를 가질 수 없다는 점을 깨닫고 있었기 때문이다. 가정은 파괴되어야 한다고 입버릇처럼 말하던 위연수가 월급을 타면 그 날로 제 할머니에게 부쳤던 사실도 이와 무관하지 않다. 작가는 이 대목에서 요지부동의 거대한 사회구조의 위력을 좀더 심각하게 부각시켜 주는 것과 동시에 계몽의 과제는 일회적인 또는 한 개인의 의지관철로 곧바로 실현될 수 있는 것이 아님을 형상적으로 보여주고 있는 것이다.

다음으로 아이들을 바라보는 위연수의 태도변화이다. 위연수는 처음 아이들에게 대단한 기대를 걸고 있었다. 얼굴이나 손이나 옷이 온통 때투성이이고 인상도 좋지 않은 아이들이지만 그들을 보면 "연수의 눈동자에는 갑자기 기쁨이 넘쳤고" "연수는 아이들 얼굴만 보면 평소의 차가운 태도가 일변하여 마치 자기 생명보다 소중한 듯이 대하였다." 그러나 아이들을 바라보는 위연수의 기대는 서서히 깨지기 시작한다. 위연수의 태도변화는 아이들을 바라보는 루쉰의 태도변화와 관련되어 있어 '나'와 위연수의 대화는 매우 의미심장하다. "뭐니뭐니 해도 아이들이 좋아. 천진(天眞) 그 자체이니까……"라고 믿고 있는 위연수는, "그렇지만도 않을 걸"이라고 한 '나'의 유보적인 태도에 맞서 다음과 같이 적극적으로 변호한다. "아니야, 어른들의 나쁜 성질이 아이들에게는 없어. 후천적인 악, 자네가 늘 공박하는 그런 악은 환경이 그렇게 만든 거야. 원래는 악하지 않고 천진 그 자체야…… 나는 중국에 희망이 있다면 그 점뿐이라고 생각해." 그러나 '나'는, "아니지, 만일 아이들 안에 악의 뿌리가 없다면, 성장한 뒤에 악의 열매가 생길 리 없어"라고 맞선다. 이러한 위연수와 '나'의 대화는 루쉰의 내면에 자리하고 있는 두 자아 사이의 갈등을 반영하고 있는데, 「광인일기」에서 "아이들을 구하자"라고 외쳤던 '광인'의 외침에 루쉰이 스스로 부정하는, 회의주의적 태도를 좀더 분명하게 표명해 주고 있다. 결국 '나'의 말이 진실로 판명이라도 나듯이 연수는 아이들에게서 배반을 당하고 만다. 길거리에서 걸음마도 제대로 못하는 어린 꼬마가 갈대잎을 집어들어 연수를 겨누며 "죽이겠다(殺)!"라고 소리쳤고, 실직 이후에 생활이 궁핍해졌을 때 영악한 아이들이 그 점을 알아차린 듯 연수를 멀리하며 땅콩을 주러 갔으나 달아나 버렸던 것이다. 위연수의 입장에서 보면 마지막 희망이라고도 할 아이들마저 기대를 저버리고 만 것이다. 이제 위연수는 희망을 걸 곳을 모두 상실한 절망의 상태에 놓이게 되었다.

그 다음으로 위연수의 타락과 죽음에 관한 것이다. 위연수가 실직하여 궁핍이 극에 달하자 결국 신지식인으로서 자신이 그토록 증오하고 반대하던 생활로 타락한 것은 왜일까? 앞서 인용한 바 있듯이, 루쉰은, 스스로 남편의 인형이고 아이는 자기의 인형이라는 사실을 깨달은 노라가 집을 떠난 후 어떻게 되었는가라고 질문을 던지고 "사리에 따라 추론해 보면, 노라는 아마 실제로 두 가지 길밖에 없을 것"이라고 했다. 즉 "타락하는 것이 아니라면 바로 돌아오는 것"이다.24) 이렇게 두 가지 길밖에 없는 것은, 노라가 자신의 의지에 따라 집을 떠났지만 결국 "꿈에서 깨어난 뒤 갈 만한 길이 없기"25) 때문이다. 루쉰은 노라가 떠난 후 타락할 것이라는 자신의 추론을 「고독자」에서 위연수의 타락을 통해 실증하고 있는지도 모른다. "솔직하게 의견을 말하는 사람에게 기필코 은밀히 골려 주는" 거대한 사회구조는 위연수를 실직으로 몰아갔고, 그 실직은 생활의 궁핍을 가져오고 마지막 희망인 아이들마저 기대를 저버린 상황에서 자신이 조금 더 살아 있기를 바라던 사람 또한 적에게

---

24) 「娜拉走後怎樣」, 『墳』, 『魯迅全集(1)』, p.159. 이 글은 「고독자」를 쓰기 2년 전에 발표되었다.
25) 앞의 글, 앞의 책, p.159.

모살당하면서 위연수는 완전한 절망상태에 놓이게 되었다. 완전한 절망상태에 놓인 위연수가 나아간 길은 바로 타락의 생활인데, 위연수가 타락의 생활로 들어선 것은 무엇을 의미하는가? 이는 우선 "내가 살아 있기를 바라지 않는 자들 때문에 오기로 살아가야 한다"는 복수심의 발로와 관련되어 있다. 루쉰은 1926년에 쓴, 『무덤』의 머리말에서 "내가 술을 끊고 어간유(魚肝油)를 먹는 것은 나의 생명을 연장하기 위한 것이지만, 도리어 나의 사랑하는 사람을 위한 것일 뿐 아니라 대부분은 바로 나의 적 — 그들에게 좀 점잖게 말한다 해도 적일 뿐이다 — 을 위해서 그들의 좋은 세상에다 얼마간 결함을 남겨 주려는 것이다"26)라고 했다. 이를 상기하면, 위연수의 타락은, 타락한 생활을 돋보이게 함으로써 적에게 '결함'의 실재(實在)를 보여주어 그들을 공격하려는 복수방법의 하나로 선택된 것임을 알 수 있다. 이는 위연수가 타락한 생활을 자신의 의지로 선택했다는 점에서 그렇다. 그렇지만 다른 측면에서, 위연수의 타락은 어쨌든 타락이므로 의지가 투철한 신지식인이라 하더라도 결국 거대한 사회구조 앞에서 타락할 수밖에 없는 암흑의 현실을 좀 더 심각하게 부각시켜 준다. 왜냐하면 죽음이 예정되어 있기라도 한 듯이 위연수의 타락은 곧바로 죽음으로 이어지고 말기 때문이다. 이 점에서 「고독자」는 위연수의 절망과 타락 및 죽음을 통해 신지식인의 계몽 실패의 서사를 보여 주고 있는 것이다.

끝으로 할머니의 죽음에 대한 위연수의 슬픔과, 위연수의 죽음에 대한 '나'의 슬픔에 관한 것이다. 할머니의 장례과정에서 위연수는 처음부터 끝까지 눈물 한 방울 흘리지 않았지만, 입관식이 끝난 뒤 "갑자기

---

26) 「題記」, 앞의 책, p.4.

그는 눈물을 흘리다가 목이 메었고, 이내 다시 큰 울부짖음으로 변하여 마치 상처 입은 늑대가 깊은 밤 광야에서 울부짖는 것 같았으며, 그 슬픔(慘傷) 속에는 분노와 비애가 뒤섞여 있었다." 위연수의 슬픔은 할머니의 일생이 한 폭의 그림처럼 눈앞에 펼쳐졌기 때문인데, 할머니의 일생이란 "당신 스스로 고독을 만들어서 그것을 입에 물고 살아온 사람의 일생" 바로 그것이었다. 여기서 위연수의 슬픔 속에 뒤섞여 있는 '분노와 비애'에 주목할 필요가 있다. '분노와 비애'가 뒤섞여 있는 슬픔은 작품의 결미에서 동일한 문장으로 다시 한번 반복되기 때문이다. '분노와 비애'는 '내'가 위연수의 장례에 우연히 참여한 뒤 환청으로 들리는 울부짖음과 그 슬픔 속에 동일하게 뒤섞여 있었다. "귓속에서 무언가 몸부림치는 것이 있어서 오래오래 계속되다가 마침내 몸부림치며 튀어나왔다. 은은하게 들리는 큰 울부짖음 같았다. 마치 상처 입은 늑대가 깊은 밤 광야에서 울부짖는 것 같았으며, 그 슬픔 속에는 분노와 비애가 뒤섞여 있었다." 은은하게 환청으로 들리는 울부짖음과 그 슬픔은 위연수의 죽음을 향한 '나'의 울부짖음이요 '나'의 슬픔이다. 할머니의 죽음에 대한 위연수의 슬픔 속에 '분노와 비애'가 뒤섞여 있었듯이, 위연수의 죽음에 대한 '나'의 슬픔 속에도 동일하게 '분노와 비애'가 뒤섞여 있었다. 위연수가 스스로 "나는 그 할머니 피를 이어받지는 않았지만, 그 운명은 이어 받고 있는지도 몰라"라고 하였듯이 위연수는 고독자로서 할머니의 운명을 고스란히 이어받아 결국 죽음에 이르고 만 것이다. 그렇다면 위연수의 '분노와 비애'는 할머니의 운명과 죽음에 대한 그의 비극적 정화를 의미하고, '내'가 느끼는 '분노와 비애'는 위연수의 운명과 죽음에 대한 '나'의 비극적 정화를 의미한다고 할 수 있다. 그런데 이 작품의 주인공은 위연수이므로 위연수의 운명과 죽음을 보는 '나'의 '분노와 비애'가 더욱 중심적이다. 위연수의 절망과 타락 및 죽음을 드러내고 있는 「고독자」에서 '나'의 '분노와 비애'는 바로 위연수의 계몽실패에 대한 화자의 비극적 정화를 의미하는 것이다.

「광인일기」와 「고독자」는 작품의 내용면에서 상당히 비슷하다. '나'와 '광인'이 친구인 것처럼 '나'와 '위연수'도 친구이며, '광인'을 작가의 또 다른 자아형상화로 보아 무방하듯이 '위연수' 역시 작가의 또 다른 자아형상화로 보아 무방하다. 또한 「광인일기」가 '광인'의 계몽실패의 서사를 주요 내용으로 하고 있듯이 「고독자」도 위연수의 계몽실패의 서사를 주요 내용으로 하고 있다. 그렇지만 「광인일기」에서 화자인 '나'는 서문에만 등장하고, 「고독자」에서 화자인 '나'는 주인공 위연수와 대화를 나누는, 작품 속의 등장인물로 나온다는 점에서 약간의 차이를 보이고 있다. 바로 이 점 때문에 두 작품은 계몽실패의 서사에 비극적 정화를 구현하는 방식에 변화를 초래하고 있다. 그것은 「광인일기」에서는 비극적 정화가 독자의 층위에서 구현되고 있지만 「고독자」에서는 '내'가 독자 속에 포함되어 작품 속에서 직접 비극적 정화의 감정을 표출한다는 점이다. 「고독자」의 결미에서 '내'게 환청으로 들리는 울부짖음과 그 슬픔 속에 뒤섞여 있는 '분노와 비애'는 독자처럼 느끼는 '나'의 비극적 정화를 의미한다. 화자인 '내'가 독자처럼 느끼는 비극적 정화는 「광인일기」에서는 배제되어 있다. 「광인일기」는 일기체 소설이므로 구체적인 일기의 내용 속에 객관적인 화자가 개입할 여지가 없으므로 작품 속에서 화자로서 '나'의 비극적 정화가 구현될 소지는 없다. 그렇지만 달리 보면, 루쉰이 처음부터 일기체 소설을 구상했다는 점에서, 아마 루쉰은 중국 역사 전체를 통괄적으로 사색하도록 이끄는 「광인일기」에서는 가급적 '나'로 표상되는 화자의 목소리 개입을 극력 제한하려 했을 것이다. 「광인일기」는 역사 전체를 문제삼고 있어 계몽의 실패의 서사를 '일반성'의 차원으로 끌어올리고 있다면, 「고독자」는 구체적·개별적인 인물의 계몽실패의 서사를 다루고 있어 특수성의 차원에 놓여 있다. 이러한 차이로 인해 '나'로 표상되는 화자의 개입 정도가 달라지고, 비극적 정화를 구현하는 방식에 변화가 발생한 것이다.

또한 「광인일기」에서 표현된 "아이들을 구하자"라는 외침은 「고독자」에서는 사라지는데, 그것은 앞서 논의된 바 있듯이 아이들을 향한 기대가 깨어져 "아이들을 구하자"라는 외침이 이제 공허한 메아리가 되었기 때문이다. 그러면 유보된 희망은 어디에 있는가? 그 유보된 희망마저 사라진 상태이기에 루쉰은 '방황'할 수밖에 없었다. 소설집 『방황』의 의미는 바로 그런 것이다. 『납함』이 '납함(외침)'일 수 있는 것은 적어도 유보된 희망이기는 하지만 '아이들'에게 일말의 기대가 있어 '외침'의 지향점이 있었기 때문이다. 그러나 이제 유보된 희망마저 사라지고 더 이상 '외침'의 지향점이 없어진 상태에서 루쉰은 새로운 탐색을 시작하지 않을 수 없었으며, 이것이 바로 루쉰의 '방황'이다. 이점은 「상서」의 결미에서 자군(子君)이 죽은 뒤, "새로운 살길을 향해 첫발을 내딛지 않으면 안 된다. 나는 진실을 마음의 상처 속에 깊이 묻어두고 묵묵히 전진하리라. 망각과 거짓을 내 길잡이로 삼아서……"27)라고 한 주인공 연생(涓生)의 심리적 독백을 연상하면 될 것이다.

---

27) 「傷逝」, 『彷徨』, 『魯迅全集(2)』, p.130.

문학가 혹은 계몽가

루쉰은 1927년 9월 「소잡감(小雜感)」이라는 글에서 "사람은 적막하다고 느낄 때 창작을 하게 된다"[28]라고 하여 적막의 정서와 창작관계를 설명하였는데, 루쉰의 창작(문학) 역시 '적막'에서 비롯된다고 할 수 있다. 그런데 루쉰은 적막 속에서 솟구치는 자신의 창작욕구를 스스로 억제하려고 한다는 데 주목할 필요가 있다. "나는 돌난간에 기대어 먼 데로 시선을 주면서 내 심장의 소리에 귀 기울인다. 아득한 사방에서 헤아릴 수 없는 비애와 고뇌와 영락과 사멸이 이 정적 속으로 뒤섞여 들어와 그걸 약주로 바꾸어 빛깔과 맛과 향기를 더해 준다. 그럴 때면 나는 무엇인가 쓰고 싶었지만, 쓸 수 없고 쓸 길이 없다. 이것도 내가 말하는 "침묵하고 있을 때 나는 충실을 느낀다. 입을 열려 하면 갑자기 공허를 느낀다"의 예이다[29]."(1927년 10월) 여기서 루쉰은 '비애와 고뇌와 영락과 사멸'의 적막 속에서 창작욕구를 느끼지만 '쓸 수 없고 쓸 길이 없다'라고 하여 스스로 창작욕구를 억제해 버린다. 그러면 루쉰은 왜 스스로 창작욕구를 억제하여 산문시집 『야초(野草)』의 「제사(題辭)」(1927년 4월)에서 진술한 "침묵하고 있을 때 충실함을 느끼지만, 입을 열려고 하면 공허를 느낀다"라는 말을 다시 한번 반복하였을까? 우리는 다음을 통해 그 해답을 얻을 수 있다. "처음부터 '선전'이라 대서특필하고, 그 위에서 주장을 전개하고 있는 문예작품은 어쩐지 낯설고 순순히 받아들여지지 않는 것이 교훈문학(教訓文學)을 낭독할 때와 마찬가지이다."[30] 루쉰은 내면에 충만한 창작욕구가 '선전'처럼 직접적으로 표출

---

28) 「小雜感」, 『而已集』, 『魯迅全集(3)』, p.532.
29) 「怎麽寫」, 『三閑集』, 『魯迅全集(4)』, pp.18~19.

되어 생산된 문학은 자칫 교훈문학이라 할 만한 것과 본질적인 차이가 없다고 여겼고, 그래서 창작욕구가 내면에 충만하지만, 그것의 직접적인 노출을 억제하지 않을 수 없었던 것이다. 이는 적막으로부터 유래하는 창작욕구가 충만하지만 '선전'처럼 입을 열어 외치는 계몽의 직접적 노출은 공허하기에 스스로 억제하지 않을 수 없는 내면의 팽팽한 긴장을 담고 있다.

루쉰은 1926년 여름 베이징을 떠나 샤먼(廈門)에 도착하여 샤먼대학(廈門大學)에서 강의를 시작하였고, 이 때의 사정을 이렇게 진술한 바 있다. "환경이 변한 까닭으로 근래에는 아무런 잡감(雜感)도 없었으며 쓴 글을 책으로 묶는 일조차도 잊고 있었습니다."31) "이 곳에서도 내게 샤먼을 비평하는 글을 써달라는 사람이 있지만 지금까지 한 구절도 쓰지 않았습니다. 말이 통하지 않고 어디서부터 말을 해야 할지 여러 가지 세부사정을 모르고 있기 때문입니다."32) 이는 루쉰의 창작은 현실과의 긴밀한 관계 속에서 나온다는 점을 여실히 보여 준다. 이 때 현실이란 '적막'의 현실임은 물론이다. 루쉰은 현실과의 관계가 끊어지면 창작도 멈추게 되는데, 현실은 루쉰의 창작기반이 된다. 왜냐하면 루쉰의 창작은 '편하지 않은' 현실세계의 진실한 표현을 담는 것이기 때문이다. "세상에는 마음이 편하지 않은 사람이 많지만, 오로지 스스로 마음 편한 세계를 만들어 내고 있는 사람도 있다. 이는 그저 편한 대로 놓아둘 수 없는 일이어서, 그들에게 조금 가증스러운 것을 보여 주어 때때로 다소 불편함을 느끼게 하고, 원래 자신들의 세계도 아주 원만하기는 쉽

---

30) 앞의 글, 앞의 책, p.20.
31) 「廈門通信」, 『華蓋集續編』, 『魯迅全集(3)』, p.370.
32) 「廈門通信(3)」, 앞의 책, p.393.

지 않다는 것을 알려 주려 한다."33) '편하지 않은' 현실세계는 루쉰에게 창작을 가능케 하는 기반인바, 그것은 루쉰에게 적막을 불러오고, 그 적막을 형상화하는 행위로서 창작이 가능하기 때문이다.

루쉰은 1924년 리빙쭝(李秉中)에게 보낸 편지에서 "나는 적막을 좋아하면서도 또 적막을 증오합니다"34)라고 했고, 이어 "나는 언제나 나의 영혼 속에는 독기(毒氣)와 귀기(鬼氣)가 들어 있다고 스스로 느끼고 있으며, 그것을 대단히 증오하여 없애려 하지만 그렇게 되지 않습니다. 나는 비록 그것을 덮어 버리려고 갖은 애를 쓰고 있지만 항상 다른 사람에게 전염될까 걱정입니다. 나와 왕래가 잦은 사람들에게 때때로 비애감을 떨쳐 버릴 수 없는 까닭은 바로 이 때문입니다."35)라고 했다. 여기서 루쉰은 적막을 좋아하면서도 적막을 증오하는 자신의 모순적 처지와 자신의 영혼 속에 도사리고 있는 주체할 수 없는 독기와 귀기를 언급하고 있다. 물론 '독기'와 '귀기'는 적막한 현실에 저항하려는 내면적 의지표현으로 읽을 수 있으며, 적막한 현실에 대한 저항이란 문학가로서 루쉰에게는 곧 창작이 될 것이다. 루쉰은, 청년작가로서 국민당에 체포되어 희생된 좌련(左聯) 5열사(烈士)를 기리는 글에서 "나는 훌륭한 벗들을 잃었고 중국은 훌륭한 청년들을 잃었다는 것을 침통하게 느꼈다. 나는 비분(悲憤) 속에서 마음이 고요해졌다(沈靜). 그렇지만 오랜 습관이 오히려 고요(沈靜) 속에서 고개를 쳐들어 몇 마디 시구를 짓게 했다."36)라고 했다. 비분(悲憤) → 고요(沈靜) → 창작으로 이어지는 일련의 흐름은 루쉰의 창작은 적막의 현실(비분·고요)로부터 유래한다는

---

33) 「題記」, 『墳』, 『魯迅全集(1)』. pp.3~4.
34) 「致李秉中」, 『書信』, 『魯迅全集(11)』, p.430.
35) 앞의 글, 앞의 책, p.431.
36) 「爲了忘却的紀念」(1933년 2월), 『南腔北調集』, 『魯迅全集(4)』, p.486.

점을 매우 상징적으로 보여 준다. 문학가로서 루쉰은 암흑의 현실로부터 파생되는 적막을 표현하는 것이 곧 창작이므로 창작을 부르는 적막을 좋아하게 된다. 하지만 현실의 적막을 인식하고 그것과 직접 대결해야 하는 계몽가로서의 루쉰은 적막을 떨쳐 버리기 위해 싸워야 하므로 적막을 증오하게 된다. 그러므로 루쉰은 문학가와 계몽가라는 두 정체성 사이에 있었다고 할 수 있다. 루쉰은 두 정체성 사이에서 어느 한쪽을 전유하는 방식으로 방향을 잡아나간 것이 아니라, 항상 그 두 정체성 사이를 유동적으로 움직이면서 공유하는 방식으로 방향을 잡아나갔다고 해야 옳을 것이다. 「광인일기」에서 "아이들을 구하자"라는 외침은 문학가 루쉰에게 계몽가로서의 정체성이 적극적으로 개입한 결과이다. 이 때문에 루쉰은 자신의 소설집 제목을 '납함(외침)'이라 할 수 있었다. 그러나 「고독자」에서는 '아이들'에 대한 기대가 깨지고 그 회의주의적 태도를 분명하게 드러내므로 '고독자'의 타락과 죽음처럼 계몽실패의 서사가 좀더 직접적으로 표출된다. 이 점에서 「고독자」에서는 루쉰의 문학가로서의 정체성이 적극적으로 부각되고, 계몽가로서의 정체성이 상대적으로 약화되고 있는 것이다. 루쉰의 소설이 기본적으로 암흑의 현실과 계몽실패의 서사를 다루고 있는 것은 바로 문학가로서의 루쉰의 정체성 때문이며, 거기에 일말의 열린 통로를 마련해 주는 유보적인 희망의 표현이 담겨 있는 것은 계몽가로서의 루쉰의 정체성 때문이다.

주지하다시피 루쉰은 신문화운동이 전개되던 계몽시대에 소설창작을 시작했다. 계몽시대란 새로운 질서와 의미를 부여하는 시대이다. 그런데 질서와 의미는 주어지는 것이 아니라 부여하는 것이라면 그 시대는 충돌을 피하기 어려울 것이다. 루쉰 역시 신문화운동시기에 새로운 질서와 의미를 부여하려고 부단히 노력했으므로, 여러 가지 충돌을 피할 수 없었다. 기존의 질서와 의미를 보존하려는 진영과의 충돌뿐만 아니라 새로운 질서와 의미를 부여하려는 진영 내부에서 방향의 차이로 인한 충돌도 피할 수 없었다. 그런데 더욱 중요한 것은 루쉰은 새로운 질서와 의미를 부여하려고 노력하는 한편 그러한 노력을 항상 유보하려는 태도를 함께 지니고 있었다는 점이다. 적막의 현실 속에서 창작욕구가 충만하지만, 그 창작욕구를 항상 스스로 억제하지 않을 수 없었던 것은 바로 이와 관련이 있다. 이는 계몽가로서의 루쉰의 정체성에 항상 문학가로서의 루쉰의 정체성이 적극적으로 개입하기 때문이다.

루쉰은 「청년필독서」에서 "지금의 청년들에게 가장 긴요한 것은 '행(行)'이지 '언(言)'은 아니다. 살아 있는 사람이기만 하면 글을 지을 수 없다 해도 뭐 그리 대수롭지 않은 일이다."[37]라고 했다. 여기서 '언(言)'이란 글을 지을 수 있느냐 없느냐의 문제를 가리키지만, 루쉰의 전체 문맥에서는 일회적인 외침과 같은 순간적인 질서와 의미 부여라는 뜻으로 해석할 수도 있다. '언'의 상대적 개념으로 제시된 '행(行)'의 의미를 따져 보면 그러한 유추가 가능하기 때문이다. '살아 있는 사람'임을 보장하는 '행'이란 실천하다라는 뜻 이외에 '걸어가다', 즉 '지속하다'라는 뜻을 함께 지니고 있다. 그러므로 '행'이란 이중적인 의미, 실천과 그것의 지속성을 동시에 내포하고 있다. 실천이 새로운 질서와 의미 부여에 적극적으로 개입하는 계몽의 실천을 뜻한다면, 지속성은 계몽의 실천을 통해 새로 부여하는 질서와 의미에 그 정당성을 끊임없이 되묻는 회의주의적 태도와 관련이 있다. 실천의 강조는 계몽가로서의 루쉰의 정체성에서 비롯된다면, 회의주의적 태도는 문학가로서의 루쉰의

---

37) 「青年必讀書」, 『華蓋集』, 『魯迅全集(3)』, p.12.

정체성에서 비롯된다. 루쉰은 바로 '행'의 강조 속에서 계몽가와 문학가라는 두 정체성을 통합적으로 표현하고 있는 것이다. 그렇다면 루쉰의 계몽주의는 원칙적으로 '해방'으로서의 계몽을 의미하더라도 항상 회의주의를 내포한 계몽의 지속성을 강조하고 있다는 점에서 그것은 일회적인 또는 직접적인 외침의 계몽이 아니다. 오히려 지속적인 '정신적 태도'로서의 계몽이라 할 만한 그 무엇이며, 그것은 문학적 계몽이라 해도 좋을 것이다.

이상적인 인성의 탐색과 차선으로서의
'익살'의 방법

1930년대 중국에서는 역사소설이 상당히 유행했고, 루쉰도 역사에서 제재를 취한 단편소설집 『고사신편(故事新編)』을 내놓았다. 루쉰의 창작소설집 중에서 『납함』(1923년), 『방황』(1926년)에 이어 세 번째에 해당한다. 주지하다시피 『고사신편』은 루쉰의 여타 창작소설집과는 달리 13년 동안 단속적으로 창작되었고, 작품도 창작된 시간순서에 따라 배열되지 않고, 이야기의 역사적 출현순서에 따라 배열되어 있다.1)

그 동안 중국에서는 『고사신편』의 작품을 두고 그것이 역사소설인가 그렇지 않은가, 역사소설이라면 역사소설로서 성공적인가 그렇지 않은가, 루쉰이 스스로 「서언(序言)」에서 밝히고 있는 '익살(油滑)'의 방법을 어떻게 평가할 것인가 하는 문제가 제기되었다. 또한 창작방법면에서 낭만주의 작품인가, 아니면 현실주의 작품인가도 문제가 되었다. 『고사신편』은 루쉰이 마르크스주의를 수용한 이후에 출간된 것이므로 이러한 사상적 변화가 『고사신편』의 작품 속에 어떻게 구현되어 있는가

---

1) 『고사신편』에 실린 작품의 순서는, 「보천(補天)」, 「분월(奔月)」, 「이수(理水)」, 「채미(采薇)」, 「주검(鑄劍)」, 「출관(出關)」, 「비공(非攻)」, 「기사(起死)」로 되어 있다.

하는 것도 문제가 되었다. 이렇게 다양한 논의가 진행되었던만큼『고사신편』을 이해하는 일이 그리 간단치만은 않다. 말하자면 전체를 하나의 관점만으로 해석할 수 없는 복잡한 문제가『고사신편』을 둘러싸고 병존하고 있다.

이러한 복잡한 문제를 안고 있는『고사신편』의 창작의미는 무엇일까? 13년 동안 단속적으로 창작된『고사신편』은 몇 단계의 굴절을 거치는데,『고사신편』을 이해하기 위해서는 우선 굴절의 과정을 살펴보아야 한다. 그래서『고사신편』의 작품을 창작된 연대순으로 재배열하여 고찰할 필요가 있다.「보천(補天)」〔원제는「부주산(不周山)」〕은 1922년,「분월(奔月)」과「주검(鑄劍)」〔원제는「미간척(眉間尺)」〕은 1926,7년,「비공(非攻)」,「이수(理水)」,「채미(采薇)」,「출관(出關)」,「기사(起死)」는 1934,5년에 창작되었다.「보천」의 창작과「분월」·「주검」의 창작 사이에는 산문시집『야초(野草)』의 세계가 보여 주듯 작가에게 가장 어려웠던 시기가 존재하고,「분월」·「주검」의 창작과 나머지 다섯 편의 창작 사이에는 작가의 마르크스주의 수용이라는 사상적 전변(轉變)이 개재해 있다. 따라서『고사신편』의 창작의미를 고찰하기 위해서는 루쉰의 개인적인 상황 변화와『고사신편』의 개별작품 창작 사이에는 어떠한 연관이 있는지 따져 보아야 한다. 나아가 개별작품의 창작특징을 분석하고 그것이 루쉰의 전체 문학행위 속에서 어떠한 위치를 차지하는지 검토해야 한다.

이상적인 인성의 탐색

루쉰은『고사신편』의 첫 작품인「보천」과 관련하여 "그 때 생각으로는 고대와 현대 모두로부터 제재를 취하여 단편소설을 쓰려고 했다"라고 하였고, "'여왜(女媧)가 돌을 달구어 하늘을 보수하다'라는 신화를 취하여 착수한 시작(試作)의 한 편으로서 프로이트의 설을 취하여 창조 —인간과 문학— 의 연원을 해석하려던 것이었다"라고 설명했다.[2] 루쉰은 '현대'에서 제재를 취하여 『납함』류의 창작을 지속하는 동시에 '고대', 즉 '신화'에서 제재를 취하여 단편소설을 창작하려고 생각했던 것이다. 1922년 10월 『납함』의 마지막 작품인 「사희(社戲)」가 씌어졌으므로 루쉰은 방향을 달리해 볼 여유가 있었다. 그렇다면 루쉰은 왜 '현대'를 제재로 하는 『납함』류의 창작에서 '고대', 즉 '신화'에서 제재를 취한 「보천」류의 창작으로 방향을 전환하려 했을까?

　루쉰은 1920년 후반부터 베이징대학(北京大學) 등에서 중국소설사를 강의하였고, 중국소설의 기원을 신화·전설에서 찾으면서 중국의 신화·전설에 크게 관심을 가지고 있었다. 이 때 "중국의 신화와 전설은 오늘날까지도 모아 기록해서 전문서로 만들어 놓은 것이 없고 겨우 옛 서적에 흩어져 보일 뿐이다"[3]라고 하여 중국의 신화가 체계적으로 정리되지 못한 사실을 지적했다. 문예는 진화하고 문예의 일종인 소설도 진화한다면,[4] 루쉰이 보기에 신화와 전설은 진화측면에서 새롭게 창작할 수 있다. 그것은 체계적으로 정리되지 못한 중국의 신화와 전설에 작가로서의 개입이 된다. 또 루쉰은 「보천」의 창작 이전에 이미 일본의 역사소설을 번역한 경험이 있어 역사소설에 크게 관심을 가지고 있었다.[5] 그렇다고 하나 「보천」은 『납함』의 작품이 모두 씌어진 이

---

2) 「序言」, 『故事新編』, 『魯迅全集(2)』, p.341.
3) 『中國小說史略』, 『魯迅全集(9)』, p.18.
4) 『中國小說的歷史的變遷』, 앞의 책, p.301 참조.
5) 루쉰은 1921년 일본의 역사소설, 森鷗外의 「沈默之塔」, 芥川龍之介의 「鼻子」, 「羅生門」,

후의 시점에서 창작되었고 단순히 제재만이 아니라 작품의 성격 자체가 『납함』과는 전혀 다르다는 점에서 그 의미를 달리 검토할 필요가 있다. 또 외부적인 요인만으로 설명할 수 없는 루쉰 문학의 전체 맥락 속에서 그 의미를 검토할 필요가 있다. 이는 『고사신편』의 창작의 의미를 해명하는 출발점이 된다.

루쉰은 『납함』의 창작을 통해 현실의 암흑구조와 그로 인해 파생되는 중국인의 비극적인 정신세계를 철저하게 드러내고자 했다. 루쉰이 의학을 포기하고 문학에 투신한 배경을 설명하면서 "정신상태를 뜯어 고치는 데 가장 좋은 것은, 당시에는 당연히 문예를 들어야 한다고 생각했다"[6]라고 한 것이나, 처음 소설을 쓰기 시작할 때 "중국 병태사회(病態社會)의 불행한 사람에게서 제재를 찾아 그 병고(病苦)를 폭로함으로써 치료에 주의를 촉구하고자 하였다"[7]라고 한 것은 그런 의미이다. 『납함』은 존재할 생명력과 가치가 이미 상실된, '기형적인 도덕'에 '이견'을 제시하는 것이 일차적 목표였고, 거기에 등장하는 인물은 '역사의 중량과 수적 우세라는 무의식적 덫에 걸려 이름 없는 희생이 되고 만' 사람들이다. 이들은 "체질과 마찬가지로 정신도 기형화해 버렸기 때문에 그런 기형적인 도덕에 이견을 가질" 수 없는 사람들이다.[8] 『납함』은 바로 이러한 비극적인 현실의 암흑구조를 드러냄으로써 중국인의 각성을 촉구하는 의미를 지녔다.

菊池寬의 「三浦右衛門的最後」 등을 번역하였으며, 1923년에는 森鷗外의 「游戲」, 菊池寬의 「復仇的話」를 번역하였다. 이 작품들은 1923년 6월에 출판된 『現代日本小說集』(商務印書館)에 수록되었다.

6) 「自序」, 『吶喊』, 『魯迅全集(1)』, p.417.

7) 「我怎麼做起小說來」, 『南腔北調集』, 『魯迅全集(4)』, p.512.

8) 졸고, 『中國의 近代的 文學意識 形成에 관한 硏究』(서울대 박사학위 논문, 1996), p.126 참조.

그러나 「보천」의 중심인물인 여왜는 현실적으로 개연성 있는 인물이 아니라 신화적인 인물이며, 「보천」에는 신화적 공간에서 여왜의 창조정신이 어떻게 발현되고 있는지 묘사되고 있다. 여왜는 자신의 모든 정력을 바쳐 인간을 창조하고, 그런 인간을 구원하기 위해 자신의 생명을 바치면서까지 하늘에 난 커다란 균열을 메우는 것으로 형상화되고 있다. 「보천」에 등장하는 여러 인간들9)과 달리 희생정신을 본질로 하는 여왜는 『납함』의 작품에 등장하는 인물과는 그 성격이 전혀 다르다. '고대'를 제재로 작품을 구상하며 「보천」을 창작하려 한 이 시점에서 루쉰은 그 때까지 현실의 암흑구조를 구성하는 비극적인 정신세계를 가진 인물들을 형상화하던 데서 벗어나서 그와 대비되는 이상적인 인성을 탐색하고 있는 것이다. 루쉰의 문학활동이 인간의 정신혁명을 위한 것이었다고 할 때, 그 실천은 두 가지 방향으로 나타날 수 있다. 정신혁명이 요구되는 현실이라면 그 현실의 기제를 정확하게 인식·폭로하는 일이 선결과제이다. 문제의 소재가 어디에 있는지를 분명히 밝히지 않고서는 정신혁명의 과제를 완수할 수 없다. 그리고 현실의 기제를 정확하게 인식하고 폭로한다고 해서 정신혁명이 곧바로 달성되는 것은 아니다. 현실의 기제를 정확하게 인식하고 폭로한 다음에, 그렇다면 정신혁명은 무엇을 지향해야 하는가 하는 문제가 남는다. 이는 이상적인 인간의 존재방식은 어떻게 되어야 하는가 하는 물음이기도 하다. 이렇게 볼 때, 정신혁명을 지향하는 루쉰의 문학에서 현실의 암흑구조를 드러내는 일과 이상적인 인간의 존재방식을 탐구하는 일은 표리관계에 놓

---

9) '얼굴 하반부에 흰 털이 난 것', '온몸이 쇳조각으로 감싸여 있는 작은 것들', 푸른 돌을 찾으러 갔을 때 만난 사람들, '네모진 널빤지를 머리에 얹은 것', 여왜가 죽은 후에 나타난 금위군(禁衛軍), 도사(道士)의 제자들 등.

이게 된다. 그런데 후자의 탐색은 이미 당대현실 속에서는 불가능하므로 '현대'를 제재로 하던 데서 벗어나서 또 다른 제재, 즉 '고대'로 방향을 돌리지 않을 수 없다. 『납함』의 세계가 보여 주듯 현실은 비극적인 정신세계를 가진 인물들이 지배하므로 이상적인 인성은 신화·전설 또는 과거의 역사에서 찾을 수밖에 없다.[10] 이 점이 이상적인 인성의 탐색과 더불어 '고대'에서 제재를 취할 수밖에 없는 이유이다.

사실 이상적인 인성에 대한 루쉰의 관심은 이미 청년시절부터 시작되었다.[11] 루쉰은 청년시절부터 이상적인 인성을 끊임없이 사색하고 있었다.

오늘날 귀하게 여기고 기대해야 할 사람은 대중들의 떠들썩함에 동조하지 않고 홀로 자신의 견해를 가지고 있는 선비이다. 그는 그윽하게 숨겨져 있는 것을 통찰하고 문명을 비평하면서 망령되고 미혹된 무리와 그 시비를 함께 하지 않는다. 오직 자신이 믿고 있는 바를 향해 매진한다. 온 세상이 그를 칭찬하여도 그것에 고무되지 않고, 온 세상이 그를 헐뜯어도 그것 때문에 나아감이 막히지 않는다. 자기를 따르는 자가 있으면 미래를 맡긴다. 설령 자기를 비웃고 욕을 해대며, 세상에서 고립을 시키더라도 두려워하지 않는다. 그렇게 되면 이는 하늘의 태양 빛으로 어둠을 밝히는 것과 같아서, 국민들의 내요(內曜, 마음 속의 밝은 빛—인용자)를 발양하고 사람들은 각자 자기 정체를 가지게 되어 풍파에 휩쓸리지 않게 될 것이다. 그리하여 중국은 마침

---

10) 루쉰은 『납함』의 「작은 사건(一件小事)」에서 한 인력거꾼의 행동을 통해 현실 속에서도 이상적인 인성을 발견할 수 있음을 보여 주고 있다.

11) 쉬서우창에 따르면, 루쉰은 "이상적인 인성이란 무엇인가? 중국 국민성 중에 가장 결핍된 것은 무엇인가?, 그것의 병근은 어디에 있는가?"라는 세 가지 문제를 늘 자신에게 말했다고 회고했다(許壽裳, 『我所認識的魯迅』, 人民文學出版社, 1952年 初版, 1978年 第8次印刷, p.6).

내 바로 세워질 것이다.12)

이 대목은 청년시절 루쉰이 생각하고 있던 이상적인 인성을 집약적으로 표현해 주고 있다. 최종적인 목적은 중국을 바로 세우는 것이지만, 중국을 바로 세우기 위해서는 이상적인 인성이 필요하다는 자각이다. 루쉰이 「마라시력설」에서 악마파 시인들의 정신을 강조하고 그들을 '정신계의 전사'로 평가했던 것도 그들의 정신 속에서 이상적인 인성을 발견했기 때문이다. 그러나 이러한 생각은 일본에서의 문학활동이 실패함으로써 표면적으로 드러나지 못한다. 즉 '팔을 휘두르며 크게 외치면 사람들이 구름처럼 모여드는 그런 영웅은 아니라'13)는 자각과 더불어 표면으로 등장하지 못한다. 그래서 루쉰은 본격적으로 소설을 쓰기 시작하면서부터 이상적인 인성의 탐색보다는 오히려 그러한 이상적인 인성의 출현을 방해하는 암흑의 중국 현실의 기제를 정확하게 인식하고 폭로하는 쪽으로 창작의 가닥을 잡아나갔던 것이다. 말하자면 '현대'에서 제재를 취하는 방식으로 '병태사회'의 불행한 사람들에게서 제재를 찾으려 했던 것이다. 그렇지만 루쉰은 『납함』의 창작이 마무리되던 시점에서 이상적인 인성의 탐색을 표면화시키고 '고대'에서 제재를 취해 단편소설의 창작을 시도하게 된다. 이 점으로 미루어 볼 때 현실의 비극적인 인간의 정신세계를 형상화하여 폭로하는 일과 '중국을 바로 세우기 위해' 이상적인 인성을 탐색하는 일은 루쉰에게는 동전의 양면과 같은 것이 아니었을까?14)

---

12) 「破惡聲論」, 『集外集拾遺補編』, 『魯迅全集(8)』, p.25.

13) 「自序」, 『吶喊』, 『魯迅全集(1)』, p.417.

14) 루쉰은 청년시절 이상적인 인성으로서 니체의 '초인(超人)'에 크게 관심을 가졌는데, 1920년 『차라투스트라는 이렇게 말했다』의 「서언」을 번역하여 『신조(新潮)』에 발표한 것을

　그렇다고 『고사신편』의 모든 작품이 이러한 이상적인 인성의 탐색을 위해 창작되었다는 뜻은 아니다. 『고사신편』의 작품은 13년이란 세월을 거치면서 창작되었기 때문에 일관된 태도로 창작되었다고 보기 어려운 여러 가지 상황이 존재한다. 이 점은 앞으로 검토할 것이다. 다만 『고사신편』을 기획하던 시점, 특히 「보천」을 창작하던 시점에서 이상적인 인성의 탐색은 루쉰에게 주요한 과제였음이 분명하다. 또한 그 후 『고사신편』의 다른 작품을 창작할 때도 그것은 여전히 유효한 과제였던 것 같다. 「분월」과 「주검」의 창작도 그러한 관점에서 해석이 가능하고, 「비공」과 「이수」 역시 그러한 관점에서 해석이 가능하기 때문이다. 미간척(眉間尺)의 불완전한 복수정신을 연지오자(宴之敖者)의 철저한 복수정신으로 대체함으로써 복수를 완성한다는 내용의 「주검」도 연지오자의 인물형상을 통해 이상적인 인성이 탐색되고 있으며, 「비공」은 묵적(墨翟)의 인물형상을 통해, 「이수」는 치수사업을 수행한 우(禹)의 인물형상을 통해 이상적인 인성이 탐색되고 있다. 다만 「분월」을 이해하기 위해서는 보충적인 설명기제가 필요하다.

　「분월」은 과거에는 사냥의 명수였지만 지금은 까마귀도 겨우 잡는 신세로 전락한, 신화적 인물인 이예(夷羿)를 형상화하고 있다. "형편없군, 모두가 부서졌지 않아? 고기가 어디 있어?"라는 항아(嫦娥)의 불평 때문에 이예는 과거 '멧돼지'나 '큰 뱀'을 잡았던 사냥의 명수였음을 생각하고 과거의 영예를 회복하기 위해 좀더 멀리까지 나가 사냥할 것을 결심한다. 그러나 이예는 이제 과거와 같은 그런 사냥의 명수는 아니었으며, 오히려 남의 집 닭을 비둘기로 오인하여 죽이고 만다. 닭 주인인

볼 때, 루쉰은 『납함』의 창작과 동시에 이상적인 인성에 대해서도 크게 관심을 가지고 있었던 것 같다.

늙은 노파와의 대화는 이예가 현재의 모습으로 전락한 원인을 극명하게 보여 준다. 이예와 노파와의 대화만을 옮겨 보면 다음과 같다.

> 저는 이예라고 합니다./ 이예? ……누구지? 나는 모르겠는걸./ 어떤 사람들은 듣기만 하면 아는 이름이지요, 요(堯)어른 때에 나는 멧돼지 몇 마리와 뱀 몇 마리를 쏘아 잡았어요……/ 하하, 거짓말쟁이, 그건 봉몽(逢蒙) 어른과 다른 사람이 함께 잡은 거야. 당신이 그 안에 있었는지는 몰라도, 그런데 당신은 자기 혼자 했다니, 정말 창피한 것도 모르는군!/ 아! 노부인. 봉몽이라는 사람은 요 몇 년 사이에 내가 사는 곳에 언제나 출입했을 뿐, 나는 그와 함께 한 일도 없고 전혀 상관도 없어요./ 거짓말. 요사이 사람들이 말하는 것을 나는 한 달에 너댓 차례나 들었어.15)

이 대목의 대화를 통해서 우리는 「분월」의 의미를 해명하는 단서를 발견할 수 있다. 루쉰은 "천재란 깊은 숲속이나 황량한 들판에서 스스로 태어나 스스로 자라는 괴물이 아닙니다. 천재를 낳고 자라게 하는 민중에 의해 태어나고 성장하게 됩니다. 그래서 이러한 민중이 없으면 천재도 없습니다"라고 하였고, "오늘날 사회적인 논조나 추세를 보면, 한쪽으로는 천재를 진정으로 바라면서도 한쪽으로는 천재를 멸망시키려 하고, 이미 마련된 흙조차도 깨끗이 쓸어버리려 합니다"라고 하였다.16) 이예를 몰라보는 노파, 이예를 몰라보도록 조작한 봉몽, 이런 인간은 천재의 출현을 방해하는 민중의 모습이다. 오히려 이런 인간 때문에 결국 이예는 과거 사냥의 명수였으면서도 지금과 같이 닭을 비둘

---

15) 「奔月」, 『故事新編』, 『魯迅全集(2)』, p.362.
16) 「未有天才之前」, 『墳』, 『魯迅全集(1)』, pp.166~167.

기로 오인하여 죽이고 마는 신세로 전락하게 되었다. 이상적인 인성의 출현 자체가 봉쇄되어 있다는 현실진단의 상징화라고 할 수 있다. 물론 주지하는 바와 같이 「분월」은 루쉰과 그의 제자 까오창홍(高長虹, 작품에서 봉몽으로 묘사됨)의 관계를 형상화하고 있다고 알려져 있다. 문제는 이 다음에 이어지는 이예의 대응방법이다.

사냥을 마치고 돌아온 이예는 그의 아내 항아마저 자신이 얻어놓은 선약을 마시고 달나라로 도망한 사실을 깨닫고 "마치 자기 혼자만이 지상에 남겨진 것 같은 것을 느꼈다." 이러한 느낌은 이미 천재의 죽음을 암시하는 현실이다. 그러나 이예는 달을 향해 활을 쏘는 복수정신을 보여 주고 있으며, "사람들은 어르신네가 아직도 전사(戰士)라고 말하고 있습니다", "때로는 마치 예술가 같아 보입니다"라는 여을(女乙)과 여신(女辛)의 말처럼 이예는 여전히 이상적인 인성으로 거듭날 수 있는 가능성으로 형상화된다. 그리고 「분월」의 마지막 단락에 와서 더욱 분명해진다. "그건 서두를 것 없어, 나는 매우 배가 고프다. 빨리 가서 고추닭찜 한 접시와 떡 다섯 근을 구어 오너라. 먹고 잠을 자야겠다. 내일 다시 그 도사를 찾아가서 선약을 달래서 먹고는 좇아가야겠어."17) 여기서 이예는 서두르지 않는 강인한 정신을 가진 이상적인 인성으로 승화되고 있다. 「분월」이 「보천」의 창작과 같은 맥락에서 이해할 수 있는 근거가 바로 여기에 있다.

---

17) 「奔月」, 『故事新編』, 『魯迅全集(2)』, p.368.

차선으로서의 '익살(油滑)'의 방법

루쉰은 「서언」에서 「보천」의 창작이 '진지함(認眞)'에서 '익살(油滑)'로 떨어졌다고 했다. 「보천」의 창작이 '진지함'에서 '익살'로 떨어진 것은 「서언」에서 밝히고 있듯이, 글을 쓰던 도중에 만난, 대담하고 솔직하게 사랑을 표현한 왕징즈(汪靜之)의 시집 『혜초의 바람(蕙的風)』을 평한 후멍화(胡夢華)의 비평 때문이었다. "눈물을 머금고 애원하노니 청년들이여 다시는 이런 글을 쓰지 않기를 바란다"라는 후멍화의 비평을 읽고 루쉰은 "이처럼 가련한 음험함이 내게 익살로 느끼게 만들었다"라고 하였고, 그리하여 "옛 의관을 갖춘 작은 남자를 여왜의 두 다리 사이에 출현시키고 말았다"라고 설명했다. 그렇다면 "익살이란 창작의 대적이며 스스로에게 매우 불만이다"(「서언」)라고 말하는 루쉰은 어째서 자신의 창작을 '진지함'에서 '익살'로 떨어지게 만들었을까? 이의 이해는 『고사신편』에서 전반적으로 운용되고 있는 '익살'방법을 해명하는 데 매우 중요하다. 만약 '가련한 음험함'이 한 비평가의 개인적인 문제로 치부되었다면 「보천」의 창작에는 별다른 영향을 주지 못했을 것이다. 그러나 한 비평가의 '가련한 음험함'이 중국인의 보편적인 '가련한 음험함'으로 읽혀졌다면 상황은 달라진다. 루쉰은 「'풍자'란 무엇인가?」라는 글에서 "의식적으로 쓸데없는 것을 문제삼아 여기에 정밀성을 부여하고 다시 이를 과장하는 것, 그것이야말로 '풍자'의 진면목이다"라고 하고, "어느 시대, 어느 사회에서 평범할수록 그 사건은 보편성이 있고, 또 그만큼 풍자하기에 적합하다"라고 하였다.[18] 루쉰은 한 비평가의

---

18) 「什麼是"諷刺"?」, 『且介亭雜文二集』, 『魯迅全集(6)』, p.329.

말을 통해 중국인의 보편성을 읽어냄으로써 그것을 풍자하지 않을 수 없었던 것이다. 「보천」의 창작이 이상적인 인성의 탐색을 목표로 하고 있었다고 할 때, 이상적인 인성의 탐색을 보장할 수 없는 현실 속에서는 「보천」의 창작이 무의미하게 된다. 오히려 현실 자체를 문제삼아야 될 것이다. 그리하여 「보천」은 현실에 대한 풍자가 끼여듦으로써 '진지함'에서 '익살'로 떨어지게 되었고, 이제 루쉰은 그런 류의 창작을 유보하지 않을 수 없었다.19)

앞에서 일부 인용하였듯이 루쉰은 천재가 나오기를 요구하기 전에 먼저 천재를 기를 수 있는 민중이 있기를 요구해야 한다고 생각했다.20) 천재와 민중과의 상관관계에 대한 이러한 인식은 이 시기만의 것은 아니었다. 청년시절부터 지속적으로 가지고 있었던 생각이었다.21) 이상적인 인성의 소유자인 천재의 출현을 기대하기 이전에 그를 기를 수 있는 민중이 먼저 요구된다는 생각이 항상 솟구칠 때, 이상적인 인성의 탐색은 무의미하게 된다. 따라서 루쉰은 한 비평가의 '가련한 음험함'을 통해 현실민중의 참모습을 보아냄으로써 이상적인 인성의 탐색을 유보하지 않을 수 없었다. 그것은 다름 아닌 "지금 사회상

---

19) 루쉰은 「서언」에서 "결코 다시는 이런 소설을 쓰지 않을 요량으로, 『납함』을 엮어 출판할 때에는 시작이고 또한 바로 끝이라 여기고 권말에 넣었다"라고 했다.

20) 「未有天才之前」, 『墳』, 『魯迅全集(1)』, p.167 참조.

21) 루쉰은 청년시절에 쓴 「파악성론」에서 이렇게 말했다. "중국은 어찌하여 예전처럼 적막하고 소리가 없는가? 길에는 풀무덤이 가득하여 나아갈 수 없어 현자(碩士)들이 출세에 어려움을 겪고 있거나 아니면 대중들의 시끄러운 소리가 귀에 가득하여 깊은 심연에서 나오는 마음의 소리를 들을 수 없으니, 어찌 입을 다물고 말하지 않겠는가! 아아, 역사적 사실의 교훈을 통해 나는 전도를 연 선구자가 있었다는 사실을 알게 되었으며 역사의 앞길을 열고 넓히기 위해서는 반드시 강건한 자가 먼저 있어야 한다는 것을 알게 되었다. 다만 탁류가 흘러 넘치고 강건한 자가 그로 인해 침몰한다면 아름다운 화토(華土)는 황량한 들판처럼 쓸쓸해지고 황제(黃帝)는 신음소리를 낼 것이다. 민족혼은 잃게 되고 마음의 소리와 내요(內耀)도 역시 기대할 수 없게 될 것이다."(破惡聲論」, 『集外集拾遺補編』, 『魯迅全集(8)』, pp.25-26)

의 여론과 추세를 보면 한쪽으로는 천재를 요구하면서 다른 한쪽으로는 그것을 멸망시키려 하며 이미 마련되어 있는 흙마저 몽땅 쓸어 버리려 하고 있습니다"라는 인식 때문이었다. 이러한 인식이 분명해졌을 때 루쉰은 이상적인 인성의 탐색을 유보하고 오히려 이상적인 인성의 출현을 방해하는 현실의 기제에 초점을 맞출 수밖에 없었다. 「보천」을 창작(1922년 11월)한 다음 일정한 시간이 지난 뒤 루쉰은 두 번째 소설집인 『방황』의 창작으로 나아가게 되는데, 『방황』의 첫 작품인 「축복(祝福)」(1924년 2월)이 『납함』의 세계로 되돌아가고 있는 점도 매우 시사적이다.

1926년 베이징을 떠나 남방의 샤먼에 도착했을 때 루쉰은 다시 「보천」과 같은 작품을 창작하려는 생각으로 여덟 편의 『고사신편』의 작품을 구상하게 된다. 물론 본인의 설명대로 샤먼을 떠나 다시 광저우로 가야 했으므로 샤먼에서 「분월」과 「주검」 두 편만을 창작할 수밖에 없었다. 그런데 루쉰은 왜 일정한 시간적 간극을 두고 "시작이고 또한 끝이라"고 생각한 「보천」과 같은 작품을 다시 창작하려고 했을까? 루쉰은 베이징을 떠나 샤먼에 도착했을 때의 자신의 창작과 관련하여, "이때 나는 목전의 일은 생각하고 싶지 않아, 추억을 마음 속에서 찾아내어 열 편의 『조화석습(朝花夕拾)』을 썼다. 아울러 전과 같이 고대의 전설류에서 취하여 여덟 편의 『고사신편』을 쓰려고 했다."[22]라고 했다. "목전의 일은 생각하고 싶지 않았다"는 언급에서 보아, 적어도 이 때 루쉰은 현실에서 잠시 벗어나고 싶은 내면적 욕구가 발동하고 있었던 것으로 보인다. 『조화석습』의 글이 모두 자신의 과거를 회상하는 작품이라고

---

22) 「序言」, 『故事新編』, 『魯迅全集(2)』, p.342.

할 때, 그것은 현실의 무거운 짐으로부터 벗어나려는 내면적 욕구의 한 표현으로 읽혀진다. 루쉰이 일본 유학을 청산하고 귀국한 뒤 중국의 고소설(古小說)을 집록·교감하는 일에 몰두한 것도 비슷한 경우라고 하겠다. 루쉰이 고소설에 관심을 보인 것은 과거의 실패경험에서 오는 현실의 무거운 짐으로부터 잠시 벗어나려는 쉬어감의 한 표징으로 보이기 때문이다. 의학을 포기하고 문예운동을 전개하며 '정신계의 전사'로서 활약하고자 했으나, 결국 실패하고 귀국하지 않을 수 없었을 때, 즉 현실에 대한 직접적인 대응이 실패로 끝났을 때 루쉰은 고소설에 관심을 보이며 과거의 역사로 회귀하였다. 『신청년』진영의 분열과 동시에 루쉰은 다시 중국 고전에 관심을 가지게 되었고, 또 베이징을 떠나 샤먼에 도착했을 때 역시 신화·전설을 제재로 「주검」과 「분월」을 썼다. 그리고 광저우에서 상하이로 돌아온 이후 혁명문학논쟁을 거치면서 문단의 새로운 상황에 직면하여 현실을 직접 반영하는 작품을 창작하기보다 역사에서 제재를 취한 『고사신편』의 나머지 다섯 편을 창작하는 것으로 임했다. 그렇다고 하더라도 왜 루쉰은 불만으로 여긴 「보천」과 같은 창작을 다시 떠올려 「분월」과 「주검」의 작품을 창작하려고 했을까? 「보천」과 같은 창작이 다시 긍정적으로 검토되었다는 의미인데, 그 이유는 무엇일까?

이 해답을 구하기 위해서는 '익살'의 방법에 대한 루쉰의 생각의 변화를 살펴보아야 한다. 「보천」의 창작이 '진지함'에서 '익살'로 떨어지고 말았기 때문에 루쉰은 「보천」류의 창작을 유보하지 않을 수 없었는데, 만일 '익살'의 방법이 다시 긍정적으로 받아들여진다면 「보천」과 같은 창작은 가능해진다. 「보천」에 이어 두 번째로 창작된 「분월」을 두고 루쉰은 "그 때 나는 소설 한 편을 써서 그(까오창훙을 가리킴—인용자)를 가

지고 장난을 좀 쳤소"23)라고 하였다. 소설을 가지고 '장난을 좀 쳤소'라
는 언급에서 보아 루쉰은 스스로 불만이었던 '익살'의 방법을 다시 긍정
하게 되었던 것으로 보인다.

　이렇게 '익살'의 방법이 다시 긍정적으로 검토된 것은『야초』창작시
기의 경험과 밀접하게 관련되어 있다. 루쉰은『야초』의 한 작품인「입
론(立論)」에서 가식으로 가득 찬 현존인간에 대응하는 방법을 구체적으
로 제시하게 되는데, 그것은 바로 '익살'의 방법이었다. 꿈속에서 선생
님이 '나'에게 견해를 세우는 방법을 알려 준다. 어느 집에서 아들을 낳
아 달이 차자 아이를 안고 손님에게 구경을 시킨다. 한 사람이 '이 앤
장차 부자가 되겠구려'라고 하자, 그는 고맙다는 말을 듣는다. 또 한 사
람이 '이 앤 앞으로 벼슬을 하겠구려'라고 말하자 그는 치하를 받는다.
그리고 다른 한 사람이 '이 앤 앞으로 죽겠구려'라고 하자 그는 오히려
매를 얻어맞는다. 거짓말처럼 말한 사람은 치하를 받고, 죽을 것이라고
사실대로 말한 사람은 오히려 매를 얻어맞는다. 이에 선생님은 거짓말
도 하지 않고 매도 얻어맞지 않을 방법을 '나'에게 일러 준다. "그러자면
넌 이렇게 말해야 하느니라. '아아! 이 앤 정말! 이걸 보우! 얼마나……
아이구! 하하! Hehe! he, hehehehe!"24) 진실이 받아들여지지 않는
현실에서 진실로 대응하는 것은「입론」에서처럼 매를 얻어맞을 수밖에
없다. 그런 경우는 오히려 '익살'을 부리는 것이 더욱 현명하다. 그것은
'불만'이지만 어쩔 수 없이 선택할 수밖에 없는 차선의 방법이다. 즉 루
쉰은『야초』의 창작시기를 거치면서 현실에 대응하는 구체적인 방법으
로서 '익살'의 문제를 깊이 고민하게 되었던 것으로 보인다. 이 점이 바

---

23)『兩地書』,『魯迅全集(11)』, p.275.
24)「立論」,『野草』,『魯迅全集(2)』, p.207.

로 그가 창작에서 '익살'의 방법을 긍정적으로 재검토하게 된 이유이다. 「입론」이 씌어진 지 얼마 지나지 않아 씌어진 「'페어 플레이'는 아직 이르다」를 보면 더욱 분명해진다.

그가 너에게 '페어'하지 않는데, 너는 오히려 그에게 '페어'하여 그 결과 도무지 자기만 손해를 보게 된다. '페어'하려 해도 그렇게 할 수 없을 뿐만 아니라 '페어'하지 않으려 해도 그것마저 그렇게 할 수 없다. 그래서 '페어'하려면 가장 좋은 것은 우선 상대를 잘 보는 것이다. 만약 '페어'를 받아들일 자격이 없는 사람이라면 전혀 예를 갖추지 않아도 된다. 그 놈도 '페어'하게 되었을 때, 그 때 가서 다시 그 놈과 '페어'를 따져도 늦지 않다. 이는 이중(二重)도덕을 주장하는 것이 아닌가 하는 혐의가 있을 듯하지만, 부득이해서 그런 것이다. 왜냐하면 이렇게 하지 않으면 중국에는 앞으로 더 좋은 길이 있을 수 없기 때문이다.[25]

'페어'하는 것이 최선의 방법이겠으나 상대가 '페어'하지 않는데 '페어'로 대하는 것은 자신만이 손해볼 뿐이다. 「입론」에서처럼 사실대로 말하는 것이 '페어'이고, 창작에서도 '진지함'을 추구하는 것이 '페어'이겠지만, 현실은 '페어'할 준비가 되어 있지 않으므로 오히려 '익살'을 부리지 않을 수 없다. 그것은 '부득이한' 일이며, '중국에는 앞으로 더 좋은 길이 있을 수 없기' 때문에 취해진 차선의 방법이다.

이처럼 루쉰은 '익살'의 방법에 '불만'을 느끼고 「보천」류의 창작을 유보했지만, '익살'의 방법이 차선으로서 다시 긍정되면서 『고사신편』의

---

25) 「論"費厄潑賴"應該緩行」, 『墳』, 『魯迅全集(1)』, pp.274~275.

창작을 계속할 수 있게 되었다. 1930년대에 이르면 루쉰은 이러한 생각을 더욱 절실하게 느꼈던 것으로 보인다. 루쉰은 「'조롱하기'」에서 "작자는 원래 글짓기란 밥을 먹는 것과는 달라서 진국으로 할 필요 없다고 생각한다는 것을 알아야 한다. 만일 진국으로 읽는다면 오직 자신의 어리석음을 한탄하게 될 것이다"라고 했고, "'농담도 하고 심심풀이로 조롱하기도 하는 것'이야말로 중국의 많은 괴이한 현상들의 자물쇠를 열어제끼는 열쇠인 것이다."[26]라고 했다. 1934,5년에 이르러 다섯 편의『고사신편』의 작품이 모두 씌어지고, 이 작품들에서 '익살'의 방법이 더욱 적극적으로 운용되고 있다는 사실[27]은 차선으로서의 '익살'의 방법이 루쉰에게 매우 절실한 문제였음을 보여 준다.

진실한 꿈, 자의식의 이상화, 텅빈 꿈

루쉰이 이상적인 인성의 탐색을 위해 「보천」의 창작을 기획한 것은 문학의 새로운 견해를 확보하기 시작했다는 의미도 된다. 루쉰은 문학은 현실세계를 드러내는 동시에 꿈의 세계를 창조할 수 있다고 생각했다. 문학은 상징을 통한 꿈의 세계를 창조할 수 있기 때문에 이상적인

---

26) 「'尋開心'」, 『且介亭雜文二集』, 『魯迅全集(6)』, p.272.

27) 하나의 예를 들면, 루쉰은 당시 구지깡(顧頡剛)의 고증작업을 「이수(理水)」에서 '익살'의 방법으로 풍자하고 있다. '문화산(文化山)'의 한 학자인 '조두(鳥頭)선생'이 '아우(阿禹)'의 말살을 고증했으나, 그것이 결국 허망하였음을 보여 준다. "우(禹)는 확실히 사람이며, 바로 곤(鯤)의 아들이고, 또 확실히 수리장관에 임명되었고, 삼년 전에 이미 익주(冀州)를 출발하여 얼마 후에는 이 곳에 도착한다"는 사실이 밝혀지면서 "이리하여 조두선생도 더는 그의 의견을 고집할 수 없게 되었고, 고증학을 다른 사람에게 양보하는 수밖에 없게 되었다. 그 자신은 따로 민간의 노래를 수집했다."

인성의 탐색이 현실에서는 이미 불가능한 상태에서 상징화를 통해 그런 인물을 창조할 수 있다. 신화적 공간 속에서는 이상적인 인성의 형상화가 가능하기 때문이다.

루쉰은 1922년 러시아의 시인 예로센코의 동화집을 번역하여 출판하면서 그 서문에서 이렇게 말했다.

> 작자(예로센코를 가리킴—인용자)가 인간사회에 철저히 부르짖고자 했던 것은, 사랑하지 못할 것이 없지만, 사랑할 만한 대상을 얻지 못한 비애였다고 나는 생각한다. 그러나 내가 그로부터 읽어 내고자 했던 것은 동심의, 아름다운, 그러나 진실성을 가진 꿈이었다. 이 꿈은 아마 작자가 비애를 가리는 베일이리라. 그렇다면 나도 지나치게 꿈을 꾼 것이 아닌가. 그러나 작자가 이 동심의 아름다운 꿈에서 멀어지지 말고 사람들을 이 꿈속으로 불러들여서 진실의 무지개를 계속 볼 수 있도록 하기를 나는 바란다. 우리는 몽유병에까지 이른 것은 아니기 때문이다.[28]

루쉰은 예로센코의 비애를 오히려 '동심의, 아름다운, 그러나 진실성을 가진 꿈'으로 읽어서 독자들에게 펼쳐 보이고자 했다. 즉 루쉰이 예로센코의 동화집을 번역했던 것은 독자에게 '진실성을 가진 꿈'을 제시하여 '진실의 무지개'를 볼 수 있도록 하기 위함이었다. 루쉰이 예로센코의 동화집을 번역하던 시점에 그의 대표작인 중편소설 「아Q정전」이 『신보부간(晨報副刊)』에 연재되고 있었다.[29] 그렇다면 루쉰은 철저하

---

28) 「『愛羅先珂童話集』序」, 『譯文序跋集』, 『魯迅全集(10)』, p.197.

29) 예로센코의 동화집은 1922년 1월 28일에 번역이 완성되었으며, 『아Q정전』은 1921년 12월 4일에 연재가 시작되어 1922년 2월 2일에 끝났다.

게 현실문제를 다루면서도 꿈의 세계를 긍정하고 스스로도 그러한 꿈을 꾸고자 했다. 이상적인 인성에 집착하고 있던 루쉰은 문학을 통해 '진실성을 가진 꿈'을 독자에게 제시해야 한다는 인식이 서면서 『납함』의 작품이 마무리되던 시점에서 「보천」의 창작을 기획할 수 있었던 것으로 보인다. 즉 「보천」의 창작은 이상적인 인성을 탐색하려는 루쉰의 내면적 욕구와 문학은 '진실성을 가진 꿈'을 제시할 수 있다는 문학관이 결합되면서 루쉰문학의 한 축을 형성한 것으로 보인다. 「보천」의 작품 직전에 씌어진 『납함』의 「오리의 희극(鴨的喜劇)」(1922년 10월)과 「사희(社戲)」(1922년 10월)가 동화적인 냄새를 풍기는 것도 이와 관련이 있을 것이다. 다만 루쉰은 '진실성을 가진 꿈'의 세계를 긍정하였지만, 현실의 구체적인 문제가 끼여듦으로써―'익살'의 방법―'진실한 꿈의 세계'를 창조하는 데 실패했다고 생각했는지도 모른다.

일반적으로 「분월」이나 「주검」은 작가의 자의식을 이상화하고 있다고 알려져 있는데, 「분월」의 이예나 「주검」의 연지오자의 형상은 분명 작가의 자의식의 이상화로 볼 수 있다. 여러 가지 정황으로 보건대, 이예는 루쉰 자신을 상징하고 있으며, 연지오자도 루쉰이 이전에 필명으로 사용한 적이 있으므로 작가 자신을 상징한다고 볼 수 있다. 이예나 연지오자가 이상적인 인성으로 형상화되고 있고, 그것이 작가의 자의식을 상징한다고 할 때, 루쉰은 「분월」이나 「주검」을 통해 자신을 이상화하고 있다는 의미도 된다. 그러나 이예나 연지오자의 인물형상이 개인적인 차원으로 떨어지지 않고 일반화에 성공한다면 상황은 달라질 것이다. 작가는 자신의 경험을 바탕으로 작품을 창작하는 것인만큼 작가의 주관이 작품 속에 구현되는 것은 당연하다. 그러한 주관이 얼마나 보편화에 성공하느냐가 작품의 성패를 가늠한다. 다만 「분월」·「주검」

의 창작은 「보천」의 창작과는 달리 작가의 자의식이 철저하게 반영되고 있다는 점에서 그 원인을 따져 보아야 한다. 「보천」을 통해 이상적인 인성을 탐색하려 했던 루쉰이 그러한 맥락을 유지하면서도 작가의 자의식을 상징화하는 방향으로 선회한 원인은 어디에 있는가?

1922년에 창작된 「보천」과 1926~1927년에 창작된 「분월」·「주검」 사이에는 일정한 시간적 간극이 존재한다. 그 사이에 루쉰은 구리야가와 하쿠손(廚川白村)의 『고민의 상징(苦悶的象徵)』을 읽고 구리야가와의 문예이론에 크게 공감하게 되었다. 루쉰은 1924년 구리야가와의 『고민의 상징』의 제1~제2부를 번역하여 1924년 10월 1~31일에 『신보부전(晨報副鐫)』에 발표하였고, 또 1925년 3월에는 '미명총간지일(未名叢刊之一)'로서 단행본으로 출판하게 되는데, 구리야가와의 문예이론은 루쉰이 「분월」과 「주검」을 창작하는 데 결정적인 영향을 미친 것으로 보인다.30) 루쉰은 구리야가와의 말을 빌려 "생명력이 억압을 받아 생겨난 고민과 괴로움이 바로 문예의 뿌리이며, 그것의 표현법은 바로 광의의 상징주의이다"라고 했고, 또 "대체로 일체의 문예는 예로부터 지금까지 이러한 의미에서 상징주의의 표현법을 사용하지 않은 것이 없다"31)라고 했다. 문예는 고민의 상징이라고 보는 구리야가와의 문예이론은 프로이트의 꿈이론을 문예에 적용한 결과라는 것은 주지의 사실이다.32)

---

30) 원루민(溫儒敏)은 『야초』의 작품과 「장명등(長明燈)」, 「분월」, 「주검(鑄劍)」의 작품이 사실적 기초 위에 상징적 수법을 창조적으로 흡수하고 있다고 하여 "전반적으로 루쉰은 봉건사상을 반대하는 혁명적 목표에서 현실주의를 이해하고 요구하였지만, 1925년을 전후하여 현실주의 가운데 특히 주관성을 중요시하게 된 것은 그가 일본의 문예 이론가인 구리야가와 하쿠손의 영향을 받은 것과 관계가 있다"(『新文學現實主義的流變』, 北京大學出版社, 1988, pp.59~60)라고 했다.

31) 『苦悶的象徵』, 『魯迅全集(第十三卷)』(人民文學出版社, 1973), p.18.

32) 물론 루쉰은 그들 사이의 차이점을 다음과 같이 언급하였다. "작자는 베르그송 일파의 철학에 근거하여 끊임없이 진행하는 생명력을 인류생활의 근본으로 보고 있으며, 또 프로이

구리야가와는 문예를 다음과 같이 이해한다.

꿈이 무의식의 심리 속에 잠재되어 있는 정신의 상처에서 비롯되는 것과 마찬가지로 문예작품 역시 작가의 생활내용 깊은 곳에 자리잡은 인간고(人間苦)에서 비롯된다. 그래서 작품에서 감각적·구체적인 사실묘사를 통해 표출되는 것은 바로 내면에 있는 작가의 개성적 생명, 마음, 사상, 정서, 심기이다. 바꾸어 말하면, 포착할 수 없는 무형, 무색, 무취, 무성의 것들이 유형, 유색, 유취, 유성의 구체적인 인물, 사건, 풍경 및 그 밖의 각종 사물을 재료로 삼아 표출되는 것이다. 이 때 그 구체적·감각적인 것을 바로 상징이라고 한다.[33]

문예는 또한 상징의 암시성·자극성을 통해 독자를 교묘하게 최면상태로 유도하여 환상·환각의 경지로 들게 하며, 꿈의 세계, 순수창조의 절대경지로 유인함으로써 독자나 관객이 스스로 자기 삶의 모습을 의식하게 만든다.[34]

이와 같은 문예이론에 따를 때 작가는 자신의 주관을 상징화할 수 있으며, 또 그러한 상징은 독자를 환상·환각의 경지로 이끄는 꿈의 세계를 창조하는 가운데 실현될 수 있다. 앞에서 언급하였듯이 루쉰은 「보

트 일파의 과학으로부터 생명력의 뿌리를 찾고 그것으로 문예 특히 문학을 해석하였다. 그러나 이전의 설과는 약간의 차이를 보이고 있다. 베르그송은 미래를 예측할 수 없는 것으로 보고 있지만, 작자는 시인을 선각자로 여기고 있으며, 프로이트는 생명력의 뿌리를 성욕에 돌리고 있으나, 작자는 그 힘의 돌진과 도약을 말하고 있다"(「『苦悶的象徵』引言」, 『譯文序跋集』, 『魯迅全集(9)』, p.232).

33) 『苦悶的象徵』, 『魯迅全集(第十三卷)』(人民文學出版社, 1973), pp.63~64.
34) 앞의 글, 앞의 책, p.78.

천」을 창작하기 이전에 문예는 '진실한 꿈의 세계'를 창조할 수 있다고 생각하고 있었으므로, 이 점은 구리야가와의 문예이론을 통해 재확인한 셈이다. 다만 작가의 주관을 상징화하여 '꿈의 세계'를 창조할 수 있다고 생각한 점은 구리야가와의 문예이론으로부터 영향을 받았다. 말하자면 이예나 연지오자의 인물형상을 통한 작가 자신의 상징화는 구리야가와의 문예이론을 수용하면서 가능하게 되었던 것이다.

그런데 루쉰은 어째서 이예나 연지오자의 인물형상을 통해 자신을 상징화하면서도 그것을 이상화하는 쪽으로 창작의 방향을 잡아나갔을까? 이점은 「보천」의 창작과 같은 맥락에서 파악해야 하며, 루쉰이 베이징을 떠나기 직전에 마무리한 『야초』의 작품을 상기하면 더욱 분명해진다. 『야초』에서 루쉰은 변혁의 주체상(像)을 끊임없이 탐색하고 있었다. 즉 『야초』를 통해 루쉰은 자신을 무화(無化)시키고, 또 현존인간을 무화시키고, 그 빈 자리를 메울 수 있는 새로운 변혁의 주체의 상을 모색하고 있었다. 변혁의 주체상을 현실에서 발견한다는 것은 이미 현실 자체가 부정의 대상이므로 불가능하다. 오히려 「보천」의 창작처럼 '고대'에서 제재를 취할 수밖에 없다. 루쉰이 『고민의 상징』의 「머리말(引言)」에서 "천마행공(天馬行空)과 같은 위대한 정신이 있지 않으면 위대한 문예의 생산도 없다. 그러나 중국의 현재의 정신은 또 얼마나 의기소침하고 구속되어 있는가?"35)라고 하여 '천마행공과 같은 위대한 정신'을 가진 이상적인 인성의 필요성을 강조했다. 또 「분월」과 「주검」의 창작은 베이징을 떠나 남방에 머물 때 씌어진 것인데, 이 때 루쉰은 현실의 직접적인 대응이 불가능한 상태였다. 바로 이 시점에서

---

35) 「『苦悶的象徵』引言」, 『譯文序跋集』, 『魯迅全集(10)』, p.232.

루쉰은 자신을 상징화하면서도 이상적인 인성의 탐색이라는 내면적 욕구를 결합하여 인물형상을 이상화하는 쪽으로 창작방향을 잡아나갔던 것으로 보인다. 다시 말하면 이상적인 인성의 탐색이라는 주제에 문예는 고민의 상징이라는 구리야가와의 문예이론이 개입함으로써「분월」과「주검」의 창작은 가능하게 되었던 것이다.[36]

한편「비공」,「이수」,「채미」,「출관」,「기사」는 루쉰이 마르크스 사상을 수용한 이후인 1934~1935년에 씌어졌다.「분월」과「주검」이 1926~1927년에 창작되었으니까 루쉰은 상당한 기간 창작에 손을 대지 않았다. 이는 그 사이 중국 문단의 변화와 직접적인 관련이 있다. 혁명문학(무산계급문학)이 주류를 형성하고 있던 이 시기에 루쉰은 창작 면에서 직접적으로 대응할 수 없었다. 이 점을 루쉰은 스스로 이렇게 밝혔다. "새로 소설을 쓴다는 것은 불가능합니다. 시간이 없어서라기보다는 재능이 없기 때문입니다. 여러 해 동안 사회와 떨어져 있으면서 스스로 소용돌이의 중심에 있지 않았기 때문에 느낀 바가 아무래도 피상적일 수밖에 없고 써 낸다하더라도 그다지 좋지 않을 것입니다."[37] 루쉰은 스스로 혁명의 경험이 없다고 판단해 혁명문학을 산출한다는 것 자체가 불가능하다고 생각했다. 물론 쓰는 것 자체는 가능한 일이지만 문제는 잘 쓸 수 없다는 데 있었다.

루쉰은 1934년 국제혁명작가동맹의 기관지로서 소련에서 발간되던 『국제문학』이라는 격월간지로부터 세 가지 질문을 받았다. 세 가지 질문 중에 첫 번째가 "소련의 존재 및 그 성과는 당신에게 어떤 영향을

---

36) 그렇다면「분월」과「주검」은『야초』글쓰기의 연속임을 의미한다. 다만『야초』가 시적 글쓰기라고 한다면「주검」과「분월」은 서사구조를 가지는 소설적 글쓰기라는 점에서 차이가 있다.

37)「致姚克」,『書信』,『魯迅全集(12)』, p.256.

주고 있습니까(소비에트를 이룩한 10월혁명은 당신의 사상방법과 창작의 성질에 어떤 변화를 가져오게 하였습니까)?" 하는 것이었다. 이 물음에 루쉰은 과거 자신은 무산계급혁명에 의혹을 품고 있었으나 지금에 와서는 무산계급의 사회가 결국은 도래하게 될 것이라는 확신을 가지게 되었다고 말하고, 이어서 자신의 창작과 관련하여 이렇게 진술했다. "그러나 창작에서는 내가 혁명의 소용돌이의 중심에 있지도 않고 또 오랫동안 여러 곳에 가서 고찰할 수도 없었기 때문에 대체로 여전히 구사회의 나쁜 점을 폭로할 수 있을 뿐입니다."38) 이 시기에 루쉰은 적어도 마르크스 사상을 신뢰하고 무산계급사회가 반드시 도래할 것임을 확신하고 있었다. 그러나 이러한 확신이 곧바로 창작으로 연결될 수 없음을 루쉰은 자각하고 있었다. 결국 루쉰은 '구사회의 나쁜 점을 폭로하는' 쪽으로 창작의 방향을 잡아나갈 것임을 표명한 것이다. 이 글이 발표되고 얼마 지나지 않아 「비공」(1934년 8월)이 창작되고, 1935년 말에 이르러 「이수」, 「채미」, 「출관」, 「기사」가 창작되는 것도 시사적이다. 루쉰은 「편한 대로 펼쳐보다」라는 글에서 "금년(1934년 — 인용자) 8월에 와서 고사(故事)를 좀 찾아볼 필요가 있어"39)라고 했는데, '고사'에 관심을 가지고 자료수집에 시간을 할애하고 있는 것으로 보아 1934년 8월부터 『고사신편』을 마무리지으려는 생각을 가지고 있었던 것으로 보인다. 1930년대에 들어 좌익작가연맹의 영수로서 활동하면서 이론적인 면에서 혁명문학에 공감하고 있었지만 그것을 실제 창작에 적용하는 문제에서는 유보적인 태도를 취했다.

---

38) 「答國際文學社問」, 『且介亭雜文』, 『魯迅全集(6)』, p.18. 이 글은 처음 『국제문학』1934년 3,4호 합간에 「중국과 10월(中國與十月)」이라는 제목으로 발표되었고, 소련의 1934년 7월 5일자 『프라우다』에 게재되었다.

39) 「隨便翻翻」, 앞의 책, p.138.

사실 이보다 앞서 루쉰은 자신의 창작방향을 나름대로 설정하고 있었던 것으로 보인다. 1931년 12월 25일에 쓴 글에서 루쉰은 "나의 생각은 지금 쓸 수 있는 것을 쓰면 좋겠다는 것입니다. 시세를 따를 필요는 없으며, 돌변적인 혁명영웅을 억지로 만들어내어 '혁명문학'이라고 자칭할 필요는 더구나 없습니다. 그러나 이 점에 만족해하면서 개혁을 하지 않고 자기를 매몰하여서는—즉 시대에 대한 조력과 기여를 소멸해 버려서는 안 됩니다."40)라고 했다. 이렇게 볼 때 루쉰은 '돌변적인 혁명영웅을 억지로 만들어내지' 않으면서도 '시대에 대한 조력과 기여를 소멸해 버리지 않을' 수 있는 방향과, 위 인용문에서도 밝히고 있듯이 '구사회의 나쁜 점을 폭로하는' 방향으로 창작의 가닥을 잡아나갔던 것으로 보인다. 이 점은 다음 사실에서 더욱 분명히 드러난다.

'누구나 다 배불리 먹는' 꿈을 꾼 사람이 있고, '무계급 사회'의 꿈을 꾼 사람이 있고, '대동세계'의 꿈을 꾼 사람도 있었지만, 이러한 사회를 건설하기 이전의 계급투쟁, 백색테러, 폭격, 학살, 콧구멍에 고춧물을 부어넣는 것, 전기고문……을 본 꿈을 꾼 사람은 대단히 적다. 그런데 이런 것을 본 꿈을 꾸지 않는다면 훌륭한 사회는 올 리가 만무하다. 아무리 광명하게 썼다 하여도 결국은 하나의 꿈, 텅빈 꿈이며, 그것을 이야기한다 하여도 사람을 이런 텅빈 꿈의 세계로 끌어들이는 데 불과하다.41)

'돌변적인 혁명영웅을 억지로 만들어 내는 것'이 오히려 사람들을 '텅빈 꿈'으로 끌어들이는 데 지나지 않는다는 인식이 지배적일 때 현실공

---

40) 「關于小說題材的通信」, 『二心集』, 『魯迅全集(4)』, p.369.
41) 「聽說夢」, 『南腔北調集』, 앞의 책, p.468.

간 속에서 영웅인물을 창조하는 혁명문학을 산출한다는 것은 루쉰에게 큰 의미가 없다. 어쩌면 루쉰이 「보천」을 창작할 때 현실문제를 개입시켜 '익살'로 떨어지게 만들었던 것도 '텅빈 꿈'이 되지 않도록 하기 위해서였는지도 모른다.

이런 상황에서 루쉰은 이미 기획한 바 있는 『고사신편』을 마무리지으려 했던 것으로 보이며, 이상적인 인성의 탐색을 지속하는 동시에 현실문제를 개입시켜 그것을 풍자하는 '익살'의 방법을 전반적으로 운용하는 창작태도를 취했던 것으로 보인다. '텅빈 꿈'의 무의미성을 깊이 자각하게 됨으로써 마지막 다섯 작품은 이전의 창작과 달리 크게 굴절을 거치게 된다는 의미이다.42) 이 시기에 이르러 루쉰은 작가의 주관을 상징화하는 것보다 오히려 여러 가지 현실적인 요소를 개입시켜 그것을 풍자하는 방법으로 창작에 임했던 것이다.

역사의 재구성

루쉰은 『고사신편』을 두고 '신화와 전설의 연의(演義)'라고 말한 적이 있고, 또 "역사소설의 경우, 널리 문헌을 살피고, 그 말에는 반드시 근

---

42) 펑쉬에펑(馮雪峰)이 "이 다섯 편의 소품(小品, 후기의 다섯 편―인용자)의 사상과 창작방법은 그가 전기에 창작한, 같은 종류의 작품, 예를 들면 「보천」, 「주검」 등과는 확연히 다르다. 그러므로 후기에 쓴 다섯 편의 소품은 그의 대표작으로 간주할 수는 없으나, 그의 잡문과 마찬가지로 무산계급 현실주의 작품으로 간주할 수 있다."(馮雪峰, 「中國文學從古典現實主義到無産階級現實主義的發展的一個輪廓」, 袁良駿, 『當代魯迅硏究史』, pp.185~186 재인용)라고 한 점이나, 린페이(林非)가 「보천」·「주검」 등은 낭만주의 창작방법, 「이수(理水)」·「출관(出關)」 등은 현실주의 창작방법을 활용한 것이라고 한 점(林非, 「論故事新編」, 『魯迅硏究年刊』, p.165 참조)은 바로 창작방법상의 변화를 지적한 것이다.

거가 있어야 하므로, 가령 사람들이 교수소설(敎授小說)이라고 비웃을 지라도 실은 엮어서 만들어 내기란 대단히 어려운 것이라고 여긴다. 단지 작은 연유에 의거하여 멋대로 윤색하여 한 편의 글을 만들어 내는 것은 별로 수완이랄 것도 없는 것이다."43)라고 했다. 루쉰이『고사신편』을 두고, '신화와 전설의 연의'라고 한 것이나, '작은 연유에 의거하여 멋대로 윤색하여'라고 한 것은 역사적 진실을 드러내고자 한 것이 아니라, 다만 소재를 역사에서 빌렸을 뿐이라는 의미로 해석할 수 있다. "사건의 서술은 때로는 옛 책에 근거한 것도 있고, 때로는 생각나는 대로 쓴 것에 지나지 않는다"44)라고 한 것도 그런 의미이다. 그렇다면 루쉰은 역사를 어떻게 이해하고 있었을까?

　루쉰에게 역사란 전면적인 부정의 대상도 아니며, 더구나 전면적인 수용의 대상도 아니다. 전면적인 수용의 대상이 아님은『납함』의 세계가 그것을 증명한다. 역사의 연속이 당대현실이라고 보고 있는 루쉰이기에 현실비판은 곧 역사의 부정으로 이어진다. 그렇다고 역사가 오로지 부정의 대상으로만 떠오르지는 않는다. 루쉰이 일본에서 귀국한 후 고소설을 정리하고 비문의 탁본을 수집·연구한 것도 역사가 전면적인 부정의 대상이 아니었음을 시사하는 일례이다. 그 후 대학강단에서 강의를 위해 진지하게 중국소설사와 중국문학사를 연구하고, 중국의 고소설을 집록 출판하였던 것도 그 구체적인 실례이다. 역사는 오히려 현실을 이해할 수 있는 객관적인 자료로 주어진다.

　역사는 과거의 썩은 흔적이며, 국민성은 앞으로도 개조가능한 것이다. 개

---

43)「序言」,『故事新編』,『魯迅全集(2)』, p.342.
44) 앞의 글, 앞의 책, p.342.

혁자의 입장에서 보면 지나간 것이나 눈앞의 것은 모두 무물(無物)이나 마
찬가지이다.[45]

　"나라가 오래 되었기 때문에 고유의 낡아빠진 문명에 매달려 동맥경
화증을 일으키고 결국은 멸망의 길을 걷고 있는" 중국에 "철저한 개혁"
의 수행을 갈망하는 루쉰은 "개혁의 첫걸음은 물론 새로운 생명에 탄생
의 기회를 주기 위해 폐물을 일소하는 것이어야 한다"라고 생각했다.
개혁자로서의 루쉰에게는 '새로운 생명에 탄생의 기회'를 주기 위해 '폐
물'을 일소하는 것이 중요하겠지만 역사는 '과거의 썩은 흔적이며', '무
물(無物)'과 등가이기에 또한 객관적인 자료로 주어진다. 이러한 객관
적 자료로서의 역사는 당대현실의 '철저한 개혁'을 수행하는 데 필요한
'국민성 개조'를 위해 재구성의 대상이 될 수 있다. 말하자면 "옛일의 몸
체를 빌려 현대인에게 무엇을 증오하고 무엇을 사랑해야 할 것인지를
불러일으킬"[46] 수 있는 것이다. 다만 이 때의 역사는 인간의 상상력 또
는 정신과 관련되었을 때만이 유의미한 대상으로 떠오른다. 루쉰이 고
대의 신화와 전설을 강조한 것은 바로 이 때문이다.

　청년시절 루쉰은 중국의 신화와 전설을 배척하는 사람들에게 비판적
인 태도를 취한 적이 있다. 루쉰은 "서학(西學)의 껍데기도 제대로 깨닫
지 못하고 헛되이 새로움이라는 허울을 쓰고 사람을 미혹시키고 혼란

---

45) 「『出了象牙之塔』後記」, 『譯文序跋集』, 『魯迅全集(10)』, p.244.
46) 茅盾, 「『玄武門之變』序」, 『茅盾全集(21)』(人民文學出版社, 1991), p.283. 여기서 마오뚠
　　은 루쉰의 『고사신편』에서 운용되고 있는 수법을 설명하면서, "현대의 시각으로 옛 일을
　　해석하는 이러한 측면"은 억지로라도 배울 수 있지만, 루쉰의 좀더 깊은 차원의 노력, 즉
　　"옛일의 몸체를 빌려 현대인에게 무엇을 증오하고 무엇을 사랑해야 할 것인지를 불러일으키
　　는, 말하자면 고대와 현대를 착종교융(交融)시키는 측면"은 이해·음미할 수는 있어도 배
　　우지는 못한다고 했다.

스럽게 만드는" 지식인은 신화를 조소하고 있다는 점에서 다음과 같이
비판한다.

> 예전에는 인도와 그리스가 있었고 근자에는 동유럽과 북유럽의 여러 나라
> 가 신화와 전설에서부터 신물(神物)이나 설화에 이르기까지 모두가 풍부하
> 여 다른 나라는 비교가 되지 않는다. 그리고 그의 국민성 역시 위대하고 우
> 아하여 천하에 으뜸가는 것이기에 나는 그들이 세상사람들로부터 책망받고
> 있음을 보지 못하였다. 다만 신화나 신물을 스스로 창조할 수 없으면서 다른
> 나라에 그런 것을 팔아 넘긴다면 옛사람의 풍부한 상상력 앞에서 부끄럽기
> 그지없을 것이다.47)

루쉰에게 신화와 전설은 '상상력'과 관련된 정신의 소산으로서 의미
있는 역사이다. 의미 있는 역사로서의 신화와 전설은 타파의 대상이 아
니라 오히려 발굴하고 선양해야 할 대상이다. 이렇게 볼 때 루쉰에게
역사란 전면적인 부정의 대상도 아니며, 더구나 전면적인 수용의 대상
도 아니다. 끊임없는 인간의 정신혁명을 위해서 '무물'과 등가인 역사는
오히려 재구성될 수밖에 없다. 루쉰이 연환도화(連環圖畫)와 관련하여
"재료는 중국 역사에서 취해야 하고 인물은 대중이 알고 있는 인물이어
야 한다. 다만 사적(事迹)은 오히려 고쳐도 무방하다.……그러나 어떤
곳은 더 보태야 하고, 어떤 곳은 삭제해야 한다"48)라고 한 것이나 구형
식(舊形式)의 채용과 관련하여 "구형식을 채용하자면 버리는 것이 있게
마련이고 버리는 것이 있으면 첨부하는 것이 있게 마련이니 결국은 새

---

47) 「破惡聲論」, 『集外集拾遺補編』, 『魯迅全集(8)』, pp.30~31.
48) 「關于連環圖畫」, 『魯迅論連環畫』(中國連環畫出版社, 1992), p.13.

로운 형식이 나타나게 되어, 말하자면 변혁이 생긴다"[49]라고 한 것은 역사재구성의 필요성을 강조한 것이다.

결국 루쉰에게 역사란 소재로서의 의미가 강하며, 다만 그것이 인간의 정신혁명과 관련이 있을 때 의미 있는 대상으로 떠오른다. 특히 문학은 사회에 구성력을 가진다고 생각하는[50] 루쉰에게는 현실과의 관계를 떠난 역사이야기는 무의미하다. 역사가 의미 있는 것은 현실과 어떤 연관을 가지고 있을 때이다. 루쉰은 「이것과 저것」에서 "역사책은 본래 과거의 낡은 장부책이며 급진적인 맹사(猛士)와는 상관이 없다. 그러나 이전에 말했듯이 만일 여전히 흥얼거리는 데 정을 뗄 수 없다면 그래도 펼쳐볼 수 있으며, 현재의 상황이 그 때 모습과 얼마나 비슷하며, 현재의 어리석은 행위나 멍청한 생각이 그 때에도 이미 있었고, 게다가 모든 것이 엉망이었음을 알 수 있다."[51]라고 하였다. 루쉰의 역사 관심은 바로 "역사를 읽으면 중국의 개혁은 늦출 수 없다는 것을 더욱 깨달을 수 있는"[52] 데 있었다. 따라서 문학의 현실구성력을 강조할 때 역사를 제재로 한 문학은 현실적인 필요성에 의해 재구성되지 않을 수 없다. '고사신편(故事新編)'이라는 제목에서 '옛이야기(故事)'란 객관적

---

49) 「論"舊形式的采用"」, 『且介亭雜文集』, 『魯迅全集(6)』, p.24.

50) 루쉰은 문학이 사회에 구성력을 가진다는 관점을 이렇게 밝혔다. "이전의 문예는 마치 다른 별개의 사회를 묘사하는 것이어서 우리는 그저 감상하기만 하면 된다. 현재의 문예는 우리 자신의 사회를 묘사하고 있으며 우리 자신을 그 속에 묘사해 넣는다. 소설 속에서 사회를 발견할 수 있으며, 우리 자신도 발견할 수 있다. 이전의 문예는 강 건너 불을 구경하는 것과 같이 어떤 절실한 관계가 없다. 현재의 문예는 우리 자신 역시 그 속에서 태운다"(「文藝與政治的岐途」, 『集外集』, 『魯迅全集(7)』, p.118). "문학과 사회의 관계는 먼저 문학이 민감하게 사회를 묘사하고, 그것이 설득력 있게 묘사되기만 하면 이번에는 거꾸로 사회에 영향을 미쳐 변혁을 초래합니다. 그것은 참기름이 참깨로부터 나오지만 참기름을 바르면 참깨가 더욱 고소해지는 이치와 같습니다"(「致徐懋用」, 『書信』, 『魯迅全集(12)』, p.302).

51) 「這個與那個」, 『華蓋集』, 『魯迅全集(3)』, p.139.

52) 앞의 글, 앞의 책, p.139.

으로 주어진 역사적 소재이며, 그것을 '새로 엮는다(新編)'는 것은 소재
의 재구성을 의미한다. 루쉰이 「서언」의 말미에서 "옛사람을 다시 죽게
쓰지 않았으므로 아마도 잠시 존재할 여지는 있으리라"53)라고 언급한
것은 바로 이 점을 지적한 것이다.

　『고사신편』은 '익살'의 방법이 전반적으로 운용되고 있는 이상 역사
자체도 '익살'의 대상이 되지 않을 수 없다. 「이수」에서 영어가 등장한다
든지 '비타민 W', '병과 통조림', '패션쇼', '셰익스피어'라는 말이 등장하
고, 「채미」에서 '양로원', '예술을 위한 예술'이라는 말이 등장하고, 「기
사」에서 '호루라기'가 등장하는 것은 바로 역사 자체를 '익살'로 만드는
것이다. 역사 자체가 '익살'의 대상이 되고 있다는 것은 바로 역사가 재
구성되어야 한다는 의미이기도 하다. 이상적인 인성의 탐색이 현실 속
에서는 이미 불가능하므로 역사 속에서 찾을 수밖에 없지만, 역사 자체
도 '익살'의 대상이 되면서 현실적인 요소가 더욱 풍자적으로 개입된다.
역사 자체가 '익살'의 대상이 되는 동시에 '익살'의 운용이 더욱 강화되는
이 지점에서 「채미」, 「출관」, 「기사」의 창작은 가능해진다.

열린 텍스트

　이제까지 『고사신편』의 창작특징과 그의 의미를 몇 가지 측면에서
고찰하였다. 『고사신편』은 『납함』·『방황』의 세계와는 달리 루쉰 문학
의 또 다른 한 축을 형성하면서 이상적인 인성이 탐색되고 있다. 그렇

---

53) 「序言」, 『故事新編』, 『魯迅全集(2)』, p.342.

다고 『고사신편』의 작품 전체가 그런 의도에서 창작되었다는 의미는 아니다. '익살'의 방법이 운용되면서 『고사신편』의 작품은 굴절되기 때문이다. 특히 '익살'의 방법이 좀더 적극적으로 운용되면서 역사 자체가 '익살'의 대상에 놓이는데, 이는 역사의 재구성을 의미한다. 다만 전체적으로 볼 때 루쉰은 『고사신편』의 창작을 통해 '지금 여기서' 이상적인 인간의 존재방식은 어떠해야 하는지를 끊임없이 탐색하고 있는 듯하다.

루쉰은 현실에 직접적인 대응이 _____ 갈 때 부정의 대상으로서 현실의 암흑구조를 드러내고자 했다. 그것 『납함』의 세계요, 『방황』의 세계였다. 그러나 작가로서 현실에 _____ 직접인 대응이 어려울 때, 또 다른 방법을 선택하지 않을 수 없었다. 루쉰은 끊임없이 전진해야 하지만 전진하다가 좀 쉬어 가는 것도 무방하다고 생각했다.54) 루쉰에게 『고사신편』은 이런 의미가 아니었을까. 「분월」이나 「주검」이 베이징을 떠난 시점에서 창작되었다는 점이 그렇고, 1930년대에는 혁명문학(무산계급문학)을 생산하는 것이 전진하는 것이겠으나, 전진을 위해 얼마간 쉬어 가는 것도 무방하기에 『고사신편』을 마무리지은 것도 그렇다. 다시 말하면 현실과의 첨예한 대결로부터 새로운 전진을 위해 쉬어 가는 과정이 이상적인 인성의 탐색이며 '익살'의 방법을 운용한 역사의 재구성이 아니었을까. 그리고 전진을 위해 쉬어 가는 과정이기에 '익살'의 방법은 현실과 만날 수 있는 통로로 작용한다.

끝으로 루쉰의 이상적인 인성탐색이나 역사의 재구성이 절대적 가치

---

54) '인생'이란 기나긴 길에는 쉽게 만날 수 있는 난관이 두 개 있습니다. 그 하나는 '기로'입니다. 전하는 말에 의하면 묵적(墨翟) 선생은 기로에서 통곡하면서 되돌아왔다고 합니다. 그러나 나는 울지도 않고 돌아서지도 않습니다. 먼저 기로에 앉아 잠시 쉬거나 한잠 자고 나서 갈 만하다고 생각되는 길을 골라 계속 걸어갑니다……"(『兩地書』, 『魯迅全集(11)』, p.15).

로 제시된 것은 아니라는 점에 주의할 필요가 있다. 『고사신편』의 작품이 현실과의 관계 속에서 재구성된 것인만큼 현실변화가 뒤따를 때 그 내용은 다시 재구성될 수 있다. 즉 『고사신편』은 과거의 텍스트를 현재의 텍스트로 바꾸어 놓은 것이므로 그것은 가변적이고 열린 텍스트로 읽을 수 있다. 겸사(謙辭)일도 수 있겠으나, 루쉰이 「서언」의 말미에서 '잠시 존재할 여지는 아직 있으리라'라고 한 것은 바로 그런 의미가 아니었을까. 루쉰이 『야초』의 「추야(秋夜)」에서 자신의 자의식을 이상적으로 형상화하면서도 다시 그것을 무화시키고 있다는 점을 상기하면 될 것이다.

제3부

일체의 눈에서 무소유(無所有)를 보다

자기소멸과 무화(無化)의 정신구조

생명의식 — 죽음과 썩음, 무덤, 무소유와 무

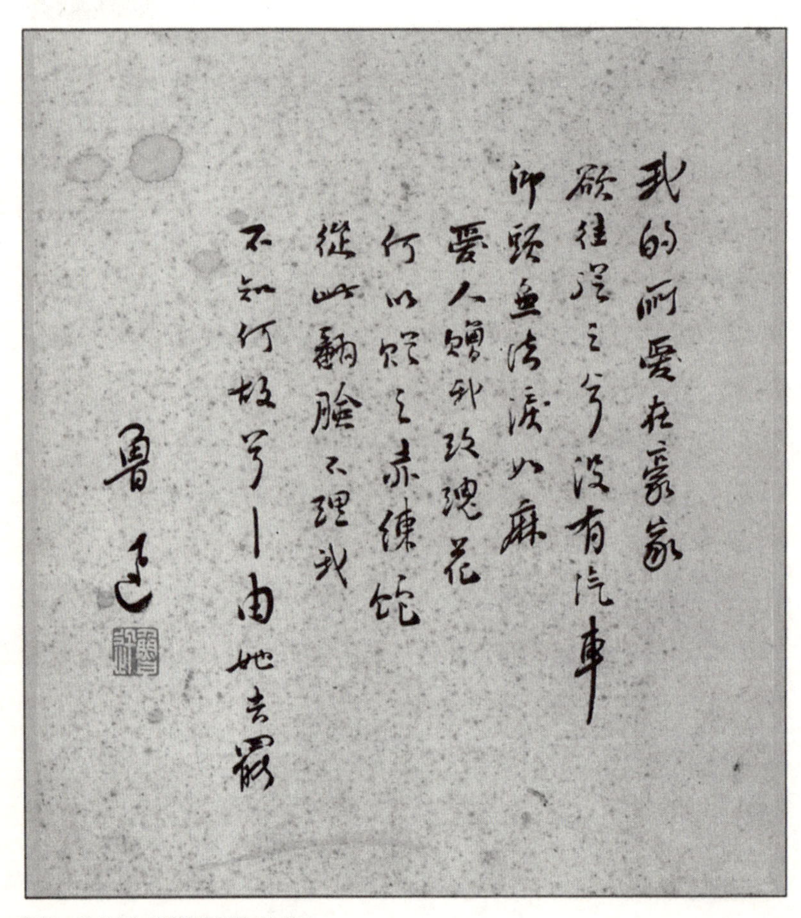

『야초』 중 「나의 실연(我的失戀)」의 일부

자기소멸과 무화(無化)의 정신구조

루쉰은 중국인의 영혼을 꿰뚫어 보는 데 탁월했다. 중국인의 영혼을 탁월하게 그려낸 작가로서 루쉰 자신의 영혼은 도대체 어떤 모습이었을까? 루쉰은 "확실히 남을 종종 해부하지만 보다 많은 경우 더욱 무자비하게 나 자신을 해부한다"1)라고 말한 바 있다. 자신을 해부하는 데도 뛰어난 루쉰의 영혼을 이해하기 위해서는 그의 산문시집 『야초(野草)』를 읽어야 한다. 『야초』 속에는 중국인의 영혼이 시적으로 형상화되어 있거니와 작가 자신의 내면세계와 깊은 연관이 있어 루쉰의 영혼이 형상적으로 잘 드러나 있다. 쉬광핑(許廣平)과 주고받은 편지를 모아 놓은 『양지서(兩地書)』에도 루쉰의 영혼이 진솔하게 표현되어 있다. 편지는 사적인 글쓰기 형식이므로 아무래도 작가의 내면세계를 쉽게 드러낼 수 있을 것이다. 하지만 의미의 깊이나 철학적 성격면에서 단연 『야초』는 루쉰의 영혼을 들여다볼 수 있는 중요한 텍스트이다.

루쉰이 간행하던 잡지 『어사(語絲)』의 동인 중 한 사람이었던 장이핑(章衣萍)은 "루쉰 선생은 스스로 나에게 그의 철학은 모두 『야초』 속

---

1) 「寫在『墳』後面」, 『墳』, 『魯迅全集(1)』, p.284.

에 포함되어 있다고 알려 주었다"[2]라고 했다. 루쉰의 철학이 담겨 있는『야초』는 그만큼 루쉰의 영혼, 즉 그의 내면풍경을 형상적으로 보여 준다. 중국의 주요 루쉰 연구가인 첸리췬(錢理群)은,『야초』는 루쉰 자신의 영혼의 깊은 곳을 가까이 들여다볼 수 있는 대상이며, 루쉰의 가장 개성적·독창적인 정신의 창조물이며, 루쉰의 더욱 높고 깊은 차원의 철학을 보여 주는 것이라고 평가했다.[3] 따라서『야초』는 루쉰의 영혼과 정신의 본질을 이해하는 데 빠뜨릴 수 없는 중요한 텍스트로 우리 앞에 놓여 있다.[4]

　루쉰은 자신의『야초』를 두고 "대부분 그때그때의 조그마한 감상에 지나지 않는다",[5] "어떤 느낌이 들면 짧은 문장을 썼는데, 약간 과장해서 말하면 산문시라고 할 수 있다"[6]라고 했다. 여기서 '그때그때의 조그마한 감상' 또는 '어떤 느낌'의 '산문시'라는 표현은 겸사(謙辭)이지만 루쉰 자신의 내면과 어떤 연관이 있음을 보여 준다. 또 루쉰은 샤오쥔(蕭軍)에게 보낸 편지에서 "나의『야초』는 기교는 괜찮으나 정신적으로 지나치게 위축되어 있습니다. 그것은 내가 숱한 어려움을 당한 후에 쓴 것이기 때문입니다"[7]라고 했다. 이러한 루쉰 자신의 진술을 생각할

---

2) 章衣萍,「古廟雜談(五)」, 孫玉石,『現實的與哲學的—魯迅『野草』重釋』(上海書店出版社, 2001), p.122 재인용.

3) 錢理群,『心靈的探尋』(上海文藝出版社, 1988),「引言」, p.21 참조.

4) 1930년대에 국내에 중국 신문학을 소개하는 데 주력한 정래동(丁來東)의 다음과 같은 설명은『야초』의 특징을 잘 정리해 주고 있다. "「野草」는 魯迅 全藝術의 結晶品이고, 그 思想의 總決算으로 볼 수 있으며, 가장 眞摯한 態度로 人生을 觀察하였으며, 가장 正確하게 人生社會를 批判하였으며, 가장 잘 魯迅의 隱退的 溫情을 나타냈으며, 가장 잘 魯迅의 希望과 藝術的 態度를 闡明하였다. 一言으로 말하자면, 魯迅이 그 獨特한 表現의 老練한 맛을 다 나타냈으며, 自己의 모든 思想을 透徹하게 말한 作品이라 하겠다"(丁來東,「魯迅과 그의 作品」(1931.1.4~11.30,『朝鮮日報』),『丁來東全集(1)』, 금강출판사, 1971, p.348).

5)「『野草』英文譯本序」,『二心集』,『魯迅全集(4)』, p.356.

6)「『自選集』自序」,『南腔北調集』, 앞의 책, p.456.

때, 『야초』는 작가의 가장 어려웠던 시기에 씌어졌으며, 그 어려움이란 암흑의 현실 속에서 작가가 겪었던 정신적 고난이라 할 수 있다. 루쉰이 스스로 『야초』의 작품을 "대부분 문란해진 지옥의 변두리에 핀 창백한 작은 꽃"[8]이라고 비유한 것도 그런 의미이다.

일반적으로 『야초』는 산문시로 인정되고 있는데, 시는 소설이나 산문보다 작가의 내면에 더욱 밀착되어 있을 것이다. 루쉰은 자신의 『야초』와 관련하여 "그 때는 직설적으로 말하기 곤란한 때였으므로 때때로 글은 모호하게 썼다"[9]라고 했다. 글을 모호하게 썼다는 표현은 직설적으로 말하기 곤란했던 시대상황 때문에 빚어진 차선의 선택이었음을 밝힌 것으로 이해할 수 있으나, 문학가로서의 루쉰을 생각할 때 그것은 고도의 문학적 기법을 운용한 시적 형상화의 방법을 택했다는 의미로 이해할 수 있다. 샤오쥔에게 보낸 편지에서 '나의 『야초』는 기교는 괜찮으나'라고 했던 것은 바로 그런 의미일 것이다. 그러기에 『야초』는 암흑의 중국 현실과 그에 대응하고자 하는 작가의 내면의식이 만들어 내는 팽팽한 긴장에서 나온 어떤 시적 울림으로 이해해도 좋을 것이다. 우리는 『야초』를 통해 루쉰의 본질에 더 가까이 다가갈 수 있으며, 어쩌면 『야초』의 심층적인 분석은 루쉰의 정신구조를 해명할 수 있는 중요한 계기가 될 것이다.

---

7) 「致蕭軍」, 『書信』, 『魯迅全集(12)』, p.532.
8) 「『野草』英文譯本序」, 『二心集』, 『魯迅全集(4)』, p.356.
9) 앞의 글, 앞의 책, p.356.

『야초』의 기획

　루쉰은 베이징을 떠나 있던 1927년 4월 26일 광저우(廣州)의 백운루(白雲樓)에서 『야초』를 단행본으로 출판하기 위해 머리말인 「제사(題辭)」를 썼다. 「제사」의 첫머리에서 "나는 침묵하고 있을 때 충실함을 느낀다. 입을 열려고 하면 동시에 공허를 느낀다"[10]라고 했다. 여기서 루쉰이 느끼고 있던 '공허(空虛)'의 정서에 주목할 필요가 있는데, 루쉰이 느끼고 있던 공허의 정서는 1927년만의 일은 아니었다. 루쉰은 1925년 원단에 쓴 『야초』의 「희망(希望)」이라는 작품에서도 "내 마음은 자못 적막하다. ……그런데 갑자기 이들이 모두 공허해졌다."[11]라고 표현하고 있어, '적막'의 정서는 공허의 정서와 표리관계에 있는 것으로 보인다. 루쉰이 느끼고 있던 공허의 정서 또는 적막의 정서는 1927년까지 지속되고 있었으니, 1927년 10월 10일에 쓴 「어떻게 쓸 것인가」라는 글에서는 그러한 정서가 착종되어 더욱 적나라하게 서술되어 있다. "돌난간에 기대 멀리 바라보고 있을 때 나는 내 마음의 소리를 듣는다. 사방은 온통 무한한 비애와 고뇌와 영락과 사멸이 가득 차, 모두 이 적막(寂靜) 속으로 파고드는 것 같다."[12] '적막(寂靜)'은 주위의 상황을 묘사한 술어로 볼 수도 있겠으나, 작가의 자의식이 투영된 적막이고 보면, 그것은 루쉰이 느끼고 있던 공허의 정서 혹은 적막의 정서와 동일하며, 비애와 고뇌와 영락과 사멸은 바로 그러한 정서에서 비롯되는 '마음의 소리'로 보인다. 이렇게 루쉰은 『야초』를 집필하던 시기와 샤먼

---

10) 「題辭」, 『野草』, 『魯迅全集(2)』, p.159.
11) 「希望」, 앞의 책, p.177.
12) 「怎樣寫」, 『三閑集』, 『魯迅全集(4)』, pp.18~19.

과 광저우 등 남방으로 내려와 머물고 있을 당시까지, 즉 1924년부터 1927년까지 공허의 정서 또는 적막의 정서를 떨쳐 버릴 수 없었던 것 같다.

그렇다면 루쉰은 왜 이러한 공허감이나 적막감을 느끼고 있었을까? 일차적으로 그것은 중국 현실과 밀접한 관계가 있음을 어렵지 않게 추측할 수 있다. 당시 현실과 가장 첨예하게 대결했던 루쉰이고 보면 당시의 암울한 현실이 그에게 그러한 정서를 떨쳐 버릴 수 없게 만들었을 것이다. 신해혁명이 실패한 이후 군벌 간의 혼전이 지속되면서 중국의 전도가 불투명하고 그 속에서 중국인이 대내외적으로 어려움을 당하고 있었다는 사실을 고려할 때, 암흑의 중국 현실과 루쉰이 느끼고 있던 공허의 정서는 깊은 연관이 있다. 루쉰이 직접 관계했던 1925년 베이징여사대(北京女師大)의 학생소요사건, 1925년의 5 · 30사건(상하이의 외국인 공장노동자와 학생의 시위로 진압과정에서 10여 명의 사망자가 발생한 사건), 그리고 루쉰 자신이 지명수배를 받고 베이징을 떠나 남방으로 피신할 수밖에 없었던 계기가 된 1926년의 3 · 18사건〔돤치루이(段祺瑞)의 하야를 요구하는 베이징 학생의 대규모 시위에서 47명이 사망〕 등 일련의 정치적 사건이 루쉰의 심경을 공허와 적막으로 몰아가는 중요한 계기가 되었을 것이다. 하지만 이러한 사건 이전부터 루쉰의 내면에는 공허감과 적막감이 자리하고 있었다는 사실을 상기할 때, 루쉰이 느끼고 있던 공허감이나 적막감을 다른 측면에서 따져볼 필요가 있다.

루쉰은 1925년 5월 8일 『예보부간(豫報副刊)』을 읽고 허난(河南) 지역 청년들의 생기발랄한 목소리에 기뻐하면서도 자신은 그들을 도울 힘이 모자란다고 말하고 그 이유를 이렇게 밝혔다.

왜냐하면 나 자신도 기로에 — 또는 좀더 희망을 가지고 말하면 네거리에 — 서 있기 때문입니다. 기로에 서 있으면 발을 내딛기가 거의 어려울 것이며, 네거리에 서 있으면 갈 수 있는 길이 너무 많습니다. 나 자신은 아무것도 두렵지 않습니다. 생명은 나 자신의 것이니까 나는 큰 걸음으로 스스로 걸어갈 만하다고 생각하는 길을 걸어가도 무방합니다. 설령 앞에 심연이 있고, 가시밭길이 있고, 협곡이 있고, 불구덩이가 있어도 나 스스로 짊어지면 됩니다.[13]

이 시기에 루쉰에게는 두려움 없이 전진하려는 의지가 내면에 충만하였으나, 그러한 의지를 밀고 나갈 전진의 방향이 문제였다. 1926년 11월 11일에 쓴 「무덤 뒤에 쓰다」라는 글에서도 루쉰은 전진의 방향을 설정하지 못하고 있음을 이렇게 밝히고 있다. "나는 나 자신도 어떻게 가야 할지 모르고 있으므로 남에게 길을 인도해 준다는 것은 더욱 어려운 일이다. …… 나는 오늘날까지도 가끔 그 길을 찾고 있지만, 어느 길이 좋은가 하는 것은 알지 못한다."[14] 1925년은 『야초』의 작품을 지속적으로 쓰고 있던 시점이며, 1926년 11월이면 베이징을 떠나 샤먼에 머물고 있던 시기이다. 공교롭게도 루쉰이 전진의 방향을 찾지 못하던 때와 그의 내면에 공허의 정서가 지배하던 때가 거의 일치하고 있다. 그렇다면 루쉰이 느끼고 있던 공허의 정서는 암흑의 중국 현실뿐만 아니라 그 속에서 전진의 방향을 설정하지 못하고 기로에 서 있음을 발견한 자신의 처지와 필시 깊은 연관이 있을 것이다. 전진의 방향을 설정하지 못하고 기로에 서 있음은 곧 '방황'일 텐데, 방황의 심리적 반응

---

13) 「北京通信」, 『華蓋集』, 『魯迅全集(3)』, p.51.
14) 「寫在『墳』後面」, 『墳』, 『魯迅全集(1)』, p.284.

이 곧 공허의 정서로 나타났던 것으로 보인다. 결국 루쉰이 느끼고 있던 공허의 정서나 적막의 정서는 외부적 요인뿐만 아니라 내부적 요인도 크게 작용하고 있었던 것이다.

그런데 1929년이 되면 루쉰에게 공허의 정서나 적막의 정서는 발견되지 않는다. 이것은 아마도 루쉰 스스로가 방황이 끝났다고 언급한 사실과 관련이 있을 것이다. 루쉰은 자신이 직접 편집에 관여했던 잡지 『어사』와 자신의 관계를 서술하는 대목에서 이렇게 말했다.

> 이리하여 나는 '방황'하기 시작했다. 탄정삐(譚正璧) 선생이 나의 소설집 제목을 가지고 내가 작품을 쓴 경과를 비평한, 극히 교묘하고 간결한 말이 한 마디 있다. 그것은 바로 "루쉰은 '납함(외침)'으로 시작하여 '방황'으로 종말을 지었다(대의이다)"라는 것이다. 나는 이 말로써 나와 『어사』의 시초부터 이 때까지의 역사를 서술하면 매우 적절하겠다고 생각한다. 그러나 나의 '방황'은 오래 가지 않았으니, 그 때까지 니체의 『차라투스트라는 이렇게 말했다』를 읽은 여운이 다소 남아 있었기 때문이다.[15]

여기서 루쉰은 스스로 방황이 끝났음을 선언하고 있으며, 그것은 니체의 글과 어떤 연관이 있음을 밝히고 있다. 이 인용문이 『어사』와의 관계를 서술한 것이지만, 『어사』의 편집이 『야초』의 창작과 거의 때를 같이 하고 있다는 사실, 『야초』의 작품이 모두 『어사』에 발표되었다는 사실, 그리고 방황의 끝을 니체의 『차라투스트라는 이렇게 말했다』의 영향관계 속에서 서술하고 있다는 사실에서 우리는 루쉰의 방황극복

---

15) 「我和"語絲"的始終」, 『三閑集』, 『魯迅全集(4)』, p.168.

또는 공허의 정서로부터 벗어남이 필시 『야초』의 창작과 어떤 연관이 있음을 어렵지 않게 짐작할 수 있다. 루쉰은 『야초』의 작품을 쓰기 이전에 『차라투스트라는 이렇게 말했다』의 「서곡」을 번역하여 발표한 적이 있고, 『야초』가 『차라투스트라는 이렇게 말했다』의 산문시적 글쓰기의 영향을 받고 있다는 사실을 상기할 때, 루쉰이 언급한 방황의 끝은 『야초』의 창작과 깊은 연관이 있음이 분명하다. 1931년 「『야초』영문 번역본 서」에서 루쉰은 "후에 나는 다시는 이런 유의 글을 쓰지 않게 되었다. 변화의 시대 한가운데서 이러한 문장은 허락되지 않았으며 심지어 이러한 감상이 존재하는 것조차 허락되지 않았다. 어쩌면 이것은 오히려 잘된 일이라고 생각한다."16) 라고 했다. '변화의 시대 한가운데서' '이러한 감상이 존재하는 것조차 허락되지 않았다'는 진술에서 보듯이 1929년 이후가 되면 루쉰은 『야초』를 창작하던 당시의 심리적 상태로부터 벗어나 있었으며, 그것은 방황의 끝과 동시에 가능한 일이었다.

루쉰은 1932년 「『자선집』자서」에서 『야초』·『방황』의 창작과 관련하여 『신청년』 진영의 분열과 '사막 가운데를 오락가락하는' 자신의 처지를 서술하게 되는데,17) 『신청년』 진영의 분열과 그로 인해 '사막 가운데를 오락가락하는' 처지는 당시 루쉰이 느끼고 있던 공허의 정서와 분명 연관이 있다. '사막 가운데 있음'은 루쉰이 몸담고 있던 현실을 가리키며 '오락가락하다'는 그 속에서 루쉰의 실천행위를 가리킬 텐데, 기로에 서서 '오락가락하는' 루쉰의 실천행위는 무엇이었을까? 루쉰은 같은 글에서 "'길은 아득하여 멀기도 하나니, 나는 장차 오르내리며 찾아보려 하노라.' 뜻밖에도 이러한 생각은 과장되어 흔적도 없이 사라졌

---

16) 「『野草』英文譯本序」, 『二心集』, 앞의 책, pp.356~357.
17) 「『自選集』自序」, 『南腔北調集』, 앞의 책, p.456 참조.

다."18)라고 했다. 이것은 베이징을 벗어나 샤먼으로 갔을 때의 상황을 서술한 것이지만, 인용문에 나오는, '길은 아득하여 멀기도 하나니, 나는 장차 오르내리며 찾아보려 하노라'라는 굴원(屈原)의 「이소(離騷)」의 구절이 루쉰의 두 번째 소설집『방황』의 표지 안쪽에 적혀 있고,『방황』의 창작시점이『야초』의 창작시점과 거의 일치한다고 할 때,19) 「이소」의 구절은 당시 루쉰의 실천행위가 무엇이었는지 가장 상징적으로 보여준다. 그것은 다름 아닌 '새로운 길의 모색'이라 할 수 있다. 1924~1926년에『방황』의 작품을 쓰고,『야초』의 작품을 쓰고,『어사』를 편집할 때, 루쉰은 분명 기로에 서 있는 자신을 발견하고 스스로 나아갈 새로운 길을 모색하고 있었던 것이다.

그렇다고 루쉰이『야초』의 작품을 통해 자신이 찾고자 했던 새로운 길을 구체적으로 제시하고 있다는 의미는 아니다. 오히려『야초』의 창작은 새로운 길의 '모색' 그 자체를 드러내는 행위로 보인다.『야초』가 시적 글쓰기라고 할 때, 그것은 루쉰의 내면과 깊이 관계하고 있으며, 그 점에서『야초』를 통해 루쉰은 내면을 정리하면서 공허의 정서 또는 방황으로부터 새로운 질서를 확보할 수 있었던 것이 아닌가 한다.『야초』의 창작은 바로 루쉰이 당시 느끼고 있던 공허의 정서 또는 기로에 서서 방황하는 자의식과 정면으로 대결하고자 한 내면적 실천행위로 보이는 것이다.

---

18) 앞의 글, 앞의 책, p.456.
19)『방황』의 경우. 첫 작품이 1924년 2월 7일에 씌어졌고 마지막 작품이 1925년 11월 6일에 씌어졌다.『야초』의 경우. 「제사」를 제외하면 첫 작품이 1924년 9월 5일에 씌어졌고 마지막 작품이 1926년 4월 10일에 씌어졌다.

자기소멸과 무화(無化)

루쉰은 「희망」에서 헝가리의 시인 페퇴피 산도르의 「희망」이라는 시를 인용하고, 이어서 "이 위대한 서정시인인 헝가리의 애국자가 조국을 위하여 코사크 병사의 창 끝에 죽은 지 이미 75년이라는 세월이 흘렀다. 죽음은 슬프다. 그러나 더욱 슬픈 것은 그의 시가 지금까지도 죽어 없어지지 않았다는 점이다."[20]라고 했다. 페퇴피의 죽음보다 그의 시가 지금까지도 죽지 않은 것이 더욱 슬픈 이유는 무엇인가? 페퇴피의 시가 여전히 루쉰 자신에게 의미심장한 시적 울림을 던져 주고 있기 때문일 것이다. 페퇴피의 시가 여전히 의미심장하다는 것은 페퇴피의 시적 현실이 루쉰에게도 그대로 적용될 수 있음을 뜻한다. 과거의 현실이 현재적 현실로 재현되고 있음이 시인의 죽음과 더불어 루쉰에게 슬픔을 배가시키고 있는 것이다. 이 점은 루쉰이 「제사」에서 자신의『야초』를 두고 했던 말을 상기하면 더욱 분명해진다.

나 자신을 위해, 벗과 원수, 사람과 짐승, 사랑하는 자와 사랑하지 않는 자를 위해 나는 이 야초(野草)의 죽음과 썩음이 불길처럼 도래하기를 희망한다. 그렇지 않다면 나는 이전에 생존하지 않은 것이며 이것은 진정 죽음과 썩음보다 더욱 불행한 일이다.[21]

『야초』가 모든 이에게, 벗이든 원수이든 사람이든 짐승이든 사랑하는 사람이든 사랑하지 않는 사람이든, 하루빨리 죽고 썩어 없어져서 더

---

20) 「希望」,『野草』,『魯迅全集(2)』, p.178.
21) 「題辭」, 앞의 책, p.160.

이상 의미심장하지 않게 되기를 간절히 바라는 마음은 「희망」에서 페
퇴퍼의 시가 시적 울림으로 다가왔을 때 느꼈던 그 슬픔이 재현되지 않
기를 바라는 데서 유래한다. 이 인용문은 『야초』의 시적 현실이 재현되
지 않기를 간절히 바라는 마음에서 나온, 현실변화의 강렬한 염원이 담
겨 있는 시적 진술이다. 루쉰은 『야초』의 작품을 쓰고 있을 당시인
1925년 11월 3일에 쓴 『열풍(熱風)』의 머리말 「제기(題記)」에서 "나는
시대의 폐단을 공격하는 글은 반드시 시대의 폐단과 동시에 소멸해야
한다고 생각한다. 왜냐하면 이는 바로 백혈구가 곪아서 종기로 되는 것
처럼 만약 자신도 제거되지 않으면 그 생명이 남아 있는 한 바로 병균
이 아직 있음을 증명하는 것이기 때문이다."22)라고 했다. 루쉰이 『열
풍』의 글을 편집하면서 이전에 쓴 자신의 글이 여전히 현재적 가치가
있다는 주위의 말에 슬픔을 느낀다고 말하면서 병균과 더불어 백혈구
의 자기 소멸을 강조하고 있는 이 대목은 「제사」에서 『야초』가 하루빨
리 죽고 썩어 없어지기를 간절히 소망하는 그러한 사유의 산문적 진술
이다.

　루쉰은 1926년 11월 그 때까지 자신의 잡문을 모아서 『무덤(墳)』이
라는 제목으로 책을 펴내면서 이렇게 말했다. "나의 작품을 편애하는
독자들도 다만 이를 하나의 기념으로만 생각하고 이 자그마한 무덤 속
에는 살았던 적이 있는 육신이 묻혀 있다는 것을 알아주기를 바랄 뿐이
다. 다시 세월이 얼마 흐르고 나면 당연히 연기나 먼지로 변할 것이고,
기념이라는 것도 인간 세상에서 사라져 나의 일도 끝이 날 것이다."23)
이처럼 루쉰은 자신의 잡문집을 '무덤'으로 규정하고 각각의 글을 무덤

---

22) 「題記」, 『熱風』, 『魯迅全集(1)』, p.292.
23) 「寫在『墳』後面」, 『墳』, 앞의 책, p.287.

속의 '주검'으로 비유하면서 주검이 모두 진토가 되고, 그리하여 자신의 일이 종말을 고할 것을 기대하고 있다. 이는 자기 소멸의 간절한 소망이다. 물론 자기 소멸은 자기 소멸로 끝나는 것은 아니다. "생명은 죽음을 두려워하지 않는다. 그것은 죽음 앞에서 웃고 날뛰면서 멸망하는 인간을 뛰어넘어 앞으로 나아간다."[24] 생명은 죽음으로 끝나는 것이 아니라 새로운 생명으로 다시 태어나므로 자기 소멸은 새로운 생명을 탄생시키기 위한 전제조건이다. 다시 말하면 페퇴피의 시적 현실이 재현되어 페퇴피의 죽음보다 더욱 슬픔을 느끼고 있는 루쉰의 심리에서 알 수 있듯이 그것은 과거의 모든 부정적 가치를 껴안은 채의 자기 소멸이며 새로운 역사의 시작을 의미한다.

그렇다면 자기 소멸을 소망하는 루쉰의 태도는 어떠한 정신구조에서 형성된 것이었을까? 이 문제는 『야초』를 쓸 당시의 루쉰의 본질에 육박하며 『야초』를 이해하는 열쇠이다. 이제 『야초』의 작품을 통해 루쉰의 정신구조를 탐색할 수 있을 것이다.

루쉰은 1924년 9월 15일 「가을밤(秋夜)」이라는 작품을 쓰고 그것을 1924년 12월 1일 『어사』 제3기에 '야초 1 · 추야(野草一 · 秋夜)'라는 제목으로 발표했다. 그 후에도 『야초』의 작품을 발표할 때 모두 '야초(野草)'라는 부제를 달았는데,[25] 루쉰은 처음부터 '야초'라는 일련의 작품을 구상하고 있었던 것으로 보인다. 그렇다면 「가을밤」은 『야초』의 첫 작품인 만큼 『야초』를 이해하는 데 매우 중요한 단서를 제공해 줄지도 모른다. 왜냐하면 일련의 '야초'의 작품을 구상하고 발표한 첫 작품이

---

24) 「生命的路」, 『熱風』, 앞의 책, p.368.
25) 「추야(秋夜)」는 '野草一 · 秋夜'라는 제목을 사용했고, 「그림자의 작별(影的告別)」, 「구걸자(求乞者)」, 「나의 실연(我的失戀)」은 '野草二~四'라는 부제를 사용했으며, 그 밖의 작품은 모두 '野草之五', '野草之六……'野草之二十三' 형태의 부제를 사용했다.

「가을밤」이라면 필시 그 속에는 '야초'를 처음 구상했을 때 루쉰의 의도가 어느 정도 반영되어 있을 것이기 때문이다.

「가을밤」은 대추나무, 밤하늘, 들꽃풀(野花草)의 형상을 상징적으로 처리하고 있는 작품이다. 대추나무, 밤하늘, 들꽃풀은 감상의 대상으로서의 자연이 아니라 시인의 자의식이 투영된 상징체로서의 자연이다. 대추나무는 차가운 밤하늘과 극히 작은 들꽃풀 사이에서 우뚝 솟아 있는 모습을 하고 있다. 여기서 차가운 밤하늘은 대추나무를 짓누르고 정원의 들꽃풀 위에 된서리를 뿌리는 차갑고 암울한 현실을 상징하며, 추운 밤에 움츠려 꿈을 꾸는 분홍꽃(들꽃풀)은 일반민중을 상징한다고 할 수 있다. 문제는 대추나무의 형상이다. 분홍꽃의 꿈을 알고 가을이 지나면 봄이 온다는 것을 아는 대추나무는, 낙엽이 모두 떨어지고 가지만 앙상한 상태이지만, 하늘이 아무리 매혹적으로 눈을 슴뻑거려도 기어이 하늘을 죽음에 몰아 넣으려는 듯이 묵묵히 쇠꼬챙이처럼 기괴하고도 높은 하늘을 찌르고 있는 대추나무, 헐벗은(아무것도 없는) 대추나무이다. 이러한 대추나무의 형상 속에서 우리는 억압적이고 어두운 '밤하늘'의 현실에 저항하는 강인한 정신의 이미지를 발견할 수 있다. 그것은 작가의 자의식이 투영된 상징체로서 작가 자신의 현재적 모습의 이미지화로 볼 수 있다. 그런데 이러한 자의식이 투영된 대추나무의 형상에 이어지는 작가의 진술에 주목할 필요가 있다.

까악— 외마디 소리를 지르며 밤에 나도는 불길한 새가 날아갔다.

별안간 한밤의 웃음소리가 나의 귓전에 들려왔다. 그것은 잠든 사람을 깨우지 않으려고 숨을 죽이고 웃는 웃음소리였다. 그러나 주위의 공기마저 따라 웃었다. 한밤이라 나밖에 다른 사람은 없었다. 나는 그 소리가 나의

입에서 새어나갔다는 것을 알고 그 웃음소리에 쫓겨 얼른 방으로 돌아왔
다.[26)

작가가 대추나무의 형상에 자신의 자의식을 투영시키며 침잠하고 있
을 때 '불길한 새(惡鳥)'가 그 침잠을 깼다. 불길한 새로 알려진 실재의
어떤 새가 정적을 깨는 것일 수도 있으나, 그렇게 보면 표면적인 단순
한 해석이다. 어쩌면 '불길한 새'는 작가의 자의식이 투영된 '불길한(惡)'
새인지도 모른다. 작가는 대추나무의 형상을 통해 자신의 자의식을 드
러냈으나, 그러한 자의식 자체를 불길한 것으로 여기는 또 다른 자의식
의 투영으로 보이기 때문이다. 이것은 다음에 이어지는 진술에서 더욱
분명해진다. 별안간 한밤에 들려온 '웃음소리'가 그것이다. 작가는 밤중
에 '나'밖에 없다는 사실을 알고 있기에 '웃음소리'는 자신의 '웃음소리'
임을 깨닫는다. 그 웃음소리는 '공기마저 따라 웃는' 비웃음의 웃음소리
이다. 비웃음이기에 작가는 쫓겨서 방으로 돌아가지 않을 수 없었다.
'불길한 새', 비웃음으로서의 '웃음소리'는 바로 대추나무의 형상을 통해
드러낸 작가의 자의식을 비웃는 또 다른 작가의 자의식이다. 작가의 자
의식이 또 다른 작가의 자의식에 의해 무화(無化)되고 마는 시적 진술
이다.

이러한 자의식의 무화는 「가을밤」에서 다시 한번 진술된다. 자신의
웃음소리에 쫓겨서 방으로 들어왔으나 새빨간 치자나무의 가지가 그려
져 있는 등갓을 매개로 작가는 또다시 대추나무의 형상을 통해 보여 주
었던 그러한 자의식을 드러낸다. 그러나 그것마저 무화시켜 버린다.

---

26) 「秋夜」, 『野草』, 『魯迅全集(2)』, p.163.

"빨간 치자나무에 꽃이 필 때면 대추나무는 또 작은 분홍꽃의 꿈을 꿀 것이며, 푸른 잎사귀에 눌려 활등처럼 휘어질 것이다"라고 생각하는 작가의 자의식은, "나는 다시 한밤의 웃음소리를 듣는다"라고 하여 웃음소리에 의해 무화되고 만다. 대추나무의 형상을 통해 드러낸 작가의 자의식이 또 다른 작가의 자의식에 의해 무화되고(웃음소리. 비웃음) 마는 이러한 자기 무화의 대목에서 우리는 루쉰의 정신구조의 일면을 확보할 수 있다. 이 점은 자신의 작품을 무덤 속의 주검으로 비유하고 그것이 진토가 되기를 바라는 마음, 『야초』의 작품이 죽고 썩어 없어지기를 간절히 바라는 마음, 페퇴피의 시가 아직 죽지 않은 것에 느끼는 슬픔이 근거하는 기반이다. 말하자면 자기 무화는 자기 소멸의 간절한 소망이 근거하는 루쉰의 정신구조의 일면이다.

『야초』의 두 번째 작품인 「그림자의 작별(影的告別)」은 이러한 자기 무화를 더욱 철저하게 형상적으로 보여 준다. 작품에 나오는 '그림자'는 시적 화자의 또 다른 자의식으로 보아 무방할 것이다. 그림자는 모든 것을 부정한다. "내 마음에 들지 않는 것이 천당에 있다면 나는 가지 않으려오, 내 마음에 들지 않는 것이 지옥에 있다면 나는 가지 않으려오, 내 마음에 들지 않는 것이 당신들의 미래의 황금세계에 있다면 나는 가지 않으려오." 이어서 그림자는 다음과 같이 말한다. "그런데 내 마음에 들지 않는 것이 바로 당신이오." 여기서 당신은 물론 시적 화자이다. 시적 화자의 또 다른 자의식인 그림자가 일체를 부정하고 시적 화자의 자의식마저 부정한다. 자의식이 또 다른 자의식에 의해 부정되고 있는바, 이는 자의식을 무화시키는 행위 바로 그것이다.

친구여, 나는 그대를 따르고 싶지 않소, 나는 머물러 있고 싶지 않소.

나는 싫소!

아아, 나는 싫소. 차라리 무지(無地)에서 방황하기만 못하오.

한낱 그림자에 지나지 않는 나는 그대와 작별하고 암흑 속으로 잠겨 버리려 하오. 그러나 암흑은 나를 삼켜 버릴 것이며 광명은 나를 사라지게 할 것이오.

하지만 나는 암흑과 광명 사이에서 방황하기는 싫소. 차라리 암흑 속으로 잠겨 버리는 것이 나을 것이오.

하지만 나는 황혼인지 여명인지 알지 못하고 광명과 암흑 사이에서 방황하고 있소. 나는 잠시 검실검실한 손을 들어 술잔을 비우는 시늉을 하고 당신이 세상없이 자고 있을 때 홀로 멀리 떠나 버리려 하오.

아아, 황혼이라면 어두운 밤이 찾아와 나를 삼켜 버릴 것이오. 그렇지 않고 지금이 여명이라면 나는 대낮 속에 사라지고 말 것이오.

친구여, 때는 다가왔소.

나는 이제 암흑을 향하여 무지(無地)에서 방황할 것이오.

그대는 나의 선물을 바라겠지만 내가 그대에게 무엇을 드릴 수 있겠소? 아무것도 없으니(無), 그렇다면 바로 암흑과 공허(虛空)일 뿐이구려. 그러나 나는 암흑이기만을 바라며 어쩌면 그대의 대낮 속에 사라질지 모르오. 나는 공허(虛空)이기만을 바라며 정녕 그대의 마음에 들지 않을 것이오.

친구여, 나는 이렇게 되기를 바라오—.

나 홀로 멀리 떠나가는데 그대도 없고 또 다른 그림자도 그 암흑 속에 없기를, 오직 나 혼자 암흑 속에 잠겨 그 세계가 전부 나에게 속하기를.[27]

물리적 현상으로서 그림자는 원래 암흑과 광명 사이에 놓인 존재이며 그에게 방황은 숙명적이다. 그래서 시적 화자의 자의식을 무화시키는, 또 다른 자의식으로서의 그림자는 일체를 부정하고 방황을 선택하기를 바란다. 이는 그림자의 물리적 현상에 시적 화자의 자의식을 투영시킨 시적 진술이다. 숙명적으로 암흑과 광명 사이에서 방황하고 있는 그림자는 그 방황을 부정하고, '차라리 암흑 속으로 잠겨 버리는 것이 나을 것이오'라는 진술에서 보듯 '방황'에 이어 '암흑'을 선택하기 바란다. 현재의 그림자는—그림자의 속성이기도 한데—'황혼인지 여명인지 알지 못하고, 광명과 암흑 사이에서 방황하고' 있다. 그림자는 이 방황에서 벗어나는 방향으로 광명이 아닌 '암흑'을 제시하면서 '나는 이제 암흑을 향하여 무지(無地)에서 방황할 것이오'라고 진술한다. '검실검실한 손을 들어 술잔을 비우는 시늉'을 하는 그림자의 독백에서 보듯 그림자는 '검실검실한(灰黑)' 색이기에 '방황'이며 또한 '암흑'을 선택할 수 있는 개연성이 있다.

'암흑을 향하여 무지(無地)에서 방황한다' 함은 무엇을 의미하는가? 그림자에게 암흑은 자기 소멸을 가져다 준다. 그리고 자기소멸을 향한 무화의 과정이 곧 '무지(無地)'에서의 방황이다. 그러므로 그림자는 무화를 통해 자기 소멸의 완성을 간절히 소망한다. 그림자가 시적 화자의 또 다른 자의식이라 할 때 작가는 자신의 자의식을 부정하는 또 다른

---

27) 「影的告別」, 앞의 책, pp.165-166.

자의식을 통해 무화를 거쳐 자기 소멸을 간절히 소망하는 것이다. 그리하여 그림자는 '오직 나 혼자 암흑 속에 잠겨 그 세계가 전부 나에게 속하기를'이라는 진술로 끝을 맺게 된다. 결국 암흑과 광명 사이에서 방황하는 그림자는 '무지(無地)'에서의 방황, 즉 자기 무화의 과정을 거쳐 암흑 속으로의 침잠, 즉 자기 소멸을 완성하는 것이다. 물론 '암흑'이 당시 암울한 현실을 상징한다고 할 때 작가의 자의식으로서의 그림자가 암흑의 세계 전부를 감당하겠다는 선언은 강렬한 현실참여의식을 보여 주는 것이기도 하다. 그렇지만 자기 소멸 자체가 이미 현실부정정신을 포함하는 것이므로, 암흑세계 전부가 자기에게 속하기를 바라는 그림자의 진술은 완전한 자기 소멸을 통해 현실을 부정하고자 하는 간절한 소망으로 읽을 수 있다. 이처럼 「그림자의 작별」에서는 시적 화자의 또 다른 자의식이 시적 화자의 자의식을 무화시키고, 또 다른 자의식으로서의 그림자가 자신까지도 무화시키는 이중의 무화의 고리가 나타나고 있다.

자의식을 철저하게 무화시키고 나면 남는 것은 아무것도 없다. 그리하여 그림자는 무(無)임을 선언하게 된다. "그대는 나의 선물을 바라겠지만, 내가 그대에게 무엇을 드릴 수 있겠소? 아무것도 없으니(無), 그렇다면 바로 암흑과 공허(虛空)일 뿐이구려. ……나는 공허이기만을 바라며, 정녕 그대의 마음에 들지 않을 것이오." 자신을 무화시킨 그림자는 결국 암흑과 공허뿐이다. 선물이란 무(無) 자체이다. 선물로서의 암흑과 공허는 자기 무화의 결과로서의 무이며, 그것은 현실에 맞서는 그림자의 대응방법이기도 하다. 루쉰은 「무덤 뒤에 쓰다」에서, 길을 찾는 과정에서 자신의 미숙한 열매가 자신의 열매를 편애하는 사람을 독살하고 자기를 증오하는 작자, 이른바 정인군자(正人君子) 따위에게 활기를 돋구어 줄까봐 걱정이 된다고 하여 "나를 편애하는 독자에게 주는 선물은 '무소유(無所有)'보다 더 나은 것이 없지 않을까 마음속으로 생각해 본다"[28]라고 했다. 여기서 언급한 선물인 '무소유(無所有)'란 바로 무(無) 자체이며, 「그림자의 작별」에서 그림자가 제시한 선물로서의 '암흑과 공허' 바로 그것이다. 선물로서의 무는 무화의 정신을 의미하는 것이다.

무란 일체의 선험적인 가치나 기존의 가치를 부정할 때 도달할 수 있는 것일 텐데, 루쉰은 자기 무화를 거쳐 무를 획득함으로써 일체의 이데올로기적 가치에서 벗어날 수 있었다. 그리하여 현실을 냉철하게 비판할 수 있었고, 자기 성찰의 길도 열리게 되었던 것으로 보인다. 「연(風箏)」에서 과거 자신의 잘못을, 즉 어린 동생의 정신을 학살하였다는 사실을 고백하게 되는 것도 자기 무화의 정신에서 가능한 일이며, 「희망」에서 페퇴피의 시를 인용하여 "절망이란 희망처럼 허망한 것이어라"라고 진술한 것도, 절망과 희망을 모두 무화시켰을 때 이르게 되는 정서가 곧 '허망'함이기 때문이다. 또 「죽은 불(死火)」에서 형상화되고 있는, 얼음계곡에서 얼어붙은 '죽은 불꽃'을 자신의 온기로 소생시켜 구해 주고, 자신은 결국 돌수레에 깔려 죽고 마는 시적 화자의 자기희생도 곧 자기 소멸이기에 가능한 일이다. 이처럼 루쉰은 철저하게 자신을 무화시킴으로써 현실을 냉철하게 바라볼 수 있었으니, 자기 무화는 암울한 현실에 대응하기 위한 실천적 방법의 하나였던 셈이다.

루쉰은 「희망」에서 암울한 현실에 대한 자기대응을 다음과 같이 진술하고 있다.

---

28) 「寫在『墳』後面」, 『墳』, 『魯迅全集(1)』, p.284.

나는 아무래도 나 혼자 이 텅빈 어두운 밤을 맞서 나아갈 수밖에 없다. 설사 내 몸 밖의 청춘을 찾지 못한다 하더라도 아무튼 내 몸안의 늘그막지는 기운을 떨쳐 버려야 할 것이다. 그런데 어두운 밤은 어디에 있는가? 지금은 별빛도 달빛도 없고 웃음의 허망함과 사랑의 너울거리는 춤도 없다. 청년들은 자못 평안하다. 그리고 내 앞에는 마침내 참다운 어두운 밤마저 없다.

절망이란 희망처럼 허망한 것이어라![29]

'텅 빈 어두운 밤을 맞서 나아가'고자 하나 '참다운 어두운 밤마저 없는' 상황이기에 루쉰은 방황하지 않을 수 없었다. 앞에서 그림자가 암흑과 광명 사이에서 방황하고 있다고 했던 그러한 진술의 현재적 확인이다. '참다운 어두운 밤'은 현실적 투쟁대상이면서 동시에 자신을 철저하게 무화시키는 자기무화의 완성을 의미하는 이중의 알레고리로 작용하고 있다. "희망, 희망, 이 희망이란 방패로 습격해 오는 그 텅 빈 어두운 밤을 막아 보려 하였다. 하기는 이 방패 뒤에도 여전히 어두운 밤이 도사리고 있기는 하였지만."[30]라는 진술에서 보듯, 희망이라는 방패로 저항하려는 대상도 어두운 밤이며, 그 방패를 지탱하고 있는 힘, 즉 작가의 자의식도 어두운 밤이다. 작가 자신의 자의식을 무화시켰을 때만이 그 자의식은 어두운 밤이 될 수 있다. 현실적 투쟁대상마저 사라지고 자기무화조차 철저하지 못하다고 생각하는 작가이기에 '참다운 어두운 밤'을 갈망하며, 그것을 확인하는 순간 '나 혼자 이 텅 빈 어두운 밤을 맞서 나아갈 수밖에 없다'라고 진술하게 되는 것이다. 『야초』가 방

---

29) 「希望」, 『野草』, 『魯迅全集(2)』, p.178.
30) 「希望」, 앞의 책, p.177.

황하는 자의식의 자기 정립을 위한 글쓰기라고 말하는 근거의 일면이 여기에 있다.

이제까지의 논의에서 드러난 자기 무화의 정신구조를 어떻게 해석할 것인가? 1925년 2월 21일 루쉰은 「청년필독서」에서 청년들은 중국의 고서(古書)를 읽지 말고 오히려 서양의 데카당스적이고 염세적인 책을 읽는 것이 낫다고 했다.[31] 우리는 여기서 자기무화의 정신구조와 데카당스나 염세를 연결하여 생각할 수 있다. 데카당스는 일종의 허무주의이다. 당시 현실과 가장 첨예하게 대결했던 루쉰이 왜 허무주의를 지향했을까? 서양에서의 데카당스의 의미를 살펴볼 필요가 있다. 니체는 허무주의를 두 가지로 구분한다.[32] 첫째는 소극적인 허무주의 또는 염세주의적인 허무주의이다. 쇼펜하우어에서 절정에 이르는 이러한 염세주의는 현실을 가상(假象)으로 생각하고, 삶을 살 만한 가치가 없는 것으로 부정한다. 둘째는 완전한 또는 적극적인 허무주의이다. 니체 자신이 "나는 데카당스이다. 그러나 동시에 그와 정반대이다"라고 했을 때, 이는 소극적인 허무주의를 극복하려는 적극적인 허무주의를 암시하고 있다. 적극적인 허무주의는 종래의 모든 가치로부터 벗어나서 새로운 가치를 스스로 창조하려 한다. 종래의 가치가 무너지는 것을 두려워하지 않고 오히려 적극적으로 그 가치를 무너뜨리려 한다. 그것은 행동하는 허무주의이다. 이 같은 행동하는 허무주의 때문에 루쉰은 오히려 중국의 고서보다 서양 데카당스의 책을 읽으라고 강조했다. 물론 가치의 파괴는 파괴 자체에 목적이 있지 않고, 새로운 가치를 암시해 주는 긍정적인 활동이다. 소극적인 허무주의가 허무주의적인 결과를 수동적으

---

31) 「靑年必讀書」, 『華蓋集』, 『魯迅全集(3)』, p.12.
32) 姜大石, 『니체와 현대철학』(한길사, 1986), p.68 참조.

로 받아들이는 데 반하여, 적극적인 허무주의는 허무주의의 진단에 만족하지 않고 그 극복을 제시하려 한다. 지금까지 가정되어 온 모든 절대적인 것의 배후에는 무(無)가 숨어 있다는 인식과 더불어 이러한 확신을 근거로 종래의 모든 가치를 무(無)로 돌리려 한다. 다시 말하면 모든 가치의 변혁을 시도한다. 루쉰이 청년시절에 썼던 「문화편지론」에서 "그 조류(니체 사상—인용자)는 반동과 파괴를 자신의 정신으로 삼고 새로운 탄생을 희망으로 삼아 오로지 이전의 문명을 향하여 공격하고 그것을 깨끗이 쓸어 버리려 하였다"[33]라고 한 것은 바로 그런 의미이다. 따라서 루쉰이 '그림자'의 입을 빌려 '무지(無地)에서 방황한다' 함은 일체를 무(無)로 돌리고, 그러한 무에서 새로운 변혁을 모색해야 한다는 적극적인 의미를 띠고 있다. 그럴 때만이 루쉰이 『야초』에서 언급하고 있는 '무지에서의 방황'과 『야초』의 창작과 동시에 진행한 암흑현실과의 대결을 같은 맥락에서 이해할 수 있을 것이다. 결국 자기 무화를 거쳐 자기 소멸을 완성하는 일은 일체의 무화를 향한 작가의 시적 대응이며, 그것은 새로운 출발을 위한 현실변혁의 강렬한 의지로 작용하고 있는 것이다.

동정과 헌신의 무화와 노예도덕 비판

　청년시절 루쉰은 「문화편지론」에서 근대서양의 정신사를 정리하면서 진화론적으로 가장 발전한 철학을 니체 사상으로 보고 그것이 20세

---

33) 「文化偏至論」, 『墳』, 『魯迅全集(1)』, p.49.

기의 새로운 철학으로 자리잡을 것임을 확신했다.34) 청년시절부터 루 쉰은 니체 사상에 경도되어 있었는데, 「문화편지론」에서 언급한 니체 사상의 기본관점은 『야초』를 쓸 당시에도 여전히 루쉰에게 영향을 미치고 있었다. 루쉰은 「문화편지론」에서 니체적 관점에서 천재(大士, 天才)로서의 개인을 압살하는 다수(多數) 또는 '우민'으로서의 대중(愚民·庸衆)을 비판적으로 검토하였고,35) 그 후 신해혁명 과정에서 실제로 그러한 대중의 모습을 직접 경험하게 된다. 니체 사상의 기본관점이 현실적으로 검증된 구체적인 경험이었다. 루쉰이 신해혁명의 실패 원인을 어떻게 보고 있는지 살펴보면 니체적 대중관이 중국의 현실 속에서 어떻게 검증되고 있는지 분명해진다. 루쉰은 「문득 떠오른 생각 3」에서 이렇게 말했다.

나는 마치 오랫동안 이른바 중화민국이 존재하지 않았던 것처럼 느껴진다.

나는 혁명 이전에는 내가 노예였고, 혁명 이후에 오래지 않아 곧 노예로부터 속임을 당하여 그들의 노예가 되어 버렸다고 생각한다.

---

34) "그것(19세기 말에 나타난 니체 사상의 흐름—인용자)의 먼 미래로의 영향은 예측하기 어렵지만, 이 일파는 결코 돌연히 나타나 사람 사이에 풍미한 것은 아니며, 또한 돌연히 소멸해 아무것도 없는 것으로 돌아가지도 않을 것이다. 그 기초는 아주 견고하며 내포하고 있는 의미 또한 깊다. 이 조류를 20세기 문화의 출발점으로 보는 것은 비록 이른 생각이지만 그것이 장래 신사조의 맹아이며, 또한 신생활의 선구라는 점은 역사적 사실이 분명히 보여 주고 있듯이 여러 말 하지 않아도 이해할 수 있는 일이다"(「文化偏至論」, 앞의 책, pp.49~50).

35) "니체와 같은 사람은 개인주의의 최고의 영웅이었다. 그가 희망을 걸었던 것은 오로지 영웅과 천재였으며 우민을 본위로 하는 것을 크게 싫어하여 마치 뱀이나 전갈을 보듯 하였다. 그는 정치를 다수자에게 맡겨두면 하루아침에 사회는 생명력을 잃고 만다고 보았으며, 그보다는 평범한 민중을 희생하여 천재 한두 명의 출현을 기대하는 것이 더 낫다고 했다. 천재가 출현하면 사회활동 역시 싹튼다고 보았는데, 이것이 바로 이른바 초인설(超人說)로 유럽의 사상계를 뒤흔든 것이었다"(「文化偏至論」, 앞의 책, p.52).

나는 민국의 많은 국민들이 도리어 민국의 적이라고 생각한다.

나는 독일·프랑스 등의 나라에 살고 있는 유태인과 흡사하게 민국의 많은 국민들 마음속에는 또 다른 나라가 있는 듯이 느껴진다.

나는 많은 열사들의 피가 다 사람들에게 짓밟혀 사라졌다고 생각한다. 그렇지만 고의는 아니라고 생각한다.

나는 무엇이든지 다 새롭게 해나가야 한다고 생각한다.[36]

'많은 열사들의 피가' '다 사람들에게 짓밟혀 사라졌다'는 느낌은 '노예로부터 속임을 당한' 바로 그 사실이다. 신해혁명 발발 직후 루쉰은 신해혁명을 열렬하게 지지했다. 그러나 그것이 실패하고 말았다는 진단은 「문화편지론」에서 가졌던 니체적 대중관이 현실적으로 검증된 뼈아픈 경험이었다. 신해혁명의 실패경험과 5·4퇴조기 이후 『신청년』 진영의 분열경험이 중첩되면서 루쉰은 니체적 대중관에 대해 좀더 근본적으로 사유하게 되었을 것이다. '무엇이든지 다 새롭게 해나가야 한다'라는 진술에서 보듯 루쉰은 일체의 무(無)에서 새로 시작해야 한다고 생각하게 된 것이다. '무엇이든지 다 새롭게 해나가기' 위해서, 즉 일체의 무(無)에서 시작하기 위해서 루쉰은 그러한 대중의 모습을 철저하게 폭로하고 그것을 무화시키지 않을 수 없었을 것이다. 위 인용문은 1925년 2월 12일에 씌어졌는데, 이 때 루쉰은 『야초』의 작품을 지속적으로 쓰고 있던 시점이었다. 『야초』의 작품 중에서 「구걸자(求乞者)」, 「복수(復仇)」, 「복수2(復仇其二)」, 「개의 반박(狗的駁詰)」, 「퇴패선의 전율(頹敗線的顫動)」, 「입론(立論)」, 「총명인과 바보와 종(聰明人和傻子

---

36) 「忽然想到3」, 『華蓋集』, 『魯迅全集(3)』, p.16.

和奴才)」 등은 대중으로서의 현존인간의 모습을 형상화하고 그것을 무화시키고 있는 작품이다.

먼저 「구걸자」를 보자.

산들바람이 불어 사방은 먼지로 가득하다.

한 아이가 나에게 구걸을 한다. 겹옷을 입고 가엾게 보이지도 않는데, 앞길을 막으며 땅바닥에 엎드려 매달리며 울고 있다.

그 울음소리와 하는 짓이 나는 싫었다. 가엾게 보이지도 않고 진짜 같지도 않은 모습이 미웠다. 매달리며 우는 양이 비위에 거슬렸다.

나는 길을 간다. 나 말고도 몇 사람이 제각기 길을 간다. 산들바람이 불어 사방은 먼지로 가득하다.

한 아이가 나에게 구걸을 한다. 겹옷을 입었고 가엾게 보이지는 않으나 벙어리인 듯 손을 벌려 손짓을 해 보인다.

그 손짓이 나는 미웠다. 더구나 그는 거지가 아니라 구걸하기 위해서 거짓으로 그러는지도 모른다.

나는 베풀지 않는다. 자선심도 없다. 단지 자선가보다 높은 자리에서 혐오와 의심과 증오를 상대방에게 보일 뿐이다.

무너진 흙벽을 따라 나는 길을 간다. 벽의 벌어진 틈새에 벽돌조각이 쌓여 있으나 그 안쪽에는 아무것도 없다. 산들바람이 불어, 겹옷을 뚫고 가을의 추위가 몸에 스민다. 사방은 먼지투성이다.

나 자신은 어떤 짓을 해서 구걸할까 생각해 본다. 소리를 지른다면 어떤 가락으로? 벙어리 시늉을 하려면 어떤 손짓으로……?

나 말고도 몇 사람이 제각기 길을 간다.

나는 아무것도 구걸하지 못하고 자선심도 얻지 못하게 되리라. 자선가보다 높은 자리에 있다고 자처하는 자의 혐오와 의심과 증오만을 얻게 되리라.

무위(無所爲)와 침묵(沈默)만으로 구걸을 할까…….

적어도 허무(虛無)는 얻게 되리라.[37]

'사방이 먼지로 가득한' 현실에서 '가엾게 보이지 않는', 진짜 같지도 않은 모습의, '구걸하기 위해서 거짓으로 그러는' 구걸자에게 '나는 베풀지 않는다. 자선심도 없다. 단지 자선가보다 높은 자리에서 혐오와 의심과 증오를 상대방에게 보일 뿐이다.' 허위의 가짜 구걸자에게 동정을 표한다는 것은 어디까지나 동정일 뿐이다. 동정은 진정한 베풂이 아니다. 그러기에 구걸자에게 '자선가보다 높은 자리에서 혐오와 의심과 증오를' 보내는 것이다. 이처럼 작가는 허위에 대한 동정을 무화시키고 있으며, 나아가 자신까지도 무화시킨다. 만약 자신이 구걸한다면 역시 허위에 지나지 않으므로 '자선가보다 높은 자리에 있다고 자처하는 자의 혐오와 의심과 증오만을 얻게 되리라.' 이 대목에서 작가는 자신의 동정까지 포함하는 일체의 동정을 무화시키고 있는 것이다. 다만 '혐오와 의심과 증오'에서 벗어날 수 있는 길은 '무위(無所爲)와 침묵(沈默)'만으로 구걸할 때이다. 그리고 그것은 적어도 '허무(虛無)'를 가져다 준다. '무위와 침묵만으로 구걸하는' 행위는 무화의 행위이며, 그 보상은 '허무', 즉 무(無)의 경지에 이르는 것이다. 작가는 구걸자에 대한 동정을 '무위와 침묵'으로 무화시키고 '허무', 즉 무(無)의 경지에 도달하게 된다. '무'의 경지에 이르렀을 때만이 진정한 동정이 가능하다는 시적 진술로 읽혀진다. 결국 루쉰은 「구걸자」를 통해 자신을 포함하는,

---

37) 「求乞者」, 『野草』, 『魯迅全集(2)』, pp.167~168.

허위의 현존인간을 비판하고 거기서 벗어나는 길로써 무화의 방법을 제시하고 있는 것이다. 루쉰의 현존인간의 이러한 비판은 그가 끊임없이 생각해 왔던 인간의 정신혁명(立人, 인간을 확립하는 일)의 과제와 직결되어 있다. 그런데 『야초』에서 문제가 되는 것은 인간의 정신혁명을 위한 방법이다. 이 점은 「복수」와 「복수2」를 통해 좀더 깊이 있게 논의할 수 있다.

「복수」는 피의 생명력을 예찬하는 것으로 시작한다. "사람의 피부는 두께가 반 푼도 채 되지 않을 것이다. 그 밑으로 담벽을 타고 바글바글 기어오르는 홰나무누에보다도 더 빽빽하게 얽히고 얽힌 혈관 속에서 빨갛고 뜨거운 피가 세차게 흐르며 열을 내뿜는다. 이 뜨거운 열로 인하여 사람은 서로 홀리고 꼬드기고 끌어당기고 기를 쓰고 몸과 몸을 기대고 입을 맞추고 끌어안는다. 그리하여 사람은 생명의 달콤한 기쁨을 맛본다." 이러한 인간의 생명력은 그 자체 존엄한 것임에도 불구하고 사람들은 타인의 생명력이 소멸되는 것을 즐긴다. 인간의 원초적 비극이다. 아니면 현존인간의 비극이다. "날이 시퍼런 칼을 들고 광막한 들판에 마주 서 있는" "알몸뚱이" 두 사람을 구경하기 위하여 "행인들이 사방에 모여든다." 이들은 "모두 옷차림은 화려하지만 손에는 아무것도 들지 않았다. 그들은 사방에서 달려오더니 목을 한껏 빼들고 이 두 사람이 서로 끌어안거나 아니면 죽이는 것을 구경하려 한다. 그들은 벌써 사후에 자기 혓바닥에 느껴질 땀내나 비릿한 피냄새를 예감하고 있다." 그러나 "그 둘은 광막한 들판에 알몸뚱이로 날이 시퍼런 칼을 들고 마주 서 있을 뿐 끌어안지도 죽이지도 않으며, 또 그럴 기미도 보이지 않는다." 이러한 무위(無爲)의 행위자는 생명의 소멸을 감상하려고 몰려든 구경꾼에게 구경거리를 제공해 주지 않는다. 구경거리를 제공해 주지 않는 '알몸뚱이' 두 사람은 행인들의 감상대상이 되지 못하는 하나의 희극을 연출할 뿐이다. "그리하여 행인들은 무료한 감을 느낀다. ······ 그들은 목구멍과 혓바닥이 말라들며 목덜미가 뻣뻣해졌다. 마침내 그들은 서로 힐끔힐끔 쳐다보며 느릿느릿 헤어져 갔다. 심지어 그들은 삶의 재미를 잃을 지경으로 말라드는 것만 같았다." 이처럼 타인 생명의 소멸을 감상하려고 몰려든 행인들에게 '알몸뚱이' 두 사람이 할 수 있는 진정한 복수의 방법은 무위(無爲)의 행위뿐이다. 무위의 행위만이 진정으로 행인들을 무화시킬 수 있기 때문이다. '날이 시퍼런 칼을 든' '알몸뚱이' 두 사람을 구경하려고 사방에서 모여든 행인들은 진정한 인간의 모습이 아니다. 그들은 「구걸자」에서 형상화되고 있는 가짜 구걸자에 지나지 않으며, 그들에게 맞서는 유일한 대응방법은 무위뿐이다. 이렇게 볼 때 『야초』를 쓸 당시 루쉰에게 무위의 행위는 인간의 정신혁명을 위해 현존인간에 대응하는 구체적인 방법의 하나였던 것이다.

그런데 「복수2」는 사람들에게 분명히 구경거리를 제공한다. "스스로 신의 아들, 이스라엘의 왕이라고 믿었던 탓으로" 예수는 "십자가에 못박혀" '생명의 달콤한 기쁨'을 구경꾼에게 제공해 주었기 때문이다.

탕탕 소리를 내며 못은 손바닥을 뚫었다. 그들은 자신의 신의 아들에게 못질하는 것이다. 가엾은 사람들이여, 그것은 그에게 아픔을 부드럽게 느끼게 한다. 탕탕 소리내며 못은 발등을 뚫고, 뼈를 부수고, 아픔이 뼛속까지 스민다. 그렇지만 그들은 스스로 자신의 신의 아들을 못박는 것이다.

저주스런 사람들이여, 그것은 그에게 아픔을 편안하게 느끼게 한다.

십자가가 세워졌다. 그는 허공에 매달렸다.

그는 몰약을 섞은 포도주를 마시지 않았다. 이스라엘 사람들이 자신의 신의 아들을 어떻게 대하는지 분명하게 음미하기 위하여, 또한 그들의 전도를 좀더 오랫동안 가엾게 여기기 위하여, 그렇지만 그들의 현재를 증오하기 위하여.

......

신은 그를 버렸다. 그는 결국 '사람의 아들'에 지나지 않았다. 그러나 이스라엘 사람들은 '사람의 아들'까지도 못박았다.

'사람의 아들'을 못박은 사람들의 몸은 '신의 아들'을 못박은 자보다도 더 피비린내가 났고 더럽혀져 있었다.[38]

예수의 '생명의 달콤한 기쁨'을 맛보려는 저주스런 통행인, 제사장, 서기관, 도둑 등은 결국 '사람의 아들'을 못박은 자로서 '신의 아들'을 못박은 자보다도 더 피비린내가 났고 더럽혀져 있었다. 물론 이들을 향한 루쉰의 저주는 현존인간의 저주이다. 그러기에 예수의 입장에서 작가의 자의식이 투영되어 다음과 같이 진술된다. "그들의 전도를 좀더 오랫동안 가엾게 여기고, 그렇지만 그들의 현재를 증오한다." "가엾은 사람들이여, 그것은 그에게 아픔을 부드럽게 느끼게 한다. ……저주스런 사람들이여, 그것은 그에게 아픔을 편안하게 느끼게 한다." 작가의 자의식이 투영되어, 그들의 현재를 증오하기에 그들은 '저주스런 사람'이지만 그들의 전도를 가엾게 여기기에 예수는 '아픔을 부드럽게 느끼고' '아픔을 편안하게 느낄' 수 있다. '아픔(痛)'은 육체적 고통일 뿐만 아니라 현존인간의 증오에서 오는 정서적 반응이며, '부드럽다(柔和)'·'편안하다(舒服)'는 '아픔'에도 불구하고 그들의 전도를 연민하기에 가능

---

38) 「復仇其二」, 앞의 책, pp.174~175.

한 정서적 반응이다. 그래서 "예수의 복부에서는 연민과 저주의 고통의 파도가 일어났다." 예수가 '아픔'과 '편안함'을 동시에 느낄 수 있고, 예수의 복부에서 '연민과 저주의 고통의 파도'가 함께 일어날 수 있는 것은 현존인간을 향한 작가의 이중적 태도 때문이다. 루쉰에게 현존인간은 항상 '우민(愚民)'으로서 비판대상이지만 '우민'이라는 그 점 때문에 또한 연민의 대상이 된다. 현존인간을 부정하면서도 그들의 전도를 연민하는 루쉰의 이러한 이중적 태도는 그에게 끊임없이 인간의 정신혁명에 집착하도록 이끄는 내적 근거요 동인으로 작용한다. 그래서 현존인간을 부정하고 새로운 인간을 세우는 일, 이른바 '인간을 확립하는(立人)' 일이 중심과제로 떠오르게 된다. 「구걸자」에서 가짜 구걸자에 대응하는 동정의 무화, 「복수」에서 행인들에 대응하는 '알몸뚱이' 두 사람의 무위(無爲)의 행위는 바로 현존인간을 부정하고 새로운 '인간을 확립하기' 위한 하나의 전략적인 방법인 셈이다.

현존인간의 부정은 『야초』에서 지속적으로 형상화되고 있다. 시적 화자와 개의 대화를 통해 권세에 아부하는 현존인간을 조롱하고 통박하는 「개의 반박」도 그러하며, 한 여인이 딸에게 모든 것을 희생했으나 돌아오는 것은 원망뿐임을 보여 주고 있는 「퇴패선의 전율」도 그러하다. "우리가 남을 대할 면목이 없게 된 것도 다 어머니 탓이요"라는 사위, "내 신세를 망쳐놓은 건 어머니예요"라는 딸, "죽여라"라고 외치는 손자의 모습은 바로 루쉰이 「복수2」에서 예수의 죽음을 형상화했던 바로 그 장면과 동일하다. 그러기에 예수가 '아픔을 부드럽게 느끼고' '아픔을 편안하게 느꼈'듯이 늙은 여인은 평정을 유지할 수 있었다. "입을 실룩거리고 있던 늙은 여인은 흠칫 놀라는가 싶더니 이내 안정되었다. 얼마 후 침착하게 굳어 버린 석상처럼 꿋꿋이 일어섰다. 늙은 여인은 가시돋친 욕설과 독기서린 웃음소리를 등뒤에 남기고 널문을 열고 깊은 밤의 어둠 속으로 걸어 나갔다." 이 때의 늙은 여인의 모습은 당시 작가 자신의 자아형상화인지도 모른다. 「그림자의 작별」에서 '그림자'가 암흑 속으로 잠겨 버리기를 바랐던 것처럼 늙은 여인도 '깊은 밤의 어둠 속으로 걸어갔던' 것이다. 늙은 여인의 동정과 헌신의 대가는 자녀의 '가시돋친 욕설과 독기서린 웃음소리'뿐이었다. 동정과 헌신의 비극적인 종말이다. 동정과 헌신을 무화시키지 않을 수 없는 이유가 바로 여기에 있다. 「구걸자」에서 '내'가 가짜 구걸자에게 동정한다면 결국 늙은 여인처럼 되돌려 받는 것은 욕설과 비웃음뿐이므로 '단지 자선가보다 높은 자리에서 혐오와 의심과 증오를 상대방에게 보일 뿐'이다. "그리하여 늙은 여인은 하늘을 향해 두 손을 한껏 쳐들었다. 늙은 여인의 입술 사이로는 사람과 짐승의, 인간 세상에는 없는 그러기에 말이 아닌 말이 새어나왔다." 현존인간의 부정을 위해서는 사람의 말이 아닌 짐승의 말이 되어야 하며, 인간세상에는 없는 말, 즉 현존인간의 말이 아닌 새로운 인간을 꿈꾸는 말이 되어야 한다. 그래서 "말이 아닌 말을 할 때 석상처럼 거룩한, 그러나 이미 황폐해지고 퇴폐해진 그 여인의 몸은 전율하였던" 것이다.

　루쉰은 「입론」에서 가식으로 가득 찬 현존인간에 대응하는 방법을 구체적으로 제시하기에 이른다. 작문시간에 선생님이 '나'에게 가르쳐 준 '견해를 세우는 방법'(立論의 방법)은 다름 아닌 현존인간에 대응하는 구체적인 방법이다. 축하의 말을 들으려고 아이를 데리고 나온 사람에게 "이 앤 앞으로 죽겠구려" 하고 진실을 말한다면 돌아오는 것은 매밖에 없으므로 "거짓말도 하지 않고 매도 맞지 않으려"는 '나'에게 선생님은 "아아! 이 앤 정말로! 이걸 보오! 얼마나…… 아이구! 하하!……"라는 방법을 가르쳐 준다. 선생님이 가르쳐 준 방법은 내용 없는 무위(無爲)의 대응방법이다. '아아! 이 앤 정말로! 이걸 보오! 얼마나…… 아이구! 하하!……'는 바로 무(無) 그 자체이다. 루쉰은 이미 「구걸자」에서 '무위와 침묵으로써 구걸을 할까'라고 하였고, 「복수」에서 '알몸뚱이' 두 사람의 무위의 행위를 형상화하였듯이 선생님이 가르쳐 준 방법은 '무위와 침묵', 즉 무위의 행위 바로 그것이다. 이처럼 오직 '무위와 침묵', 즉 무위의 행위만이 현존인간에 대항할 수 있는 힘이 된다. 이는 무에의 지향이다. 결국 현존인간에 대한 부정과 현존인간의 집합인 현실에 대한 저항은 부득이하게 먼저 '무위와 침묵', 즉 무위의 행위로써 실행해야 한다는 것이 당시 루쉰의 인식이었다.

한편 현존인간에 대한 부정은 그들의 노예근성을 드러냄으로써 더욱 강화된다. 「총명인과 바보와 종」은 노예근성의 전형으로서 종의 형상을 통해 현존인간을 문제삼고 있다. 종은 언제나 사람만 만나면 신세타령을 한다. 어느 날 종은 총명인을 만나 신세타령을 하며 동정을 구한다. "선생님도 아시겠지만 저는 정말 사람다운 생활을 하지 못하고 있습니다. 하루에 한 끼도 얻어먹으나마나 한데 그것도 수수와 겨여서 돼지나 개도 먹지 않는 것이랍니다. 그나마도 겨우 한 공기뿐이지요." 이러한 신세타령에 총명인은 "거참 안됐는걸", "허허 거참……", "그래도 신세가 좋아질 때가 있을 겁니다" 하고 동정을 표한다. 이러한 동정에 종은 "전 선생님께 억울하고 고생스러운 신세를 하소연하고 선생님의 동정과 위안을 받고 나니 적이 속이 내려갑니다" 하고 감사를 표한다. 총명인으로부터 동정을 얻은 종은 다른 날 바보를 만나 다시 자신의 신세를 이렇게 한탄한다.

"선생님, 제가 있는 집은 다 쓰러져 가는 오두막입니다. 습기차고 어둡고 게다가 빈대가 득실거리다 보니 도무지 잘 수가 없습니다. 퀴퀴한 냄새가 코를 찌르지만 네 벽에는 창문 하나 없습니다……."

"왜 주인보고 창문을 하나 내 달라고 못해?"

"거 어디 될 말입니까……?"

"그럼 나와 같이 가자구!"

바보는 종을 따라 그 집으로 갔다. 바보는 다짜고짜로 흙벽을 허물기 시작했다.

"선생님! 왜 이러십니까?" 그는 질겁하여 소리쳤다.

"내가 창문을 내 주지."

"그건 안 됩니다. 주인이 알면 벼락이 떨어집니다."

"벼락이고 뭐고 상관할 게 뭐야!" 바보는 계속 벽을 허물었다.[39]

이렇게 되자 종은 사람을 불러 바보를 오히려 강도로 취급하여 바보를 내쫓아 버린다. 그리하여 종은 강도를 내쫓은 공로로 주인에게 칭찬을 받게 된다. '신세가 좋아질 때가 있다'고 한 총명인의 말이 실현된 것이다. 그러나 종은 변함 없이 그대로 종으로 남게 되었을 뿐이다. 루쉰이 「구걸자」에서 구걸자에게 동정을 표하지 않고 오히려 경멸했던 이유가 여기서 명확하게 드러난다. 구걸자에게 동정을 표한다면, 그것은 '총명인'의 행위와 다를 바 없다. 루쉰에게 구걸자에 대한 진정한 동정은 '다짜고짜로 흙벽을 허무는' '바보'의 행위가 되어야 한다. 그러나 '바보'는 강도로 오해받아 쫓겨났듯이 '바보'의 행위는 종으로부터 무시

---

39) 「聰明人和傻子和奴才」, 앞의 책, p.216.

되고 만다. 1925년 12월 10일에 씌어진 「이것과 저것」이라는 글에서 루쉰은 "고독한 정신적 전사(戰士)는 비록 민중(民衆)을 위해 투쟁하지만 종종 도리어 그 '소행' 때문에 멸망하게 된다"[40]라고 했다. 「총명인과 바보와 종」이 1925년 12월 26일에 씌어졌는데, 「이것과 저것」은 「총명인과 바보와 종」보다 10여일 앞서 씌어졌다. 그렇다면 루쉰은 「총명인과 바보와 종」에서 형상화하고 있는 종과 바보의 관계를 「이것과 저것」에서 이미 산문적 진술로 표현하였던 것이다. 종의 형상은 바로 민중이며 현존인간이라는 점을 어렵지 않게 짐작할 수 있다. 이러한 종으로서의 현존인간에 대응하는 방법은 오히려 「입론」에서 말한 바와 같이 '무위와 침묵'만이 묘책이다. '다짜고짜로 흙벽을 허무는' 행위는 종에게 전혀 새로운 세계를 열어 줄 수 없다. 여기서 루쉰이 왜 '무위와 침묵'만으로 현존인간에 대응해야 한다고 생각했는지 그 이유가 여실히 드러난다. '다짜고짜로 흙벽을 허무는' '바보'의 진정한 변혁행위는 '무위와 침묵'으로써 현존인간을 무화시킨 이후에야 가능한 일이다. 루쉰이 지속적으로 인간의 정신혁명을 강조한 이유도 바로 여기에 있다.

「총명인과 바보와 종」에서 형상화되고 있는 노예도덕의 체현자로서 종은 현실 속에서 여전히 종으로 남을 수밖에 없다. 스스로 자신의 처지를 극복한다는 것은 불가능하다. 또한 총명인의 동정이라는 것도 현실을 변화시킬 수 있는 진정한 힘이 못된다. 오직 바보의 행위만이 종의 처지를 변화시킬 수 있을 뿐이다. 총명인이란 기존의 가치를 긍정하는 인물이므로 기존의 가치의 부정은 오직 바보에게만 가능하다. 단편소설 「광인일기」에서처럼 기존의 가치를 부정하기 위해서는 '광인'이

---

40) 「這個與那個」, 『華蓋集』, 『魯迅全集(3)』, p.140.

필요하다. 바보는 바로 '광인'처럼 현실을 변혁할 수 있는 새로운 인간상이다. 기존의 가치를 그대로 유지하며, 동정만으로 위안을 삼음으로써 종은 결국 종으로 남을 수밖에 없으므로 새로운 바보의 출현이 요청된다. 노예도덕의 체현자로서 종은 루쉰이 꿈꾸어 온 정신혁명의 과업을 스스로 떠맡는다는 것이 불가능하다. 루쉰은 「총명인과 바보와 종」을 통해 현존인간의 노예도덕을 비판하는 동시에 노예도덕의 체현자는 현실을 극복할 수 없다는 점을 보여 주고 있다. 루쉰이 「잃어버린 좋은 지옥(失掉的好地獄)」에서, 현존인간의 현실세계를 지옥에 비유하여 그러한 지옥조차 지킬 수 없는, 노예도덕의 체현자에게 변혁의 가능성을 발견하기 어렵다는 점을 형상화하고 있는 것도 같은 맥락이다. 그러기에 현존인간을 부정하고 새로운 인간을 확립할 수 있는 변혁의 주체가 필요하다. 루쉰은 『야초』를 통해 현존인간을 부정하면서 새로운 인간을 확립할 수 있는 그러한 주체의 상을 모색하고 있었다.

강인한 정신의 소유자와 변혁주체로서의 전사(戰士)상

　루쉰은 「가을밤」에서 대추나무의 형상을 빌려 강인한 정신의 소유자를 이미화하였고, 그것은 작가의 자의식이 투영된 상징체였다. 또 강인한 정신의 이미지화는 방황하는 자의식의 자기정립을 위한 것이기도 했다. 더욱이 루쉰은 그를 통해 새로운 변혁의 주체상을 제시하고자 하였던 것으로 보인다. 강인한 정신의 이미지화는 「나그네(過客)」에서 '나그네'의 형상을 빌려 좀더 구체화·강화된다. 일체의 선물조차 거부하고(소녀가 준 헝겊조각을 다시 되돌려 줌) 오로지 자신의 피를 무기 삼아

전진하는 나그네의 형상은 『야초』에 보이는 강인한 정신의 소유자의
전형이다.

> 저는 가는 수밖에 없습니다. 더구나 저 앞에서 늘 재촉하고 부르는 소리가
> 들려오니까요. 그래서 저는 쉴 수 없습니다. 그런데 이놈의 발이 원수입니
> 다. 먼 길에 부르터서 여러 군데가 터지고 피도 숱하게 흘렸습니다. (한쪽
> 발을 들어 노인에게 보이며) 그래서 저에게는 피가 모자랍니다. 피를 좀 마
> 셔야겠는데 그 피가 어디 있어야지요? 그러나 저는 어떤 사람의 피도 마시
> 고 싶지 않습니다. 그러니 물로 피를 보충할 수밖에 없습니다. 길가에는 어
> 디나 물이 있으니까 저는 별로 부족감을 느끼지 않습니다. 그저 맥이 몹시
> 빠졌는데 그것은 피에 물이 너무 많이 섞인 탓일 겁니다.41)

나그네는 생명을 의미하는 피를 흘리며 쉬지 않고 전진해 왔고, 또
전진할 것이며, 흘린 피는 물로 보충할 뿐이다. 피를 흘릴 수밖에 없는
것은 생명을 대가로 해야만 전진이 가능하기 때문이다. 전진은 기존의
가치를 부정하는, 현실변혁에의 강렬한 의지를 담고 있는데, 그것은 피
를 대가로 해야만 가능하다. 전진이 기존의 가치를 부정하는, 현실변혁
에 강렬한 의지를 담고 있음은, 지쳤으니 돌아가는 것이 낫다고 한 노
인의 말에 나그네의 대답에서 드러난다. "저는 가야만 합니다. 되돌아
가면 거기에는 어디에나 듣기 좋은 명색을 내걸지 않은 곳이 없고, 지
주가 없는 곳이 없으며, 추방과 감옥이 없는 곳이 없습니다. 저는 그런
것을 증오합니다. 저는 돌아가지 않겠습니다." 나그네의 진술에서 알

---

41) 「過客」, 『野草』, 『魯迅全集(2)』, p.191.

수 있듯이 이제까지의 전진은 바로 전진의 과정에서 만난 일체의 기존 가치와 현실에 대한 부정을 의미한다. 또한 나그네는 피를 흘린 뒤 피를 물로 보충할 수밖에 없다고 진술하였는데, 이러한 진술은 생명을 희생하는 자기 소멸(자기 희생)의 의지를 담고 있다. 자기 소멸만이 진정한 전진이기 때문이다. 끊임없이 반복되는 루쉰 정신구조의 현현(顯現)이며, 현실변혁의 방법론이다. 물론 전진은 죽음을 상징하는 무덤에서 끝날 것이다. 그러나 나그네는 노인에게 무덤 다음의 세계가 무엇인지 묻게 되는데[42], 이것은 죽음 이후에도 전진하려는 강인한 정신의 소유자로서 나그네가 형상화되고 있음을 보여 준다. 「묘갈문(墓碣文)」과 「사후(死後)」에 나오는 죽은 시체의 진술은 무덤을 지나서도 전진하려는 나그네의 강인한 정신을 좀더 구체적으로 표현해 준다.

「묘갈문」에서 "가슴과 배는 다 허물어지고 그 속에 심장과 간도 없는", "얼굴은 오히려 애락(哀樂)의 모습을 전혀 띠지 않고 다만 연기처럼 몽롱한" 상태의 시체는 "이미 무덤에서 일어나 앉아, 입술을 움직이지 않은 채", "내가 진토가 될 때, 그대는 나의 미소를 보게 될 것이다!"라고 한다. 시체는 죽음 이후에도 '얼굴은 오히려 애락의 모습을 전혀 띠지 않고 다만 연기처럼 몽롱한' 채 자의식이 살아 있다. '내가 진토가 될 때'만이, 자기 소멸을 완성할 수 있을 때만이, 다시 말하면 일체의 기존가치를 부정하면서 자기 소멸을 완성할 수 있을 때만이 죽은 시체는 '미소'를 보일 수 있는 편안한 죽음을 맞이할 수 있다. 죽은 시체의 진술은 작가의 자의식이 투영되어 강인한 정신의 소유자를 형상적으로 드러내 주고 있다. 「사후」에서도 시체의 자의식은 살아서 현실을 관찰

---

42) 앞의 글, 앞의 책, p.190. "노인장, 무덤을 지난 다음은 어디입니까?"

한다. "그림자처럼 죽어서, 원수에까지도 알리지 않고, 주어서 손해 볼 것도 없는 극히 하찮은 기쁨조차도 전혀 그들에게 주지 못하다니…… 나는 유쾌한 나머지 울음이 나올 지경이었다." 시체의 진술은 죽음 이후에도 현실에 저항하는 강인한 정신의 소유자를 형상적으로 드러내 주고 있다. 「묘갈문」이나 「사후」에 보이는 시체의 진술은 「나그네」에서 나그네가 무덤을 지난 다음의 세계를 노인에게 물었던 바로 그 행위의 또 다른 시적 형상화인 것이다.

강인한 정신의 소유자는 전사(戰士)라는 이름으로 좀더 구체적으로 등장한다. 「이러한 전사」를 보자.

그는 무물(無物)의 싸움터로 나선다. 그러자 만나는 사람마다 한결같이 그에게 머리를 끄덕여 보인다. 그는 이렇게 머리를 끄덕이는 것이 바로 원수들의 무기라는 것을, 피 한 방울 보이지 않고 사람을 죽이는 무기임을 알고 있다. 수많은 전사가 그 때문에 멸망하였다. 그것은 포탄처럼 용사(猛士)를 꼼짝하지 못하게 한다.

그자들의 머리 위에는 자선가요, 학사요, 문인이요, 연장자요, 청년이요, 신사요, 군자요…… 하는 듣기 좋은 이름을 수놓은 여러 가지 깃발이 걸려 있다. 그리고 머리 아래에는 학문이요, 도덕이요, 국수주의요, 민의요, 논리요, 정의요, 동방문명이요…… 하는 보기 좋은 무늬를 수놓은 여러 가지 외투들이 걸쳐져 있다.

그러나 전사는 창을 들었다.

그자들은 심장이 한쪽에 붙어 있는 사람들과는 달라 저들의 심장은 가슴 한복판에 붙어 있노라고 입을 모아 맹세한다. 그리고 그자들은 심장이 가슴 한복판에 붙어 있다는 것을 저들도 확신한다는 것을 증명하기 위하여 가슴에 호심경을 달고 있다.

그러나 전사는 창을 들었다.

전사는 히죽이 웃으며 가슴 한쪽을 겨누고 창을 던졌다. 그 창은 곧바로 그자들의 심장을 맞혔다.

그러자 모든 것이 무너져 쓰러졌다. 그러나 그것은 속이 텅 빈 외투뿐이다. 무형물은 벌써 빠져 달아나 승리하였다. 왜냐하면 이 때 전사는 자선가요, 뭐요 하는 따위를 살해한 죄인으로 되었으니까.

그러나 전사는 창을 들었다.[43]

구걸자의 형상, 행인들의 형상, 신의 아들을 못박은 사람들의 형상, 개가 반박한 인간의 모습, 늙은 여인의 딸과 사위 그리고 그 아이의 형상, 종의 형상 등과는 극히 대비가 되는 전사의 형상이다. 구걸자의 가짜 구걸행위나 바보를 향한 종의 태도는 전사에게 '머리를 끄덕이는' 행위이기에 그것은 오히려 '원수의 무기', '피 한 방울 보이지 않고 사람을 죽이는 무기'에 지나지 않는다. '수많은 전사가 그 때문에 멸망하였다' 는 진술은 이미 루쉰이 언급한 대로 「이것과 저것」의 산문적 진술의 반복이다. '자선가요, 문인이요, 연장자요, 청년이요, 신사요, 군자요' 하는 인간은 제각기 명분을 내세우고 '심장은 가슴 한복판에 붙어 있노라고 입을 모아 맹세하'듯이 정의와 진리를 설파한다고 하지만 전사의 창에 의해 그것은 거짓임이 드러난다. 가슴 한가운데의 호심경에도 불구하고 그들의 왼쪽 심장은 전사의 창에 의해 뚫렸고, 그 결과 그들은 '텅 빈 외투'만이 남았기 때문이다. 구걸자와 종과 다르기에 '전사는 창을

---

43) 「這樣的戰士」, 앞의 책, pp.214~215.

들었다.' 설사 '텅 빈 외투뿐인' 자선가요, 뭐요 하는 따위를 살해한 죄
인으로 될지언정. 일체의 기존가치를 부정하고 새로운 가치를 세울 수
있는 강인한 정신의 소유자로서 전사는 현실변혁의 담당자로 형상화되
고 있는 것이다.

　이러한 전사의 형상은 「담담한 핏자국」에서도 묘사되고 있다.

　　반역의 용사가 인간세상에 나타난다. 그는 우뚝 서서 과거와 현재의 모든
　폐허와 황폐한 무덤을 통찰하고, 광대하고도 영속적인 모든 고통을 기억하
　고, 층층이 침적된 모든 응혈(凝血)을 정시하고, 죽은 자, 갓 태어난 자,
　태어나려는 자 및 태어나지 않은 자 전부를 꿰뚫어 본다. 그는 조물주의 놀
　음을 간파한다. 그는 일어서서 조물주의 어진 백성인 인류를 소생시키거나
　아니면 인류를 전멸시킬 것이다.
　　조물주, 비겁한 자는 부끄러워 숨어 버릴 것이다. 그리하여 용사의 눈에
　비친 천지는 그 색깔이 변할 것이다.44)

　통찰한 인간으로서 용사(猛士)의 형상은 기존 현실의 창조자인 조물
주에 저항하는 존재로 그려지고 있다. 조물주는 자기와 같은 무리, 즉
"인류 가운데 비겁한 자들을 위하여 폐허와 황폐한 무덤으로 화려한 집
을 더 돋보이게 하고, 세월의 흐름으로 고통과 핏자국을 담담하게 한
다." 그리고 "그는 날마다 얼큰한 쓴술을 적지도 않고 많지도 않게 그저
알딸딸하게 취할 정도로 한 잔씩 따라 인간세상에 보내 준다. 그것을
마신 사람은 울기도 하고 노래를 부르기도 하며, 깬 것 같기도 하고 취

―――――――――――――――――

44) 「淡淡的血痕中」, 앞의 책, pp.221~222.

한 것 같기도 하며, 아는 것 같기도 하고 모르는 것 같기도 하며, 죽고 싶어도 하고 살고 싶어도 한다. 그는 모든 사람이 삶의 의욕을 갖게 하려고 한다. 그에게는 인간을 전멸시킬 용기가 없다." 조물주는 바로 기존 현실의 창조자이며 동시에 기존 현실의 질서이다. 이러한 기존 현실의 질서 속에 몸담고 있는 "사람들은 그 사이에서 자신이나 타인의 막막한 슬픔과 고통을 짓씹고 있다. 하지만 그것을 뱉어 버리려고 하지 않고 아무튼 공허한 것보다는 낫다고 생각하고 있다." 이러한 인간과 달리 강인한 정신의 소유자인 '용사'는 현실의 창조자이면서 질서인 조물주에 저항한다. 용사의 저항은 "조물주의 어진 백성인 인류를 소생시키거나, 전멸시키기" 위한 것이다. 소생은 조물주로부터 어진 백성인 인류를 구원하는 행위이지만, 그것은 오히려 전멸 다음에나 가능한 일이다. 전멸은 무(無)를 의미하는데, 무에서만이 진정한 소생이 가능하기 때문이다. 즉 용사의 저항은 '소생' 또는 '전멸' 중에서 어느 하나를 선택하는 행위가 아니라 '전멸'을 통한 '소생'의 행위이다. '공허한 것보다는 낫다'고 하는 조물주의 어진 백성과 달리 용사는 오히려 공허를 택한다. 공허는 무(無)이다. 무는 모든 가치의 부정을 의미한다. 조물주는 '인간을 전멸시킬 용기가 없기에', 즉 일체의 가치를 무화시키고 무에서 다시 시작할 용기가 없기에 용사는 조물주에 저항하는 것이다. 용사는 바로 현실의 질서인 조물주의 기만을 통찰하고, 그러한 기만의 덫에 갇혀 있는 인류를 구원할 수 있는 강인한 정신의 소유자로 형상화되고 있다. 이것이 루쉰이 『야초』에서 제시하고자 했던 변혁을 담당할 주체상(像)이다.

실제로 루쉰은 현실 속에서 그러한 강인한 정신의 소유자의 모습을 어렴풋하게 감지하고 있었던 것 같다. 『야초』의 마지막 작품인 「일각

(一覺)」에서 묘사되고 있는 청년의 모습이 바로 그러하다. "가식을 싫어하는 청년들의 영혼이 잇달아 내 눈앞에 다가섰다. 그들은 아름답고 순진하며—그러나 아아, 그들은 고뇌하고, 신음하고, 분노하고 그리고 거칠기까지 하였다. 내 사랑하는 청년들은." 루쉰은 일부 청년들에게서 『야초』에서 끊임없이 모색하고 있던 강인한 정신의 소유자로서 전사의 모습을 발견하기 시작한 것으로 보인다. 물론 청년들이 의기소침한 것을 보고 「희망」을 썼다고 했지만, 「희망」이 1925년 원단에 씌어진 것이고 보면, 그 후 1925년의 베이징여사대 사건이나 1926년의 3·18사건을 거치는 과정에서 청년들의 이미지는 크게 달라졌을 것이다. "그렇다, 청년들의 영혼이 내 눈앞에 우뚝 다가선다. 이미 거칠어져 있거나, 이제 바야흐로 거칠어지려 하는 영혼, 그 피를 흘리며 고통을 감내하는 영혼을 나는 사랑한다. 그것은 내가 인간 세상에 있다는 것, 인간세상에 살고 있다는 것을 가르쳐 주기 때문에." 확실히 루쉰은 현실 속에서 일부 청년들을 통해 『야초』에서 끊임없이 모색하고 있던, 변혁담당의 주체상을 발견하고 있었던 것이다. 어쩌면 『야초』가 「일각」에서 끝나고 있다는 점도 시사적이다. 하나의 가능성을 발견했기 때문이 아니었을까? 「일각」이 1926년 4월 26일에 씌어졌는데, 3·18사건이 터지고 난 뒤 루쉰은 이미 정치적으로 탄압을 받고 있던 상태였으므로, 더 이상 『야초』와 같은 작품을 쓸 여유가 없었을 것이다. 그렇다고 하더라도 「일각」이 『야초』의 마지막 작품이라는 점을 상기할 때 『야초』를 통해 루쉰이 보여 주었던 방황과 모색이 이 시점에 와서 어느 정도 마무리되고 있었던 것은 아니었을까. 루쉰의 궁극적 목표가 현실변혁을 전제한 인간의 정신혁명이었고, 그것을 담당할 새로운 주체의 끊임없는 모색이었다고 할 때, 루쉰은 일부 청년들에서 그 가능성을 발견

하고 있었던 것은 아니었을까.

지워져버리는 이상(理想)의 이미지

이제까지 살펴본 바와 같이 루쉰은 중국의 암울한 현실 속에서 전진의 방향을 설정하지 못한 데서 오는 공허의 정서로부터 벗어나기 위해 내면의 자기 정립 또는 자기 확인작업으로서 『야초』의 작품을 썼다. 그것은 자기 소멸을 전제한 일체의 가치를 무화시키는 방법을 제시하고 그러한 방법을 통해 현존인간을 비판하고, 새로운 인간을 확립하기 위해 변혁의 주체상을 드러내는 일이었다.

1929년 루쉰은 잡지 『어사』의 특색을 설명하면서 "아무런 구애도 받지 않고 생각나는 대로 이야기하며 새것의 탄생을 촉진하며 새것에 해롭고 낡은 사물은 애써 배격하였다. ― 하지만 그 탄생할 '새것'이 무엇인가 하는 데는 명백한 표지가 없었으며, 일단 위기에 봉착했을 때는 일부러 애매한 표현법을 쓰기도 했던 것이다."45)라고 했다. '새것이 무엇인가 하는 데는 명백한 표지가 없었다'라는 말을 『야초』의 창작과 연관시켜 보면, 루쉰은 『야초』의 창작을 통해 구체적이고 명백한 어떤 방향을 제시하려고 했던 것이 아님이 분명하다. '새것에 해롭고 낡은 사물은 애써 배격하였다'는 말에서 알 수 있듯이 이 시기에 루쉰은 일체를 무화시키는 일에 몰두하고 있었다. '명백한 표지'란 루쉰이 찾고 있던 전진의 방향이요, 새로운 이상일 수 있다. 그런데 『야초』의 작품 속에

---

45) 「我和"語絲"的始終」, 『三閑集』, 『魯迅全集(4)』, pp.166~167.

서는 '명백한 표지'로서 전진방향이나 새로운 이상이 발견되지 않는다. 어쩌면 구체적인 이상이나 방향 제시는 루쉰에게 아무런 의미가 없는 것이었는지도 모른다.

물론 『야초』의 작품 중 「아름다운 이야기(好的故事)」에서는 이상(理想)의 이미지가 발견되기는 한다. 하지만 그것은 한낱 이미지에 지나지 않으며 구체적인 모습은 아니었다. 그것도 떠올랐다가는 곧 지워져 버리는 구체성을 결여한 그런 이미지였다. 루쉰에게 이상이란 애초부터 구체성을 결여한 어떤 이미지였는지도 모른다. 적어도 이 시기까지 루쉰은 구체적인 이상의 제시 자체를 회의하고 있었으며, 그것은 현실적으로 무의미하다고 판단하고 있었던 것 같다. 다만 이상이나 전진의 방향은 일체의 가치를 무화시키는 현실의 부정정신 속에서만 태어난다고 인식하고 있었다. 다시 말하면 일체를 무화시키는 행위가 오히려 구체적인 이상이나 전진의 방향에 한발 다가서는 것이라고 생각하고 있었다. 「사후」에서처럼 죽음 이후에도 자기 몸 위를 기어다니는 개미에 민감하고 입관자들이 자신의 수의를 제대로 펴지 않은 것에 유감스럽게 생각하는, 세세하고 구체적인 일상에 집요하게 집착하는 인간의 모습 속에서 오히려 이상은 싹튼다고 루쉰은 생각하고 있었던 것이다.

생명의식—죽음과 썩음, 무덤, 무소유와 무

　루쉰은 문학가이지만 철학적 문제를 깊이 탐색하여 독특한 관점을 제시하고 있어 사상가로 이해할 수 있는 단서를 제공해 준다. 이른바 생명철학적 사유는 루쉰을 사상가로 이해할 수 있는 중요한 근거가 되고 있다. 루쉰은 '생명'에 뜨거운 애정과 집착을 가지고 있었는데, 첸리췬(錢理群)은 "'생명철학'이야말로 루쉰을 동시대의 다른 중국 현대 사상가와 구별짓는 독특한 점의 한 중요한 측면이다"[1]라고 지적했다. '생명철학' 또는 생명의식은 루쉰 정신의 본질을 이해하는 데 매우 주요한 측면이며, 루쉰 사상에 존재하는 여러 가지 '모순구조'를 해명하는 데 주요한 실마리를 제공해 줄 것이라 생각한다.

　루쉰의 문학활동 시작이 중국인의 국민성 개조와 직접적으로 연관되어 있었음은 주지의 사실이다. 그것은 당시의 시대정신이기도 했다. 하지만 루쉰의 국민성 개조는 시대정신의 단순한 반영으로 그치지 않고 '인간을 확립하는 일(立人)'과 '진정한 인간(眞的人)'의 존재방식을 끊임없이 탐색하는 영역으로 확장되고 있다는 점이 두드러진 특징이다. '인

---

1) 錢理群, 「作爲思想家的魯迅」, 『走進當代的魯迅』(北京大學出版社, 1999), p.70.

간을 확립하는 일'과 '진정한 인간'의 존재방식 탐색이 루쉰의 문학활동의 주요한 과제였다면, 루쉰은 인간을 어떤 존재로 파악했던가? 루쉰은 인간의 존재를 '생명'의 주체로 파악한다. 루쉰은 인간의 존재를 '생명'의 주체로 파악함으로써 인간의 육체(욕망)와 정신의 해방을 동시에 추구할 수 있었고, 그 결과 '생명'의 진정한 해방을 기획할 수 있었다.

루쉰의 글에는 생명철학적 사유와 관련된 개념어가 많이 등장한다. 특히 '죽음(死亡)'과 '썩음(朽腐)', '무덤(墳)', '무소유(無所有)'와 '무(無)'는 생명철학적 사유와 깊은 연관이 있는 가장 중요한 개념어라 할 수 있다. 이들의 심층적인 분석은 루쉰 생명의식의 본질을 가늠할 수 있도록 해 줄 것이다. 우리가 어떤 대상을 연구하는 것은 일차적으로 그 대상의 본질을 객관적으로 밝혀내기 위한 것이지만, 그러한 연구가 우리에게 현실적인 의미를 던져 주지 못한다면 그것은 공허한 것이 되고 말 것이다. 어떤 대상의 연구는 그 대상의 현실적인 '의미화' 작업을 이미 내포하고 있으며, 그 '의미화'가 우리의 의식 속에서 구조화되어 삶의 양태를 바꾸어 놓을 수 있는 데까지 이르기를 기대한다. 따라서 루쉰의 생명의식을 해명하는 일은 루쉰 정신의 본질에 접근하려는 시도 중의 하나이며, 또한 오늘날 우리의 삶의 양태를 바꿀 수 있는 유용한 가치를 발견해 보려는 노력 중의 하나이기도 하다.

'죽음'과 '썩음'

루쉰이 일본 유학시기에 의학을 중도에 포기하고 문학으로 방향을 전환한 이후 문학활동의 일환으로 처음 기획한 것이 잡지 『신생(新生)』

의 발간이었다. 이 잡지의 발간과 관련하여 루쉰은 스스로 이렇게 말한 적이 있다. "제목은 '새로운 생명'이라는 뜻을 취했는데, 우리는 그 때 대체로 복고적 경향을 띠고 있었기 때문에 그것을 '신생'이라 이름하였다."[2] 또 루쉰은 『신생』에 실을 원고로 집필했던, 청년시절 그의 대표적인 논문의 하나인 「마라시력설(摩羅詩力說)」의 첫머리에서 "새로운 생명이 탄생하고 새로운 샘물이 심연에서 솟아오를 때가 머지 않았도다"[3]라는 니체의 말을 인용하여 '새로운 생명의 탄생(新生之作)'을 열망하는 자기 글의 취지를 밝혔다. 이렇게 루쉰의 문학활동은 처음부터 '새로운 생명의 탄생'과 깊은 연관이 있었다.

그리고 가장 왕성한 창작활동을 펼치던 1925년 무렵에도 루쉰은 여전히 '새로운 생명의 탄생'의 사고를 잃지 않았다. 루쉰은 "고유한 낡은 문명에 매달려 모든 것이 경화를 일으키고 결국은 멸망의 길을 걷고 있는"[4] 중국에 "철저한 개혁"을 바라면서 이렇게 강조했다. "중국의 개혁이라고 말했지만, 그 첫 걸음은 물론 폐물을 일소하여 새로운 생명이 탄생할 수 있는 기회를 주는 것이다."[5] 루쉰은 지속적으로 '새로운 생명의 탄생'을 열망하며 그것을 강조했다.

'복고'적인 경향에 반대하고 '폐물'을 일소하여 '새로운 생명'에게 길을 열어 주려는 루쉰의 이러한 사유는 어디에 기초하고 있는가? 그것은 물론 생물학적 진화론에 기초하고 있다. 루쉰은 '진화의 길'을 이렇게 설명한다.

---

2) 「自序」, 『吶喊』, 『魯迅全集(1)』, p.417.
3) 「摩羅詩力說」, 『墳』, 앞의 책, p.63.
4) 「『出了象牙之塔』後記」, 『譯文序跋集』, 『魯迅全集(10)』, p.243.
5) 앞의 글, 앞의 책, p.244.

진화의 도정에는 항상 신진대사가 있게 마련이다. 그래서 새 것은 마땅히 뛸 듯이 기뻐하며 앞으로 나아가고, 이것이 바로 건장해지는 것이며, 낡은 것 또한 마땅히 뛸 듯이 기뻐하며 앞으로 나아가고 이것이 바로 죽음이다. 각각 이렇게 나아가는데, 이것이 바로 진화의 길이다.6)

'신진대사'라는 진화의 원리에 따라, '새 것(新的)'이나 '낡은 것(舊的)'이나 모두 앞을 향해 나아간다. 그러나 전진의 목표는 달라서 전자는 '건장함(壯)'을 향하고, 후자는 '죽음(死)'을 향한다. 통념상 '죽음(死)'은 비극적인 일이지만, 진화의 도정에서 그것은 오히려 기쁨을 가져다 줄 수 있다. 왜냐하면 '새 것'의 '건장함(壯)'은 '낡은 것'의 '죽음'을 통해 실현되기 때문이다. '낡은 것'의 '죽음' 없이는 '새 것'의 '건장함'이 보장될 수 없다. '새로운 생명의 탄생'은 이미 '낡은 생명의 죽음'을 내포하고 있으며, 진화의 도정에서 생명의 '탄생'과 '죽음'은 동시적인 현상이다.

여기서 우리는, 죽음은 피할 수 없는 당위로서 적극적으로 수용하지 않을 수 없으며, 생명의 탄생과 죽음은 동시적인 현상이라고 보는 루쉰의 이러한 사유는 생물학적 진화론의 단순한 반영으로 그치지 않고, 생명철학적 사유와 깊은 연관이 있음을 발견하게 된다.

죽음은 인간과 불가분의 관계에 있다. 다만 개체로서 인간의 심리는 자신의 죽음을 자신으로부터 분리시키려 하며, 타인의 죽음을 경험할 때조차도 죽음을 타인의 문제에 불과한 것으로, 즉 자기 자신과는 무관한 것으로 생각하려 한다. 인간은 죽음을 삶 속에서 제거하려 한다. 루쉰은 이러한 인간의 심리를 간파하고 "생물의 개체는 언제나 늙음과

---

6) 「隨感錄49」, 『熱風』, 『魯迅全集(1)』, pp.338~339.

죽음에서 벗어날 수 없다"7)라는 생물학적 원리를 강조함으로써 인간과 불가분의 관계에 있는 죽음의 확실성을 표면으로 드러낸다. 인간죽음의 확실성을 긍정할 때, '새로운 생명의 탄생'을 위해 '낡은 생명의 죽음'은 필연적이며, 나아가 그 '죽음'을 적극적으로 받아들이지 않을 수 없다.

루쉰은 이러한 생명과 죽음의 관계를 좀더 의미심장하게 시적인 언어로 표현한다. 산문시집 『야초(野草)』에는 생명과 죽음의 생명철학적 의미가 풍부하게 담겨 있다. 루쉰은 머리말인 「제사(題辭)」에서 '죽음'과 '썩음'의 개념을 사용하여 진정한 생명과정이란 무엇인가를 보여 준다.

> 지나간 생명은 이미 죽었다. 나는 이 죽음에 대(大)환희를 느낀다. 왜냐하면 나는 이를 빌려 그것이 이전에 살아 있었다는 것을 알 수 있기 때문이다. 죽은 생명은 이미 썩었다. 나는 이 썩음에 대환희를 느낀다. 왜냐하면 나는 이를 빌려 그것이 그래도 공허하지 않았음을 알 수 있기 때문이다.8)

이 인용문에 따를 때, 생명의 '죽음'이 '대환희'를 가져다 주는 것은 그것이 생명의 존재를 증명해 주기 때문이며, 죽은 생명의 '썩음'이 '대환희'를 가져다 주는 것은 그것이 존재의 가치를 증명해 주기 때문이다. 생명은 바로 '새로운 생명 → 죽음 → 썩음'으로 이어지는 과정을 순차적으로 밟으며 존재증명과 존재의 가치증명을 동시에 실현한다. 진정한 생명과정이란 바로 존재증명과 존재의 가치증명을 동시에 실현해야 하는 것이다. 그렇다면 생명은 '죽음'에서 완결되는 것이 아니라 '썩음'

---

7) 「我們現在怎樣做父親」, 『墳』, 앞의 책, p.131.
8) 「題辭」, 『野草』, 『魯迅全集(2)』, p.159.

에서 완결된다고 할 수 있다.

루쉰은 진정한 생명과정을 구체적인 '들풀(野草)'의 생명과정을 통해 형상적으로 보여 준다. "들풀은 뿌리가 깊지 않고 꽃도 아름답지 않지만 이슬을 빨아들이고, 물을 빨아들이고, 죽은 지 오래 된 사람의 피와 살을 빨아들여 저마다 자신의 생존을 다툰다. 살아서는 짓밟히고 잘리다가 마침내 죽어서 썩어 버린다."9) 남의 썩음을 양분으로 삼아 생존을 다투면서 성장한 '들풀'은 다시 죽고 썩어 스스로 남의 생존을 위한 양분이 된다. 개체로서 '들풀'의 죽음과 썩음은 안타까운 일이지만, 그것은 '썩음'을 통해 다시 새로운 생명을 잉태하여 유적(類的) 생명의 지속성을 보장한다. 그래서 루쉰은 '들풀'의 죽음과 썩음에 "하지만 나는 태연하며 기뻐한다. 나는 크게 웃을 것이며 노래부를 것이다."10)라고 답한다. '들풀'은 '죽음'과 '썩음'이라는 존재증명과 존재의 가치증명을 동시에 실현하는, 즉 진정한 생명과정을 실천하는 이상적인 형상으로 그려지고 있다. 이 점에서 산문시집 『야초』는 '들풀'의 이상적인 생명과정을 함축하며 루쉰의 생명의식이 가장 집중적으로 표현되어 있다고 할 수 있다.

한편 루쉰에게 생명은 생물학적 생명현상에만 국한되지 않고 정신적 생명현상으로 확장된다.

생명의 길은 전진하는 길이다. 언제나 무한한 정신삼각형의 사변을 따라 위로 올라가며 그 어떤 것도 그것을 저지할 수 없다.

자연이 인간에게 부여한 부조화는 아직도 매우 많으며, 인간 자체가 위축

---

9) 앞의 글, 앞의 책, p.159.
10) 앞의 글, 앞의 책, p.159.

되고 타락하여 퇴보하는 경우도 아직 매우 많다. 하지만 생명은 절대로 이 때문에 돌아서지 않는다. 그 어떤 암흑이 사조(思潮)를 가로막는다 해도, 그 어떤 비참함이 사회를 습격한다 해도, 그 어떤 죄악이 인도(人道)를 모독한다 해도 완전을 갈망하는 인간의 잠재력은 언제나 이러한 가시철망을 밟으며 앞을 향해 나아간다.

생명은 죽음을 두려워하지 않으며, 죽음 앞에서 웃고 날뛰며 멸망하는 사람을 뛰어넘어 앞을 향해 나아간다.11)

여기서 생명은 개체로서의 생명이 아니라 유적(類的) 개념으로서의 생명이다. 죽음은 개체의 종말이지만 유전자 재조합의 가능성으로 종이 살아남기 위한 최선의 선택이므로 생명은 개체의 죽음을 뛰어넘어 앞을 향해 나아간다. 그리고 이러한 생명은 생물학적 생명현상을 넘어서서 '무한한 정신삼각형의 사변을 따라 위로 올라가는' 정신적 생명현상으로 승화된다. 이 점에서 루쉰의 '생명철학'적 사유는 베르그송의 생명의식과 상통한다. 베르그송은 생명과 '정신적 에너지'를 동일시한다. 생명은 겉보기에 패배한 듯이 보이는 곳에서도 물질이 강요하는 자연과 부동성을 무릅쓰고 기필코 전진하며 증가되어 간다. 생명은 반복과 죽음이라는 장애를 딛고 최종적으로 승리한다.

루쉰은 정신적으로 승화된 진정한 생명과정의 실천을 『야초』에서 '나그네(過客)'를 통해 형상적으로 제시한다. '나그네'는 "해가 넘어갔으니 나처럼 좀 쉬는 것도 괜찮을 것 같소"라는 '노인(翁)'의 말에 "나는 걸어갈 수밖에 없습니다. 더구나 앞쪽에서 나를 재촉하고 나를 부르는 소리

---

11) 「生命的路」, 『熱風』, 『魯迅全集(1)』, p.368.

가 들려오기에 나는 쉴 수가 없습니다."12)라고 답한다. '앞쪽에서 나를 재촉하고 나를 부르는 소리'란 바로 생명이 부르는 은밀한 내면의 목소리이며, 그것은 생명력이다. 이 생명력은 "담벽을 타고 바글바글 기어오르는 홰나무누에보다도 더 빽빽하게 혈관 속에서 세차게 흐르며 열을 내뿜는"13) "빨갛고 뜨거운 피"의 속성과 같은 것이다. 이러한 생명력에 귀를 기울임으로써 '나그네'는 지속적으로 전진해야 한다는 사실을 자각한다. 생명의 내면적 목소리에 귀를 막음으로써 발걸음을 멈춰버린 '노인'과 달리 '나그네'는 그 소리에 귀를 기울임으로써 '무덤'까지 지속하는 전진을 감행하며, 정신적으로 승화된 진정한 생명과정을 완결한다.

'무덤(墳)'

　　루쉰은 문학활동을 처음 시작하던 1907년부터 가장 왕성한 창작활동을 펼치던 1925년 말까지 씌어진 대표적인 잡문을 수록하여 '무덤(墳)'이란 제목으로 잡문집을 출판했다. 이 잡문집의 후기에 해당하는 「무덤 뒤에 쓰다」라는 글에서 루쉰은 '무덤'의 의미를 나름대로 설명한다. 루쉰은 그 때까지 자신이 무엇을 하고 있는지 모르지만 확실한 것은 대(臺)를 쌓아 죽음을 드러내는 것 또는 구덩이를 파서 자신을 묻어버리는 행위였다고 했다. 또 어떻게 길을 가야할지 모르지만, 다만 하나의 종점, 그것이 바로 무덤이라는 것만은 아주 확실하게 알고 있으

---

12)「過客」,『野草』,『魯迅全集(2)』, p.191
13)「復仇」, 앞의 책, p.172.

며, 문제는 여기서 거기까지 가는 길에 달려 있다고 했다. 이러한 루쉰 자신의 진술에 따를 때, 죽음(대 위에 죽음을 드러내는 것)과 무덤(구덩이를 파서 자신을 묻어 버리는 행위)은 사실 같은 의미이며, 차이가 있다면, '죽음'은 좀더 추상적인 개념이고 '무덤'은 좀더 구상적인 개념일 뿐이다. '죽음'이 생명과정의 한 측면이라면 '죽음'의 구상적 표현인 '무덤' 역시 생명과정의 한 측면이므로 이 '무덤'의 의미분석을 통해 루쉰의 '생명철학'적 사유에 좀더 가까이 다가갈 수 있을 것이다.

「무덤 뒤에 쓰다」에서 진술된 루쉰의 '무덤'의식은 『야초』의 「나그네」에서 이미 형상적으로 묘사되어 있다. "나는 앞으로 나아가야 한다"라고 말하는 '나그네'가 나누는 대화는 이렇다.

> 나그네 : ……노인장, 노인장께서는 오랫동안 이 곳에 살고 계시지요? 이
> 다음이 어떤 곳인지 아마 알고 계시겠지요?
>
> 노인 : 이 다음이? 이 다음은 무덤이지.
>
> 나그네 : (이상하다는 듯이) 무덤이요?
>
> 소녀 : 아니요, 아니요, 그렇지 않아요. 그 곳에는 들백합과 들장미가 가득
> 피어 있어요. 저는 자주 놀러 갔었는걸요.
>
> 나그네 : (서쪽을 보며 미소짓듯이) 정말입니다. 그 곳에는 들백합과 들장
> 미가 가득 피어 있습니다. 저도 자주 놀러갔었지요. 하지만 그건
> 무덤이지요.[14]

'나그네'가 나아가려는 방향은 '무덤'이다. '소녀'의 말대로 그 곳은 들

---

14) 「過客」, 앞의 책, p.190.

백합과 들장미가 가득 피어 있어 화려한 듯하지만 그래도 그것은 무덤
일 뿐이다. 이 대화내용은 진정한 생명과정을 실천하려는 '나그네'의 전
진의 방향 또는 그 종점이 결국 '무덤'이라는 사실을 명시해 준다. 생명
이 향하는 최종종점은 무덤이다.

그런데 루쉰은 생명과정의 방향과 그 종점을 '죽음'이라 하지 않고
좀더 구상적·형상적인 표현인 '무덤'이라 한 이유는 무엇일까? 우리는
『야초』의 「묘갈문(墓碣文)」에서 그 이유를 밝힐 수 있는 단서를 발견하
게 된다.

묘비 뒤에 있는, "위에 풀과 나무도 없고, 이미 헐어진" "외로운 무덤
(孤墳)" 속에 누워 있는 시체의 형상은 이렇다. "커다란 구멍으로 죽은
시체가 들여다 보였는데, 가슴과 배는 다 허물어지고 그 속에 심장과
간도 없었다. 그러나 얼굴은 오히려 애락(哀樂)의 모습을 전혀 띠지 않
고 다만 연기처럼 몽롱하였다."15) '죽음'이 생명의 존재증명이고 '썩음'
이 존재의 가치증명이라면, 무덤 속의 죽은 시체는 '썩음'이 완결되지
않은 채 존재의 가치증명을 진정으로 실현하지 못한 상태이다. 생명은
생물학적 생명현상뿐만 아니라 정신적 생명현상까지도 포함하는 확장
된 의미이기에, 가슴, 배, 심장, 간과 같은 생물학적 생명현상은 이미
썩어 존재의 가치증명을 실현할 수도 있겠으나, 얼굴은 여전히 썩지 못
하고 '연기처럼 몽롱한' 상태로 정신적 생명현상에 존재가치의 증명은
완결되지 않았다. 만일 정신적 생명현상까지도 '썩음'이 완결된다면 존
재의 가치증명은 진정으로 실현될 것이다. 그래서 "시체는 이미 무덤에
서 일어나 앉아, 입술을 움직이지 않은 채, 그러나 말한다."16)

---

15) 「墓碣文」, 앞의 책, p.202.
16) 앞의 글, 앞의 책, p.202.

　"내가 진토가 될 때, 그대는 나의 미소를 보게 될 것이다!"17)

　'내'가 진토가 되는 순간, 즉 정신적 생명현상의 '썩음'이 완결되는 순
간 존재의 가치증명은 진정으로 실현되어 생명은 '미소'를 띠며 자신의
생명과정을 완결할 수 있다. '내'가 진토가 됨으로써 생명과정은 완결되
고 커다란 구멍이 나 있는 황폐한 무덤은 마침내 닫힌 무덤이 되어 새
로운 생명의 탄생을 예비하게 된다. 백혈구가 병균과 함께 죽어 고름이
되듯이(썩음) 개체생명의 '죽음'과 '썩음'이 동시에 실현될 때 유적(類的)
생명의 지속성은 보장되는 것이다.

　무덤 속 시체의 진술이나 백혈구의 자기 희생에서 알 수 있듯이, '죽
음'은 생명의 존재증명에만 한정될 뿐 존재의 가치증명은 유보되기 때
문에 '썩음'을 통한 존재의 가치증명까지도 의미하기 위해서는 '썩음'의
공간적 표현인 '무덤'이라는 구상적인 이미지가 필요하다. 루쉰이 생명
과정의 최종종점을 '죽음'이라 하지 않고 '무덤'이라 한 것은 바로 이 때
문이며, '무덤'의 생명철학적 의미는 바로 여기에 있다. 또 앞서 설명한
'들풀'의 생명과정이 보여 주듯이 '썩음'은 새로운 생명의 탄생을 예비하
므로 '썩음'의 공간적 표현인 '무덤' 역시 새로운 생명의 탄생을 내포하
게 된다.

　그런데 생명의 존재가치를 증명하는 '썩음'을 용납할 수 없는 현실이
문제가 될 때, 즉 현실이 진정한 생명과정의 실현을 가로막을 때 그 항
거는 필연적이다. 루쉰의 글에 나오는 '반역의 용사(叛逆的猛士)' 또는
'전사(戰士)'는 바로 '썩음'을 용납할 수 없는 현실에 항거하는 전형적인

---

17) 앞의 글, 앞의 책, p.203.

형상으로 등장한다.

> 반역의 용사가 인간세상에 나타난다. 그는 우뚝 서서 과거와 현재의 모든 폐허와 황폐한 무덤을 통찰하고, 광대하고도 영속적인 모든 고통을 기억하고, 층층이 침적된 모든 응혈(凝血)을 정시하고, 죽은 자, 갓 태어난 자, 태어나려는 자 및 태어나지 않은 자 전부를 꿰뚫어 본다. 그는 조물주의 놀음을 간파한다. 그는 일어서서 조물주의 어진 백성인 인류를 소생시키거나 아니면 인류를 전멸시킬 것이다.[18]

'폐허(廢墟)'나 '황폐한 무덤(荒文)'은 「묘갈문」에 나오는 '이미 헐어진' '외로운 무덤(孤墳)'과 다르지 않다. '폐허'는 생명과정이 정지된 곳이며, '황폐한 무덤'은 '썩음'이 완결되지 않은 무덤이다. '폐허'와 '황폐한 무덤'으로서의 현실은 존재의 가치증명을 진정으로 실현할 수 없을 뿐 아니라 생명과정마저 정지된 그런 세계이다. 그래서 '반역의 용사'가 나타나 진정한 생명과정의 복원과 실현을 위해 인류를 소생시키거나 전멸시키지 않을 수 없다. 진정한 생명과정은 '죽음'과 '썩음'을 통해 새로운 생명을 잉태하는 것이므로 '소생(蘇生)'은 '전멸(滅盡)'을 통한 소생을 뜻하고, '전멸'은 '소생'을 위한 전멸을 뜻한다. '소생'과 '전멸'은 동일한 생명과정의 양 측면이다. 따라서 '썩음'의 공간적 표현인 '무덤'은 '전멸'과 '소생', 즉 소멸과 생성이라는 동일한 생명과정의 양 측면을 의미하는 생명철학적 개념이라 할 수 있다.

무덤은 원래 지나간 것 또는 죽은 것을 지속적으로 애도하기 위한 구

---

18) 「淡淡的血痕中」, 앞의 책, pp.221~222.

성물이지만, 루쉰에게 그것은 '죽음'과 '썩음', 즉 생명의 존재증명과 존재의 가치증명을 동시에 의미하는 구상적인 이미지이며, 소멸과 생성이라는 동일한 생명과정의 양 측면을 뜻한다. 그렇다면 '무덤'은 사(死)와 생(生)의 통일체로, 나아가 과거와 미래의 통일체로 이해할 수 있으며, 그 속에는 허무적이거나 소극적인 이미지보다 생성, 생, 미래를 함축하는 적극적인 이미지가 담겨 있다. 루쉰이 자신의 잡문집 제목을 '무덤(墳)'이라 한 이유도 바로 여기에 있다. 루쉰은 「무덤 뒤에 쓰다」에서 "내 작품을 편애하는 독자도 그저 이를 하나의 기념으로만 생각하고 이 자그마한 무덤 속에는 살았던 적이 있는 육신이 묻혀 있다는 것을 알아 주기를 바랄 뿐이다. 다시 세월이 얼마 흐르고 나면 당연히 연기나 먼지로 변할 것이고, 기념이라는 것도 인간세상에서 사라져 내 일도 끝이 날 것이다."[19]라고 하였다. 『무덤』은 '무덤'을 향해 나아가는 과정에서 루쉰 자신의 '기념(紀念)', '육신(軀殼)', '흔적(陳迹)'일 뿐이다. 생명과 바꾼 지나간 흔적이지만 그것마저도 곧 연기나 먼지로 변하여 사라져 버리는 그 무엇일 뿐이다. 그러나 『무덤』이 진정 '연기나 먼지로 변하여' '썩음'이 완결된다면 그것은 소멸과 생성이라는 진정한 생명과정을 실현하는 것이다.

'무소유'와 '무'

한 인간이 죽은 뒤 그의 삶이나 사상을 가장 집약적으로 표현할 수

---

19) 「寫在 『墳』後面」, 『墳』, 『魯迅全集(1)』, p.287.

있는 공간은 무엇일까? 무덤 앞에 놓이는 묘비가 그 중의 하나일 것이다. 『야초』의 「묘갈문」에는 이렇게 씌어 있다.

> 호가열광(浩歌熱狂)인 때에 중한(中寒)이 들고, 천상에서 심연(深淵)을 본다. 일체의 눈에서 무소유(無所有)를 보고, 희망이 없는 데서 구원을 얻는다.[20]

일반적으로 『야초』는 루쉰 내면의 정신세계를 가장 잘 드러내고 있는 글이라 인정되고 있는데, 이 묘비문(묘갈문)은 바로 루쉰이 도달한 삶이나 사상의 깊이를 가장 집약적으로 표현해 주는 글이라 할 수 있다. 그렇다면 루쉰이 도달한 삶이나 사상의 깊이는 무엇인가? 이 묘비문에 따를 때, 그것은 다름 아닌, 냉철한 현실인식("于浩歌狂熱之際中寒")을 통해 천상에서 심연을 볼 수 있는 통찰에 이르고("于天上看見深淵"), 그 결과 '무소유'의 사상을 획득함으로써("于一切眼中看見無所有") 희망이 없는 데서 구원을 얻는("于無所希望中得救") 경지이다. 여기서 통찰의 내용인 '무소유'의 사상은 무엇일까? 이 부분은 자칫 루쉰의 허무주의가 표현된 것으로 오해할 수 있으며, 또 루쉰의 생명의식과 깊은 연관이 있기 때문에 그 의미를 따지지 않을 수 없다.

루쉰은 「무덤 뒤에 쓰다」에서 '무덤'을 향해 나아가고 있는 자신을 편애하는 독자에게 주는 선물은 '무소유'보다 더 나은 것이 없다고 했다. "나는 나의 설익은 과실이 도리어 나의 과실을 편애하는 사람을 독살하지 않을까 걱정이다.……나를 편애하는 독자에게 주는 선물은 '무소유'

---

20) 「墓碣文」, 『野草』, 『魯迅全集(2)』, p.202.

보다 더 나은 것이 없지 않을까 마음속으로 생각해 본다."21) 독자에게 주려는 선물인 '무소유'는 「묘갈문」에서 표현된 통찰의 내용 바로 그것이다. 따라서 독자에게 주려는 선물인 '무소유'의 의미를 분석함으로써 통찰의 내용인 '무소유'의 사상을 어느 정도 짐작할 수 있을 것이다.

선물인 '무소유'는 '설익은 과실'이 자칫 '자신을 편애하는 독자'를 독살할지도 모른다는 우려에서 나온 대체물로 겸사(謙詞)이다. 하지만 그 속에는 자신의 가치를 고집하거나 절대화하지 않으려는 의도가 담겨 있다. 이 점에서 '무소유'는 가치의 절대화를 부정하고 상대화시키는 어떤 개념이라 할 수 있다. 「그림자의 작별」을 보자. '그림자(影)'인 '나(我)'는 '친구(朋友)'에게 이렇게 속삭인다. "그대는 나의 선물을 바라겠지만 내가 그대에게 무엇을 드릴 수 있겠소? 아무것도 없으니(無), 그렇다면 바로 암흑과 공허일 뿐이구려. 그러나 나는 암흑이기만을 바라며 어쩌면 그대의 대낮 속에 사라질지 모르오. 나는 공허(虛空)이기만을 바라며 정녕 그대의 마음에 들지 않을 것이오."22) '나'의 선물은 '무(無)'로서 '암흑'·'공허'와 동일하다. '내'가 줄 수 있는 선물은, '그대' 장래의 대낮 속에 사라져야 할 운명이기에 그것은 '암흑'의 영역에 속하며, '그대' 장래의 입장에서 볼 때 만족스럽지 못할 것이기에 그것은 '공허'의 영역에 속한다. 현재의 '나'는 장래에 죽고 썩어 사라져야 할 존재이므로 '나'의 선물은 '무'일 수밖에 없다. '내'가 '그림자'로 형상화되고 있는 것도 '나'는 사라져야 할 가변적·상대적인 존재이기 때문이다. 따라서 선물로서 '무소유'는 '무'의 의미와 동일하며, 끊임없이 자신의 가치를 상대화시키고 그 절대화를 부정해 나가는 어떤 정신적 태도라 할

---

21) 「寫在『墳』後面」, 『墳』, 『魯迅全集(1)』, p.284.
22) 「影的告別」, 『野草』, 『魯迅全集(2)』, p.166.

수 있다.

또 『야초』의 「추야(秋夜)」에서 대추나무는 '헐벗은 가지(一無所有的幹子)'로 형상화되고 있는데, 여기서 대추나무는 '무소유'의 결정체이다. 대추나무가 루쉰의 자아 형상이라 할 때, 루쉰이 독자에게 주려는 선물로서 '무소유'는 대추나무의 가치를 의미하게 될 것이다. 대추나무의 가치는 곧이어 이렇게 진술된다. "하늘이 아무리 매혹적으로 눈을 슴뻑거려도 기어이 하늘을 죽음에 몰아 넣으려는 듯이 묵묵히 쇠꼬챙이처럼 기괴하고도 높은 하늘을 찌르고 있다."23) '헐벗은 가지'로 형상화되고 있는 대추나무가 '기괴하고도 높은 하늘을 찌르고 있'듯이 '무소유'는 현실에 항거하는 부정정신의 결정체이다. 즉 '무소유'는 가치의 절대화를 부정하는 정신적 태도로서 절대화를 강요하는 현실에 대한 항거를 의미하게 된다.

루쉰 통찰의 내용인 '무소유'의 사상을 생명철학적 관점에서 이해하기 위해 그와 유사한 개념인 '무'의 의미를 좀더 면밀하게 살펴볼 필요가 있다. 1925년 루쉰은 중국의 철저한 개혁을 바라면서 역사를 이렇게 이해했다. "역사는 과거의 썩은 흔적이며 국민성은 앞으로도 개조 가능한 것이다. 개혁자의 입장에서 보면 지나간 것이나 눈앞의 것은 모두 무물(無物)과 마찬가지이다."24) '지나간 것이나 눈앞의 것'인 역사가 '무물'인 까닭은 '과거의 썩은 흔적'이기 때문이다. 루쉰에게 생명은 생물학적 생명현상에서 정신적 생명현상으로 이미 확장된 것이므로 역사 역시 생명과정을 따르게 마련이다. 진정한 생명과정은 '죽음'과 '썩음'을 통해 새로운 생명을 잉태하듯이 역사 역시 '죽음'과 '썩음'을 통해 새로

---

23) 「秋夜」, 앞의 책, p.163.
24) 「『出了象牙之塔』後記」, 『譯文序跋集』, 『魯迅全集(10)』, p.244.

태어난다. 즉 역사의 지속적인 흐름 속에서 순간의 역사는 언제나 다음을 예비하는 단계로서 '썩음'을 전제한 '무'이다. 이를 그림으로 그리면 역사의 흐름은 '과거 → [무] → 미래'가 된다. 과거의 역사(현재를 포함하여)는 새로운 역사의 탄생을 위해 '썩음'이 완결되어 마땅하며, 그래서 그것은 '무물'과 등가이다. "요컨대 지나가고 지나가며, 일체의 것이 다 세월과 더불어 벌써 지나갔고, 지나가고 있고, 지나가려 하고 있다"[25]라는 루쉰의 진술은 '무물'과 등가인 역사의 지속적인 흐름을 명시해 준다. 이처럼 '무'란 우리의 감각으로 포착하거나 이미지화하기 어려운, 순간의 흐름이나 과정을 나타내는 개념이다. 따라서 '무'는 생명 또는 역사의 흐름이나 과정에서 '순간'을 포착하는 개념으로서 가치의 고정화·절대화를 부정하는 생명철학적 개념이라 할 수 있다. 생물학적 생명현상의 측면에서 보면 '무'는 개체생명의 유한성을 표현해 주는 말이 된다.

개체생명의 유한성을 전제로 하는 '무'의 생명철학적 개념이 가치의 고정화·절대화를 부정하는 것이라면 그것은 역사와 현실에 강렬한 부정정신을 의미할 것이다. 루쉰은 입센의 작품에 등장하는 주인공 'Brand'의 입을 빌려 표현된 "전부가 아니면 무(All or nothing!)"라는 말을 인용하여 사회개혁의 태도를 밝힌 적이 있다.[26] 여기서 '무(nothing)'는 '전부(all)'의 상대 개념이지만, '무'의 선택은 오히려 '전부'를 열망하는 역설적인 의지의 표출로서 부정정신과 관련되어 있다. 다음을 보자. 「그림자의 작별」에서 '그림자'인 '나'는 이렇게 말한다.

---

25) 「寫在『墳』後面」, 『墳』, 『魯迅全集(1)』, p.283.
26) 「隨感錄48」, 『熱風』, 앞의 책, p.337 참조.

내 마음에 들지 않는 것이 천당에 있다면 나는 가지 않으려오. 내 마음에 들지 않는 것이 지옥에 있다면 나는 가지 않으려오. 내 마음에 들지 않는 것이 당신들의 미래의 황금세계에 있다면 나는 가지 않으려오.

그런데 내 마음에 들지 않는 것이 바로 당신이오.

친구여, 나는 그대를 따르고 싶지 않소. 나는 머물러 있고 싶지 않소. 나는 싫소!

아아, 나는 싫소. 차라리 무지(無地)에서 방황하기만 못하오.27)

'천당', '지옥', "황금세계'를 부정한 '나'는 머물지 않기 위해, 즉 지속적인 전진을 위해 '그대'마저 부정하고 '무지'에서의 방황을 선택한다. 이 때 '그대'마저 부정한 '무지'의 세계는 현실을 끊임없이 부정해 나가는 '순간'의 세계이다. 그것은 고정된 실체의 세계가 아니라 끊임없이 유동하는 부정의 '과정'을 나타내는 개념적 세계이다. 말하자면 '그대'라는 현실을 순간순간 부정해 나가는 부정정신의 개념화인 것이다. 왜냐하면 가치의 고정화·절대화를 부정하는, 순간의 과정이나 흐름을 나타내는 생명철학적 개념이 바로 '무'이기 때문이다.

「이러한 전사」에서 '전사(戰士)'인 그는 "무물의 싸움터로 나서서⋯⋯ 그러나 투창을 치켜든다."28) 역사가 '무물'과 등가이기에 '무물의 싸움터'는 역사적 현실세계이다. 끊임없이 부정해야 할 '순간'의 세계로서 역사적 현실세계인 '무물의 싸움터'에 '전사'는 투창을 치켜들지 않을 수 없다. 그리하여 통찰한 인간은 '무'의 방법이나 태도로써 현실 부정(초월)을 감행하며, 그리하여 그의 부정정신을 실현한다. 「구걸자(求乞

---

27) 「影的告別」, 『野草』, 『魯迅全集(2)』, p.165.
28) 「這樣的戰士」, 앞의 책, p.215.

者)」에서 '나'는 "무소위(無所爲)와 침묵(沈默)만으로 구걸을 할까……/ 적어도 허무는 얻게 되리라."29)라고 말한다. 여기서 '무소위'와 '침묵' 은 현실을 부정하는 방법이나 태도로 제시되고 있는데, 왜냐하면 "단 지 자선가보다 높은 자리에서 혐오, 의심, 증오를 상대방에게 준다"30) 라는 '나'의 말처럼, 그것은 '혐오(煩膩), 의심(疑心), 증오(憎惡)'를 거 쳐서 획득된 것이기 때문이다. 그 결과 '나'는 '허무(虛無)', 즉 '무'의 경 지에 이른다. 다른 글을 보자. 「묘갈문」에서 "시체는 이미 무덤에서 일 어나 앉아, 입술을 움직이지 않은 채, 그러나 말한다." 시체가 '입술을 움직이지 않고(口脣不動)' 말하는 장면은 시체의 부정정신이 극한에 이 르고 있음을 형상적으로 보여준다. 또 「퇴패선의 전율」에서 "늙은 여 인은 하늘을 향해 두 손을 한껏 쳐들었다. 늙은 여인의 입술 사이로는 사람과 짐승의, 인간세상에는 없는, 그러기에 말이 아닌 말이 새어나 왔다."31) '인간 세상에는 없는(非人間所有)' '말이 아닌 말(無詞的言語, 침묵의 언어—인용자)' 역시 현실의 부정정신이 극한에 이르고 있음을 형 상적으로 보여 준다. '입술을 움직이지 않고 말하는' 행위와 '말이 아닌 말'은 각각 '무소위'와 '침묵'에 상응하는 같은 의미의 다른 표현이며, 부정정신을 극한적으로 실현하는 방법이자 태도이다. 따라서 '무'는 '무 한한 정신삼각형의 사변을 따라 위로 올라가며, 그 어떤 것도 그것을 저지할 수 없는' 정신적 생명력의 극한적 실현을 위한 방법이자 태도인 셈이다.

---

29) 「求乞者」, 앞의 책, p.168.
30) 앞의 글, 앞의 책, p.167.
31) 「頹敗線的顫動」, 앞의 책, p.206.

'나의 삶을 삶다'

루쉰의 생명의식은 기본적으로 유적(類的) 생명의 지속성은 개체생명의 유한성(죽음)을 전제로 실현된다는 생물학적 진화론에 바탕을 두고 있다. 그래서 루쉰은 생명의 종점을 '죽음' 또는 '무덤'으로 설정한다. 루쉰은 '죽음'을 존재증명으로 이해함으로써 그것의 생명철학적 의미를 강조하고, 또 '썩음'을 존재의 가치증명으로 이해함으로써 그것의 생명철학적 의미를 강조한다. 나아가 그는 '썩음'의 공간적 표현인 '무덤'이라는 구상적 이미지를 사용하여 '썩음'의 생명철학적 의미를 더욱 확장한다. '썩음'은 생명철학적 의미에서 죽음을 뛰어넘어 새로운 생명의 탄생을 예비하는 단계로서 한 개체의 진정한 생명과정의 완결을 뜻한다. 이 점에서 '썩음'의 공간적 표현인 '무덤' 이미지는 루쉰의 생명의식에서 매우 중요한 위치를 차지한다. 루쉰이 '썩음'의 생명철학적 의미를 '무덤'의 이미지를 통해 구상적으로 표현한 것은 아마 고정화·형식화될 우려가 있는 개념적 사유보다 유동적·상대적인 형상적 사유가 더 효과적이었기 때문일 것이다. 생명철학적 사유 자체가 유동적·상대적인 것을 지향하므로 그것을 표현하는 형식 역시 구상적·형상적일 때 그 효과는 더욱 강화된다. 또 루쉰은 '썩음'의 생명철학적 의미를 통찰함으로써 '무소유'의 사상에 이르게 되는데, 이는 '무'의 생명철학적 의미를 통해 알 수 있듯이 생명이나 역사의 지속적인 흐름 속에서 순간을 포착하는 개념으로서 개체생명의 유한성을 전제로 하여 끊임없이 가치의 절대화를 부정하고, 지속적으로 역사와 현실을 부정해 나가는 부정정신을 뜻한다. 이렇게 루쉰의 글에 나타나는 '죽음'과 '썩음', '무덤', '무소유'와 '무' 등은 그의 생명의식이 구현된 것으로서 그 속에는 허무적이거나 소극적인 이미지보다 적극적인 이미지가 담겨 있다.

1930년대에 루쉰은 서양신화에 나오는 프로메테우스는 "불을 훔쳐 인간에게 주었지만" "내가 다른 나라에서 불을 훔쳐 온 본의는 나의 살을 삶자는 것이다"라고 하였다.[32] 이는 루쉰이 '죽음'과 '썩음'의 생명철학적 가치를 지속적으로 실천하고 있었음을 뜻한다. 또 루쉰은 "사실 혁명은 사람을 죽게 하는 것이 아니라 살게 하는 것이다"[33]라고 하였는데, 그가 혁명을 생명과정의 일면으로 이해할 것을 강조한 것도 바로 그의 생명의식과 깊은 연관이 있다. 따라서 루쉰의 생명의식은 그의 전체 사상에서 본질의 한 측면을 구성한다.

---

32) 「"硬譯"與"文學的階級性"」, 『二心集』, 『魯迅全集(4)』, p.209.
33) 「上海文藝之一瞥」, 앞의 책, p.297.

제4부

희망이 없는 데서 구원을 얻다

이중'항거(抗拒)'와 제3의 길(시대)

모순적 정신구조 ― 모순의 통일적 주체

當印造凱綏·珂勒惠支（Käthe Kollwitz）的版畫的選集時，曾請史沫德萊（A.
Smedley）女士做一篇序。自以為這請得很得當，因為她們兩個人原極相熟識的。於是

死

一

這就是臨終之前的瑣事。在這時候，我才確信，我是到底相信人死無鬼的。

我只想到過寫遺囑，以為我倘曾貴為宮保，富有千萬，兒子和女婿及其他早已逼我寫好遺囑了，現在卻誰也不提起。但是，我也留下一紙罷。當時好像很想定了一些，都是些給親戚朋友的，其中有的是：

一，不得因為喪事，收受任何人的一文錢。——但老朋友的，不在此例。
二，趕快收斂，埋掉，拉倒。
三，不要做任何關於紀念的事情。
四，忘記我，管自己生活。——倘不，那就真是胡塗蟲。
五，孩子長大，倘無才能，可尋點小事情過活，萬不可去做空頭文學家或美術家。
六，別人應許給你的事物，不可當真。
七，損著別人的牙眼，卻反對報復，主張寬容的人，萬勿和他接近。

此外自然還有，現在忘記了。只還記得在發熱時，又曾想到歐洲人臨死時，往往有一種儀式

루쉰이 죽음 직전인 1936년 9월 5일에 쓴 「죽음(死)」 수고(手稿)

이중 '항거(抗拒)'와 제3의 길(시대)

　그 동안 중국에서 루쉰은 '역사적 중간물', '반전통', '계몽주의', '비이성주의', '실존주의', '계급투쟁의 전사', '인도주의', '개성주의' 등 다양한 측면에서 이해·평가되어 왔다. 이는 루쉰의 실체가 '모순구조'로 이해되고 있음을 뜻하며, 달리 보면 루쉰 문학(사상)의 깊이와 다면성을 부각시켜 준다. 그것은 다름 아닌 루쉰 문학(사상) 속에는 근대추구와 근대극복의 가능성이 병존하고 있음을 의미한다. 루쉰은 당시 구시대를 공격하였을 뿐 아니라 신시대도 용납하지 않았는데, 구시대와 그가 사랑한 동시대 이후의 청년들으로부터 동시에 비웃음과 욕설을 받았다는 사실이 이를 증명한다.

　마오쩌둥(毛澤東)은 「신민주주의론(新民主主義論)」에서 "루쉰의 방향이 곧 중화민족 신문화의 방향이다"라고 했다. 이는 그 때까지 전개되어 온 중국의 신문화운동에서 차지하는 루쉰의 위치를 정리한 것이기도 하지만 미래의 방향을 선언적으로 제시하는 어떤 당위성을 표출한 것이라고도 할 수 있다. 전자의 의미에서 마오쩌둥의 언급은 중국의 신문화운동에서 루쉰의 역할을 역사적으로 평가한 것이므로 현실적으로 크게 문제될 것은 없다. 다만 후자의 의미에서 루쉰 사후 중국의 신문화방향이 루쉰의 방향을 충실히 따랐는가 하는 점은 현실적으로 매우 중요하다. 미래 신문화의 당위적인 방향으로 제시된 루쉰의 방향이 제대로 실현되지 않았다면 이의 재검토를 통해 현재의 '문제상황'을 극복할 수 있는 방향을 모색할 수도 있기 때문이다. 사실 1980년대 이후 중국 지식인들은 5·4정신을 되살리고 당시에 전개된 신문화운동의 흐름을 다시 잇자는 구호를 제기한 것으로 볼 때, 미래의 당위로서 제시된 루쉰의 방향은 제대로 실현되지 않았으며, 여전히 현재적 과제로 남아 있다. 여기서 우리는 '루쉰의 방향'을 다시 검토할 필요성을 느끼게 되며, 오늘날 '루쉰의 방향'이 중국만의 문제가 아니라 동아시아, 좁게는 우리의 문제와도 연결될 수 있다면, 그의 재검토와 그로부터의 현실적 의미를 재발견하는 것은 매우 가치 있는 일이다.

이중'항거(抗拒)'

루쉰은 1927년 그의 대표적인 잡문집인 『무덤(墳)』을 펴냈다. 이 책은 그가 처음으로 문학활동을 시작하던 1907년부터 가장 왕성한 창작활동을 펼쳤던 1925년 말까지 씌어진 대표적인 잡문을 수록하고 있다. 문학가로서 루쉰은 소설창작 이외에도 잡문형식의 글쓰기를 통해 당시 전개되고 있던 신문화운동에 적극 참여했고, 『무덤』은 바로 신문화운동 속에서 루쉰의 글쓰기 의미를 이해하는 데 좋은 참고자료가 된다. 루쉰은 『무덤』의 머리말에서 자신의 글쓰기 의미를, 스스로 마음 편한 세계를 만들어 내는 사람들에게 조금은 가증스러운 것을 보여 주어 "그들에게 때때로 다소나마 불편함을 느끼게 하고, 원래 자신의 세계도 아주 원만하기는 쉽지 않다는 것을 알려 주려"[1]는 것이었다고 했다. 이처럼 루쉰의 글쓰기는 우선 세계가 원만하지 않다는 사실을 자각하지 못하는 사람에게 원만하지 않은 세계 자체를 드러내 보이기 위한 실천적 행위였다. 그것은 "그들의 좋은 세상에다 얼마간 결함을 남겨 주려는 것이었다."[2]

이렇게 원만하지 않은 세계, 즉 결함이 있는 세계의 참모습을 드러내려는 루쉰의 글쓰기 의미를 좀더 깊이 따져 보자. 루쉰은 "사람은 적막하다고 느낄 때 창작을 하게 된다. 깨끗하다고 느끼게 되면 곧 창작은 없어지는데, 그에게는 이미 사랑할 만한 것이 하나도 없기 때문이다. 창작은 언제나 사랑에 뿌리를 두고 있다"[3]라고 했다. 여기서 창작은 글쓰기를 의미하므로 루쉰의 글쓰기는 바로 '적막' 또는 '사랑'에서 비롯된다. '적막'이란 무엇인가? 그것은 공허(空虛)나 결핍의 심리적 상태가 아니던가. 사랑이란 무엇인가? 공허나 결핍을 메우려는 심리적인 갈망이 아니던가. 그렇다면 글쓰기는 소극적인 의미에서는 '적막'에서 비롯되지만 적극적인 의미에서는 사랑에서 비롯된다. 이렇게 글쓰기를 촉발하는 원인을 '적막'에서 '사랑'으로 확장할 때, 글쓰기는 공허나 결핍을 메우는 행위, 즉 '적막'의 항거(抗拒)가 될 것이다.

그런데 '적막'은 개인적인 '적막'일 수도 있고 사회적·역사적인 '적막'일 수도 있다. 그러나 개인적인 '적막'이라 하더라도 그것이 사회적·역사적인 '적막'의 내면화라면 이 둘은 뿌리가 같은 것이다. 우리는 루쉰의 글 중에서 개인적인 '적막'의 정서를 직접적으로 표현하고 있는 것으

---

1) 「題記」, 『墳』, 『魯迅全集(1)』, p.4.
2) 앞의 글, 앞의 책, p.4.
3) 「小雜感」, 『而已集』, 『魯迅全集(3)』, p.532.

로 "내 마음은 자못 적막하다"로 시작하는 「희망」이라는 산문시를 떠올릴 수 있다. 여기서 루쉰은 이렇게 고백한다. "그런데 어느새 이 모든 것들이 공허해졌다. 하지만 때로는 일부러 어쩔 수 없이 자기 기만적인 희망으로 이를 메우려고 했다. 희망, 희망, 이 희망이라는 방패로 습격해 오는 저 공허 속의 어두운 밤을 막아 보려(抗拒) 하였다. 하기는 방패 뒤에도 여전히 공허 속의 어두운 밤이었지만. 그렇지만 바로 이렇게 하여 나의 청춘을 계속 소모하였던 것이다."4) 루쉰은 '희망'이라는 방패 저쪽의 어두운 밤의 외부 공허와 항거하면서 청춘을 소모시켜 왔고, 또 외부 공허의 내면화로 인해 방패 이쪽, 즉 내부도 여전히 공허이기에 그 항거를 지속하지 않을 수 없다. 여기서 우리는 루쉰의 이중항거의 의미를 감지할 수 있다. 방패 저쪽 외부 공허의 항거와 방패 이쪽 내부 공허의 항거가 그것인데, 전자는 현실(역사)부정작업이며, 후자는 자아부정작업이다. 현실부정작업은 『무덤』의 글쓰기 의미에서 보듯 결함이 있는 현실세계의 항거이며, 자아부정작업은 단편소설 「광인일기」에서 "4000년 동안 사람을 잡아먹은 이력을 가진 나"5)를 자각하는 '광인'처럼 현실(역사)을 구성하는 일부로서 자신도 그로부터 자유로울 수 없는 자아의 항거이다. 이는 자아와 세계에 대한 이중항거를 의미한다. 문학가인 루쉰에게 항거란 글쓰기를 의미하므로 루쉰의 글쓰기란 바로 자아와 세계를 동시에 부정하는 실천적 행위인 것이다.

그렇다면 루쉰은 '적막(공허)'이 존재하는 한 계속 글을 쓸 수밖에 없고, '적막(공허)'이 사라지는 순간 글쓰기를 멈추게 될 것이다. 그런데 우리(생명)에게 '적막(공허)'은 영원히 사라질 수 없다는 통찰을 하고 있

---

4) 「希望」, 『野草』, 『魯迅全集(2)』, p.177.
5) 「狂人日記」, 『吶喊』, 『魯迅全集(1)』, p.432.

다는 점이 루쉰의 두드러진 특징이다. 루쉰은 「희망」에서 "절망이 허망한 것은 희망이 그러한 것과 같다"[6]라고 하였다. 여기서 절망이 '허무(虛無)'와 관련되고, 희망을 '망집(妄執)'으로 이해할 때, 절망과 희망은 '허망(虛妄)'으로 귀결된다. 즉 절망이 '허무'에서 비롯되고 희망이 '망집'에 지나지 않을 때, 절망과 희망은 모두 '허망'의 정서로 수렴되는 것이다. 이는 절망과 희망이 동시적인 체험임을 말해 주는 것이기도 하지만, 희망(황홀)도 절망(허무)처럼 무화시키지(항거하지) 않을 수 없음을 말해 준다. 희망은 절망의 상대적 가치이며, 절망 역시 희망의 상대적 가치이므로 그 중 어느 하나가 가치를 상실할 때 그 나머지도 가치를 상실할 수밖에 없다. 절망을 무화시키고 나면 그 상대적 가치인 희망 역시 무화되어 버린다. 그러기에 루쉰은 절망(적막, 허무)과 지속적으로 항거하여 왔기에 근원이 같은 희망(황홀)과도 항거하지 않을 수 없었다. 루쉰의 이러한 체험고백을 통해 우리는 항거, 즉 지속적인 전진만이 그에게 유의미한 대상으로 떠오름을 알 수 있다. 왜냐하면 "생명의 길은 전진하는 길이며", "생명은 죽음을 두려워하지 않고, 죽음 앞에서 웃고 날뛰며 멸망하는 사람을 뛰어넘어 앞을 향해 나아가기"[7] 때문이다. 이렇게 희망을 절망처럼 그 속성을 허망에 귀결시킴으로써 루쉰은 절망의 허무와 끊임없이 항거하면서도 동시에 희망이라는 유토피아와도 항거하고 있었다. 이는 "쉽게 격렬해지는 사람은 쉽게 누그러지기도 하고, 심지어 쉽게 퇴폐하기도 하"[8]므로, '죽은 불꽃(死火)'의 '차가움(冷氣)'이 "손가락을 태울" 수 있듯이[9] 이내 식어 버리는 뜨거움보다 지속

---

6) 「希望」, 『野草』, 『魯迅全集(2)』, p.178.

7) 「生命的路」, 『熱風』, 『魯迅全集(1)』, p.368.

8) 「上海文藝之一瞥」, 『二心集』, 『魯迅全集(4)』, p.297.

9) 「死火」, 『野草』, 『魯迅全集(2)』, p.195.

적인 전진을 보장할 수 있는 차가움이 더 절실하다는 판단 때문이다.

그러면 그 전진은 어디에서 끝이 나는가? 물론 '무덤'(죽음)에서 끝이 난다. 『야초』의 「나그네」는 '나그네'가 무거운 발걸음으로 무덤까지 나아가는 그 과정을 보여 주고 있으며, '나그네'의 무거운 발걸음은 결국 무덤에서 그칠 수밖에 없음을 형상화하고 있다. 그러기에 앞에서 언급한 잡문집 『무덤』은 다름 아닌 무덤으로 향해 나아가는 루쉰 자신의 그 과정의 흔적임을 명시해 준다. '무덤'이란 절망을 의미하지도 희망을 의미하지도 않으며, 무덤이라는 종점을 향해 나아가는 지속성의 흔적일 뿐이다. 그 흔적은 이내 식어 버리는(지워져 버리는) 뜨거운 흔적이 아니라 바로 차가움의 흔적이다. 따라서 루쉰의 글쓰기가 이중'항거'를 의미한다고 할 때, 그 항거는 완결되는 것이 아니라 지속적인 과정일 뿐이다. 다만 유한한 생명을 가진 한 개인의 입장에서 보면, 어쨌든 그 과정의 끝은 있게 마련이므로 '죽음' 또는 '무덤'이 설정된다. 즉 항거는 완결이 아니라 지속이므로 항거의 완결로서 '이상', '희망', '황금세계'는 부정될 수밖에 없으며, 다만 방향은 설정되어야 하므로 그 대체물로 죽음 또는 무덤이 설정되는 것이다. 이는 '적막'은 우리(생명)에게 영원히 사라질 수 없다는 통찰이 가능할 때 도달할 수 있는 방법론적 선택이다.

한편 '이상', '희망', '황금세계'는 높은 데 있거나 저 멀리 있고, '죽음', '무덤'은 땅위나 발 아래에 놓여 있으므로 루쉰이 향하는 눈길은 언제나 땅에 닿아 있다. 사상과 현실관계의 측면에서 볼 때, 루쉰에게 사상은 현실(실생활)보다 우위에 서는가 아니면 그 반대인가? 루쉰의 경우는 사상이 실생활 위를 미친 듯이 달려가는 그런 기괴한 모습을 용납할 수 없었다. 차라리 사상이라는 허울을 벗어 던지는 것이 더 나은 일이었다. "나는 결코 샘솟는 듯한 사상이나 위대하고 화려한 글도 없으며, 선전할 만한 주의(主義)도 없을뿐더러 운동 같은 것을 일으키려고 생각하지도 않았다"10)라는 루쉰의 고백은 그런 의미이다. 도스토예프스키의 경우에는, "사상과 실생활에서 사상이 현저한 우위를 차지하고, 실생활이 숨도 제대로 못 쉬는 상황, 마치 실험실 같은 상황 속에서 보면 비로소 황홀경과 허무주의가 동시에 일층 선명히 감각화되는 것이다. 환각이 그대로 실생활의 우위에 서기 때문에 환각은 '실재하는 것'들보다 일층 선명하고 또한 현실적이다."11) 그러나 환각은 결국 실험실에서나 가능한 일이며, 실생활의 지속성을 보장할 수 없기 때문에 루쉰은 사상이 실생활 위를 미끄러져 내달리는 것을 용납할 수 없었다. 왜냐하면 "희망은 존재에 붙어 있는 것이고, 존재가 있으면 곧 희망이 있고, 희망이 있으면 곧 광명이기"12) 때문이다. 그러기에 루쉰은, "내가 지금 마음으로 그래야 한다고 생각되는 도리는 아주 간단하다. 바로 생물계의 현상에 근거하여, 첫째는 생명을 보존해야 한다는 것이고, 둘째는 이 생명을 계속 이어가야 한다는 것이고, 셋째는 이 생명을 발전(바로 진화이다)시켜야 한다는 것이다."13)라고 했다. 보존하고, 계속 이어가고, 발전하는 존재 또는 생명만이 유일한 희망으로 부각되고 환각은 진정한 희망을 제시해 주지 못한다.

좀더 구체적인 일례를 들어 보자. 루쉰은 "세상일이란 작은 일이 큰 일보다 더욱 번거롭고 어려운 법이다"라고 말하고, 겨울에 단지 솜옷 한 벌뿐인데, 당장에 얼어죽을 불우한 사람을 돕든지 그렇지 않으면 보리수 아래에 앉아서 모든 인류를 제도(濟度)할 방법을 명상해야 한다

---

10) 「寫在『墳』後面」, 『墳』, 『魯迅全集(1)』, p.282.
11) 김윤식, 『지상의 빵과 천상의 빵』(솔, 1995), p.66.
12) 「記談話」, 『華蓋集續編』, 『魯迅全集(3)』, p.359.
13) 「我們現在怎樣做父親」, 『墳』, 『魯迅全集(1)』, p.130 참조.

면, 모든 인류를 제도하는 일과 한 사람을 살리는 일은 그 크기에 실로 엄청난 차이가 있지만, 자신은 오히려 당장에 보리수 아래로 가서 앉겠다고 말했다. "왜냐하면 하나뿐인 솜옷을 벗어 주고 스스로 얼어죽기는 싫기 때문"이다.14) 여기서 루쉰은 작은 일(실생활)이 큰 일(사상)보다 오히려 번거롭다는 사실을 현실의 구체적인 사례를 들어 설명하고 있는데, 번거로움을 피해 스스로 보리수 아래에 앉겠다는 말은, 역설적이지만 오히려 현실적인 진실이고 루쉰 자신도 그 진실에서 예외일 수 없다는 것이다. 또 보리수 아래에 앉아 모든 인류를 제도할 방법을 명상하는, 현실 위를 미끄러져 내달리는 사상은 현실의 번거로움을 피하려는 얄팍한 속임수에 지나지 않을 수 있다는 것이다. 빵이냐 자유냐에서 빵을 달라고 외치는 것이 보통의 인간이다. 굶주림을 참으면서도 자유 쪽을 택하는 인간은 극히 강한 자만이 가능한 것처럼 한 벌 솜옷을 벗어 주는 것보다 얼어죽지 않기 위해 보리수 아래에 앉는 것이 보통의 인간의 참모습이다. 그렇다면 여기서 루쉰이 강조하고 있는 것은 두 가지 측면이다. 하나는 현실의 구체적이고 작은 일은 번거롭지만 그 일부터 시작하지 않으면 안 된다는 것이고, 둘째는 모든 인류를 제도할 방법을 명상하는 일은 한낱 속임수에 지나지 않을 수 있다는 것이다. 다시 말하면 유토피아를 꿈꾸는 현실 위를 미끄러져 내달리는 사상은 속임수에 지나지 않을 수 있다는 것이다. 또 루쉰은 기로를 만났을 때, "먼저 기로에 앉아 한숨을 쉬거나 한잠 자고 나서 갈 만하다고 생각되는 길을 골라 계속 걸어갑니다"라고 하였고, 막다른 길을 만났을 때, "기로에서 하던 방법대로 뛰어들어서 가시덤불 속을 우선 걸어갑니

---

14) 「娜拉走後怎樣」, 앞의 책, p.161.

다"15)라고 하였다. 기로나 막다른 길에서 방황할 때라면 누구나 유토피아(희망)를 상정할 수 있다. 그러나 루쉰의 선택은, 기로라면 잠시 쉬었다가 갈 만한 길을 골라서 그 길을 가든지, 막다른 길이라면 가시덤불이라도 헤쳐서 나아가려는 것이었다. 즉 기로나 막다른 길에 서서 유토피아를 떠올리며 그 곳에서 멈춰 버리지 않고 지속적으로 걸어가는 것이다. 이는 절망과 희망이 모두 허망하다는 사실을 통찰할 수 있을 때만이 가능한 일이다.

그렇다면 루쉰은 두 가지 신화를 파괴하는 일에 매달렸다고 할 수 있다. 하나는 생명의 전진을 방해하는 일체의 신화를 파괴하는 것, 달리 말하면 외부 적막(공허)과의 항거, "암흑을 교란하기 위한"16) "혁신적 파괴"17)였고, 다른 하나는 자아의 항거에서 출발하여 유토피아(희망, 사상, 황금세계)를 내세우는 일체의 신화를 파괴하는 것이었다. 루쉰의 글쓰기는 바로 이 두 가지 목적을 수행하기 위한 전략에서 비롯되었다. 그러기에 루쉰은 이러한 전략을 구사하기 위해 스스로를 이쪽과 저쪽 사이에, 과거와 미래 사이에(현재), 기성세대와 청년 사이에(역사적 중간물), 차안과 피안 사이에, 소서사와 대서사 사이에 위치시켰다. 그렇다

---

15) 『兩地書』, 『魯迅全集(11)』, p.15.

16) 루쉰은 쉬광핑(許廣平)에게 보낸 편지에서 "그대의 반항은 광명의 도래를 희망하기 위한 것이겠지요? 분명히 그러하리라고 생각됩니다. 하지만 나의 반항은 암흑을 교란하기 위한 것일 뿐입니다"라고 말했다.

17) 루쉰은 "도적 및 노예식 파괴"와 "혁신적 파괴"를 구분하고, "혁신적 파괴"를 지향할 것을 강조했다. "우리는 혁신적인 파괴자를 필요로 한다. 왜냐하면 그들의 마음 속에는 이상의 빛이 있기 때문이다. 우리는 혁신자와 도적·노예를 구별할 줄 알아야 하며, 스스로 후자의 두 부류로 떨어지지 않도록 유의하여야 한다. 이 구별은 결코 복잡하고 어렵지 않으며, 남을 관찰하고 자기를 반성하면 된다. 앞에 내세우고 있는 것이 아무리 선명하고 보기 좋은 깃발이라 할지라도, 무릇 언동이나 사상 속에 그것을 빙자하여 자기 소유로 하려는 조짐이 보이는 자는 도적이며, 그것을 빙자하여 눈앞의 하찮은 이득을 차지하려는 조짐이 보이는 자는 노예이다"(「再論雷峰塔的倒掉」, 『墳』, 『魯迅全集(1)』, p.194).

고 이도저도 아닌 절충이나 회색은 아니다. 오히려 제3의 길이다. 제3
의 길을 모색하기 위해 루쉰은 끊임없이 두 가지 신화를 파괴하는 데에
매진한 것이다. 그리고 이 양 극단 사이의 접점에 서 있었기 때문에 그
것은 늘 방황이었다. 물론 그 방황은 양 극단의 한쪽을 선택하기 위한
몸부림은 아니었다. 오히려 그 접점에서 의연하게 지속적으로 걸어가
는 것이 루쉰의 선택이었고, 그것은 차라리 방황 자체의 선택이라 해야
옳을 것이다.

황금세계의 이상과 노예놀음의 역사

루쉰의 글쓰기가 무덤(죽음)까지 지속하는, 자아와 세계(현실)의 이중
항거, 즉 내부 적막과 외부 적막의 동시적인 부정작업을 의미한다고 할
때, 이러한 이중항거의 구도를 문명 또는 문화영역 속에서 구조화시키
면, 그것은 외부 문명(문화)과 내부 문명의 동시적인 해체작업을 의미
하게 될 것이다.

루쉰은 「광인일기」에서 그 때까지 이어져 온 중국 역사전개의 이데
올로기를 '인의도덕(仁義道德)'으로 규정하고 그 속에는 사람을 잡아먹
는 원리가 감추어져 있음을 폭로하였고, 「아Q정전」에서 아Q라는 인물
의 형상을 통해 '노예근성'을 가진 중국인의 국민성을 구체적으로 형상
화하였다. 이렇게 소설이 예술적인 형상화를 통해 국민성과 관련된 주
제를 펼쳐내고 있다면 잡문은 논리적인 설명을 통해 좀더 직접적으로
그러한 주제를 펼쳐낸다. "이른바 국민성이란 정말 이렇게도 고치기 어
렵단 말인가? 가령 그렇다면 장래의 운명은 대략 짐작할 수 있으며, 역

시 귀에 못이 박히도록 들어온 말, 즉 예로부터 그러하였다일 것이다."18) 이처럼 '예로부터 그러하였다'는 국민성이 현실적으로 문제가 될 때, 즉 생명의 전진을 방해하는 외부 적막(공허)으로 작용할 때 그 본질을 해부하고 폭로하지 않을 수 없다. 「광인일기」에서 '광인'이 밤늦도록 역사책을 뒤진 것처럼 루쉰도 역사를 뒤지지 않을 수 없다. 왜냐하면 "역사에는 중국의 영혼이 씌어져 있고 앞날의 운명이 밝혀져 있기"19) 때문이다.

그렇다면 중국의 영혼이 씌어져 있는 역사, 즉 중국인의 국민성을 잉태한 중국 역사 또는 중국 문명의 작동원리는 무엇인가? 이를 이해하기 위해서는 「춘말한담(春末閑談)」, 「등하만필(燈下漫筆)」이라는 두 편의 글에 주목할 필요가 있다. 이 두 편의 글은 1925년 베이징에서 창간된 『망원(莽原)』이라는 잡지에 발표되었는데, 루쉰이 주편을 맡은 이 잡지의 편집방향은 주로 '문명비평'과 '사회비평'에 치중하는 것이었다. 「춘말한담」이 『망원』 제1기에, 「등하만필」이 『망원』 제2기·제5기에 발표되었으니까 이 두 편의 글은 이 잡지의 편집방향을 충실히 따르는 것이라 할 수 있다. 루쉰의 문학생애 중에서 가장 왕성한 창작활동이 이루어진 시기가 1924년부터, 그가 베이징을 탈출하여 샤먼(廈門)으로 피신한 1926년까지라고 할 때, 「춘말한담」과 「등하만필」이 씌어진 1925년의 해는 그 한가운데에 위치한다. 이 시기에 루쉰은 단편소설집 『방황』, 산문시집 『야초』를 창작하였고, 잡문집 『무덤(墳)』(일부 제외), 『화개집(華蓋集)』, 『화개집속편(華蓋集續編)』의 글을 집중적으로 썼다. 루쉰의 문학생애에서 이 시기는 소설적인 글쓰기, 시적인 글쓰기, 잡문

---

18) 「忽然想到4」, 『華蓋集』, 『魯迅全集(3)』, p.17.
19) 앞의 글, 앞의 책, p.17.

적인 글쓰기가 공존하는 가장 왕성한 창작의 시기였다.

그런데 문명비판을 담고 있는 「춘말한담」, 「등하만필」이라는 글의 제목을 '한담(閑談)'과 '만필(漫筆)'이라 한 이유는 무엇일까? 서정적인 맛을 풍기는 '한담'이나 '만필', 즉 심심풀이로 하는 이야기, 한가롭게 서로 주고받는 이야기, 붓 가는 대로 쓰는 글이라는 의미의 제목을 붙인 이유는 무엇일까? 또 이 앞에 시절을 나타내는 '춘말(春末)'이라는 말과, 장소와 시간을 밝혀 주는 '등하(燈下)'라는 말을 덧붙여 서정적인 맛을 더한 것은 왜일까? 물론 이 두 편의 글은 루쉰의 다른 많은 잡문이 그러하듯이 실제로 한담과 만필로 글의 첫머리를 시작하고 있다. 나나니벌의 이야기며, 지폐의 환전 이야기며, 이런 것이 다 한담이요 만필이다. 이런 신변의 이야기에서 화제를 끌어내는 것이 루쉰 잡문의 한 특징이라면 특징일 수 있는데, '문명비평' 또는 '사회비평'이라는 무거운 주제를 다루는 이 두 편의 글에 굳이 '한담'이니 '만필'이니 하는 제목을 붙인 것은 왜일까?

루쉰은 대체로 자신의 글의 제목을 정할 때 매우 고심했고, 또 주제를 가장 함축적 · 풍자적으로 드러내는 제목을 붙이는 것으로 정평이 나 있었다. 그러기에 「춘말한담」과 「등하만필」은 '한담'과 '만필'의 가벼움 속에 무시무시한 무거움이 감추어져 있음을 풍자하는 것일 수도 있고, 또 현실의 가벼움 속에는 항상 무거움이 감추어져 있음을 자각해야 한다는 어떤 메시지일 수도 있다. 달리 말하면 가볍게 보아 넘길 수 있는 이야기거리, 즉 한담이나 만필 속에는 중국 문명의 작동원리 또는 중국 역사의 내면적 논리가 엄밀하게 숨어 있다는 풍자일 수 있는 것이다.

「춘말한담」에서 루쉰은 고향의 나나니벌을 떠올리며 그것이 가지고 있는 독침의 역할, 즉 새끼의 먹이로 쓰기 위해 '파란 벌레'를 죽이지도 살리지도 않는 마비술을 중국문명 비판에 적용한다. 그리하여 사람을 마비시켜 복종케 하려는 황금세계의 이상을 꿈꾸어 온 중국 지배자들의 이데올로기를 고대전적의 기록[20]을 통해 밝혀낸다.

그런데 알고 보니 우리나라의 성군, 현신(賢臣), 성현, 성현의 제자는 일찍부터 이러한 황금세계의 이상을 가지고 있었다. "오직 임금만이 복을 누리고, 오직 임금만이 권세를 누리고, 오직 임금만이 진수성찬을 먹는다"고 하지 않았던가? "군자는 마음을 쓰고 소인은 힘을 쓴다"고 하지 않았던가? "남에게 지배당하는 사람은 남을 먹여 살리고, 남을 지배하는 사람은 남이 먹여 살린다"고 하지 않았던가?[21]

고대전적의 기록이란 바로 중국의 역사이며 그 속에는 '중국의 영혼이 씌어져 있다.' 그것은 다름 아닌 지배자와 피지배자를 구분하고 피지배자를 완전히 마비시켜 영원히 복종케 하려는 황금세계의 이상을 꿈꾸는 지배이데올로기이다.

그런데 이러한 지배이데올로기로서 마비술은 "완전무결한 훌륭한 방법"이 되지 못하였다는 데에 황금세계의 이상은 이상에 지나지 않음이 드러난다. 황제의 무리를 보더라도 성이 자주 바뀌었고, '24사(史)'를 보더라도 조대(朝代)가 스물네 번이나 바뀌지 않았던가. 사람의 완전한

---

20) 「춘말한담」, 「등하만필」에서 인용하고 있는 중국의 고대전적은 『좌전(左傳)』, 『상서(尙書)』, 『논어(論語)』, 『맹자(孟子)』, 『한서(漢書)』, 『회남자(淮南子)』, 『산해경(山海經)』, 『도연명집(陶淵明集)』이다. 이것은 중국의 대표적인 고대전적이며, 루쉰은 이 기록을 인용하여 증거를 제시함으로써 논거의 확실성과 그 속에 감추어져 있는 이데올로기의 보편성을 드러내고 있다.

21) 「春末閑談」, 『墳』, 『魯迅全集(1)』, p.204.

마비술을 고안한다는 것은 실제로 불가능하다는 사실이 역사가 증명하고 있다. 이는 인간이 가지고 있는 자체 모순 때문이다. "권세에 복종하려면 살지 말아야 하고, 진수성찬을 바치려면 죽지 말아야 한다. 지배당하려면 살지 말아야 하고, 지배하는 자를 공양하려면 역시 죽지 말아야 한다." "우리의 일은 운동은 할 수 있으되 지각은 없게 만들어야 하므로 지각신경중추를 완전히 마쳐시켜야 하는 것이다. 그러나 지각을 잃으면 이에 따라 운동도 그 주재자를 잃게 되므로 진수성찬을 바칠 수 없어서 위로는 '최고봉'에서 아래로는 '특수한 지식계급'에 이르기까지 그들에게 즐기거나 누리게 할 수 없게 된다." 이러한 모순 때문에 지배자의 황금세계 이상은 실제로 완전무결하게 실현될 수는 없었다. 주도면밀하게 고안해 놓은, 머리가 없는 '형천(刑天)'(『산해경(山海經)』에 나오며, 머리가 없어 젖가슴을 눈으로 배꼽을 입으로 삼고 도끼와 방패를 들고 춤을 춘다고 함—인용자)조차도 용맹스럽게 "방패와 도끼를 들고 춤을 추었다"고 하니 완전한 마비술은 불가능하다. 그 결과 지배자의 입장에서 보면, 지배자와 피지배자를 영원히 구분해 놓지 않은 데, 지배자에게 나나니벌처럼 독침을 하나 주지 않은 데, 사상중추의 뇌를 잘라내더라도 복역할 수 있게 만들어 놓지 않은 데, 조물주가 원망스러운 것이다.

따라서 중국 문명의 작동원리로서 지배자가 고안해 놓은 마비술이란 불완전하며, 그들이 지향하는 '천하태평'의 황금세계 이상도 한낱 이상에 지나지 않는다. 그것은 바로 인간이 가지고 있는 본래의 속성 때문이다. 이 점에서 중국 문명이 꿈꾸어 온 완전한 마비술의 고안은 포기되어야 마땅하고 또 그렇게 될 수밖에 없다.

한편 루쉰은 「등하만필」에서 난리통에 쓸 수 없게 된 지폐를 할인하여 동전으로 환전하고 나서 스스로 기뻐한다는 사실을 깨닫고, 자기를 포함한 중국인이 "너무 쉽게 노예로 변하며, 게다가 노예로 변한 다음에도 대단히 기뻐한다"는 사실을 자각한다. 그리고 오랜 역사를 가진 중화가 지금까지 해 온 것이란 노예놀음이었다는 점을 깨닫는다. "실제로 중국인은 지금까지 '사람'의 값을 쟁취한 적이 없으며 기껏해야 노예에 지나지 않았고 지금까지도 여전하다. 그렇지만 노예보다 못한 때는 오히려 헤아릴 수 없이 많았다." 왜냐하면 노예규칙마저도 여지없이 파괴해 버린 시대가 허다하기 때문이다.22) 루쉰은 이러한 사실을 역사적 실례를 들어 설명하고, "직접적인 표현법"을 써서 "첫째 노예가 되고 싶어도 될 수 없었던 시대, 둘째 잠시 안정적으로 노예가 된 시대"로 단순화시켜 중국 역사를 개괄했다. 이 순환이 이른바 선유(先儒)들이 말한 "한번 다스려지고 한번 어지러워지다(一治一亂)"의 의미라는 것이다.

중국의 역사를 노예놀음의 역사로 규정한 이러한 극단적인 단순화는 실제의 역사전개와 크게 다름은 물론이다. 그러나 루쉰은 역사학자가 아니라 문학가이기에 중국 역사전개의 감추어진 원리를 단순화시켜 표현해도 무방할 것이다. 그리고 철저한 자기반성을 전제하고 있는 한 극단적인 단순화는 오히려 그 심각성을 더욱 부각시켜 줄 것이다.

이 대목에서 우리는 저 근대 서양정신을 집대성한 헤겔의 동양인식을 떠올릴 수 있다. 이른바 헤겔이 종합한 '아시아적 사회'의 견해가 그것이다. 헤겔에게 역사란 그가 '관념', '자유의 실천'이라고 한 것이 현세에서 전개된 것이다. 자유는 '세계정신'의 자기 실현의 표현이며, 유럽과 북미의 기독교 국가에서 가장 완전한 형태에 도달하고 있었다. 자

---

22) 단편소설 「고향(故鄕)」에는 이런 대목이 나온다. '내'가 '윤토(閏土)'에게 집안 형편을 묻자 그는 "대단히 어렵다"고 말하고 "아무 데서나 다 돈을 요구하고 일정한 규칙이 없어요"라고 대답한다(「故鄕」, 『吶喊』, 『魯迅全集(1)』, p.483 참조). 여기서 '일정한 규칙이 없다'는 말은 바로 노예규칙마저도 없는 그런 현실을 가리킨다.

신의 시대에 낙관적이었던 헤겔은 중국의 과거를 폄하하는 이론을 발전시켰는데, 그는 중국을 황제와 독재자가 통치하며, 오직 한 사람만이 자유로운, '동양적 국가'의 전형이라고 묘사했다. 헤겔은 줄곧 중국을 영원히 세계정신의 발전 바깥에 자리매김하며 비관적인 결론을 내렸다. 헤겔은 청왕조 즉, 중국인을 다음과 같이 애도했다. "그들은 자신을 땅바닥까지 짓누르는 운명의 무게로부터 벗어날 수 없을 것이다. 그들에게는 노예로 팔리거나 형편없는 노예의 빵을 먹는 것이 전혀 비참한 일이 아니다." "앞으로 그들의 역사는 타자에 의해 그들의 존재가 추구되고 그들의 성격이 탐구될 때만 존재할 수 있다."23) 이러한 헤겔의 중국 인식은 어쩌면 루쉰의 중국 역사인식과 크게 다르지 않다. 그러나 우리는 또 다른 측면을 생각할 수 있어야 한다. 루쉰의 인식은 철저한 자기반성을 전제하고 있지만, 헤겔은 이러한 자기반성을 전제하고 있지 않다. 여기서 헤겔의 경우는 동양침략의 이론적 근거를 암묵적으로 제시하는 것이 되지만, 루쉰의 경우는 '혁신적 파괴'를 위한 변혁의 힘으로 전화될 수 있는 것이다.

루쉰은 중국 역사를 노예놀음의 역사로 규정하면서 그 내적인 작동원리를 망각을 전제한 등급제에서 찾는다. 그는 『좌전(左傳)』을 인용하여, 왕(王)—공(公)—대부(大夫)—사(士), 다시 조(皁)—여(輿)—예(隷)—요(僚)—복(僕)—대(臺)로 이어지는 신분적 질서체계와 그 신분적 질서체계가 작동하는 순환적 고리를 밝혀냄으로써 중국의 역사가 노예놀음의 역사일 수밖에 없는 내재적 논리를 구명한다.

그런데 '대'는 신하가 없으니 너무 힘들지 않은가? 걱정할 필요가 없다.

---

23) 조너선 D. 스펜스, 『현대중국을 찾아서1』(이산, 1998), pp.172~173 참조.

자기보다 더 비천한 아내가 있고, 더 약한 아들이 있다. 그리고 그 아들도 희망이 있다. 다른 날 어른이 되면 '대'로 올라설 것이므로 역시 더 비천하고 더 약한 처자가 있어서 그들을 부리게 된다. 이처럼 고리를 이루며 각자 자기 자리를 차지하고 있으므로 감히 그르다고 따지는 자가 있으면 분수를 지키지 않는다는 죄명을 씌운다.24)

이처럼 끊임없는 순환적 고리가 이어지는 것은 바로, "각자 스스로 다른 사람을 노예로 부리고 다른 사람을 먹을 수 있는 희망을 가지고 있어서 자기도 마찬가지로 노예로 부려지고 먹힐 가능성이 있다는 것을 망각하기 때문이다." 그 결과 중국에서는 "크고 작은 무수한 인육의 연회가 문명이 생긴 이래 지금까지 줄곧 베풀어져 왔고, 사람들은 이 연회장에서 남을 먹고 자신도 먹혔으며, 여인과 어린 아이는 더 말할 필요도 없고 비참한 약자들의 외침이 살인자들의 어리석고 무자비한 환호 속에 뒤덮여 버렸다."25) 다시 말하면 노예놀음의 역사로서 이른바 중국 문명은 "부자들이 누리도록 마련된 인육(人肉)의 연회"에 지나지 않으며, 또 중국은 "이 인육의 연회를 마련하는 주방"에 지나지 않는다. 여기서 루쉰은 중국이 "4000년 동안 사람을 잡아먹어 온 곳"26)이었다는 사실을 자각한 '광인'의 깨달음을 직접적인 진술로 표현하고 있는 것이다. 게다가 이 '인육의 연회'에 지금까지 중국인이 참여하여 왔음은 물론이거니와 이제는 서양인까지 가세하여 그것을 즐기고 있으며, 이런 사실을 중국인들은 오히려 "웃음을 짓는 데"까지 이르게 되었

---

24) 「燈下漫筆」, 『墳』, 『魯迅全集(1)』, pp.215~216.
25) 앞의 글, 앞의 책, p.217.
26) 「狂人日記」, 『吶喊』, 앞의 책, p.432.

으니 중국 문명의 심각성은 배가된다.

제3의 길(시대)

황금세계의 이상을 꿈꾸어 왔고, 노예놀음의 역사에 지나지 않는 중국 문명의 현재 모습은 어떠한가? 물론 "예로부터 그러하였다"처럼 전혀 변화가 없다. 왜냐하면 "중국의 고유한 정신문명은 기실 공화(共和, 신해혁명을 가리킴―인용자)라는 두 글자에 의해 전혀 매몰되지 않았고, 다만 만주인이 자리에서 물러났다는 것만이 이전과 조금 다를 뿐이"[27]기 때문이다. 국수(國粹)를 숭상하는 국학자, 고유한 문명을 찬양하는 문학가, 복고(復古)에 열중하는 도학가는 여전히 과거의 '태평성세', 즉 "잠시 안정적으로 노예가 된 시대"에 마음이 끌리고 있고, "새 문명을 가장하는 자인"[28] '특수한 지식계급'인 "유학생의 특별한 발견도 사실은 이전 성현의 범위를 결코 넘어서지 못하고 있기" 때문이다.

루쉰은 이미 청년시절 「문화편지론」에서 '자기 것만 소중하게 생각하며 만물을 깔보는' '자존(自尊)' 때문에 중국 문명이 쇠퇴하게 되었다고 비판한 적이 있다.[29] '자존'은 변화보다 순환을 촉발하며, 순환이 이루어지면 현재는 과거의 반복이므로 과거에 집착하지 않을 수 없다.[30] 국수(國粹)란 바로 '자존'의 필연적 결과이며, 그것은 중국 문명의 작동

---

27) 「燈下漫筆」, 『墳』, 앞의 책, p.216.
28) 「忽然想到4」, 『華蓋集』, 『魯迅全集(3)』, p.18.
29) 「文化偏至論」, 『墳』, 『魯迅全集(1)』, pp.44~45 참조.
30) 첸리췬(錢理群)은 '자대(自大, 自尊과 같은 뜻임―인용자)'는 '호고(好古)'·'숭고(崇古)'와 하나로 연결된다고 했다(『心靈的探尋』, 北京大學出版社, 1999, p.24 참조).

원리인 '순환'을 전제하고 있는 것이다. 그런데 루쉰은 순환이 아니라 오히려 생명의 전진이나 보존을 무엇보다 중시하였으므로 국수를 비판하지 않을 수 없었다. 그러기에 루쉰은 "우리를 보존하는 것이 확실히 제일의(第一義)적인 것이다. 국수이든 아니든 오직 그것이 우리를 보존할 힘이 있는가 없는가를 따져야 한다"[31)라고 했다.

문명비판이 진정한 새 문명의 방향을 찾기 위한 것이라 할 때, 중국 문명 비판에 이어 루쉰이 제시하고 있는 새 문명의 방향은 무엇인가? "훌륭한 방법"이 없음은 "화이(華夷)의 구별이 없어" 외국(서양)도 "중화와 아주 다를 것이 없다"고 보고 있는[32) 루쉰이기에 그 방향은 "모든 것을 다 새로 해나가는"[33) 제3의 길이 아니면 안 된다.

> 당연히 현재에는 불만이다. 그러나 되돌아갈 필요는 없다. 왜냐하면 앞에도 여전히 길이 있기 때문이다. 그래서 중국 역사에서 여태껏 없었던 제3의 시대를 창조하는 것이야말로 바로 오늘날 청년들의 사명이다![34)

'제3의 시대' 또는 제3의 길의 구체적 모습은 어떠한가? 제3의 길은 단편소설 「고향」에 나오는, '굉아(宏兒)'와 '수생(水生)' 같은 후대(後代)에게 반드시 있어야 할, "우리가 아직 경험하지 못한" "새로운 생활"을 가리키는 것이겠지만,[35) 루쉰은 섣불리 그러한 제3의 길의 형상을 구

---

31) 「隨感錄35」, 『熱風』, 『魯迅全集(1)』, p.306.
32) 「春末閑談」, 『墳』, 앞의 책, p.205 참조. 물론 루쉰은 중국 문명 비판에 이어 그 빈 자리를 메우기 위해 서양문명의 긍정적인 측면의 수용을 강조했다. 루쉰의 서양문명의 태도는 졸고 『中國의 近代的 文學意識 形成에 관한 硏究』(서울대 박사학위 논문, 1996)의 제5장을 참고하기 바람.
33) 「忽然想到3」, 『華蓋集』, 『魯迅全集(3)』, p.16.
34) 「燈下漫筆」, 『墳』, 『魯迅全集(1)』, p.213.

체적으로 제시하지는 않는다. 왜냐하면 희망(이상)은 절망처럼 허망한 것이므로 그것조차 무화시키지 않을 수 없기 때문이다. "목하 우리가 당면한 가장 시급한 일은 첫째 생존하는 것이요, 둘째 따뜻하게 입고 배불리 먹는 것이요, 셋째 발전하는 것이다"36)라고 하였듯이 현실적인 삶의 지속성만이 강조되고, 또 "오직 독사처럼 감겨들고, 원귀처럼 집요하고, 24시간 그칠 줄 모르는 사람만이 희망이 있다. 그러나 피로를 느낄 때면 좀 쉬어도 무방하다. 그러나 쉬고 나서는 다시 한번 해야 하고 나아가 두 번, 세 번 해야 한다……"37)라고 하였듯이 태도만이 강조될 뿐이다.

때로는 제3의 길의 모습이 시적 이미지로 그려지기도 한다. 그것은 "파란 하늘 위에 무수한 아름다운 사람들과 아름다운 일들이 있는" 그러한 세계이다. 그러나 "비단구름은 이내 구겨지고 헝클어지고, 누군가 큰 돌을 강물에 던진 듯이 갑자기 파문이 일며, 모든 그림자가 조각조각 부서지는" "무지개 빛의 깨진 그림자"에 지나지 않는다.38) 이처럼 루쉰에게 제3의 길은 이미지로 떠오를 뿐 구체적인 모습으로 제시되지는 않는다. 왜냐하면 루쉰에게는 현재의 살아 있음과 그 살아 있음의 지속성만이 문제가 되기 때문이다. 「고향」에서 '희망'을 길에 비유한 사실을 떠올리면 더욱 분명해진다. "희망이란 본래 있다고도 할 수 없고, 없다고도 할 수 없다. 그것은 마치 땅 위의 길과도 같다. 본래 땅 위에는 길이 없었지만, 걸어다니는 사람이 많아지면 그것이 곧 길이 되는 것이다."39) 길은 처음부터 없었으며 걸어다니는 사람이 많아짐으로써

35) 「故鄕」, 『吶喊』, 앞의 책, p.485.
36) 「忽然想到6」, 『華蓋集』, 『魯迅全集(3)』, p.45.
37) 「雜感」, 앞의 책, p.49.
38) 「好的故事」, 『野草』, 『魯迅全集(2)』, p.186 참조.

만들어진다. 길(희망, 제3의 길)은 누군가 한 사람이 제시한다고 만들어지지 않으며, 여러 사람이 수없이 걸어다닐 때만이 만들어지고 그 방향도 결정된다. 다시 말하면 제3의 길이란 직접적으로 제시되는 것이 아니라 수많은 사람이 그저 전진의 과정을 현재적으로 살아갈 때만이 실현되는 것이다. 그렇다면 길을 걷는 사람의 태도나 방법만이 문제가 될 텐데, 루쉰이 간단없이 '투창을 치켜드는' 전사의 상을 제시하고자 했다든지[40], "중국에는 도무지 개혁이라는 것이 없었으니 앞으로는 반드시 태도와 방법을 고쳐야 한다"[41]고 했던 것은 바로 이 때문이다. 그리고 제3의 길이란 이전에 걸었던 길과 전혀 다른 새로운 길이어야 하므로 철저한 자기반성이 선행되어야 한다. 그래서 중국 역사 또는 중국 문명의 감추어진 원리를 폭로·반성하는 것이 선결과제이며, 루쉰은 스스로 그 임무를 떠맡는다고 생각했다. 그것은 청년들을 밝은 곳으로 놓아주기 위해 "스스로 인습의 무거운 짐을 짊어지고 암흑의 수문(水門)을 어깨로 걸머지는"[42] 행위이며, '중간물'의 역할이며, 무덤까지 나아가는 '나그네'의 무거운 발걸음이다.

절대화된 계몽주의의 회의

이제까지 루쉰의 글쓰기 의미를 분석하여 그것이 무덤(죽음)까지 지속하는, 자아와 세계의 이중항거를 뜻하며, 생명의 전진을 방해하고 유

---

39) 「故鄕」, 『吶喊』, 『魯迅全集(1)』, p.485.
40) 「這樣的戰士」, 『野草』, 『魯迅全集(2)』, pp.214~215 참조.
41) 「論"費厄潑賴"應該緩行」, 『墳』, 『魯迅全集(1)』, p.277.
42) 「我們現在怎樣做父親」, 앞의 책, p.130.

토피아를 앞세우는 일체의 신화를 파괴하는 일이었다는 점을 밝혔다. 또한 그것이 문명(문화)의 영역 속에 구조화되면서 철저한 중국 문명 비판과 제3의 길 모색으로 나타났다는 점도 밝혔다.

주지하다시피 루쉰은 「광인일기」를 발표하면서 정식으로 중국 문단에 등장하였고, 「광인일기」는 "사람을 먹은 일이 없는 아이들이 혹시 있을까? 아이들을 구하자……"라는 말로 끝을 맺고 있다. 이 대목은 루쉰의 계몽주의적 부르짖음이 가장 직접적으로 드러난 것으로 알려져 있는데, 우리는 여기서 '혹시 있을까?'라는 말로 표명된 루쉰의 회의주의적 태도에 주목할 필요가 있다. 루쉰의 계몽주의적 부르짖음은 처음부터 결코 절대화된 형태로 나타나지 않고 항상 끊임없는 회의와 반성을 전제하고 있었다.

절대화된 계몽주의에 대한 루쉰의 이러한 회의주의적 태도는 어디에서 연유하는가? 그것은 유(類)적 생명의 지속성은 개체생명의 유한성(죽음)을 전제로 실현된다는 그의 생명의식에서 비롯된다. 1925년 루쉰은 이전에 씌어진 자신의 글이 여전히 현재적 가치가 있다는 주위사람의 말에 오히려 슬픔을 느낀다고 말하고, 병균과 싸우는 백혈구의 자기희생처럼 자신의 글도 시대의 폐단과 함께 소멸되기를 간절히 바란다고 했다.43) 백혈구가 병균과 함께 죽어 고름이 되듯이, 유적 생명의 지속성을 보장하기 위해 개체생명의 소멸은 필연적이다. 이는 앞서 언급한 '무덤'의식과도 상통하며, 이러한 생명의식에 기초할 때 루쉰에게 계몽주의적 과제는 시대와 더불어 그 가치가 소멸할 때 진정 소임을 다하게 되는 것이다.

---

43) 「題記」, 『熱風』, 『魯迅全集(1)』, p.292 참조.

　　1980년대 이후 중국은 개혁개방정책에 따라 추진된 현대화(근대화) 정책 때문에 계몽주의적 인문정신이 그 이념으로 필요했고, 바로 그 점 때문에 중국인들은 계몽주의의 측면에서 루쉰과 그의 문학의 근대성을 구명하려고 노력해 왔다. 즉 근대성을 추구한 계몽주의자 루쉰의 문학 속에서 1980년대 이후 중국에서 요청되었던 시대정신을 길러내려고 노력했던 것이다. 그 결과 계몽주의와 표리관계에 놓여 있는 반전통 및 자기반성이라는 측면에서 루쉰 문학이 담고 있는 '민족의 반성·참회 의식' 및 근대적 주체의 확립이라는 주제에 관심을 집중해 왔다. 물론 이러한 주제연구도 루쉰의 본질에 육박하며 여전히 중요한 현실적 의미를 띠고 있다. 다만 그것은 그것대로 의미의 깊이를 더해 가야 하겠지만, 또 다른 측면에서 루쉰의 '모순구조' 해명을 통해 계몽주의적 한계를 넘어서려는 오늘날의 과제와 연관지을 필요가 있다. 말하자면 계몽주의적 시각을 넘어서는 루쉰의 방향을 새롭게 점검하고, 그 현재적 의미를 다시 길러내야 할 과제가 우리 앞에 놓여 있다.

모순적 정신구조 — 모순의 통일적 주체

"천지가 이토록 고요하여 나는 크게 웃을 수도 노래부를 수도 없다. 하기야 천지가 이토록 고요하지 않다 하더라도 나는 그렇게 할 수 없을지도 모른다. 나는 이 한 묶음의 야초(野草)를, 밝음과 어둠, 삶과 죽음, 과거와 미래 사이에서 벗과 원수, 사람과 짐승, 사랑하는 자와 사랑하지 않는 자 앞에 바쳐서 증거로 삼는다."[1]

모순적 정신구조

루쉰은 스스로를 스승이나 선각자로 자처한 적이 없다. 한번도 새로운 세대, 즉 청년들에게 드러내놓고 방향을 제시한 적도 없다. 겸사(謙辭)일 수도 있겠으나 스스로 스승이 될 수 없음을 누차 밝혔고, 자기도 진정한 스승을 찾고자 하지만 그렇지 못하고 있다고 했다. "만일 다른 사람에게 길을 인도하고 있다고 말한다면, 그것은 더욱 쉽지 않은 일이

---

1) 「題辭」, 『野草』, 『魯迅全集(2)』, p.159.

다. 왜냐하면 나 자신조차도 어떻게 길을 가야 할지 아직 모르기 때문이다. 중국에는 대개 청년들의 '선배'와 '스승'이 많은 것 같은데, 그러나 나는 아니며, 나도 그들을 믿지 않는다."2) 루쉰이 중국의 '선배' 또는 '스승'을 믿지 않은 것은, 그들이 "높은 모자와 가죽 두루마기를 입고서 거드름을 피우고"3) "가시덤불이 꽉 들어찬 낡은 길"4)을 제시할 뿐이기 때문이다. 그렇지만 루쉰은 중국 청년들을 인도하는 스승이 되었고 선각자로 존경을 받았다.

중국의 루쉰 연구가 왕첸쿤(王乾坤)은 그의 저서 『중간으로부터 무한을 찾다』의 '결어'에서 루쉰의 출현을 중국 역사에서 하나의 기적으로 평가하면서 그가 너무 멀리까지 나아갔고, 풀어야 할 수수께끼도 너무 많아서 지금까지도 학술계에서는 '루쉰은 누구인가'라는 물음을 끊임없이 제기하고 갖가지 해석을 부여하고 있다고 말하고 "루쉰은 하나의 모순구조이다"라고 결론지었다. 왕첸쿤은 루쉰의 모순구조를 중간물, 반전통, 계몽주의, 실존주의, 계급투쟁의 전사, 인도주의, 개성주의 등을 포함하는 사상의 모순구조로 파악하고 "이러한 모순구조는 중국의 역사 교체기에서 사상문화충돌을 체현하고 있다"라고 했다.5) 왕첸쿤은 루쉰의 모순구조를 사상측면에서 어느 한 사상으로 귀결시킬 수 없는 복잡성과 다면성을 지니고 있다는 점에서 모순구조로 파악하고 있는 것이다.

사상적인 측면에서 모순을 띠고 있는 루쉰의 특징은 일반적으로 인

---

2) 「寫在『墳』後面」, 『墳』, 『魯迅全集(1)』, p.284.

3) 「我還不能"帶住"」, 『華蓋集續編』, 『魯迅全集(3)』, p.243.

4) 「導師」, 『華蓋集』, 앞의 책, p.56.

5) 王乾坤, 『由中間尋找無限—魯迅的文化價値觀』(陝西人民教育出版社, 1996), pp.246~247 참조.

정되고 있는 사실인데, 이는 루쉰 특유의 정신구조와 깊은 연관이 있다. 루쉰 특유의 정신구조를 밝혀낼 수 있다면 중국의 역사 교체기에 나타난 복잡하고 다양한 사상적 흐름을 체현한 루쉰의 사상적 모순을 근원적으로 이해할 수 있을 것이다. 루쉰의 복잡하고 다양한 개별 사상은 사상구조면에서 모순적 대립항으로 배치되어 모자이크를 이루고 있는 것이 아니라, 언제나 상대적인 가치로 주어져 있는 것 같다. 루쉰은 스스로 늙은 소가 되어 여러 집에 희생이 되어도 괜찮지만 한 집에 고용되는 것은 용납할 수 없다고 했다. "만약 나를 가리켜 오로지 누구네 집 소라고 하며, 나를 그 집 소우리에 가두어 놓아서는 안 된다. 나는 때로는 다른 집에 가서 연자방아를 갈아야 할지도 모른다."6) 루쉰은 누구의 집에 가서도 일할 수 있는 자유로운 소처럼, 자신을 어느 한 사상으로 고정시켜 거기에 가두는 일을 용납하지 않았다. 루쉰에게 사상은 요지부동의 절대적 이념이나 목적으로 주어져 있는 것이 아니라, 항상 상대적인 방법과 수단으로 주어져 있는 것 같다. 어쩌면 루쉰에게 개별 사상은 항상 넘어서고 극복되어야 할 상대적인 가치를 지닌 정신적 요소에 지나지 않는지도 모른다. 사상은 역사의 진보를 가져오는 데 중요한 역할을 하지만, 그것은 목적이 아니라 수단이나 방법으로 기능한다. 비유하면, 사상은 장대높이뛰기의 장대에 지나지 않는다. 더 높이 넘기 위한 보조수단이다. 물론 장대의 가치가 낮게 평가될 수는 없지만, 장대를 드는 행위는 가로대를 넘기 위한 방법에 지나지 않는다. 넘는 순간 그것은 내 손에서 떠난다. 오히려 내 손에서 떠나보내야 넘을 수 있다. 루쉰에게 사상은 장대와 같은 그런 존재이다. 루쉰의 이러

---

6) 「『阿Q正傳』的成因」, 『華蓋集續編』, 『魯迅全集(3)』, p.377.

한 개별 사상에 대한 입장은 그의 정신구조와 밀접하게 관련되어 있으며, 이의 검토 없이는 루쉰에게 발견되는 사상의 모순을 제대로 파악하기 어렵다.

일본의 루쉰 연구가 다케우치 요시미(竹內好)는 루쉰의 "내심에 존재하는 본질적인 모순"을 발견하고 "루쉰은 본질적으로 하나의 모순이다"[7]라고 지적했다. 사상가로서의 루쉰은 항상 시대에서 반걸음 뒤쳐져 있었기 때문에 그의 강인한 전투적 생활은 사상가로서의 루쉰의 측면에서는 설명되지 않는다 하고, 오히려 그의 내심에 존재하는 본질적인 모순이 그를 격렬한 전투생활로 몰고 갔다고 설명했다.[8] 말하자면 루쉰의 삶을 지탱하는 힘은 이 본질적인 모순에서 유래하며, 그 모순을 극복해 나가는 과정이 곧 루쉰의 삶 전체를 규정하는 격렬한 전투생활이 되는 것이다. 여기서 다케우치가 말한 루쉰의 '내심에 존재하는 본질적인 모순'은 사상의 측면이 아니라 정신구조의 측면이라 할 수 있는 바, 루쉰의 내심에 존재하는 본질적인 모순의 발견은 다케우치의 중요한 공헌이다. "절망이 허망한 것은 희망이 그러한 것과 같다"[9]라는 루쉰의 유명한 경구를 허무주의로 해석하지 않고, 절망과 희망의 모순을 변증적으로 지양해 나가는 루쉰의 참모습을 드러내는 것으로 해석할 수 있는 근거를 마련할 수 있기 때문이다.

한편 다케우치는 '내심에 존재하는 본질적인 모순'의 구체적 표현으로서 루쉰 소설을 분석하여 본질적인 하나의 대립, 이질적인 것의 혼재를 인정할 수 있다고 지적하고, "중심이 두 개 있다는 것이다. 타원형의

---

7) 다케우치 요시미 지음·서광덕 옮김, 『루쉰』(문학과 지성사, 2003), p.16.
8) 앞의 책, p.16.
9) 「希望」, 『野草』, 『魯迅全集(2)』, p.178.

중심 같기도 하고, 평행선 같기도 한 것, 서로 끌어당기면서 반발하는 물력(物力) 같은 것, 그것이 있다"[10]라고 했다. 또 루쉰 문학의 근원을 "무(無)라고 할 만한 어떤 무엇"[11]이라 하고, 루쉰의 이중성을 이렇게 지적했다. "허무의 심연을 내면에 포함한 고독의 정신이 어떻게 현상으로서 계몽가가 될 수 있었을까 하는 것은 언뜻 이해할 수 없으나, 이 이중성이야말로 전통과 혁명이 뒤얽혔던 근대 중국의 이중성에서 루쉰의 위치를 결정하는 문제해결의 관건이 될 것이다."[12] 전통과 혁명이 뒤얽힌 근대 중국의 착종된 현실이 루쉰의 이중성을 만들어내고, 그런 이중적 모순상황에 대응하여 이를 극복해 나가려는 내적 노력이 루쉰을 계몽가로 이끌었다는 설명이다. 따라서 이중성은 루쉰의 내심에 존재하는 본질적인 모순의 다른 표현이요, 소설 속에 존재하는 두 개의 중심의 다른 표현이며, 동시에 착종된 중국 현실의 내면적 구조화라고 할 수 있다. 다케우치가 루쉰 문학의 근원을 '무라고 할 만한 어떤 무엇'이라고 표현한 것은 바로 이 모순적 이중성을 총괄적으로 담아내기 위한 것인바, 루쉰 문학의 본질적인 모순을 적절한 언어로 표현하기 쉽지 않음을 고백하는 것이기도 하지만, 대립적인 모순과 이질적인 것의 혼재를 통일적으로 바라보고자 하는 다케우치 나름의 의도가 숨어 있는 것 같다. 루쉰은 "내가 말을 할 때는 항상 모호하고 중도에서 그만두게 되며, 나를 편애하는 독자에게 주는 선물은 '무소유(無所有)'보다 더 나은 것이 없지 않을까 마음속으로 생각해 본다"[13]라고 하였는데, 다케우치는 루쉰이 표현한 '무소유'라는 말을 적극적으로 차용한 것이라고

---

10) 다케우치 요시미, 『루쉰』, p.110.
11) 앞의 책, p.74.
12) 앞의 책, p.184.
13) 「寫在『墳』後面」, 『墳』, 『魯迅全集(1)』, p.284.

할 수 있다.

중국의 루쉰 연구가 왕후이(汪暉) 역시 루쉰의 정신구조를 모순으로 파악한다. 왕후이는 루쉰의 정신구조의 통일적인 논리의 출발점을 찾으려 한다면 심한 곤혹을 느끼게 될 것이라고 전제한 뒤 "루쉰의 정신구조는 시종 상호모순, 상호교직, 상호침투의 사상맥락이 병행하여 존재하고 그것들의 소장기복이며, 전혀 '동일(同一)'로 나아가지 않는다"[14]라고 했다. 또 루쉰의 정신구조의 복잡성과 모순성을 루쉰 정신의 독특성으로 파악하고, 이러한 독특성은 개인적으로 남달리 특별한 주장을 내세우기 위한 데서 나온 것이 아니라, 중국의 현실문제에 직면했을 때 세계사적 현대시각에서 나온 것이요, 20세기 서방문화사조의 민감한 감수와 이를 기초로 자신의 사상체계를 세우기 위해 시도하는 노력에서 나온 것이요, 전통과 현대, 동방과 서방 사이에 놓여 있는 과도적 인물의 역사적 선택에서 나온 것이라고 했다.[15] 전통과 현대, 동방과 서방이 착종된 당시의 현실 속에서 역사적 '중간물'이라는 존재론적 위치 때문에 루쉰의 정신구조는 복잡성과 모순성을 띠지 않을 수 없었다는 설명이다.

그런데 왕후이는 루쉰의 사유논리의 일치성은 무너졌지만, 그럼에도 불구하고 루쉰의 어떤 '자기 동일성(個人同一性)'은 여전히 존재하고 있다고 보고,[16] 사상의 복잡성과 모순성을 띠면서도 자기 동일성을 유지해간 어떤 근원적인 힘, 즉 루쉰 정신구조의 '통일적인 논리의 출발점'을 찾고자 시도했다. 루쉰 문학의 '어떤 근본적인 것'을 말로 표현하기

---

14) 汪暉, 『反抗絶望』(上海人民出版社, 1991), p.12.

15) 앞의 책, p.14.

16) 앞의 책, p.13. 루쉰의 '자기 동일성'을 설명하면서 왕후이는 "개체생존과 사회해방은 시종 인간 주체성의 확립과 인간해방을 근본목적으로 삼았다"라고 했다.

어렵다고 하여 "억지로 이야기하자면 '무(無)'라고 할 수밖에 없다"고 해석한 다케우치의 관점을, 왕후이는 다케우치가 언어로 표현할 수 없는 그것을 '무(無)'로 귀결시킨 점은 실망스러운 일이라고 지적하고 그것을 언어로 표현하고자 했다. "『야초』에는 생과 사, 희망과 절망, 침묵과 발언, 천상과 심연, 꿈과 현실, 전사와 아무것도 없는(無物) 싸움터, 일체와 무소유, 사랑하는 자와 사랑하지 않는 자 등의 본질적 대립이 가득하다. 그러나 이러한 대립은 하나의 독특한 정신적 논리에 따라 '어떤 통일을 향해 운동' 하고 있는데, 그것이 바로 '앞길이 무덤인 줄을 분명히 알면서도 기어이 걸어가는 절망에 대한 반항'의 인생태도인 것이다."17) 왕후이는 다케우치가 언어로 표현할 수 없다고 말한 루쉰의 '어떤 근본적인 것'을, 대립적으로 존재하는 것들이 어떤 정신적 논리에 의해 수렴되고 있다는 사실에 착안해 그것을 '절망에 대한 반항의 인생태도'라고 해석했다.

　왕후이는 루쉰의 '어떤 근본적인 것'을 '절망에 대한 반항의 인생태도'라고 해석함으로써 다케우치의 관점을 좀더 밀고 나갔다고 할 수 있다. 사실 다케우치는 '어떤 근본적인 것'을 '절망에 대한 반항'이라는 말로 표현한 적은 없지만 실제로 그와 유사한 표현을 사용했다. 루쉰의 특징을 '쩡짜(挣扎, 몸부림)'로 표현한 것이 그것이다. "루쉰의 방식은 이러하다. 그는 물러나지 않았고 추종하지도 않았다. 우선 자신을 신시대에 대결시키고, '쩡짜'로 자신을 씻고, 씻겨진 자신을 다시 그 속에서 끌어내는 것이다. 이 태도는 한 강인한 생활자의 인상을 보여 준다."18) 이 '쩡짜'야말로 왕후이가 말한 '절망에 대한 반항의 인생태도'와 유사한 표

---

17) 전형준 엮음, 『루쉰』(문학과지성사, 1997), p.179.
18) 다케우치 요시미, 『루쉰』, pp.15~16.

현이다. 왜냐하면 다케우치가 "루쉰과 중국 문학은 서로 대극에 서 있으면서 동시에 '쩡짜'로 매개되었던 전체로서는 하나였다"[19]라고 했을 때, 모순을 통일시켜 내는 어떤 운동의 힘이 '쩡짜'가 되기 때문이다. 왕후이는 '쩡짜'라는 다케우치의 표현을 '절망에 대한 반항의 인생태도'라는 자신의 표현으로 바꾸어놓았던 셈이다.[20]

『야초』의 「그림자의 작별」에는 '그림자'의 형상이 등장한다. '그림자'는 사람에게 작별을 알리며 이렇게 말한다. "한낱 그림자에 지나지 않는 나는 그대와 작별하고 암흑 속으로 잠겨 버리려 하오. 그러나 암흑은 나를 삼켜 버릴 것이며, 광명은 나를 사라지게 할 것이오. 하지만 나는 암흑과 광명 사이에서 방황하기는 싫소. 차라리 암흑 속으로 잠겨 버리는 것이 나을 것이오."[21] 여기서 주목할 것은 '그림자'가 처한 모순적 상황이다. 이는 그림자의 본질적 속성이기도 한데, 그림자는 암흑 속에서는 삼켜지고 광명 속에서는 사라져 버리는 그런 모순적 존재이다. 그런데 이러한 모순적 존재인 '그림자'는 오히려 자신을 삼키는 '암흑'을 선택하겠다고 말한다. 또 『야초』의 「죽은 불」에서는 '죽은 불(死火)'의 형상이 등장한다. 얼음계곡에서 산호처럼 얼어붙은 '죽은 불'은 '나'의 체온에 의해 다시 살아나 타오르게 되지만, 이 때 '죽은 불'은 얼어붙는 일 없이 영원히 탈 수 있게 해 주면 끝내 '다 타버릴(燒完)' 것이고, 그대로 남겨두면 '얼어 죽게(凍滅)' 되는 모순적 상황을 깨닫는다. 그러나 '죽은 불'은 '다 타버리는 게 낫겠어(不如燒完)'라고 결심하고 '나'와 함께 얼음계곡을 빠져나온다.[22] 여기서 주목할 것은 '죽은 불'이 처

---

19) 앞의 책, p.19.
20) 뒤에 인용되겠지만, '절망에 대한 반항'이라는 말은 사실 루쉰 자신의 표현이다.
21) 「影的告別」, 『野草』, 『魯迅全集(2)』, p.165.
22) 「死火」, 앞의 책, p.196.

한 모순적 상황이다. '죽은 불'은 얼어 죽지 않기 위해서는 다시 타올라 살아나야 하고, 다시 타올라 살아난다면 다 타버려 죽게 되는 모순적 존재이다. 그런데 이러한 모순적 존재인 '죽은 불'은 오히려 다 타 버릴 것을 결심하고 얼음계곡을 빠져나온다.

'그림자'와 '죽은 불'은 루쉰의 내면에 있는 또 다른 자아이며, 어쩌면 실존적 자아의 본질을 형상화한 것인지도 모른다. '그림자'와 '죽은 불'이 처한 모순적 상황은 루쉰의 자아가 처한 실존적 모순을 상징한다고 할 수 있다. 그리고 '그림자'가 암흑 속으로 잠겨 버릴 것을 선택하고 '죽은 불'이 다 타버릴 것을 결심하는 것은 그런 모순적 상황에 대응해 나가는 루쉰의 삶의 태도를 상징한다고 할 수 있다.[23] 실존적 자아를 '그림자'와 '죽은 불'에 비유하여 모순적 상황에 처한 실존적 자아의 본질을 형상화하고 그런 모순적 상황에서 암흑을 선택하고 다 타 버릴 것을 결심하는 일정한 정신적 논리지향성을 보여 주고 있는 것이 바로 루쉰 특유의 정신구조이다. '쩡짜' 또는 '절망에 대한 반항의 인생태도'는 바로 모순적 상황 속에서 암흑을 선택하는 '그림자'와 다 타버릴 것을 결심하는 '죽은 불'의 정신적 지향성을 표현한 것이라 할 수 있다.

루쉰은 첫 번째 소설집 『납함』을 출판하면서 그 서문에서 「광인일기」를 쓰기 전까지의 이력을 간략히 소개하면서 일본 유학시기에 기획했던 『신생』의 발간 등 문예활동이 실패한 사실과 그 실패로 인해 느끼게 된 적막의 경험을 서술했다. 이 때 사람이란 자기 주장이 찬성을 얻으면 전진을 촉진하고, 반대를 얻으면 분투를 촉진하는데, 찬성도 반대도 없는 무반응 속에서 적막을 느끼게 되었다고 했다. 사람들의 무관심이

---

23) 어쩌면 루쉰은 '그림자'와 '죽은 불'을 인간의 존재론적 모순의 본질로 제시하고, 암흑과 다 타 버림의 선택을 인간의 주체적 선택 방향으로 제시하고 있는지도 모른다.

오히려 적막의 무력감을 안겨 주었다는 설명인데, 여기서 주목할 것은, 찬성과 반대는 분명 상대적·모순적인 현상이지만 루쉰에게는 모두 전진과 분투를 촉진하는 하나의 방향으로 수렴되고 있다는 점이다. 이렇게 모순을 통일시켜 내는 어떤 힘이 루쉰의 내면에 본질적으로 자리잡고 있었던 듯하며, 그것은 '쩡짜' 또는 '절망에 대한 반항의 인생태도'와 밀접하게 관련되어 있다.

루쉰은 당시 적막의 경험이 자기 반성을 불러와서 '팔을 휘두르며 크게 외치면 사람들이 구름처럼 모여드는 그런 영웅은 아니라는 것'을 깨달았다고 밝히고, 곧이어 적막을 극복해 나간 경위를 이렇게 술회했다.

> 내 자신의 적막만은 제거하지 않을 수 없었다. 그것이 내게는 너무나 고통스러웠기 때문이다. 그래서 나는 여러 가지 방법으로 자신의 영혼을 마취시켜 국민 속으로 나를 밀어 넣기도 했고, 고대로 돌아가게 하기도 했다. 그 뒤에도 더 큰 적막, 더 큰 슬픔을 숱하게 몸소 겪기도 하고 보기도 하였지만, 한결같이 추억하고 싶지 않은 일들이다.[24]

루쉰은 적막의 경험을 통해 자기 반성의 계기를 확보하고, 적막을 제거하기 위해 영혼을 마취시켜 국민 속으로 자신을 밀어 넣거나 고대로 돌아가는 방식을 택했다. 이 때 영웅이 아니라는 자기 반성은 자기 존재를 객관화하는 일이며, 영혼을 마취시켜 국민 속으로 밀어 넣고 고대로 돌아가는 행위는 현실에 밀착하면서도 현실과 일정한 거리를 유지하여 그것을 객관화하는 일이다. 적막의 경험은 루쉰에게 자기 존재와

---

24) 「自序」, 『吶喊』, 『魯迅全集(1)』, p.418.

현실을 객관화할 수 있는 어떤 전환점을 마련해 준 것이다.

  매우 중요한 전환점이 되고 있는 이 적막의 경험을 루쉰은 "커다란 독사처럼 자신의 영혼을 칭칭 휘감아 버렸다"[25]라고 형상적으로 표현했다. 루쉰은 독사처럼 영혼을 칭칭 휘감은 적막으로부터 자신을 구하기 위해 몸부림치는데, 그 몸부림은 적막과 더불어 침몰하는 것이 아니라, 몸을 칭칭 휘감은 독사를 뿌리치기 위해 싸우는 방식으로 적막과 대결하는 어떤 내적인 힘이다. 적막은 분명 정서적·심리적인 반응이지만 그것이 외부현실의 작용에서 유래한 것이라면, 적막을 떨쳐내기 위해 적막과 대결하는 행위는 적막을 파생시키는 현실의 구조적 본질을 깨닫는 과정이기도 하다. 현실을 표면적으로 이해하는 방식이 아니라 현실을 움직이는 본질적인 원리를 체득하는 방식이다. 루쉰은 이 적막과의 대결을 통해 현실의 본질적인 원리를 체득하여 자기 동일성을 유지해나가는 어떤 정신운동의 중심축을 나름대로 확보하게 되었다고 할 수 있다.

  루쉰의 모순은 표면적으로 인식될지라도 모순을 통일시켜 내는 어떤 힘이 그의 내부에서 작동하고 있으며, 그것은 루쉰이 자기동일성을 유지해 나가는 어떤 정신운동의 중심축이 되고 있다. 이 축의 이해 없이는 루쉰의 삶과 그의 문학을 제대로 이해하기 어렵다. 이 축의 이해를 다케우치는 '쩡짜'라는 말로 형상화하기도 하고, 문학의 근원으로서의 '무(無)라고 할 만한 어떤 무엇'이라고 표현하기도 했다. 왕후이는 그것을 '절망에 대한 반항의 인생태도'라고 표현했다. '쩡짜' 또는 '무(無)', '절망에 대한 반항의 인생태도', '적막과의 대결' 등은 루쉰의 삶과 그의

---

25) 앞의 글, 앞의 책, p.417.

문학을 지탱하여 주는, 다시 말하면 루쉰이 자기 동일성을 유지하도록 이끌어 주는 정신운동의 중심축이 되고 있는 것이다.

현재에 집착하는 시간의식

루쉰은 "진화의 연쇄고리 중에서 일체의 것은 다 중간물이라고 간단히 말할 수 있다"[26]라고 함으로써 자신의 존재론적 위치를 진화의 과정에 나타나는 '중간물'로 규정한 바 있다. 루쉰의 '중간물' 관념은 진화론적 사고에서 비롯되었다고 할 수 있지만, 좀더 깊이 따져들면 그의 시간의식과 밀접하게 관련되어 있다.

루쉰은 신문학운동 초기에 소설창작 이외도 백화로 된 신시(新詩)를 지어 발표하기도 했다. 이 때 지은 신시는 시적 완성도가 떨어지지만, 당시 신문화운동에 임하는 루쉰의 입장을 이해하는 데 매우 중요한 자료를 제공해 준다. 특히 「사람과 시간」이라는 작품은 루쉰의 시간 인식을 형상적으로 표현해 주고 있다.

> 어떤 이가 말한다, 미래가 현재보다 낫다.
>
> 어떤 이가 말한다, 현재는 이전보다 훨씬 못하다.
>
> 어떤 이가 말한다, 뭐라고?
>
> 시간이 말한다. 그대들은 모두 나의 현재를 모욕하고 있군.
>
> 이전이 좋으면 혼자 돌아가면 되오.
>
> 미래가 좋으면 나와 함께 앞으로 나아가면 되오.

---

26) 「寫在『墳』後面」, 『墳』, 앞의 책, p.286.

무슨 말을 하든,

나는 그대와 말하지 않을 테요.27)

　과거의 시간을 지향하는 자도 있고, 미래의 시간을 지향하는 자도 있고, 이들에게 회의를 표하는 자도 있다. 정작 '시간(時)'은 '현재'가 시간의 본질임을 말한다. 시간은 과거로 돌아갈 수 없으며, 미래란 현재보다 낫다는 관념으로 주어지는 것이 아니라 현재로부터 시간과 더불어 전진함으로써 도달하는 그 무엇이다. 이것이 '시간'의 본질이다. 다시 말하면 현재만이 유의미한 대상으로 떠오른다. 루쉰은 이 짧은 시를 통해 현재가 '시간'의 본질임을 선언하고 있는 셈이다.

　루쉰의 정신 가운데 매우 중요한 경향성 중 하나가 관념화된 어떤 것에 대한 끊임없는 투쟁이라 할 수 있는데, 관념화된 어떤 것에 대한 투쟁은 현재의 시간에 집착하도록 이끌고, 모든 것을 현재적 현실에 충실하도록 이끈다. "옛날을 앙모하는 자는 옛날로 돌아가라! 세상을 벗어나려는 자는 얼른 세상을 벗어나라! 하늘로 오르려는 자는 얼른 하늘로 올라가라! 영혼이 육체를 떠나려는 자는 서둘러 떠나라! 현재의 지상에는 반드시 현재에 집착하고 지상에 집착하는 사람들이 살아야 한다."28) 물론 미래가 현재의 부정과정에서 형성되는 것이라면 당연히 긍정되어야 하고, 그런 한에서 그것은 광명이나 희망으로 설정될 수도 있다. 하지만 관념적으로 상상되는 미래는 루쉰에게 거부된다. "내 마음에 들지 않는 것이 당신들의 미래의 황금세계에 있다면 나는 가지 않으려오."29) 루쉰이 미래의 황금세계의 이상을 부정한 것은 바

---

27) 「人與時」, 『集外集』, 『魯迅全集(7)』, p.33.

28) 「雜感」, 『華蓋集』, 『魯迅全集(3)』, p.49.

로 그것이 관념적인 상상의 미래로서 제시되기 때문이다. 황금세계란 관념적으로 주어진 미래이기에 루쉰은 암흑현실과의 대결 못지 않게 그것과의 대결도 매우 중시했다. 역사적 경험에 비추어 볼 때 어느 시대나 황금세계의 이상은 제시되어 왔다. 하지만 '24사(史)'가 존재하는 중국의 실제 역사가 증명하듯이 현재적 현실은 황금세계의 이상과는 너무나도 거리가 멀다. 오히려 암흑의 현실로 눈앞에 펼쳐져 있을 뿐이다. 상상되는 미래 또는 황금세계의 이상은, 그것이 관념적으로 제시되는 한에서 암흑의 현실을 미화하는 것과 다를 바 없다. 과거로부터 시간적 진행으로 이어 온 현재가 결함이 있듯이 현재로부터 시간적 진행으로 이어질 미래도 결함을 지닐 수밖에 없다. 그 결함을 정확하게 인식하고 끊임없이 수정해 나가는 과정이 바로 진정한 역사의 진행이요 삶의 지속이다. 그래서 루쉰은 청년들에게 '장래의 황금세계를 몽상하는 꿈'을 '절대로 꾸어서는 안 된다'고 강조했다.30)

상상되는 미래 또는 황금세계의 이상은 미래상황을 고정불변의 어떤 것으로 미화해 버린다. 미래는 미리 주어져 저쪽에서 우리를 기다리고 있는 것이 아니라, 현재적 현실의 정확한 인식(正視)과 부단한 자기 부정을 거쳐 도달되는 시간적 흐름의 과정일 뿐이다. "자신의 거편 대작에 몰두하며 미래문화를 위해 구상하는 것은 물론 좋은 일이지만 현재를 위해 항쟁하는 것이 오히려 현재와 미래를 위해 전투하는 작자이다. 왜냐하면 현재를 잃어버리면 미래도 없기 때문이다."31) 새로운 것은 현실 밖에서 안으로 던져지는 것이 아니라, 내부의 자기 부정을 통해

---

29) 「影的告別」, 『野草』, 『魯迅全集(2)』, p.165.
30) 「娜拉走後怎樣」, 『墳』, 『魯迅全集(1)』, p.160 참조.
31) 「序言」, 『且介亭雜文集』, 『魯迅全集(6)』, p.3.

새롭게 탄생한다.[32]

　물론 루쉰의 정신 속에 미래의 희망과 광명이 부재한 것은 아니다. 다만 그것은 현재적 시간으로 감지할 수 있는 대상이 아닐 뿐이다. 루쉰의 시간의식에서는 역사흐름이라는 장기적인 시간과 현실적인 시간이 구분되어 있다. 역사흐름이라는 장기적인 시간 속에서 광명은 당연히 실현되는 유의미한 대상이지만 현실적인 시간 속에서 그것은 오히려 부정되어야 할 대상이다. 루쉰이 광명을 언급하고 있다면, 그것은 역사흐름이라는 장기적인 시간관념에서 나온 것이다.

　　선각자는 역대로 언제나 음험한 소인·우둔한 군중에 의해 압박받고 배척당하고 함정에 빠지고 쫓겨나고 살육당해 왔다. 중국은 특히 더 모질다. 그렇지만 추장이 마침내 군주로 바뀌었다. 군주는 마침내 입헌을 준비했고, 입헌의 준비는 또 마침내 공화로 변했다. 암야(暗夜)를 좋아하는 요괴들이 많아 잠시나마 암담하게 할 수는 있어도 광명은 언제나 도래한다. 날이 밝아오듯이 덮어서 가릴 수 없다. 덮어서 가리려 한다면 기력을 낭비하는 것이다.[33]

　여기서 '광명은 언제나 도래한다'는 루쉰의 말은 현재적 시간에서 그

---

32) 왕후이의 다음과 같은 지적은 과거, 현재, 미래에 대한 루쉰의 시간의식을 적절하게 표현해주고 있다. "생명이 사라져 가는 비애 속에서 화자는 더 이상 사라져 가는 생명을 붙잡으려 하거나 과거의 존재를 재현시키려 하지 않고, 생명의 '현재성'을 깊이 체득하고 허무한 과거와 허무한 미래 사이에서 현실의 생명활동(즉 '걸어감')으로 현재라는 긴 둑을 쌓고, 자기를 생명과 시간의 주재자로 만들어 절망에 대한 반항이라는 철학적 주제를 탄생시킨다." "현재의 연장으로서의 '내일'은 희망이라 할 수도 없고, 절망이라 할 수도 없다. 아득한 분위기 속에서 모종의 변화가능성을 포함하고 있고, 그 가능성은 '달려감'의 과정 속에 존재한다."(전형준 엮음, 『루쉰』, p.157, p.170)

33) 「寸鐵」, 『集外集拾遺補編』, 『魯迅全集(8)』, pp.89~90.

렇다는 것이 아니라 장구한 역사의 진행, 즉 장기적인 시간흐름 속에서 그렇다는 당위의 언급이다. '날이 밝아오듯이 덮어서 가릴 수 없는' 광명은 바로 그런 의미를 내포한다. 루쉰은 항상 장기적인 시간의 흐름보다 현재적 시간에 집착하는 경향을 강하게 띠고 있었으므로 광명은 현재적 의미로 떠오르지는 않는다. 왜냐하면 현재는 '암야(暗夜)를 좋아하는 요괴'가 판치는 현실이기 때문이다. 광명의 제시보다 이 요괴와 맞서 싸우고 저항하는 것이 현재적 과제이다. 그 과정에서 광명은 자연스럽게 도래한다. 루쉰은 항상 현재의 절망적 현실과 맞서서 그것에 반항하며 전진하는 것이 자신이 수행해야 할 과업으로 생각했다.

루쉰은 1925년 4월 11일 자오치원(趙其文)에게 보낸 편지에서『야초』의 한 작품인「나그네(過客)」와 관련하여, "그것은 바로 앞길이 무덤임을 분명히 알면서도 기어이 걸어가는, 절망에 반항하는 것입니다. 왜냐하면 나는 절망 속에서 반항하는 것은 어려우며, 희망 때문에 투쟁하는 것보다 더욱 용맹스럽고 비장하다고 여기기 때문입니다"[34]라고 했다. 루쉰은 미래의 방향을 열거나 제시하는 일보다 암야의 절망적 현실을 환기시키고 문제의 소재(所在)를 적시하고 비판하는 일을 자신의 일생의 과업으로 떠맡아 실천해 나갔다. 절망적 현실을 환기시키고 문제의 소재를 적시하는 일은 관념적인 상상의 미래를 설정하고 제시하는 일이 아니다. 그것은 현재를 정시(正視)하는 일이며, 동시에 현재를 낳은 근원적 시간으로서의 과거로 거슬러 올라가 현재적 문제의 소재의 기원을 탐색하는 일이다. 루쉰에게 미래란, 과거의 연속으로서의 현재, 그 현재의 연속으로서의 미래의 그것이다. 따라서 미래는 관념적인 상

---

34)「致趙其文」,『書信』,『魯迅全集(11)』, p.442.

상의 미래일 수 없으며, 현재적 시간 속에서 현실에 발을 딛고 발걸음을 옮겨가면 도달할 수 있는 그 무엇이다. 밝은 미래는 현재라는 시간 속에서 가시적이거나 은닉되어 있는 문제를 발견하여 그것을 소거하는 방식으로 달성된다.

　루쉰의 이러한 시간의식의 형성은 적막의 경험과 깊은 연관이 있다. 잡지『신생』발간의 무산, 「마라시력설」, 「문화편지론」 등 평론의 무반응, 『역외소설집』의 판매부진과 같은 일본 유학시기의 문예활동이 실패하고, 열렬히 기대했던 신해혁명마저 실질적으로 좌절되자 이러한 경험을 통해 루쉰은 관념적인 상상의 미래를 구성하는 것이 얼마나 허망한 일인지를 깨달은 것이다. "나는 그 때 느낀 바를 적막이라 이름지었다." 적막은 바로 '팔을 휘두르며 크게 외치면 사람들이 구름처럼 모여든다'라는 관념적인 상상의 미래가 허망함으로 귀결된 것의 심리적 반응이며, 이 적막의 경험을 통해 루쉰은 스스로 반성할 수 있는 계기를 마련하고, 나름의 '확신'을 가지게 되었던 것이다.

　　그렇다, 나는 내 나름의 확신을 가지고 있었지만, 희망을 말하자면 말살할 수는 없었다. 왜냐하면 희망은 장래에 속하므로 희망이 없다는 나의 증명으로 희망이 있다는 그를 설복시킬 수는 없었기 때문이다.35)

　당시 중국 현실을 '창문도 하나 없고 절대로 부술 수 없는 쇠로 된 방'으로 인식한 루쉰이 '쇠로 된 방'을 부술 수 있다고 주장한 진신이(金心異, 즉 錢玄同)에게 동의하여 글(「광인일기」)을 쓰겠다고 승낙한 과정을

---

35) 「自序」, 『吶喊』, 『魯迅全集(1)』, p.419.

설명한 대목이다. 여기서 '내 나름의 확신'이란 무엇인가? 이는 희망이 허망하다는 자각을 통해 얻게 된 그 무엇이며, 희망을 유보하는 태도이다. 이 희망의 유보적 태도는 관념적인 상상의 미래에 대한 불신을 우회적으로 표현해 주고 있다. 루쉰이 냉철한 현실인식을 획득하게 되는 것은 바로 이러한 적막의 경험과 자기 반성, 그로 인한 희망에 대한 유보적 태도에서 비롯되었다고 해도 좋을 것이다. 다케우치가, 루쉰의 부동(不動)의 어떤 것이 형성된 시점, 그리고 루쉰 문학의 궁극의 장소가 형성된 시기를 일본에서 귀국한 후 「광인일기」 발표 전까지의 잠복기로 잡고 있는 것은 적막의 경험과 자기 반성을 통한 루쉰의 내적 자각에 중요한 의미를 부여하고 있기 때문이다. 다만 다케우치는 문학과 정치의 관계에서 루쉰이 문학적 자각을 획득한 시기가 이 잠복기라 하였는데, 문학적 자각을 유발하는 좀더 근원적인 측면의 탐색이 필요하다. 이 시기에 루쉰은 자기 반성을 통해 현재적 시간에 집착하는 명확한 시간의식을 획득하고, 이를 통해 관념적인 상상의 미래에 대한 불신을 내면화하게 되었다는 점이 더욱 중요하다. 「광인일기」의 발표에 앞서 루쉰이 언급한 '내 나름의 확신'이란 바로 그런 것이다. 진신이와의 대화에서 진신이의 주장을 받아들여 결과적으로 「광인일기」를 쓰게 되지만, 그것은 관념적인 상상의 미래가 아닌 한에서 가능하다. 희망은 유보되어 있기 때문이다. 만일 자신의 창작이 또 다시 관념적인 상상의 미래로 제시되는 희망이라면 루쉰에게는 또 다른 적막을 부를 것이다. 루쉰의 소설집 『납함』·『방황』이 모두 중국 현실의 암흑구조를 드러내는 닫힌 구조로 짜여져 있는 것은[36] 그의 시간의식과 밀접하게 관련되

---

36) 졸고, 『中國의 近代的 文學意識의 形成에 관한 研究』(서울대 박사학위 논문, 1996) 참조.

어 있다.

관념적인 상상의 미래에 대한 불신과 희망의 유보적인 태도를 드러내며 현재의 시간에 집착하는 루쉰이지만, 한 개인의 입장에서 보면 어쨌든 삶은 지속되고 시간은 흐르므로 전진의 방향은 설정되어야 한다. 루쉰은 그 전진의 방향을 죽음으로 규정하고, 그 귀착점을 무덤으로 설정한다. 현재의 시간집착과 전진의 방향으로 설정된 죽음 또는 무덤은 깊은 연관이 있다. 죽음은 현재의 시간을 의식하기 위한 수단이다. 현재의 시간을 지속적으로 의식화시키는 것이 이 죽음이며, 죽음의 설정은 현재의 시간자각을 극대화시켜 준다. 1928년 혁명문학논쟁에서 첸싱춘(錢杏邨)은 「죽어 버린 아Q시대」라는 글을 써서 루쉰을 공격했다. 특히 루쉰의『야초』를 두고, "일체의 모두가 청년들을 사멸의 길로 이끌고 있으며, 그를 따를 청년들을 위해 무수한 무덤을 파놓았다"[37]라고 했다. 첸싱춘은 청년들을 '사멸'과 '무덤'으로 이끄는 허무주의적인 색채가 농후하다는 점에서 루쉰을 비판하고 있는데,『야초』의 표면적인 의미를 적절하게 지적했다고 할 수 있다. 그러나 첸싱춘은 표면적인 의미 이면에 감추어진 깊은 의미를 깨닫지 못했다. '사멸(죽음)'과 '무덤'은 오히려 현재의 시간과 생명의 가치를 극대화시켜 준다는 점을 발견하지 못한 것이다.

쉬광핑(許廣平)의 회고에 따르면, 젊은이에게 희망을 가지고 장래를 보아야 한다고 말한 키로프(基洛夫)의 언급에 루쉰은 "나는 그렇지가 않다. 나는 전투를 해야 하며 죽음에 이르러서야 끝난다. 다만 죽기 전에는 장래와 상관없이 먼저 자신을 죽음에 몰아넣지 않으면 안 된다

---

37) 錢杏邨, 「死去了的阿Q時代」,『文學運動史料選(第二冊)』(上海敎育出版社, 1979), pp.53~
  54.

."38)라고 했다고 한다. 암흑의 현실과의 대결은 죽음에 이르러 끝나며, 그 과정은 자신을 죽음으로 몰아넣는 행위이다. 현재의 나는 이중적 가치를 실행하는 '중간물'이기 때문이다. 현재의 나는 부정되어야 할 과거의 결함을 지니고 있을 뿐 아니라, 미래의 방향을 열어갈 싹도 지니고 있다. 현재의 정확한 인식을 통해 결함을 제거하는 실천, 그 과정에서 미래의 싹을 틔워야 한다. 미래의 싹은 과거로부터 이어져 오는 부정되어야 할 결함을 지닌 현재적 현실을 개혁하는 가운데 구성되는 것이므로 현재는 모순적이다. 현재는 항상 진행되는 순간이며 '중간물'이다. '중간물'은 다음 단계로 넘어가기 위해 거치는 매개항이므로 소멸·극복되어야 한다. '자신을 죽음에 몰아넣지 않으면 안 되는' 이유는 바로 '자신'이 존재론적으로 '중간물'이기 때문이다. 그러기에 아이를 위해 수문을 어깨로 걸머지는 희생, 암흑 속에 잠겨 그것을 전부 감당하려는 '그림자'의 형상, 다 타 버릴 것을 결심하는 '죽은 불꽃'의 형상, 무덤을 향해 기어이 걸어가는 '나그네'의 형상 등이 가능해진다. 과거와 미래 사이의 '중간물'적 현재의 시간에 집착하는 루쉰의 정신구조의 당연한 귀결이다.

　루쉰이 보기에 진정한 미래는 현재의 자기 부정을 거쳐 이루어지므로 현재의 자기 부정을 위해서는 현실을 정시해야 한다. 그런데 현재의 현실을 정시하기 위해서는 현재의 현실이 구성되어 온 과거의 흐름 또한 철저하게 파악하지 않을 수 없다. 현재는 과거로부터 진행되어 온 그 무엇이기 때문이다. 현재적 현실의 결함을 정확하게 인식하고 그것과 대결하기 위해서는 그 근원을 밝혀야 한다. 그것은 과거의 시간적

---

38) 「元旦憶感」, 『許廣平文集(第二卷)』(江蘇文藝出版社, 1998), p.149.

흐름 속에서 더듬을 수밖에 없다. 말하자면 암흑의 현실에 대한 돌파구를 전향적으로 모색하기 위한 미래를 기획하기보다, 거꾸로 암흑의 현실 기원을 되물음으로써 그 근원을 과거로 소급하여 찾는 것이다. "그것을 펼쳐봄으로써 현재의 상황이 그 때 모습과 얼마나 비슷하며, 현재의 어리석은 행위나 멍청한 생각이 그 때에도 이미 있었고, 게다가 모든 것이 엉망이었음을 알 수 있다"[39] 현재적 시간으로서의 암흑의 현실을 개혁하기 위해 과거를 들추어 보고 분석하지 않을 수 없는 이유가 바로 여기에 있다.

루쉰 소설이 대부분 지난 일을 소재로 하여 현재적 결함의 근원을 탐색하고 있는 것은 미래의 불신과 희망의 유보적 태도, 즉 루쉰의 시간의식과 밀접하게 관련되어 있다. 그리고 루쉰이 『납함』·『방황』을 창작한 이후에 이렇다 할 소설창작을 내지 못한 것도 이와 관련이 있다. 루쉰이 『납함』·『방황』 이후에 실질적으로 소설창작을 그만두게 된 것은 상상되는 미래 또는 관념으로 제시되는 황금세계의 이상을 부정하고 있었던 사실에서 연유한다. 1928년 혁명문학논쟁을 거치면서 중국 사회는 이제 상상되는 미래를 현재적으로 묘사해야 하는 상황에 놓이게 되었다. 혁명문학논쟁에서 펑나이차오(馮乃超)는, "몰락한 봉건정서를 추도하고 있다"고 하여 "그가 반영하는 것은 사회변혁기의 낙오자의 비애일 뿐이다"라고 루쉰을 비판했고,[40] 첸싱춘은, "소시민계급의 관찰자"로서 "병태적인 국민성을 표현한 작가"이지만 "지금 우리 시대의 표현자가 아니다"라고 루쉰을 비판했다.[41] 이러한 비판은 루쉰 소설이

---

39) 「這個與那個」, 『華蓋集』, 『魯迅全集(3)』, p.139.
40) 馮乃超, 「藝術與社會生活」, 『文學運動史料選(第二冊)』(上海敎育出版社, 1979), p.8.
41) 錢杏邨, 「死去了的阿Q時代」, 앞의 책, p.46.

밝은 미래를 제시하지 못하고 그저 지난 일을 소재로 현재적 결함의 근원을 탐색하는 데에만 머물러 있었기 때문에 나온 것인데, 이러한 시대 분위기 속에서 루쉰의 소설창작은 더 이상 진행될 수 없었다.

물론 루쉰은 1930년대에 이르러 『고사신편』의 작품을 창작하여 죽기 직전에 마무리짓는다. 그런데 『고사신편』이야말로 관념적으로 구성되는 상상의 미래에 대한 불신과 희망에 대한 유보적 태도의 직접적인 반영이며, 소설창작을 그만두게 된 이유를 밝힌 루쉰 자신의 간접적인 대답이라 할 수 있다. 『고사신편』이 모두 신화·전설과 역사적 인물을 소재로 하고 있는 것만 보아도 루쉰의 창작은 과거의 소재에 쏠려 있었다. 상상되는 미래를 염두에 둔 소설창작을 진행할 수 없었던 루쉰은 결국 잡문의 형식을 빌려 문학가로서 현실에 대응해 나갈 수밖에 없었다. 『고사신편』이 소설창작을 멈추게 된 이유에 대한 루쉰의 간접적인 대답이라고 한다면, 역설적이지만 『고사신편』이야말로 루쉰의 본질을 이해할 수 있는 중요한 창작이라 할 수 있다.

루쉰은 잡문을 통해 현실문제에 직접적으로 개입하지만 그 개입방식은 문제의 소재와 그 뿌리를 과거의 시간적 흐름 속에서 찾고 있다는 데 그 특징이 있다. 이는 루쉰의 소설창작이 지난 일을 소재로 하고 있는 것과 동일한 맥락이다. 현실의 문제를 정시하기 위해 역사를 탐구하는 것은 당연하다. 왜냐하면 현실은 과거로부터 진행되어 온 현재적 현실이고, 그 현실을 문제삼아 비판적으로 정시하기 위해서는 문제의 소재를 과거로 소급하여 찾지 않을 수 없기 때문이다. 과거의 역사적 경험을 탐구함으로써 거기서 발견되는 결함은 지속적인 시간흐름 속에서 현재에도 여전히 작동하고 있을 것이므로 문제의 관건을 발견할 수 있다. 루쉰이 현재의 시간에 발을 딛고 서서 과거로 얼굴을 향하고 있는 것은 이 때문이다. 말하자면, 뒤를 바라보며 미래를 향해 나아가는 그런 형국이다. 앞의 미래만 보고 걸어가는 사람, 과거만 보고 거슬러 가는 사람의 입장에서 보면, 루쉰은 기형적인 형태로 걸어가는 모습으로 비친다. 이 기형적인 모습이 곧 루쉰의 한 특징이며, 루쉰 정신의 어떤 측면을 형상적으로 보여 준다.

그러기에 과거의 탐구로서 루쉰의 민족주의는 국수주의나 배타적 민족주의로 떨어질 위험이 감소된다. 루쉰에게 민족주의는 자기 정체성을 확립하기 위한 방법의 차원이지 그것을 이념형으로 고착화시켜 맹목적으로 추종하거나 집착하는 대상이 아니다. "끝없이 넓고 아름답고 가장 사랑스런 우리 중국이여! 진실로 세계의 보고(寶庫)이며 문명의 비조(鼻祖)이다"42)라는 믿음을 전제하지만, 이러한 믿음은 현실을 정확하게 인식하기 위한 출발로서 맹목적인 자존(自尊)을 비판하기 위한 전제일 뿐이다. "중앙에 우뚝 서서 비교할 대상이 없었기 때문에 더욱 자존(自尊)은 커져 갔고, 자기 것만 소중하게 생각하며 만물을 깔보는 것이 인정상 당연한 것으로 여겨져 도리에 크게 위배되는 것은 아니었다. 그렇지만 비교할 대상이 없었기 때문에 안일함이 나날이 지속되면서 쇠퇴하기 시작하였고, 외부의 압박이 가해지지 않자 진보 역시 중지되었으며, 사람들은 무기력해지고 제자리에 머물게 되면서 그것이 절정에 달해 훌륭한 것을 보아도 배울 생각을 하지 않게 되었다."43) 자기 문명의 맹목적인 추종이나 집착은 스스로 우월감에 빠지도록 내몰고, 외래문명의 수용을 통한 끊임없는 자기 변혁을 추구해야 할 의무를 망각하게 만든다. 결국 그것은 자기 문명을 쇠락(衰落)으로 이끈다. 따라

---

42) 「中國地質略論」, 『集外集拾遺補編』, 『魯迅全集(8)』, p.3.
43) 「文化偏至論」, 『墳』, 『魯迅全集(1)』, p.44.

서 민족문명의 자존은 그것이 자기 정체성을 확립하는 한에서 긍정될 수 있지만, 그것의 맹목적인 추종과 집착은 오히려 자기 파멸을 가져올 뿐이다. 루쉰은 중국 문명에 대해 이러한 태도를 견지하고 있었기 때문에 청년시절 "국수(國粹)를 필사적으로 껴안고 있는 사람들"[44]을 비판할 수 있었고, 신문화운동 시기에 국수보존의 문제가 제기되었을 때 국수이든 아니든 "우리를 보존하는 것이 확실히 제일의(第一義)적인 것이다"[45]라고 피력할 수 있었다.

일상 속의 영원한 혁명

1926년 6월 류반농(劉半農)이 『세계일보(世界日報)』의 부간(副刊)을 편집하게 되었을 때 루쉰을 찾아가 원고를 청탁했다. 이에 응해서 루쉰은 그냥 두면 잊어버릴 '감상(感想)'을 적은 「즉흥일기」를 쓰겠다고 했다. 이 「즉흥일기」의 6월 28일자 일기에서 루쉰은 병이 나서 약을 사러 갔을 때 겪게 된 일상경험을 이렇게 기록했다.

목적지인 약방에 도착했을 때 바깥에서 한 무리 사람이 둘러서서 두 사람이 말다툼하는 것을 구경하고 있었다. 엷은 남색의 낡은 양산이 마침 약방의 문을 막고 있었다. 내가 그 양산을 밀었을 때 아주 묵직하게 느껴졌고, 마침내 양산 아래서 누군가가 고개를 돌리며 "무슨 일이야?"라고 말했다. 나는 약을 사러 들어간다고 대답했다. 그는 아무 말 없이 다시 고개를 돌려 말다

---

44) 「科學史敎篇」, 『墳』, 앞의 책, p.26.
45) 「隨感錄35」, 『熱風』, 앞의 책, p.306.

툼을 구경했고, 양산의 위치도 변함이 없었다. 나는 대단한 결심을 하고 맹렬하게 돌진하지 않을 수 없었다. 돌진하니 뚫고 들어갈 수 있었다.46)

위 일기의 내용은 중국인 또는 중국 현실에 대한 루쉰의 '감상'을 표현하고 있는데, 평범한 에피소드에 지나지 않지만 그냥 지나칠 수 없는 깊은 의미가 담겨 있다. 밀었을 때 묵직하게 느껴지는 양산, 두 사람의 말다툼을 구경하며 약방의 문을 막고 있는 그 양산을 든 사람, 약을 사러 간다는 말에 전혀 반응을 보이지 않고 양산의 위치도 변함이 없는 그런 태도, 우격다짐으로 밀고 들어갈 수밖에 없고 또 돌진하니 뚫고 들어갈 수 있는 상황, 이것이 중국인 또는 중국 현실에 대한 루쉰의 '감상'이다. 청년시절 루쉰이 동정과 분노를 동시에 표시했던 '노예'의 지속적인 경험이다. "노예가 눈앞에 서 있으면 반드시 진심으로 슬퍼하고 질시했다. 진심으로 슬퍼한 것은 그들의 불행을 안타까워했기 때문이며, 질시한 것은 그들이 싸우지 않음을 분노했기 때문이다."47) 그 불행을 동정하고 그 싸우지 않음을 분노할 수밖에 없는 '노예'의 중국인을 대상으로 중국 개혁을 추진하는 일은 매우 지난한 과정이다. 특히 합리적 언어나 논리로써 이해시킬 수 없는 중국인을 대상으로 그들과 함께 중국을 전진시켜 나가는 일은 더욱 어렵다. 중국의 개혁은 이런 중국인과 함께 진행해야 하므로 합리적 언어나 논리적 이념으로 제시되는 혁명의 외침은 공허한 메아리가 되기 십상이다. 루쉰의 중국 개혁은 이런 중국인을 대상으로 포함하면서 그들과 함께 나아가야 한다는 심각한 자각에서 시작한다. 동정과 분노를 동시에 표시해야 하는 이 이중적 태

---

46)「馬上日記」,『華蓋集續編』,『魯迅全集(3)』, p.315.
47)「摩羅詩力說」,『墳』,『魯迅全集(1)』, p.80.

도야말로 중국 개혁의 절박성을 각인시켜 주고, 중국 개혁의 방법론을 심각하게 고민하도록 이끈다. 특히 신해혁명의 실패경험을 통해 루쉰은 실제로 혁명의 불완전성을 절감했고, 일반 국민에 가졌던 기대가 무너졌다. "나는 민국의 많은 국민이 도리어 민국의 적이라고 생각한다." "나는 많은 열사의 피가 다 사람에게 짓밟혀 사라졌다고 생각한다. 그렇지만 고의는 아니라고 생각한다. 나는 무엇이든지 다 새롭게 해 나가야 한다고 생각한다."48) 루쉰의 혁명사고는 이러한 냉철한 현실인식에서 출발한다.

루쉰은 죽기 직전에 쓴 장타이옌(章太炎)에 관한 글에서 "선생의 업적은 사실 혁명사에 남는 것이 학술사에 남는 것보다 크다고 본다"라고 했다. 중국의 '국학'을 세우는 데 지대한 공헌을 한 장타이옌이지만 루쉰이 일본 유학시기에 장타이옌의 강의를 들으러 갔던 것은 그가 학자였기 때문이 아니라 학자이면서 혁명가였기 때문이었다.49) 루쉰이 죽기 직전에 장타이옌에 관한 글을 두 편이나 써서 장타이옌을 기린 것은 "혁명의 뜻을 굽히지 않은 것 또한 같은 시대에 이보다 더한 적이 없고, 이것이 바로 선철(先哲)의 정신이며, 후생(後生)에의 모범이기"50) 때문이었다. 루쉰이 보기에 장타이옌은 혁명에 대한 굳은 신념을 지켜 나간 삶 자체가 혁명이었다. 그렇다면 루쉰은 혁명을 어떻게 생각하고 받아들였을까?

루쉰은 자신이 변발을 자른 사실과 관련하여 "내가 변발을 자른 것은 내가 월지방 사람(越人)이고 월지방은 옛날 '단발문신('斷髮文身')'을 했

---

48) 「忽然想到3」, 『華蓋集』, 『魯迅全集(3)』, p.16.
49) 「關于太炎先生二三事」, 『且介亭雜文末編』, 『魯迅全集(6)』, p.546 참조.
50) 앞의 글, 앞의 책, p.547.

다고 해서 그 풍습을 따랐기 때문은 아니며, 혁명적 동기가 있었기 때문에서도 아니다"라고 하고, 그렇게 한 것은 "첫째 모자를 벗을 때 불편했고, 둘째 체조할 때 불편했고, 셋째 둘둘 말아서 정수리에 올려놓는 것이 기분에 좋지 않았기 때문이다"라고 했다.51) 루쉰이 변발을 자른 것은 일본 유학을 시작한 지 얼마 지나지 않은 시점인 1903년의 일이다. 이 때 루쉰은 변발을 자른 자신의 모습을 사진으로 담고 그 뒷면에 7언절구를 지어 친구인 쉬서우창(許壽裳)에게 보냈다. 루쉰은 이 시의 마지막 구에서 "나는 내 피를 조국에 바치련다"라고 하여 변발을 자른 자신의 포부를 밝혔다. 청년시절 변발을 자른 것은 결연한 의지의 표현이며, 그 속에는 애국정신과 개혁에의 헌신정신이 담겨 있다고 할 수 있다. 그런데 죽기 직전에 씌어진 이 인용문에서 루쉰은 변발을 자른 것은 혁명과 무관하며 오히려 불편함 때문이었다고 회고하고 있다. 여기서 변발을 자른 사실과 불편함의 관계는 루쉰의 혁명입장을 이해할 수 있는 매우 중요한 단서를 제공해 준다. 변발을 자르는 행위는 전통과의 단절, 즉 혁명에의 강한 의지의 표현으로 읽을 수 있는데, 이 때 문제가 되는 것은 혁명의 당위성이 아니라 혁명의 방법이다.

　루쉰에게 혁명은 선언적으로 제시되는 과업이 아니다. 그것은 일상 속에서 이루어지는 그 어떤 변화의 모습이다. 과거 단발하던 월지방의 풍습을 설명한 뒤를 이어 루쉰은 진정한 혁명가였다고 생각한 황싱(黃興)을 이렇게 묘사하고 있다. "황커챵(黃克强, 즉 황싱) 같은 사람은 도쿄에서 사범학교 학생이었을 때는 한번도 단발하지 않았었고, 드러내 놓고 혁명을 입에 올린 일도 없었다." 변발을 자르지도 않고 혁명을 입에

---

51) 「因太炎先生而想起二三事」, 앞의 책, p.559.

올린 일도 없는 황싱을 묘사한 것은 변발을 자르는 일회적인 행위나 혁명이라는 말을 입에 담는 선언적 행위가 곧바로 혁명으로 연결되는 것이 아님을 여실히 보여 준다. 대나무 젓가락으로 변발을 틀어 올리고 두어 사발 술을 마신 뒤 혁명을 외쳤던 혁명가가 바로 아Q가 아니었던가. "혁명도 괜찮겠군"이라고 생각한 아Q는 "모반이야! 모반!"이라고 외쳤던 가짜 혁명가였다.52) 혁명은 구호로써 외치는 것이 아니라 일상 속의 불편함을 제거하는 가운데 달성된다. 이 점에서 루쉰이 생각하고 있는 혁명은 일상 속에서 진행되는 구체적 행위로서의 혁명이다. "'혁명'이란 실은 별로 희한한 일이 아닙니다. 그것이 있어야만 사회는 개혁되며 인류는 진보하는 것입니다. 아메바(原蟲)에서 인류로, 야만에서 문명으로 발전할 수 있었던 것은 한시라도 혁명하지 않는 때가 없었기 때문입니다."53) 순간적 일시적 혁명이나 구호로 외치는 혁명은 진정한 혁명이 아니다. "지금도 아직 끝나지 않은" 혁명은 언제 어디서나 지속적으로 수행되어야 할, 완결되지 않는 그 무엇이다. "혁명이란 별로 희한한 일이 아닙니다. 오늘날까지도 멸망하지 않은 민족은 모두가 매일 혁명의 노력을 계속하고 있는 것입니다. 다만 거의 대부분이 소혁명입니다만."54) 일상 속에서 구체적인 실천을 통해 개혁을 추구하는 소혁명(小革命)으로서의 혁명이 진정한 혁명이다. 루쉰의 입장에서 혁명은 바로 지속적으로 추진해야 할 이 소혁명이었다고 해도 과언이 아니다. 불편하기 때문에 변발을 잘랐다고 표현한 루쉰의 회고는 소혁명을 긍정할 때 이해될 수 있는 루쉰적 사유방식이다. 동정과 분노를 동시에

---

52) 「阿Q正傳」, 『吶喊』, 『魯迅全集(1)』, p.513 참조.
53) 「革命時代的文學」, 『而已集』, 『魯迅全集(3)』, p.418.
54) 앞의 글, 앞의 책, pp.418~419.

표시할 수밖에 없는 '노예'의 중국인, 약방문을 양산으로 막고서 말다툼을 구경하고 있는 그 중국인을 대상으로 그들과 함께 개혁을 추진해야 하는 중국 현실을 심각하게 고민한 결과이다.

또한 혁명은 공포를 안겨 주는 것이 아니라 삶을 보장한다. "사실 혁명은 사람을 죽게 하는 것이 아니라 살게 하는 것이다"[55]라는 루쉰의 언급은 혁명이 공포스런 대상이 아니라 구체적인 일상 속에서 진행되는 그 어떤 변화의 모습이므로 오히려 삶을 적극적으로 보장한다는 것을 뜻한다. 그래서 일상적인 삶 속에서 진행되는 행위로서의 혁명은 결코 구호, 즉 말이나 붓으로써 주어지는 것이 아니다. 왜냐하면 "말하는 사람도 말할 수 있는 데 지나지 않고, 붓을 놀리는 사람도 붓을 놀릴 수 있는 데 지나지 않기"[56] 때문이다. 혁명은 '구호'나 '기치'에 의해 구현되는 것이 아니라 구체적·일상적인 행위 속에서 구현된다. 1930년 대에 좌익문단에서 '국방문학(國防文學)'이라는 슬로건이 주창되었을 때 루쉰은 '민족혁명전쟁 중의 대중문학'을 내세우면서 맞섰다. 국방문학파가 '국방문학'이라는 구호 아래 문단을 단일화하려 하자, "나는 항일전선에서는 여하한 항일역량이라도 환영해야 하며, 동시에 문학상에서는 작가가 새로운 의견을 제출하여 토론하는 것을 허용할 일이며, '남달리 기발한 생각을 표방하더라도' 결코 두려워할 필요가 없다고 생각한다"[57]라고 하여 '국방문학'의 주장이야말로 분파주의적 태도의 산물이라고 지적했다. 이 때 루쉰은 "문제는 구호의 다툼에 있는 것이 아

---

55) 「上海文藝之一瞥」, 『二心集』, 『魯迅全集(4)』, p.297. 당시 혁명문학파의 태도가 사람들에게 혁명은 아주 무시무시한 일로 여기도록 하고, 혁명이 닥쳐오면 비혁명자는 모두 죽게 되는 듯한 인상을 준 데 대한 루쉰의 비판이 담겨 있다.

56) 「導師」, 『華蓋集』, 『魯迅全集(3)』, p.55.

57) 「答徐懋庸幷關于抗日統一戰線問題」, 『且介亭雜文末編』, 『魯迅全集(6)』, p.532.

니라 실행(實做)에 있는 것이다"58)라고 강조했다. '기치(旗幟)'만을 내
세운다면, "치료할 약도 없고 중국에게 소용이 없을 뿐만 아니라 오히
려 해로운 것이기"59) 때문이다. 당시의 항일(抗日) 역시 혁명의 한 일
환이라 할 때, 그것은 일상 속의 구체적인 행위와 실천 속에서 지속적
으로 수행되어야 할 그 무엇이다.

　루쉰은 쉬광핑에게 보내는 편지에서, 만일 기로와 막다른길에 이르
게 된다면 자신이 취할 행동방식을 밝힌 바 있다. 묵적(墨翟)은 '기로
(岐路)'를 만나서 통곡하고 돌아갔지만 자신은 울지도 않고 돌아서지도
않으며 한숨을 쉬거나 한잠 자고 나서 갈 말한 곳을 골라 계속 걸어간
다고 했다. 또 완적(阮籍)은 '막다른 길(窮途)'을 만나서 한바탕 울고 돌
아갔지만 자신은 '기로'를 만났을 때와 같은 방법으로 잠시 쉬거나 잠
을 잤다가 가시덤불을 헤쳐 걸어간다고 했다.60) 일상 속의 영원한 혁
명을 믿는 자만이 기로나 막다른 길을 만났을 때 잠시 쉬거나 한 잠자
고 나서 다시 갈 말한 길을 골라서 가거나, 아니면 가시덤불을 헤쳐 나
아갈 수 있다. 루쉰이 급박한 현실상황을 인식하면서도 문을 걸어 잠
그고 『당송전기집(唐宋傳奇集)』을 교감할 수 있었던 것도 이러한 맥락
에서 이해할 수 있다. "조국 땅을 돌아보니 발걸음이 옮겨지지 않는데,
날아가는 빠른 세월을 이렇게 다 써 버렸으니, 아아, 이 어찌 나의 생
을 잘 꾸렸다고 할 것인가. 그러나 부득이한 일이다."61)

　그러기에 루쉰에게 침묵은 저항의 또 다른 표현방식이며, 변형된 형
태로 혁명을 지속하는 방법이다. "억지로 가라고 하면 물론 그럴 수는

---

58) 앞의 글, 앞의 책, p.534.
59) 앞의 글, 앞의 책, p.538.
60) 『兩地書』, 『魯迅全集(11)』, pp.15～16
61) 「唐宋傳奇集・序例」, 『古籍序跋集』, 『魯迅全集(10)』, p.141.

있지만, 반드시 내 뜻대로 하고 싶은 말을 해야 하며, 그렇지 않으면 나는 차라리 시체처럼 아무 소리도 내지 않습니다."62) 영원한 혁명을 믿는 자의 침묵은 일시적 침묵이므로 그것은 잠시 쉬어 가는 것의 다른 표현이다. 그것은 저항의 몸짓이다. 루쉰은 죽음을 얼마 남겨두지 않은 시점에서 「죽음」이라는 글을 썼다. 여기서 서양인은 임종 때 곧잘 의식(儀式) 같은 것을 행하여 타인의 용서를 빌고 자기도 타인을 용서한다는 이야기를 떠올리기도 했지만, 자신은 오히려 용서하지 않겠다는 강한 의지를 표명했다. "나의 적은 상당히 많다. 만일 신식을 자처하는 사람이 묻는다면 어떻게 대답할까. 나는 생각해 보았다. 그리고 결정했다. 그들이 멋대로 원망하도록 하라지. 나 역시 한 사람도 용서하지 않겠다."63) 이처럼 루쉰의 저항은 침묵의 죽음 이후에도 지속된다. 「나그네」에서 '나그네'가 무덤을 지난 다음의 세계를 묻는다든지, 「사후」에서 시체가 사람들이 '나'를 어떻게 대하는지를 관찰한다든지 하는 것은 일상 속에서 진행되는 영원한 혁명을 믿는 주체를 형상적으로 보여주고 있다.

모순의 통일적 주체

루쉰은 자신의 모순적 상황을 구체적으로 이렇게 진술한 바 있다. "사실 나의 의견은 원래가 명료하기 쉽지 않다. 왜냐하면 그 속에는 본래 여러 가지 모순이 있어 나더러 스스로 말하라 하면, 아마 '인도주의'

---

62) 「海上通信」, 『華蓋集續編』, 『魯迅全集(3)』, p.401.
63) 「死」, 『且介亭雜文末編』, 『魯迅全集(6)』, p.612.

와 '개인주의'의 두 가지 사상의 소장기복일 것이다. 그래서 나는 문득 남을 사랑하고 문득 남을 증오한다. 일을 할 때 때로는 확실히 남을 위하고, 때로는 오히려 스스로를 위해 즐긴다. 때로는 의외로 희망 때문에 생명을 급히 소모시키는데, 그래서 일부러 목숨을 걸고 일을 해 나간다. 이 밖에 혹시 다른 도리가 있는지 스스로도 그다지 명료하지 않다."[64] 앞서 언급하였듯이 이러한 모순적 상황의 시적 진술이 『야초』에는 많이 나온다. 그리고 루쉰은 『야초』를 창작하기 이전에 그와 유사한 형태의 작품을 실험적으로 창작한 적이 있다. 1919년 8월에 씌어진 「자언자어(自言自語)」가 그것이다. 이 글은 「서」를 제외하고 여섯 개의 작품으로 구성되어 있는데, 그 중의 하나가 「불 얼음(火的氷)」이다.[65]

이글거리는 불은 녹아 내린 산호인가?

중간은 녹백(綠白)을 띠고 있어 산호의 심장(心) 같고, 온몸은 붉어서 산호의 육체(肉) 같고, 바깥 층은 검은색을 띠고 있어 산호초(珊瑚焦)이다.

멋지긴 하나, 안타깝게도 잡으면 손을 덴다.

이루 말할 수 없는 차가움(冷)을 만나서 불은 곧 얼어 버렸다.

중간은 녹백(綠白)을 띠고 있어 산호의 심장(心) 같고, 온몸은 붉어서 산호의 육체(肉) 같고, 바깥 층은 검은색을 띠고 있어 역시 산호초(珊瑚焦)이다.

멋지긴 하나, 안타깝게도 잡으면 곧 불에 덴 듯 손을 얼게 한다.

불, 불 얼음, 사람들은 그를 어찌할 수 없으며, 그 스스로도 괴로운가?

---

64) 『兩地書』, 『魯迅全集(11)』, pp.79~80.
65) 나머지 다섯 작품은 「고성(古城)」, 「게(螃蟹)」, 「파도(波儿)」, 「나의 아버지(我的父親)」, 「나의 동생(我的兄弟)」이다.

아, 불 얼음.

아, 아, 불 얼음의 사람이여!66)

「서」의 설명에 따르면 화자인 내가 타오(陶) 노인의 혼잣말을 엿듣고
서 기록하여 남겨둔다고 했다. 그런데 타오 노인의 혼잣말은 실은 작가
자신의 내면의 목소리임을 쉽게 짐작할 수 있다. 제목인 「자언자어」가
시사하듯이 이것은 타오 노인의 혼잣말이지만, 화자인 작가의 독백으
로 보아 무방하며 루쉰 내면의 목소리라고 할 수 있다.

「서」에서 타오 노인은 이렇게 묘사된다. 남녀가 모두 시시콜콜한 한
담을 나누며 이야기를 주고받고, 아이들도 노래부르는 자는 노래부르
고 수수께끼 푸는 자는 수수께끼를 푼다. 다만 타오 노인은 매일 혼자
앉아 있다. 그는 일평생 읍내로 들어간 적도 없고, 견식도 제한적이어
서 할 말도 없었다. 게다가 눈이 침침하고 귀가 잘 들리지 않아 이러쿵
저러쿵 묻고 답하고, 이러쿵저러쿵 떠들며 말하는 것을 아주 싫어했으
며, 그래서 그에게 상관하는 사람은 없었다. 그는 오히려 늘 눈을 감고
스스로 무언가 말하는 것이었다. 자세히 들어보면 비록 '황당한 말(昏
話)'이 많았지만 가끔씩 대략 뜻이 통하는 몇 단락이 있었다. 화자가 기
록한 타오 노인의 이런 '황당한 말' 중 하나가 인용문 「불 얼음」이다.
타오 노인이 작가의 대체물이라고 한다면, 「불 얼음」은 작가가 혼잣말
로 내뱉은 내면의 목소리이다. 그렇다면 인용문에서 '불 얼음 사람(火的
冰的人)'은 루쉰의 내면적 자아를 형상화한 것이라고 해도 좋을 것이다.
루쉰은 스스로 '불 얼음' 또는 '불 얼음 사람'으로 형상화하고 있는 것이

---

66) 「自言自語」, 『集外集拾遺補編』, 『魯迅全集(8)』, p.92.

다. 여기서 불과 얼음은 원래 모순적인 대립물이므로 그것이 하나로 결합된다는 것은 있을 수 없다. 물리적 현상 내지 상식으로 볼 때 불은 얼음을 녹이고 얼음은 불을 끄므로 그것이 하나로 결합된다는 것은 불가능하다. 그런데도 루쉰은 굳이 모순적 대립물을 하나로 결합하여 '불 얼음 사람'이라고 형상화한 것은 왜일까?

루쉰은 스스로 자신을 모순적 대립물의 통일체로 인식하고 있었음을 암시한다. 모순적 대립물의 통일체로서 '불 얼음 사람'인 루쉰은 그 영혼이 결국 '불 얼음'인 것으로 풀이할 수 있다. 그렇다면 루쉰의 모순적 상황은 분열적인 모순이 아니라 통일적인 모순이다. 모순은 모순이되 분열적이 아니라 통일적이라는 데 주목해야 한다. 루쉰은 모순적 통일체를 지향한다. 루쉰에게 발견되는 모순적 상황은 그저 앞뒤가 맞지 않는다고 해석할 것이 아니라, 그것이 어떻게 결합되어 통일체를 이루고 있는가가 더욱 중요하다. 달리 말하면 기존의 화법 속에서는 모순적일지라도 모순적 대상들이 결합되어 하나의 통일체를 구성한다면 이는 기존의 화법으로는 설명할 수 없는 또 다른 세계를 염두에 둔 것이며, 기존의 화법을 넘어서는 무언가를 지향하고 있음을 뜻한다.

타오 노인은 이러쿵저러쿵 묻고 답하고 이야기하는 것을 아주 싫어하여 사람들은 그에게 관심을 보이지 않는다. 타오 노인은 현실의 일상과 다른 세계에서 속해 있어 남들과 분리되어 고독한 사람이다. 그래서 타오 노인의 독백적 진술은 '황당한 말'일 수밖에 없다. 하지만 주위의 보통사람이 보기에 그것은 모순적인 진술일지라도 타오 노인의 내면적 진실은 모순이 통일된 세계이며, 그것은 또 다른 세계, 즉 제3의 세계를 구성한다. '황당한 말'이 직접적인 진술로 표현될 경우 그것은 모순이 되어 정신분열로 떨어질 수 있지만, 형상을 통해 표현될 경우 그것은 통일되어 또 다른 세계를 표현할 수 있다. '불 얼음'은 바로 모순적인 인식을 통일시켜 주는 형상적인 표현인 것이다.

1937년 마오뚠(茅盾)은 루쉰의 『고사신편』을 두고, 역사를 제재로 한 개척적인 문학작품으로 평가하면서 다종다양한 형식의 변화를 보여 주어 귀중한 모범적 형식을 수립하였으며, 더욱 중요한 것은 내용의 심각성으로서 "『고사신편』에서 루쉰 선생은 그의 특유의 예리한 관찰, 전투적인 열정, 그리고 창작의 예술로써 비단 '옛사람을 더욱 죽게 쓰지 않았을' 뿐만 아니라, 고대와 현대를 착종·교융(交融)하여 하나가 둘이 되고, 둘이 하나가 되게 하였다"67)라고 했다. '하나가 둘이 되고, 둘이 하나가 되다'라는 표현은 바로 대립물의 통일을 가리킨다. 다케우치가 루쉰의 소설에는 '타원의 두 초점'과도 같은 '두 개의 중심'이 있다고 한 것은 대립물의 통일적 구조라는 측면에서 볼 때, 어쩌면 마오뚠의 관점을 잇고 있는 것인지도 모른다. 이러한 관점은 왕후이에게도 이어져 좀더 세밀한 분석이 시도된다. 왕후이는 루쉰 소설에서 희망과 절망, 광명과 암흑, 삶과 죽음이 서로 대립의 방식으로 존재할 뿐만 아니라, 서로 풍자하는 방식을 통해 원래의 선명하던 주제와 명확하던 시비를 모종의 복잡하고 혼돈된 상태로 만들고 있다고 하여 "희망/절망 두 요소 사이의 역설적 관계는 소설의 서사구조 속에서 자체구조를 해체시키거나 와해시키는 요소가 아니라, 보다 깊은 차원에서 볼 때, 절망과 희망의 상호풍자로 조성된 긴장이 도리어 작품의 내적 구조를 안정시키는 역할을 한다"68)고 지적했다. 루쉰의 모순의 통일적 구조는 소설창작 속에서도 구현되고 있는 것이다.

----

67) 茅盾, 「『玄武門之變』序」, 『茅盾全集(21)』(人民文學出版社, 1991), p.283.
68) 전형준 엮음, 『루쉰』, p.146.

루쉰은 『준풍월담(准風月談)』의 「후기(後記)」에서 당시 『중앙일보(中央日報)』에 게재되었던 자신에 대한 평가를 함께 실어 놓았다. "루쉰씨는 이쪽도 마음에 들지 않으며, 저쪽도 마음에 들지 않는다. 따라서 이것을 보아도 느낌이 있고, 저것을 보아도 느낌이 있다."[69] 이쪽과 저쪽에 만족할 수 없는 것은 모순적 상황이지만 그것은 제3의 상황을 설정하고 있기 때문에 생긴 일이다. 제3의 상황은 이쪽과 저쪽에게 사랑과 증오를 동시에 표시하는 모순의 통일체이다. 이 때 루쉰이 제3의 상황을 새롭게 설정하지 않을 수 없었던 것은 중국적 현실과 밀접하게 관련되어 있는바, 이쪽과 저쪽 중 하나를 선택하는 문제가 아니라 둘을 넘어설 수 있는 새로운 전략을 짜는 문제이다. '불 얼음 사람'은 바로 그 일을 수행할 수 있는 주체의 형상화이다. '불'이 '얼음'을 제어하고 '얼음'이 '불'을 억제하는 모순의 통일적 구조로서의 긴장관계를 내면화한 주체인 것이다.

루쉰의 희망의 유보적 태도는 희망에 대한 완전한 부정을 의미하지 않고, 암흑의 현실과 대결하는 가운데 희망의 싹을 틔어야 하는 고충을 담아내고 있는데, 그것은 스스로 내적 모순을 안고 있다. 결국 '불 얼음 사람'은 희망을 유보한 고독자의 자기 형상화이며, 모순의 통일체이다. 미래를 향해 걸어가는 것은 '불'의 속성이지만, 현재의 시간에 발을 딛고 서서 얼굴을 과거로 향하는 것은 '얼음'의 속성이다. '불'과 '얼음'의 팽팽한 긴장관계를 체화한 인간형의 주체가 바로 '불 얼음 사람'이다.

따라서 과거와 미래 사이에 놓인 현재적 시간의 '중간물'적 현존이 일상 속의 영원한 혁명을 수행해야 하는 모순적 주체가 바로 '불 얼음 사

---

69) 「後記」, 『准風月談』, 『魯迅全集(5)』, p.401.

람'이다. '불 얼음 사람'은 모순의 통일적 주체의 존재론적 양태라고 한
다면 '쩡짜', '절망에 반항하는 인생태도', '적막과의 대결'은 바로 그런
주체의 수행적 실천양태라고 할 수 있다.

계몽주의적 시각을 넘어서

이제까지 루쉰의 모순적 정신구조의 특징을 살펴보고, 그것은 과거
와 미래 사이에 놓인 '중간물'적 현재에 집착하는 그의 시간의식에서 비
롯되었다는 점을 지적하였고, 그러한 시간의식에 근거한 모순적 정신
구조의 특징으로 말미암아 루쉰은 내적 모순을 극복해 나가기 위해 일
상 속의 영원한 혁명을 지속하지 않을 수 없었다는 점도 지적하였다.
또한 루쉰의 모순적 정신구조가 정신분열로 떨어지지 않는 것은 모순
을 통일시켜 내는 어떤 근원적인 힘이 그 내부에 작동하고 있기 때문인
데, 그것은 모순의 통일적 주체인 '불 얼음 사람'의 형상을 통해 고찰하
였다.

루쉰은 그의 첫 번째 잡문집 『열풍(熱風)』을 펴내면서 머리말인 「제
기(題記)」에서 자신의 글이 '차갑다(冷)'는 주위의 평가에 맞서, "나는
오히려 주위의 공기가 너무 차갑다(寒冽)고 느낀다"고 하였고, 그래서
오히려 자신의 잡문집 제목을 '열풍'이라 하였다고 설명했다.[70] 잡문집
제목을 '열풍'(뜨거운 바람)이라 한 것은 주위평가에 대한 풍자일 수 있으
나, 달리 보면 '차가움' 속에는 오히려 '뜨거움'이 감추어져 있음을 독자

---

70) 「題記」, 『熱風』, 『魯迅全集(1)』, p.292 참조.

들이 발견해 주기를 바라는 소망의 표현으로 읽을 수 있다. 그리고 루쉰은 중국 문명의 작동원리를 노예놀음으로 규정한 바 있는데, 루쉰의 냉정한(차가운) 중국 역사비판의 그 이면에는 중국 역사에 대한 그의 무한한 애정(뜨거움)이 감추어져 있다. '4000년 동안 사람을 잡아먹은 이력을 가진 나'를 자각하는 '광인'처럼 루쉰의 중국 역사비판 속에는 철저한 자기 반성이 숨어 있기 때문이다. "지금의 이 '가련한' 시대에서 죽일 수 있어야 살 수 있고, 증오할 수 있어야 사랑할 수 있고, 살 수 있고, 사랑할 수 있어야 문명화될 수 있다"는 현실적인 절박함 때문에 루쉰은 냉정하고 철저한 역사비판을 수행하지 않을 수 없었다. '차가움' 속에서 '뜨거움'을 발견할 수 있고 '증오' 속에서 '사랑(애정)'을 발견할 수 있을 때, 즉 루쉰의 모순적 정신구조의 내막을 정확하게 감지할 수 있을 때, 루쉰은 우리 곁에 훨씬 가까이 다가와 있을 것이다.

2000년 이후 중국에서는 루쉰 논쟁이 벌어지면서 루쉰을 비판하는 글이 발표되고 루쉰의 가치를 어떻게 평가할 것인가 하는 논의가 전개되었다. 그 중에서 1990년대 중국에서 대중적 인기를 누렸던 소설가 왕쉬(王朔)의 루쉰 비판은 문제적이었다. 그는 소설가에서 비평가로 변신하면서 라오서(老舍), 진용(金庸), 루쉰 등을 비평하였고, 특히 루쉰을 부정적으로 평가했다. 루쉰은 장편소설을 쓰지 않았다는 점이 그의 문학적 성취를 평가하는 데 큰 결함이라 지적하고, 루쉰은 오로지 잡문과 몇 편의 단편소설에만 의지하여 명성을 유지하기 어렵다고 하였다. 그리고 루쉰의 사상은 '아무것도 없다(一無所有)'71)라고 결론을 지으며

---

71) '아무것도 없다(一無所有)'라는 이 말은 원래 루쉰이 「추야(秋夜)」와 「무덤 뒤에 쓰다(寫在 『墳』後面)」에서 자신을 형상적으로 표현하기 위해 사용했는데, 왕쉬는 루쉰을 비판하기 위해 그것을 표면적인 의미 그대로 이용했다.

극단적인 평가를 내리기도 했다.72) 일부 중국인들의 이러한 루쉰 비판은 물론 당혹스러울 수 있지만, 그것은 그 동안 중국인들이 루쉰을 지나치게 신성화시켜 온 것의 반발로 이해할 수 있다. 특히 1990년대 이후 중국에서 포스트모더니즘(後現代主義)적 경향이 유행하면서 다양성을 추구하고자 하는 일부 지식인들의 소망이 반영된 것이다. 왕푸런(王富仁)의 지적처럼 과거 루쉰 연구자들이 '루쉰을 지키자'라는 구호를 지나치게 강요해 왔던 것이 사실이기 때문이다.73)

2000년 이후에 일어난 루쉰 비판은 그 동안 루쉰과 그의 작품이 누려왔던 문학적·사상적 권위의 도전이라 할 수 있다. 이는 마오쩌둥(毛澤東) 시대 이후 국가 권력이 구축해 온 루쉰과 그의 작품의 정전화(正典化)에 대한 비판을 담고 있으며, 동시에 반봉건 계몽을 주도했던 1980년대 중국의 계몽적 지식인들이 구축한 루쉰의 절대화에 대한 비판을 담고 있다. 다른 측면에서, 1990년대 중반까지만 해도 중국인의 내면의식 속에는 중국이 세계문명에서 뒤떨어져 있다는 낙오감이 팽배해 있었으나, 세기가 교차하는 시점부터 급속한 경제성장에 힘입어 그러한 낙오감이 자신감으로 바뀌었고, 루쉰 비판은 바로 이러한 중국인의 자신감과 맞물려 있는 것 같다. 왜냐하면 루쉰은 끊임없이 중국인의 낙후된 국민성을 비판했으니, 이제 그러한 비판은 적절치 않다는 어떤 심리적 거부감이 루쉰의 정전화를 비판하는 사람의 의식 속에 자리잡고 있기 때문이다. 어쩌면 중국 국민성에 대한 루쉰의 철저한 비판정신이 정전화되면서 그것이 어떤 정신적 힘으로 작용하여 경제성장을 가속시켰는지도 모를 일이며, 그 결과 중국인은 자신감의 회복을 통해 이제

---

72) 王朔, 「我看魯迅」, 高旭東 編, 『世紀末的魯迅論爭』(東方出版社, 2001), pp.3~13 참조.
73) 王富仁, 「我和魯迅研究」, 高旭東 編, 앞의 책, p.213.

루쉰을 비판할 수 있는 단계에 이르렀는지도 모른다. 살아 있을 당시에 자기 글의 현재적 가치가 소멸되기를, 즉 하루빨리 죽고 썩어 없어지기를 간절히 바랐던 루쉰의 열망이 이제 실제로 실현되고 있는 것일까?

 루쉰을 지나치게 신성화해 온 그 동안의 편향을 지적하고 비판하는 것은 물론 잘못이 아니다. 하지만 그렇다고 루쉰의 정신과 그의 작품이 지닌 본질적인 의미까지 해체할 이유는 없을 것 같다. 중국이나 우리에게 계몽의 과제는 여전히 현재적 과제로 남아 있고, 루쉰과 그의 작품 해석의 다양성과 개방성을 인정하더라도 본질주의적인 접근은 여전히 유효하기 때문이다. 또한 루쉰의 문학과 정신은 단순히 계몽주의적 의미에만 머물러 있는 것이 아니라, 그것을 넘어서는 곳에서 더 큰 가치를 발견할 수 있기 때문이다. 루쉰의 모순적 정신구조—생명의식을 포함하여—탐구는 바로 계몽주의적 시각을 넘어서려는 시도 중의 하나라고 할 수 있다.

阿Q正傳

第六章　從中興到末路

巴人

在未莊再看見阿Q出現的時候，是剛過了這年的中秋。人們都驚異

，說是阿Q回來了，於是又回上去想一想，他先前那里去了呢？

阿Q先前回的上城，大抵早就興高采烈的對人說，但這一次卻並不

阿Q也沒有一個人面心記。也或者也曾告訴過土穀祠的老頭子，

趙太爺。以有錢太爺和秀才大爺上城應是了件事。做

然而未莊老例，

洋窮子尚且不足數，阿Q這先阿Q。因此老頭子也就不替他宣

何，而未莊的社會上也就無從知道了

但阿Q這回的回來，卻興先前大不同，確乎很值得驚異。

天色將黑，他睡眼朦朧的在酒店門前出現了，他走近櫃臺，

從腰間伸出手來，滿把是銀的和銅的，在櫃上一拋，說，"現錢！打酒來！"

『아Q정전』의 수고(手稿)

『아Q정전』—아Q의 개성과 비극성

1

1952년에 쓴 김소운의 「춘원 이광수의 편모—푸른 하늘 은하수—」를 보면, 필자가 「춘원론」을 하나 쓰기 위해 춘원의 효자동 자택을 찾았는데, 춘원은 내의(來意)를 듣더니 쑥스러운 고소를 띠면서 "쓰려거든 『아Q정전』처럼 쓰시오", "나는 아Q 같은 그런 바보라오"라고 했다고 한다. 춘원이 언급한 『아Q정전』은 중편소설로서 현대중국의 문호 루쉰의 대표작이다.

2001년에 중국의 『중화독서보(中華讀書報)』에서 20세기에 가장 환영받은 중국 작품을 뽑았는데, 루쉰의 『아Q정전』이 첫째로 뽑혔다고 한다. 홍콩의 『아주주간(亞洲周刊)』에서도 20세기에 아시아에서 영향력이 가장 컸던 작품을 뽑았는데, 루쉰의 작품이 첫째로 뽑혔다고 한다. 이처럼 루쉰의 작품은 중국에서뿐만 아니라 아시아에서 크게 환영을 받아왔으며, 그 중에서도 『아Q정전』이 가장 애독되어 왔다. 또 『아Q정전』은 세계문학전집에 수록되어 왔으므로 그것은 세계문학으로 인정되고 있기도 하다.

『아Q정전』은 1921~1922년에 발표되었는데, 1925~1926년에 이미 러시아어, 프랑스어, 영어로 번역되었다. 차제에 우리는 은연중에 근대 이후의 고전은 서양의 것이라고 생각하는 선입견에서 벗어나 우리 문화의 토양이기도 한 동양의 것에 눈을 돌릴 필요가 있다. 루쉰 문학은 현대중국의 현실 속에서 태어난 것이지만, 그것이 '진정한 인간(眞的人)'의 존재방식을 끊임없이 탐구하는 일반성에 접근하고 있다면 고전으로 읽어 우리의 정신을 살찌울 수 있을 것이다.

중국의 근대혁명을 완성시킨 마오쩌둥이 그의 「신민주주의론」에서 "루쉰은 중국문화혁명의 주장(主將)이며, 그는 위대한 문학가일 뿐 아니라 위대한 사상가요 위대한 혁명가이다"라고 평가한 이후 루쉰은 중국에서 가장 대표적인 작가로 추앙되어 왔다. 또 국내에서는 물론이고 일본, 미국, 유럽, 러시아 등지에서도 루쉰과 그의 문학을 연구하는 사람들이 많아져 루쉰은 세계적인 작가로 인정받고 있다.

최근 중국의 일부 학자는 루쉰의 출현을 "중국 역사의 하나의 기적"으로 평가하면서 "그가 너무 멀리까지 나아갔고 풀어야 할 수수께끼도 너무 많아서 오늘날에도 학술계는 '루쉰은 누구인가'라는 문제를 끊임없이 제기하고 여러 가지 서로 다른 해석을 부여하고 있다"고 한다. 또 루쉰은 문학가로서 활동했지만 사상가로서의 지위에 비중을 두어 그의 사상이 지니는 모순구조와 위대성을 다음과 같이 지적하기도 한다. "그 모순구조에는 중국 역사의 교차하는 사상문화적 갈등이 집중적으로 체현되어 있다. 그는 독특한 기호체계와 인격적 실천을 통해 이러한 갈등에 응답한바, 중국에는 지금까지 그에 비견할 만한 사람이 없다. 의심의 여지없이 그는 20세기 중국의 가장 위대한 사상가이다."

1990년대 중반 이후 국내의 루쉰 연구자들은 루쉰을 현대중국의 한 작가로 연구하는 것으로 그치지 않고 동아시아라는 주제 속에서 그 의미를 밝혀 보고자 노력하고 있다. 한 연구자(전형준)의 말을 빌면, "중국을 포함하는 오늘날의 동아시아는 그 착종 위에 근대추구와 근대극복의 동시성이라는 문제가 중첩되고 있거니와, 루쉰 소설은 그 중첩된 지평에서 재해석될 때 동아시아 문학에서도 여전히 살아 있는 존재로 작용하게 될 것이다." 근대추구와 근대극복을 동시에 사고했던 것으로 보이는 루쉰의 일면은 오늘날 제기되고 있는 여러 가지 문제해결에도 시사하는 바가 매우 크다. 루쉰과 그의 문학은 중국인뿐만 아니라 동아시아인으로서 우리에게도 매우 중요한 의미를 갖는다. 어느 나라의 문학이든 그것이 문학인 이상, 인류의 소중한 정신적 유산으로서 관심의 대상이 되기에 충분하고, 나아가 그것이 동아시아 문학의 소중한 자산인 동시에 오늘날의 문제해결에도 도움이 된다면 우리에게 그 의미는 더욱 클 것이다.

2

루쉰은 1881년 중국 저장성(浙江省)의 조그만 수향(水鄕) 도시인 샤오싱(紹興)에서 몰락한 사대부 집안의 장남으로 태어났다. 루쉰이 태어난 19세기 후반의 중국은 서양열강의 침탈을 받으면서 사회적으로 혼란했고, 그에 대응하기 위한 새로운 개혁운동이 크게 일어났다. 개혁을 바라던 많은 지식인이 서양문화를 수용하여 오랜 전통을 가진 중국 문화를 새롭게 바꾸고자 노력하던 때도 이 무렵이었다.

전통적인 사대부 교육을 받던 루쉰은 1898년 18세가 되던 해에 고향인 샤오싱을 떠나 난징(南京)으로 가서 처음으로 신식교육을 받는다. 루쉰은 이 곳에서 수학, 화학, 생물학, 진화론 등 신학문을 접하면서 중국이라는 틀에서 벗어나 세계에 눈을 뜬다. 1902년에는 국비 유학생으로 선발되어 일본의 도쿄(東京)에 도착하고, 당시 중국인 일본 유학생들에게 일본어 및 유학에 필요한 기초지식을 교육하던 홍문학원(弘文學院)에서 2년 간 수학한다.

1904년 홍문학원의 졸업과 동시에 루쉰은 도쿄에서 멀리 떨어진 센다이(仙臺)에 있는 센다이의학전문학교에 입학하여 의학을 전공한다. 그런데 루쉰이 의학을 공부하고 있을 무렵 러일전쟁(1905년)이 발발하고, 이 때 미생물학 시간에 우연히 러일전쟁의 슬라이드 상영을 통해 루쉰은 한 중국인이 러시아군의 스파이 노릇을 했다는 죄목으로 일본군에 체포되어 중국 땅에서 중국인이 보는 앞에서 처형되는 장면을 목도한다. 여기서 루쉰은 "무릇 어리석은 국민은 체격이 제아무리 건장하고 튼튼하다 하더라도 전혀 의미 없는 본보기의 재료나 구경꾼밖에는 될 수 없다"는 심각한 자각에 이르고, 마침내 의학을 포기하고 문학을 선택하기로 결심한다. 왜냐하면 "첫 번째로 해야 할 일은 그들의 정신을 뜯어고치는 것이었고, 정신을 뜯어고치는 데 가장 좋은 것은 당시에는 당연히 문예를 들어야 한다고 생각했기"(『납함·자서』) 때문이었다. 유명한 '환등사건'이다. 이 때부터 루쉰은 문학의 글을 발표하고, 문예잡지의 발간을 기획하고, 동유럽의 단편소설을 번역하여 출판하는 등 문예운동에 투신한다. 청년시절 루쉰의 유명한 글인 「마라시력설」, 「문화편지론」 등이 씌어진 것도 이 때의 일이며, 약소민족의 단편소설을 번역한 『역외소설집』을 펴낸 것도 이 때의 일이다.

1909년 일본에서 귀국한 루쉰은 중학교 교사, 교육부 직원 등을 거치

다가 1918년 당시 천두슈(陳獨秀)가 창간하여 신문화운동을 전개하고 있던 종합계몽지『신청년(新靑年)』에 단편소설「광인일기(狂人日記)」를 발표하면서 소설가로서 새롭게 중국 문단에 등장한다. 그는「광인일기」를 발표한 이후『아Q정전』등 많은 소설작품을 발표했고, 시사적인 논평문인 수많은 잡문(雜文)을 쓰면서 '암흑'의 중국 현실과 첨예하게 대결했다. 1936년 10월 19일 그가 죽었을 때, 그의 유해 위에는 이른바 항일(抗日) 7군자의 한 사람인 선쥔루(沈鈞儒)가 쓴 '민족혼(民族魂)'이라는 명정(銘旌)이 덮여 있었다. 루쉰에게 그의 죽음과 동시에 '민족혼'이라는 이름이 붙여진 것은, 그가 문학(소설이나 잡문)을 통해 가장 심각하고도 철저하게 중국인의 영혼을 해부하여 적나라하게 펼쳐 보임으로써 중국인의 각성을 촉구했기 때문이다.

3

　『아Q정전』은 전체가 9장으로 되어 있다. 제1장 머리말, 제2장 승리의 기록, 제3장 승리의 기록 속편, 제4장 연애의 비극, 제5장 생계문제, 제6장 중흥에서 말로까지, 제7장 혁명, 제8장 혁명불허, 제9장 대단원이 그것이다.

　제목에서 알 수 있듯이『아Q정전』은 등장인물인 아Q의 일대기를 압축하여 다루고 있다. 먼저 등장인물인 아Q가 아Q(阿Q)라는 이름을 갖게 된 연유와 그의 내력이 서술되고, 이어 아Q와 관련된 여러 가지 에피소드가 소개되면서 아Q의 개성이 집중적으로 드러난다. 마지막으로 혁명에 가담하려는 아Q가 강도사건에 연루되어 체포되고, 그 결과 사형에 처해지는 것으로 대단원을 이룬다.

루쉰은『아Q정전』과 관련하여 "나는 진작부터 시험해 보았으나 내가 현대의 우리나라 사람의 영혼을 충분히 묘사해 낼 수 있었는지 그렇지 않은지 결국 스스로도 아주 확신할 수는 없다"고 하여『아Q정전』의 창작은 '중국인의 영혼'(국민성)을 묘사하는 것과 연관이 있었음을 스스로 밝혔다. 그러므로 우리가『아Q정전』을 읽을 때, 먼저 아Q라는 인물형상을 통해 드러나는 '중국인의 영혼'이 과연 어떠한가에 관심을 집중할 필요가 있다.

『아Q정전』이 베이징에서 발간되던『신보부간(晨報副刊)』에 처음 연재되어 한 단락 한 단락 연이어 실리고 있을 때, 많은 사람들이 다음에는 자기가 당하는 차례가 아닐까 하고 전전긍긍했다고 한다. "『아Q정전』의 어제 어떤 단락은 아무래도 자기를 욕하는 것 같다"는 식으로 당시 중국인들은 아Q가 혹시 자기를 풍자하고 있는 것은 아닐까 하고 노심초사했다는 것이다. 또『아Q정전』이 실린 루쉰의 소설집『납함(吶喊)』이 출판되었을 때, 일부 비평가는 이 작품을 두고 '병적이다', '익살이다', '풍자적이다', '냉소적이다' 하였는데,『아Q정전』은 바로 아Q라는 인물형상을 통해 중국인의 영혼을 풍자적으로 형상화하고 있는 것이다.

그렇다면『아Q정전』에서 우선 문제가 되는 것은 아Q의 개성이다. 아Q는 미장(未庄)이라는 중국의 어느 시골마을에 살고 있는 날품팔이로서 거처도 없고 부모, 형제, 친척도 없다. 심지어 아Q는 성씨조차도 분명하지 않아 스스로 성이 짜오(趙)라고 했다가 미장마을의 한 유지인 짜오 나리에게 뺨을 얻어맞고 "네놈의 성이 짜오라니 당치도 않아"라는 호통을 들어야 했다. 그러나 아Q는 "보리를 베라면 보리를 베고, 쌀을 찧으라면 쌀을 찧고, 배를 저으라면 배를 젓는" 순진한 인물이기도 하다. 다만 아Q는 "예전에는 잘 살았고" 견식도 높았으며, 게다가 "일을 참 잘하므로" 원래 "완벽한 사람"이라 할 수도 있지만, 체질적으로 몇 가지 결점이 있었다. 그는 머리에 난 제법 많은 부스럼자국(癩瘡疤)으로 인해 '라(癩)' 또는 '뢰(賴)'(라와 뢰는 중국어 발음이 같음—인용자)와 비슷한 음을 싫어했고, 나중에는 그것이 점점 확대되어 '빛나다(光)'도 꺼렸고 '밝다(亮)'도 꺼렸으며, 마침내 '등불(燈)'이나 '촛불(燭)'까지도 꺼렸다.

이러한 내막을 아는 미장 마을 사람들은 그를 놀려 주는 것이 일반적이었는데, 아Q는 나름대로 판단하여 말이 서툰 자 같으면 욕을 해댔고, 기운이 약한 자 같으면 덤벼들었고, 상대가 자기보다 강하다고 생각되면 곧 노려보았다. 그렇지만 당하는 쪽은 늘 아Q였다. 이에 아Q도 스스로 해결법을 가지고 있었다. 그것은 다름 아닌 '정신승리법'이었다.

"아Q, 이건 자식이 아비를 때리는 것이 아니라 사람이 짐승을 때리는 거야. 직접 말해봐. 사람이 짐승을 때리는 거라고!"

아Q는 두 손으로 자신의 변발뿌리를 비틀어 쥐고서 머리를 기울인 채 말했다.

"버러지를 때리는 거야, 됐어? 나는 버러지야. 그래도 놓지 않겠어?"

그러나 버러지라 해도 건달은 결코 놓아 주지 않고 예전대로 가까운 곳을 데려가 대여섯 번 머리를 꽝꽝 찧어 박고 그제야 마음이 흡족하여 승리를 거둔 듯 떠났다. 그는 아Q도 이번에는 혼이 났겠지 하고 생각했다. 그렇지만 10초도 되지 않아 아Q도 마음이 흡족하여 승리를 거둔 듯 떠났다. 그는 자기야말로 자기 경멸을 제일 잘 하는 사람이라고 생각했다. "자기 경멸"이라는 말을 제외하면 그 나머지는 바로 "제일"이다. 장원급제도 "제일"이 아니던가? "네까짓 놈이 다 뭐야!"

이것이 이른바 '승리의 기록'인 한 에피소드이다. 아Q의 사고방식과 그것으로 유지되는 그의 삶의 방식은 '정신승리법'이라는 정신현상에 집중되어 나타난다. 아Q 사고의 일반적 형식은 그의 굴욕의 결과를 합리화함으로써 그것이 자기에게 유익하게 보이도록 하는 것이다. 이는 자기도 속이고 남도 속이는 기만적인 행동으로서 어떤 때는 자기 멸시로, 어떤 때는 자아도취 등의 다양한 형태로 나타난다. 다시 말하면 실패와 굴욕이라는 현실 속에서 감히 이를 올바로 직시하지 못하고, 거짓 승리로 정신적이나마 스스로를 위로하고, 자아를 마취시키거나 잠시 망각해 버린다. 아Q가 '정신승리법'을 통해 그의 비극적 운명을 강요하는 현실생활에서 벗어나고자 한다는 데에 그 희극성이 드러나지만, 승리감을 가져다 주는 '정신승리법'이 오히려 수치스럽고 고통스러운 생활을 더욱 지속시킨다는 데에 그 비극성이 드러난다. 이처럼 아Q의 '정신승리법'은 순간의 모면과 기만을 통해 삶의 불행을 지속시키는 악순환의 고리로 작용하고 있는 것이다. 이것이 루쉰이 '정신승리법'이라는 '노예근성'을 가진 아Q의 개성을 통해 드러내고자 한 '중국인의 영혼'이다.

4

아Q는 굴욕에 자기 위안의 한 방법인 '정신승리법'으로 삶을 지속하는 인물이지만, 여기에 그치지 않고 중국의 전통적인 도덕관념을 내면화하고 있는 "바른 인물이다." 아Q는 "세 가지 불효 중에서 자식 없음이 가장 크다"고 생각했고, "남녀유별"에도 대단히 엄격했는데, "그의 생각은 한결같이 다 성현의 말씀에 부합하는 것이었다." 그래서 아Q는 '정통'을 고수하고 '이단'을 배척했다. 예를 들어, 널빤지 걸상을 미장에서는 "장등(長凳)"이라 하고 자기도 "장등"이라 하는데, 읍내 사람들은 오히려 "조등(條凳)"이라 하니 이것은 잘못이며 가소로운 일이라고 생각했고, 도미를 기름에 지질 때 미장에서는 반 치 길이의 파잎을 썰어 넣는데, 읍내에서는 가는 파채를 썰어 넣으니 이것도 잘못이며 가소로운 일이라고 생각했다. 또한 아Q는 읍내의 서양학당에서 공부하다 일본으로 건너가 반년만에 돌아온 첸(錢) 나리의 큰아들을 "가짜 양놈" 또는 "외국과 내통한 사람"이라고 불렀고, "혁명"도 그것은 반란이고, 반란은 그에게 여러 가지 곤란함을 가져다준다고 생각하여 몹시 싫어하고 거부해 왔다.

아Q의 이러한 관념은 봉건지배층의 그것과 완전히 닮아 있다고 할 수 있으며, 이러한 관념은 아Q로 대표되는 당시 중국 일반민중에게 보편적으로 존재하고 있었다. 이것이 중국의 봉건사회가 오랫동안 안정적으로 지속될 수 있었던 내재적 원인이다. 루쉰이 『아Q정전』을 통해 드러내고자 한 심각한 문제 중 하나가 바로 일반민중의 정신과 의식이 봉건지배층의 그것을 그대로 닮아 내면화하고 있다는 점이다. 루쉰은 아Q의 인물형상을 통해 봉건사회의 안정적인 지속과 일반민중의 마비된 정신 사이에 필연적인 연관이 있음을 예리하게 통찰하고 있는 것이다.

루쉰은 어느 글에서 중국의 역사를 단순화시켜 "첫째 노예가 되고 싶어도 될 수 없었던 시대, 둘째 잠시 안정적으로 노예가 된 시대"(「등하만필」로 개괄하고 이 둘의 순환이 이른바 선유(先儒)들이 말한 "한번 다스려지고 한번 어지러워지다(一治一亂)"라는 의미라고 했다. 이는 중국의 역사를 노예놀음의 역사로 규정한 것인데, 중국의 역사를 노예놀음의 역사로 규정한 이러한 극단적인 단순화는 실제의 역사전개와 크게 다름은 물론이다. 그러나 루쉰은 역사학자가 아니라 문학가이기에 중국 역사전개의 감추어진 원리를 단순화시켜 묘사하여도 무방할 것이다. 루쉰은 아Q의 인물형상을 통해 바로 이러한 노예놀음의 역사가 안정적으로 지속될 수 있었던 내재적 원인을 규명하고 있는 셈이다.

이러한 내재적 원인은 봉건사회의 재생산 기제로 작용하는바, 만일 아Q가 어느 날 갑자기 부자가 된다면 그는 곧 짜오 나리가 될 것이고, 만일 짜오 나리가 가난의 나락으로 떨어진다면 그는 곧 제2의 아Q가 될 것이다. 단적인 예로, 아Q가 읍내로 떠났다가 다시 미장마을로 돌아와 훔쳐 온 물건을 팔게 되었을 때, 아Q는 거드름을 피웠고 짜오 나리는 아Q를 공손하게 대했다. 또 아Q가 변발을 머리꼭대기에 틀어 올리고 '혁명'을 외치며 으스댈 때, 짜오 나리는 아Q에게 "쭈뼛쭈뼛 앞으로 다가가 낮은 목소리로" "아Q 선생(老Q)"이라고 불렀다. 구조의 변화는 전혀 일어나지 않고 인물의 위치이동만 이루어지고 있음이 여실히 드러나는데, 이것이 바로 중국의 봉건사회가 안정적으로 지속될 수 있었던 내재적 원인이다.

5

『아Q정전』의 풍자의 절정은 아Q가 혁명에 가담했으나 처형되는 장면이다. 아Q는 다른 대부분의 사람처럼 혁명가를 싫어했다. 그는 본능적으로 혁명가들은 반란자이며, 반란은 그에게 여러 가지 일을 곤란하게 만든다고 느꼈다. 그러나 혁명이 어떤 것인지, 또 어떻게 참가하는지도 모르면서 아Q는 혁명이 다른 많은 사람에게 마음껏 겁을 줄 수 있다고 여겨 신명나는 일이며, "원하는 것은 무엇이든 내 거야. 좋아하는 계집이면 누구든지 내 거야"라고 생각했다. 그래서 그는 두어 사발 술을 마신 후 한 사람의 혁명가로 자처했다. 이 점에서 아Q의 혁명은 "혁신적 파괴"가 아니라 "도적과 노예식의 파괴"로서 그 결과의 비극성이 이미 예견되어 있는 것이다.

그런데 아Q가 마음껏 겁을 줄 수 있다고 생각했던 사람이 오히려 혁명에 가담하게 되고, 아Q는 혁명에의 참가 자체를 거부당한다. 그 결과 아Q는 강도사건을 혁명으로 착각하여 거기에 참가하는 꼴이 되어 체포되고 만다. 사실 아Q를 체포한 사람은 구관리로서의 지위 때문에 새로운 직위를 부여받은 진짜 혁명당원이었으며 혁명당으로부터 민정협조의 직무를 부여받은 거인 나리였다. 그들에 의해 아Q는 미장마을의 한 유지인 짜오댁의 강도사건에 연루되어 체포되었던 것이다. 강도사건을 혁명으로, 강도를 혁명당으로 오인한 아Q는 심문내용이 무엇인지도 모른 채 서명을 위해 동그라미를 '호박씨'처럼 잘못 그렸음을 못내 아쉬워하면서 사실을 인정하고, 마침내 사형수로 형장에 끌려가는 운명이 된다. 이것이 아Q의 비극인 동시에 중국 혁명(당시의 신해혁명)의 비극이다.

　　"훌륭해!" 구경꾼 무리에서 늑대가 울부짖는 듯한 목소리가 터져 나왔다.
　　……이번에 그는 다시 여태껏 본 적이 없고 더욱 무시무시한 눈길을 보았다.

……이런 눈길이 하나로 합쳐지는가 싶더니 어느새 거기서 그의 영혼을 물어뜯었다.

"사람 살려……."

그렇지만 아Q는 말하지 않았다. 그는 벌써 두 눈이 캄캄해지고 귀속이 웅웅거려 온몸이 마치 먼지처럼 흩어져 달아나는 것처럼 느꼈다.

아Q의 죽음은 그의 개성의 필연적 결과이지만 그 개성이라는 것도 사회적으로 형성된 것이고 보면 단순한 개인적인 죽음을 넘어서고 있다는 데에 그 심각성이 있다. 루쉰은 「광인일기」라는 작품을 통해 '인의도덕(仁義道德)'이라는 봉건예교가 지배하는 중국 사회를 사람을 잡아먹는 '식인사회'로 규정한 바 있다. 이 점에서 아Q의 개성은 사회적으로 형성된 개성이며, 아Q의 죽음은 그것을 구경하는 일반민중의 '무시무시한 눈길'에 의해 이미 예견되어 있는 것이다. 루쉰은 어느 글에서 "크고 작은 무수한 인육의 연회가 (중국)문명이 생긴 이래 지금까지 줄곧 베풀어져 왔고, 사람들은 이 연회장에서 남을 먹고 자신도 먹혔으며, 여인과 어린 아이는 더 말할 필요도 없고 비참한 약자들의 외침을 살인자들의 어리석고 무자비한 환호로써 뒤덮어 버렸다."(「등하만필」)라고 했다. 이 인용문의 처형장면은 '사람 살려'라는 아Q의 '비참한 약자들의 외침'이 '무시무시한 눈길' 즉 '살인자들의 어리석고 무자비한 환호' 속에 묻혀 버린 바로 그 현장이다.

물론 아Q의 죽음은 루쉰이 집착했던 신해혁명의 미완에 대한 회한(悔恨)의 표현일 수 있다. '중국인의 영혼'과 관련된 아Q의 개성과 그 개성을 둘러싸고 있는 민중의 무시무시한 눈길을 생각할 때, 아Q의 죽음은 중국 사회의 비극성 그 자체이며, 혁명이 실패할 수밖에 없는 내적 근거이다. 이 점은 아Q의 죽음 이후에도 미장마을은 변함 없는 세계로 그대로 남아 있었다는 데 더욱 두드러지게 나타난다. "여론으로 말하면 미장에서는 이의가 없었다. 당연히 사람들은 아Q가 나쁘다고 했다. ……그런데 성내의 여론은 오히려 좋지 않았다. 그들은 대부분이 불만이었다. 총살은 목을 자르는 것보다 재미가 없다고 여겼다." 이러한 변함 없는 세계로서의 미장마을은 '암흑사회'로서의 중국 현실 그 자체인 것이다.

6

루쉰의 문학활동은 기본적으로 중국인의 국민성 개조와 직접적으로 연관되어 있었다. 루쉰은 「광인일기」에서 그 때까지 이어져 온 중국 역사전개의 이데올로기를 '인의도덕'으로 규정하고 그 속에는 사람을 잡아먹는 원리가 감추어져 있음을 폭로했고, 「아Q정전」에서 아Q의 인물형상을 통해 '노예근성'을 가진 중국인의 국민성을 구체적으로 형상화했다. "이른바 국민성이란 정말 이렇게도 고치기 어렵단 말인가? 가령 그렇다면 장래의 운명은 대략 짐작할 수 있으며, 역시 귀에 못이 박히도록 들어온 말, 즉 예로부터 그러하였다일 것이다"(「문득 떠오른 생각 4」). 바로 "예로부터 그러하였던" 중국의 국민성을 집요하게 파고들어 들추어내고 이를 통해 중국인의 각성을 촉구하고자 했던 것이 루쉰 소설창작의 주요한 목적이었다. 그러기에 아Q의 인물형상은 작가 루쉰의 눈을 통해 그려진 중국인의 영혼(국민성)이며, 그의 비극성은 결국 중국인의 비극성이다.

하지만 아Q의 인물형상에서 드러나는 '정신승리법'을 단순히 당시 중국인의 국민성으로만 보지 않고, 인간이면 누구나 가질 수 있는 '자기 기만'과 '자기 위안'의 극대화된 한 표현으로 읽는다면, 그것은 인간의 보편적인 자기 방어기제로서 인간존재의 비극으로 읽을 수도 있을 것이다. 루쉰이 의학을 포기하고 문학을 선택한 것은 원래 중국인의 국민성을 개조하기 위한 것이었지만, 동시에 그것은 '진정한 인간'의 존재방식을 탐구하기 위한 것이기도 했다. 루쉰은 "정신현상은 실로 인류 생활의 극점이다"라고 하여 인간의 정신현상에 크게 관심을 가졌는데, 인류의 정신현상이라는 측면에서 아Q의 개성은 보편적인 인간존재의 한계로 읽을 수 있을 것이다. 루쉰의 『아Q정전』이 오늘날에도 여전히 살아 있는 의미로 다가오는 것은 바로 이 때문이다. 그리고 루쉰 문학을 동아시아 문학, 나아가 세계문학으로 해독해야 하는 이유 중 하나도 바로 여기에 있다.

루쉰 연보

1881년(1세)

9월 25일, 중국 저장성(浙江省) 샤오싱부(紹興府) 성내(城內) 둥창팡커우 (東昌坊口) 저우(周)씨 집안에서 장남으로 태어남. 본명은 저우수런(周 樹人)이며, 필명으로는 루쉰(魯迅), 탕스(唐俟), 빠런(巴人) 등이 있 음. 동생으로는 저우쭤런(周作人), 저우젠런(周建人)이 있음.

1887년(7세)

가숙(家塾)에서 전통교육을 받음.
부친 저우펑이(周鳳儀, 1861~1896)는 향시(鄉試) 과거에 합격한 수재(秀 才)였으나 평생 동안 집에서 하는 일 없이 소일했음.
모친 루루이(魯瑞, 1958~1943)는 샤오싱의 시골 여인이었음.

1892년(12세)

삼미서옥(三昧書屋)에서 전통교육을 받음.

1893년(13세)

가을, 조부인 저우푸칭(周福淸)이 '과거시험 부정사건'으로 투옥되어 집안이 몰락하자 루쉰은 잠시 친척집에 피난하여 지냄.

1894년(14세)

봄, 집으로 돌아와 삼미서옥에서 계속 공부함.
겨울, 부친인 저우펑이가 중병에 걸리자 전당포와 약방을 자주 드나듦.

1895년(15세)

수업 이외에 고서(古書)를 수집·초록하는 흥미가 있었고, 『촉벽(蜀碧)』, 『계륵편(鷄肋編)』, 『명계패사회편(明季稗史匯編)』등 야사(野史)와 잡설(雜說)을 폭넓게 읽음.

1896년(16세)

10월 12일, 부친이 37세의 나이로 사망.

1898년(18세)

5월, 난징(南京)으로 가서 장난수사학당(江南水師學堂)에 입학하여 기관과(管輪班)에 배치됨.

10월, 학교를 옮겨 장난육사학당(江南陸師學堂) 부설의 광무철로학당(礦務鐵路學堂)에 입학. 이 때부터 체계적으로 신식교육을 받음.

1901년(21세)

11월 7일, 광무철로학당 동급생과 청용산(靑龍山) 탄광에서 실습함.

광무철로학당 시절 옌푸(嚴復)가 번역한 헉슬리의 『천연론(天演論)』(진화와 윤리)을 읽음.

1902년(22세)

1월 27일, 광무철로학당 졸업. 일본 유학 신청서를 제출하고 장난독련공소(江南督練公所)로부터 비준을 받아 국비유학생으로 선발됨.

3월 24일, 난징에서 배를 타고 상하이(上海)를 거쳐 일본 유학길에 오름.

4월 4일, 일본 요코하마(橫濱)에 도착하고 다시 도쿄(東京)로 감.

4월 하순, 중국인 일본 유학생을 위한 예비학교인 도쿄의 홍문학원(弘文學院)에 입학.

1903년(23세)

3월, 변발을 자르고 사진을 찍어 친구 쉬서우창(許壽裳)에게 보냄.

6월, 스파르타의 상무정신을 선양하는 내용을 담은 「스파르타의 혼」을 『절강조(浙江潮)』제5기에 발표.

10월, 과학적 발견의 중요성을 역설한 「라듐에 대하여(說鈤)」, 중국광산자원
    을 열강들의 침탈을 막기 위해 중국광산자원의 분포를 소개한 「중국지질
    약론(中國地質略論)」을『절강조』제8기에 발표. 쥘 베른의 작품인『달
    나라여행(月界旅行)』을 번역하여 도쿄 진화사(進化社)에서 출판.

11월, 혁명을 고취하던 '절학회(浙學會)'〔원래 항저우(杭州)에서 설립〕의 도
    쿄활동에 참가.

12월, 쥘 베른의 과학소설『지저여행(地底旅行)』앞 2회를 번역하여『절강
    조』제10기에 발표. 이 책은 1906년 3월에 번역이 완료되어 난징의 계
    신서국(啓新書局)에서 출판.

1904년(24세)

4월, 홍문학원 졸업.

9월, 도쿄에서 멀리 떨어진 센다이(仙臺)로 가서 센다이의학전문학교(仙臺醫
    學專門學校)에 입학.

1906년(26세)

1월, 미생물학 수업시간에 슬라이드 상영을 통해 러일전쟁 중에 일본군이 중국
    인을 살해하는 장면을 목도하고 깊이 자극 받아 의학을 포기하고 문예로
    써 국민정신을 개조할 것을 결심.

3월, 센다이의학전문학교를 중퇴하고 도쿄로 돌아와 쉬서우창 등과 함께 문예
    운동을 제창. 그 뒤 '도쿄독일어협회'가 설립한 독일어학교에 들어감.
    그 사이 많은 외국문학작품을 읽음.

여름과 가을 사이, 일시 귀국하여 어머니의 권유로 샤오싱부(紹興府) 산인
    현(山陰縣)의 주안(朱安) 여사와 결혼. 동생 저우쮜런을 데리고 도쿄로
    돌아옴.

1907년(27세)

여름, 쉬서우창 등과 함께 문예잡지『신생(新生)』을 발간하려 했으나 실패.
    허난(河南)의 일본 유학생이 주관하던 월간『하남(河南)』에 발표하기 위해
    「인간의 역사(人之歷史)」,「마라시력설(摩羅詩力說)」,「과학사교편

(科學史敎篇)」, 「문화편지론(文化偏至論)」을 씀.

1908년(28세)

여름, 쉬서우창, 첸쉬엔퉁(錢玄同), 저우쭤런 등과 함께 민보사(民報社)에서
  장타이옌(章太炎)의 문자학(文字學) 강의를 들음. 「파악성론(破惡聲
  論)」(미완)을 씀.

1909년(29세)

3월, 저우쭤런과 함께 동유럽의 단편소설을 번역한 『역외소설집(域外小說
  集)』 제1책을 출판, 7월에 제2책을 출판.
8월, 일본 유학생활을 청산하고 귀국. 항저우(杭州) 저장양급사범학당(浙江
  兩級師范學堂)의 생리학 및 화학 교사로 부임.

1910년(30세)

7월, 저장양급사범학당 교사직을 사임하고 샤오싱으로 돌아옴.
9월, 샤오싱부중학당(紹興府中學堂)의 생물학 교사로 부임.
수업 이외에 당(唐) 이전의 소설 일문(佚文)을 집록하고〔후에 『고소설구침
  (古小說鉤沉)』으로 엮음〕, 콰이지(會稽) 지역과 관련된 사지(史地)의
  일문을 집록함〔후에 『회계군고서잡집(會稽郡故書雜集)』으로 엮음〕.

1911년(31세)

5월, 일본으로 가서 저우쭤런 부부(저우쭤런의 부인은 일본인이었음)에게 귀
  국을 권유하며 반개월 정도 도쿄에 머무름.
여름, 샤오싱부중학당을 사직함.
10월, 신해혁명(辛亥革命) 발발.
11월과 12월 사이, 산콰이초급사범학당(山會初級師范學堂)의 교장(監督)
  이 됨.
겨울, 청년문학단체 '월사(越社)'가 창간한 『월탁일보(越鐸日報)』를 지지하
  여 '명예총편집(名譽總編輯)'을 맡음.
문언단편소설 「그리운 옛날(懷舊)」을 창작. 당대(唐代) 유순(劉恂)의 『영표

록이(嶺表錄異)』〔박물고적(博物古籍)에 해당〕를 집록·교감하고 「교
감기(校勘記)」를 씀(미 간행).

1912년(32세)

1월 3일, 『월탁일보』 창간호에 창간사에 해당하는 「월탁출세사(越鐸出世
辭)」를 발표.
2월, 중화민국 임시정부 교육부총장 차이위안페이(蔡元培)의 초청으로 난징
(南京)으로 가서 교육부 직원이 됨.
5월 초, 교육부 직원으로서 난징 정부의 이동에 따라 베이징(北京)에 도착.
8월부터, 여가시간을 이용해 계속 고서(古書)를 집록함.

1915년(35세)

8월 3일, 교육부의 파견으로 통속교육연구회(通俗敎育硏究會)에 참가. 9월
1일, 통속교육연구회 소설부문 주임에 임명됨.
여가시간을 이용해 금석탁본을 수집 연구함.

1917년(37세)

7월 3일, 장쉰(張勳)의 복벽(復辟)에 불만을 품고 교육부를 떠났다가 난이
평정된 뒤 7월 16일 부서로 돌아와 일을 시작함.

1918년(38세)

4월 2일, 단편소설 「광인일기(狂人日記)」를 완성. 5월, 당시 신문화운동(문
학혁명)을 전개하고 있던 종합계몽지 『신청년(新靑年)』 제4권 제5호에
발표. 처음으로 '루쉰(魯迅)'이라는 필명을 사용함. 그 뒤 소설, 신시(新
詩), 잡문, 번역문, 통신문 등 많은 글을 『신청년』에 발표.

1919년(39세)

4월 25일, 단편소설 「약(藥)」을 창작.
6월 말에서 7월 초 사이, 단편소설 「내일(明日)」을 창작.
10월, 논문 「우리는 지금 아버지 노릇을 어떻게 할 것인가」를 씀.

12월 1일에서 29일 사이, 샤오싱으로 돌아가 고향집을 팔고 베이징의 팔도만
(八道灣) 11호에 새집을 마련하여 가족을 데리고 이사함.

1920년(40세)

8월 5일, 단편소설 「풍파(風波)」를 창작.

8월 10일, 니체의 「차라투스트라는 이렇게 말했다」의 서언을 번역하여 『신조
(新潮)』 제2권 제5기에 발표.

8월, 베이징대학(北京大學), 베이징고등사범학교(北京高等師范학교)의 강
사로 초빙됨.

10월 10일, 단편소설 「머리털 이야기」를 발표.

1921년(41세)

1월, 단편소설 「고향(故鄕)」을 창작.

2월에서 3월 사이, 『혜강집(嵇康集)』을 여러 차례 교감함.

12월 4일부터 중편소설 「아Q정전(阿Q正傳)」을 베이징의 『신보부간(晨報副
刊)』에 연재하기 시작하여 이듬해 2월 2일에 끝냄.

1922년(42세)

1월, 후위즈(胡愈之), 왕푸췐(汪馥泉) 등과 함께 『예로센코 동화집』을 번역
하여 7월에 펴냄.

5월, 아르치바셰프의 소설 『노동자 셰빌로프』를 번역하여 상무인서관(商務印
書館)에서 출판.

단편소설 「단오절(端午節)」, 「백광(白光)」, 「토끼와 오리」, 「오리의 희극」,
「사희(社戲)」 등을 창작.

11월, 역사소설 「부주산(不周山)」〔후에 「보천(補天)」으로 제목을 고침〕을
창작.

12월 3일, 소설집 『납함(吶喊)』의 편집을 끝내고 서(序)를 씀. 이듬해 8월
베이징 신조사(新潮社)에서 출판.

1923년(43세)

6월, 예로셴코의 동화극『연분홍 빛 구름』을 신조사에서 출판.

7월, 베이징여자고등사범학교(北京女子高等師范學校)의 강사로 초빙되어 중국소설사 및 문예이론을 강의함.

7월, 동생 저우쭤런(저우쭤런의 일본인 아내와 연관)과 불화가 생겨 팔도만 11호에서 전탑호동(塼塔胡同) 61호로 세를 얻어 이사함.

12월 11일,『중국소설사략(中國小說史略)』상책(上冊)을 신조사에서 출판.

12월 26일, 여자고등사범학교에서「노라는 떠난 후 어떻게 되었는가」라는 제목으로 강연회를 가짐.

1924년(44세)

1월 17일, 베이징사범대학 부속중학교에서「천재가 없다고 하기 전에」라는 제목으로 강연회를 가짐.

2월에서 3월 사이, 단편소설「축복(祝福)」,「술집에서」,「행복한 가정」,「비누」 등을 창작.

5월 25일, 전탑호동 61호에서 부성문(阜成門) 내(內)의 서삼조(西三條) 21호로 집을 사서 이사함. 이 서삼조 21호가 현재 '루쉰 옛집(魯迅故居)'으로 보존되어 있으며, 여기에 베이징 루쉰박물관이 있음.

6월 20일,『중국소설사략』하책(下冊)을 신조사에서 출판.

7월 7일, 시베이대학(西北大學) 및 산시성(陝西省) 교육청의 초청으로 시안(西安)으로 가서 여름학기 강습회를 가짐. 시베이대학에서『중국소설의 역사적 변천』을 강의함.

9월, 산문시「추야(秋夜)」 등을 쓰기 시작하여 후에 산문시집『야초(野草)』로 묶음.

9월 22일, 구리야가와 하쿠손(廚川白村)의『고민의 상징』을 번역하여 12월에 출판.

10월 28일, 잡문「뇌봉탑이 무너진 데 대하여」를 씀.

11월 17일, 주간잡지『어사(語絲)』를 베이징에서 창간.

겨울, 루쉰이 출강하고 있던 베이징여자사범대학(北京女子師范大學, 여사대)에서 교장 양인위(楊蔭楡)를 반대하는 학생소요사태 발생.

1925년(45세)

2월, 「다시 뇌봉탑이 무너진 데 대하여」, 「거울을 보고 느낀 생각」 등을 씀.

2월에서 3월 사이, 단편소설 「장명등(長明燈)」, 「시중(示衆)」 등을 창작.

4월, 논문 「춘말한담」, 「등하만필」을 씀.

5월 12일, 여사대(女師大) 학생자치회에서 개최한 교사학생연석회의에 출석하여 교장 양인위의 봉건적인 조치에 반대하는 학생들의 투쟁을 지지함.

7월 22일, 논문 「눈을 크게 뜨고 볼 것에 대하여」를 씀.

8월 7일, 여사대의 교사와 학생으로 구성된 교무유지회(校務維持會)에 참가, 8월 13일에는 위원으로 추천됨.

10월에서 11월 사이, 단편소설 「고독자(孤獨者)」, 「죽음을 슬퍼하며」, 「형제」, 「이혼(離婚)」 등을 창작.

11월, 잡문집 『열풍(熱風)』을 베이징의 북신서국(北新書局)에서 출판.

12월 29일, 논문 「페어 플레이는 아직 이르다」를 씀.

12월, 잡문집 『화개집(華蓋集)』을 엮고, 이듬해 6월 북신서국에서 출판. 구리 야가와 하쿠손의 문예논집 『상아탑을 나와서』를 번역하여 미명사(未名社)에서 출판.

1926년(46세)

1월 17일, 당시 교육총장 장스자오(章士釗)의 부당해직을 고소하여 승소함.

2월, 산문 「개, 고양이, 쥐」 등을 쓰기 시작하여 후에 산문집 『조화석습(朝花夕拾)』으로 묶음.

3월 18일, 돤치루이(段祺瑞) 정부의 실정을 비난하는 학생·시민의 반정부 시위(3·18사건)가 일어나 진압과정에서 많은 사상자가 발생. 잡문 「꽃 없는 장미 2」를 씀.

3월 25일, '3·18'사건 때 희생된 류허전(劉和珍), 양더쥔(楊德群)의 추도회에 참가함.

3월 26일, 북양군벌정부의 체포령이 내려진 50명의 명단 속에 루쉰도 포함됨.

7월 28일, 샤먼대학(廈門大學)으로부터 국문계(國文系) 교수 겸 국학원(國學院) 연구교수로 초빙을 받음.

8월 1일, 『소설구문초(小說舊聞鈔)』를 북신서국에서 출판.

8월, 단편소설집 『방황(彷徨)』을 북신서국에서 출판.

8월 26일, 쉬광핑(許廣平)과 함께 베이징을 떠남. 쉬광핑은 광저우(廣州)로
　　가고, 루쉰은 9월 4일 샤먼에 도착. 샤먼대학에서 '중국 소설사'와 '중국
　　문학사' 강의를 담당하게 됨.

10월 30일, 잡문집『무덤(墳)』(에세이에 가까운 논문집)을 편집하여「제기
　　(題記)」를 쓰고, 이듬해 3월 미명사에서 출판.

11월 11일, 광저우 중산대학(中山大學)으로부터 초청장을 받음.

12월 30일, 역사소설「분월(奔月)」을 창작.

12월 31일, 샤먼대학을 사직함.

9월에서 12월 사이, 강의록『중국문학사략(中國文學史略)』〔후에『한문학사
　　강요(漢文學史綱要)』로 제목을 고침〕을 편찬.

1927년(47세)

1월, 샤먼을 떠나 광저우에 도착, 중산대학(中山大學)의 문학계(文學系) 주
　　임 겸 교무주임에 임명됨.

1월, 잡문집『화개집속편(華蓋集續編)』을 북신서국에서 출판.

4월 3일, 역사소설「미간척(眉間尺)」〔후에「주검(鑄劍)」으로 제목을 고침〕
　　을 창작.

4월 12일, 4·12정변이 발생, 중산대학을 사직함.

7월, 산문시집『야초』를 북신서국에서 출판.

8월 22일에서 24일 사이,『당송전기집(唐宋傳奇集)』을 엮고 찰기(札記)인
　　「패변소철(稗邊小綴)」을 씀. 12월 및 이듬해 2월에 상하이 북신서국에
　　서 상·하책으로 나누어 출판.

9월 27일, 쉬광핑과 함께 광저우를 떠나 10월 3일 상하이에 도착. 쉬광핑과
　　동거생활 시작.

1928년(48세)

1월, 혁명문학(무산계급문학)을 주창한 창조사(創造社) 및 태양사(太陽社)
　　작가들과 혁명문학논쟁(革命文學論爭)을 벌이며 5월까지 지속. 이 논
　　쟁과정에서 루쉰은 마르크스주의의 이해를 심화시키고 마르크스 문예이
　　론을 학습하게 됨.

잡지『어사(語絲)』를 상하이에서 발행.

10월, 잡문집『이이집(而已集)』을 북신서국에서 출판.

1929년(49세)

4월, 노보루 쇼무(昇曙夢)가 일본어로 번역한, 루나찰스키의『예술론』을 번역.

10월, 구라하라 고레히토(藏原惟人)가 일본어로 번역한, 루나찰스키의 문예논문집『문예와 비평』을 번역하여 수말서점(水沫書店)에서 출판.

1930년(50세)

1월, 펑쉬에펑(馮雪峰)과 함께『맹아월간(萌芽月刊)』을 창간.

2월, 장제스(蔣介石) 국민당정부의 진보적인 지식인 탄압에 맞서기 위한 자유운동대동맹(自由運動大同盟) 성립대회에 발기인의 한 사람으로 참가.

3월 2일, 중국 좌익작가연맹(中國左翼作家聯盟)이 상하이에서 성립되자 영수로 추대됨. 이후 '신월(新月)', '제3종인(第三種人)', '자유인(自由人)', '논어(論語)'파와 논쟁하며 그들을 신랄하게 비판함.

5월, 가이손 시로(外村史郎)가 일본어로 번역한, 러시아 문예비평가 플레하노프의『예술론』을 번역함.

1931년(51세)

12월 11일, '좌련'이 주관한『십자가두(十字街頭)』를 창간, 편집에 참가.

1932년(52세)

2월 3일, 마오뚠(茅盾), 위다푸(郁達夫), 후위즈(胡愈之) 등과 함께「상하이 문화계가 세계에 알리는 서한」에 서명하여 일본 제국주의의 침략에 항의함.

9월, 잡문집『삼한집(三閑集)』을 북신서국에서 출판.

10월, 잡문집『이심집(二心集)』을 합중서점(合衆書店)에서 출판.

1933년(53세)

4월 11일, 상하이 대륙신촌(大陸新邨) 9호로 이사함. 루쉰이 상하이에서 마지막으로 살았던 집이며 현재 '루쉰 옛집'으로 보존되어 있음.

4월, 쉬광핑과 주고받은 편지를 모은 『양지서(兩地書)』를 청광서국(靑光書局)에서 출판.

7월, 취추바이(瞿秋伯)가 편선(編選)하고 서를 쓴 『루쉰잡감선집(魯迅雜感選集)』이 상하이 북신서국에서 청광서국 명의로 출판됨.

10월, 잡문집 『위자유서(僞自由書)』를 청광서국에서 출판.

1934년(54세)

3월, 잡문집 『남강북조집(南腔北調集)』을 동문서점(同文書店)에서 출판.

8월, 역사소설 「비공(非攻)」을 창작.

12월, 잡문집 『준풍월담(准風月談)』을 흥중서국(興中書局)에서 출판.

1935년(55세)

2월 15일, 고골리의 소설 『죽은 영혼(死魂靈)』의 제1부를 번역하기 시작함.

3월, 다카히시 반세이(高橋晩成)가 일본어로 번역한, 고리키의 『러시아 동화』를 번역하여 문화생활출판사(文化生活出版社)에서 출판.

5월, 잡문집 『집외집(集外集)』을 양지윈(楊霽雲)이 엮어 군중도서공사(群衆圖書公司)에서 출판.

11월 29일, 역사소설 「이수(理水)」를 창작.

12월, 역사소설 「채미(采薇)」, 「출관(出關)」, 「기사(起死)」 등을 창작하여 이전에 창작한 「보천」, 「분월」, 「주검」, 「비공」, 「이수」 등과 함께 엮어 이듬해 1월 역사소설집 『고사신편(故事新編)』을 출판.

12월 29일, 잡문집 『화변문학(花邊文學)』을 엮고, 이듬해 6월 상하이의 연화서국(聯華書局)에서 출판.

12월, 잡문집 『차개정잡문(且介亭雜文)』, 『차개정잡문이집(且介亭雜文二集)』을 엮음.

12월, 좌익작가연맹 내에서 저우양(周揚) 일파의 '국방문학(國防文學)' 주장과 루쉰 일파의 '민족혁명전쟁의 대중문학(大衆文學)' 주장이 대립되어 치열한 논쟁이 전개됨.

1936년(56세)

2월, 고골리의 소설 『죽은 영혼(死魂靈)』의 제2부를 번역하기 시작함.

3월 2일, 폐병이 위독해져 체중이 37kg까지 내려감.

6월, 빠진(巴金) 등과 연명으로 「중국문예공작자선언(中國文藝工作者宣言)」을 발표함.

9월 5일, 잡문 「죽음(死)」를 씀.

10월 8일, 병을 무릅쓰고 제2회 전국목각유동전람회(全國木刻流動展覽會)를 참관하고 청년목각공작자(靑年木刻工作者)와 좌담함.

10월 19일, 지병으로 대륙신촌 9호의 집에서 사망. 루쉰이 죽은 뒤 펑쉐펑, 쑹칭링(宋慶齡), 차이위안페이 등이 장례위원회를 구성하고 1936년 10월 22일 오후 1시에 장례식을 거행함. 관에는 '민족혼'이라는 명정이 덮여 있었고, 오후 5시 무렵 상하이 만국공동묘지에 안장됨.